Juntos en la hoguera

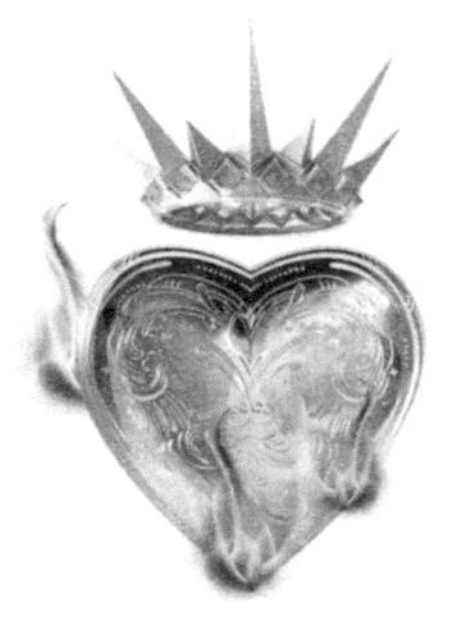

JUNTOS EN LA HOGUERA

ISABEL IBAÑEZ

Traducción de Alicia Botella Juan

Argentina – Chile – Colombia – España
Estados Unidos – México – Perú – Uruguay

Título original: *Together We Burn*
Editor original: Wednesday Books
Traductora: Alicia Botella Juan

1.ª edición: noviembre 2022

ISBN: 978-84-17854-87-4
E-ISBN: 978-84-19413-08-6
Depósito legal: B-17.042-2022

Fotocomposición: Ediciones Urano, S.A.U.

Impreso por: Rodesa, S.A. – Polígono Industrial San Miguel
Parcelas E7-E8 – 31132 Villatuerta (Navarra)

Impreso en España – *Printed in Spain*

Para mamita y abuelita Consuelo,
vosotras dos sois las apasionadas y testarudas jóvenes
heroínas a las que siempre he admirado.

En memoria de
Teresa Díaz de Beccar.

GREMIOS DE HISPALIA

GREMIO DE DRAGONADORES
Dragonadores, cazadores y domadores de dragones,
propietarios de plazas, instructores de dragonadores

GREMIO DE MAGIA
Magos y brujas

GREMIO DE SANADORES
Curanderos, botánicos, propietarios de boticas

GREMIO DE COMERCIANTES
Mercaderes, prestamistas, comerciantes, carpinteros,
herreros

GREMIO DE LOS SASTRES
Obreros textiles, costureras, lavanderas, sastres

GREMIO DE ANIMALES Y VEGETALES COMERCIALES
Carniceros, cazadores, granjeros

GREMIO DE LAS ARTES
Pintores, escultores, bailaores, actores, cantantes, escritores,
tejedores

GREMIO DE NOTICIAS
Escritores, impresores, publicadores

GREMIO DEL MAR
Pescadores, marineros, constructores navales, navegantes

GREMIO DEL EJÉRCITO
Patrulleros, guardias, soldados

GREMIO GENERAL
Abierto al público general

DRAGONES DE HISPALIA

CULEBRA
Cuatro patas, parecido a una serpiente. Alas pequeñas,
vuelos de corta distancia. Permanece cerca del suelo,
escamas de color esmeralda. Dispara un líquido venenoso.

LAGARTO
Dragón nadador. Ahoga a las víctimas antes de devorarlas.
Escamas relucientes e iridiscentes que se venden como
piezas de joyería. Se encuentra a lo largo de la costa de
Valentia.

RANCIO
Escamas doradas, iris rojos. Emite un gas que hace que se
pudra todo lo que toca.

MORCEGO
Dragón negro con cuernos de marfil. Respira cortas ráfagas
de fuego. Grandes alas de murciélago. La forma de su
cuerpo se asemeja a la de un toro. Es el dragón preferido
para las plazas.

RATÓN
La rata de los cielos. Escamas blancas y brillantes ojos rojos.
Más común que los roedores. Corto de longitud, redondo en
el vientre. Fácil de derrotar y matar.

ESCARLATA

El escurridizo y legendario dragón rojo. Se cree que está casi extinto y es muy difícil de dominar. Escamas rojo rubí, alas inmensas. Exhala fuego hasta por medio minuto.

PRÓLOGO

Mi madre murió gritando mi nombre.

Papá y yo habíamos viajado con ella hasta La Bota, un teatro que se encontraba fuera de las antiguas murallas redondas de Santivilla. Recuerdo que estaba cerca de un campo de naranjos que impregnaban el aire con un olor agrio, como una gruesa rodaja de limón aportando sabor al té. Actuaba para celebrar la reciente captura de un escarlata, la legendaria y elusiva raza de dragones con escamas del color de los chiles. Eran conocidos por su furia y su naturaleza volátil y por el fuego que escondían en las profundidades de su vientre. Solo se lograba derribar con vida a uno o dos al año. Todos estábamos emocionados por ver un ejemplar encadenado con hierro.

Nos sentamos en la primera fila que rodeaba el escenario circular, construido un siglo antes y donde iban a actuar muchos bailaores de flamenco. Era el lugar favorito de mamá para bailar, al aire libre y rodeado de montañas de color mandarina por el este y por el océano en el oeste.

El flamenco nació en Santivilla, la capital de Hispalia, y no hay nada que se le asemeje en ninguna parte. La combinación del rasgueo del guitarrista, las castañuelas de mi madre y el aire con aroma cítrico forma lo que en Hispalia llamamos «el ambiente perfecto».

Todos deberíamos haber estado a salvo. El dragón rojo estaba encadenado y listo para enfrentarse al dragonador.

Papá me entregó un plato de almendras tostadas, anchoas perfectamente saladas y queso suave que me comí alegremente mientras esperábamos a que mamá bailara en el acto de apertura previo al enfrentamiento. A un lado, el calvo guitarrista ya estaba sentado sobre una sólida silla de madera. Había una tremenda multitud a nuestro alrededor sentada en los bancos de piedra y todos bebíamos juntos y estábamos felices de estar bajo un cielo azul despejado, aunque el calor fuera implacable e hiciera que el vestido bordado se me pegara a la piel empapada de sudor.

Estaba empezando la primavera, tan solo habían pasado unos días desde que habíamos celebrado la muerte del invierno. Hacía demasiado calor para ponerme la mantilla y, en lugar de eso, me dejé los brazos y los hombros desprotegidos bajo el sol abrasador que colgaba justo encima de nuestras cabezas.

—Se me ha olvidado, Zarela —me susurró al oído papá. Me aparté de su espesa barba, todavía negra y sin un rastro de plata—. ¿Te sabes este baile?

Asentí.

—Me lo enseñó mamá el mes pasado.

Cuando papá sonrió, lo hizo con todo su rostro. Sus ojos oscuros se arrugaron, los hoyuelos de sus mejillas se profundizaron y su espesa barba se movió con su boca acercándose a sus orejas.

El guitarrista empezó a rasgar el instrumento y era realmente prodigioso, porque en unos instantes logró que la guitarra cantara, llorara y rugiera, y la música inundó el viento hasta que mi cuerpo vibró con cada nota. Entonces se hizo un silencio repentino. La multitud se puso de pie silbando y vitoreando cuando mamá subió al escenario de piedra.

Se me quedó el aliento atrapado en la parte posterior de la garganta.

Se plantó en el medio con los brazos curvados por encima de la cabeza y la tela de su ceñido vestido rojo llameante le abrazó la curva de la espalda y revoloteó en grandes ondas alrededor de sus piernas. Sin embargo, mi madre no se movería hasta que encontrara el ritmo, contando mentalmente.

Dejó caer la cadera y giró las muñecas. Las notas impulsaron a mi madre en círculos, taconeando en el escenario con sus fuertes piernas y enroscando los dedos en el aire. Su cabello oscuro y rizado se agitaba alrededor de su rostro, ya que se negaba a trenzárselo en la coronilla como la mayoría de las bailaoras de flamenco porque, según ella, no tenía sentido dar vueltas en círculos cerrados si no podías sentir el viento agitándote el pelo. La expresión de alegría de su rostro era claramente visible e hipnotizante.

Odiaba apartar la mirada de mamá cuando estaba actuando aunque fuera solo un instante, pero lo hice de todos modos porque solo había una cosa mejor que verla en el escenario: la expresión del rostro de papá. Estaba inclinado hacia adelante, con los codos apoyados en las rodillas, boquiabierto y con los ojos oscuros enfocados intensamente en mamá. Se sabía cada paso de esa coreografía, cada giro de su cabeza. Bailó como más le gustaba: resuelta, elegante, salvaje y ligeramente agresiva.

El músico terminó la canción con una floritura y mamá acabó su actuación con la espalda arqueada y dando un último y fuerte golpe con el pie izquierdo. Me levanté de un salto aplaudiendo y rugiendo con papá y los centenares de espectadores que lanzaban gardenias al escenario. Mamá sonrió y al encontrarnos extendió ampliamente los brazos como si quisiera abrazar los extremos de la tierra. Su brillante mirada oscura se cruzó con la mía y me susurró: «Te quiero». Articulé las mismas palabras en respuesta y papá me pasó su pesado brazo por los hombros atrayéndome hacia él. Olía a achicoria, a tabaco y a la naranja que había devorado un rato antes.

Le sonreímos y ella hizo una reverencia de cara a su familia.

Bajó del escenario. Papá se quedó para guardar los asientos y me saludó alegremente cuando lo dejé para ir a ver a mamá en los vestuarios que había junto al escenario. Ella me dio un abrazo y un beso en la sien y me pidió que le arreglara el pelo mientras el dragonador entraba en el ruedo. Recuerdo el sonido de los aplausos cuando liberaron al escarlata y el luchador empezó su baile con el destino. Me apresuré para retirarle el pelo a mamá, con ganas de volver a los asientos para ver la muerte del dragón rojo. *Incluso papá había logrado matarlo una sola vez en el ruedo.* Estaba garantizado que iba a ser una buena lucha y no quería perdérmela.

Mamá se volvió hacia mí y me colocó una gardenia en el pelo.

Ese fue mi último momento con ella.

Gritos espeluznantes llegaron desde el ruedo. Mamá me metió inmediatamente en una de las zonas separadas en las que los artistas podían refrescarse antes del evento y me pidió que me quedara escondida, me dijo que iba a buscar a papá.

Y se marchó.

Yo no quería quedarme atrás y esconderme. Los gritos se volvieron más fuertes, el sonido del fuego saliendo del monstruo se volvió incesante. Salí corriendo del vestuario y volé hacia la plaza con las sandalias golpeando la piedra caliente. Recuerdo que se me congeló el aliento en el pecho al ver al escarlata corriendo por el ruedo con las alas de algún modo liberadas de sus ataduras de hierro.

El monstruo era libre.

No perdió tiempo lanzándose desde la arena dura y compacta. El dragón rojo voló alrededor del escenario con sus escamas rojo sangre brillando horriblemente bajo la luz del sol y una terrible y escalofriante ráfaga de fuego brotó de su boca. Quemó partes de la multitud, del escenario y del pobre guitarrista todavía amarrado a su instrumento. Mi madre no estaba ni a tres metros de él. Mi mirada se cruzó con la suya.

—¡Vuelve! —gritó—. ¡Zarela!

El túnel de llamas se desvió y se vio envuelta en el fuego. Un grito gutural salió de ella mientras su cuerpo ardía. El calor del fuego era denso y me atraganté con el humo y el olor a pelo y carne chamuscados. La multitud corría en todas direcciones, alguien chocó contra mí y me caí. La grava me raspó la mejilla y me salió sangre de la mano por los fragmentos del plato de alguien. Me saqué un trozo irregular de la palma siseando audiblemente.

El escarlata abrió sus fauces de par en par, preparado para escupir otra feroz explosión.

Papá me encontró en el suelo, me levantó y luego me alejó del ruedo, del dragón y de la vista de mi madre ardiendo. Corrimos hacia el campo de naranjas levantando polvo a nuestro paso y nos ocultamos bajo las hojas espesas. Me aferré a papá sollozando contra su pecho y el sonido de su corazón martilleó contra mi mejilla. Tiró de mí hacia las profundidades del dosel arbóreo. Las ramas me arañaron los brazos desnudos. Las flores olían a fruta podrida.

No volví a comer naranjas nunca.

Uno

Un año después

El dragón espera bajo mis pies.

Casi inconscientemente, mi atención se desvía al suelo adoquinado. Me imagino la mazmorra del dragón debajo de este túnel, el horrible olor a humedad, las sombras amontonadas en las esquinas, los giros rápidos y la hilera de jaulas donde guardan a los monstruos bajo llave. En mi mente, la bestia se mueve incansablemente en su celda, esperando el momento en que las barras de hierro se levanten para poder saltar al ruedo buscando carne y vislumbrando el color rojo. La imagen hace que se me revuelva la sangre.

El aire atrapado dentro del túnel se desliza por mi garganta y me llena la barriga. Cuando exhalo, parte del miedo sale con él. Se me despeja la mente a medida que acelero el paso siguiendo la pared curva de piedra escarpada.

Me quedan unos minutos antes de mi actuación de flamenco.

La campana de hierro de La Giralda anuncia triunfalmente el inicio del aniversario número quinientos de nuestro espectáculo, y su sonido llega a todos los rincones de Santivilla y me atraviesa la piel haciendo que me tiemblen los huesos. Es un canto de sirena prometiendo el mejor entretenimiento que verás durante toda una semana por el no tan módico precio de veintisiete reales. Fuera de la plaza hay una larga fila alrededor del edificio con aquellos que todavía desean entrar.

Pero no queda ni un asiento vacío en las gradas.

Somos los mejores en lo que hacemos, un conjunto de habilidades familiares transmitidas durante siglos. Papá es descendiente de un largo linaje de dragonadores, famoso por su coraje en el ruedo. Llevo esta construcción de piedra, ladrillo y sudor en la sangre. La posesión más preciada pertenece al apellido Zaldívar y algún día será *mía*.

Camino por la parte inferior del terreno circular, y golpeo con mis tacones de madera el pasillo de piedra que conduce al ruedo, famoso por la arena blanca que brilla bajo el sol. La traen de la costa, acarreada en decenas de carretas tiradas por yuntas de bueyes, un esfuerzo que bien vale la pena. No hay nada como el aspecto de la sangre salpicada sobre algo tan puro.

Mi vestido de flamenca rojo tomate me roza los tobillos y paso los dedos por las paredes escarpadas. Me acerco a la entrada y el rugido de la multitud resuena fuerte e insaciable. El sonido me recorre la espina dorsal y un placentero escalofrío baila por mi piel. Casi me olvido del dragón esperando a ser liberado.

Casi, pero no del todo.

Lola Delgado me da un suave codazo.

—¿Te preocupa el dragón, el baile o las dos cosas? —Tira impacientemente de su salvaje cabello oscuro. Finalmente, Lola se da por vencida y deja de intentar meterse los mechones sueltos en el moño con un suspiro. La luz de las antorchas arroja sombras parpadeantes sobre su piel profundamente bronceada. Entorna los ojos de color avellana hacia mí al comprender la razón de mi apretada boca y de por qué tengo los nudillos tan blancos alrededor del abanico pintado de mi madre.

—Era una de las coreografías más nuevas de mi madre. Un clásico instantáneo.

Lola es una cabeza más baja que yo, pero aun así consigue pasarme un brazo protector alrededor de los hombros.

—El público te adorará. Siempre lo hacen. —Baja la voz y me susurra—: Aunque bailes una de *tus* coreografías.

Estaba olvidando deliberadamente la última vez que había intentado bailar una de mis propias creaciones. El público esperaba ver una coreografía tradicional de mi madre, pero les entregué una de las mías. Todavía me inquieta lo rápido que sus vítores se convirtieron en gritos de desilusión e insultos.

Había acabado los movimientos con la barbilla bien alta, aunque lo único que quería era tumbarme en la arena caliente y cubrirme los oídos para no escuchar sus gritos. Nunca olvidaré la mala opinión que tiene la gente de Santivilla sobre mí.

Pero lo que me destruyó realmente aquel día fue el amargo brillo de tristeza en los ojos de papá, su fina sonrisa que me decía que ni siquiera él estaba interesado en ver nada que no fueran las coreografías de mi madre.

—Quieren a Eulalia Zaldívar. —La gente quiere su excelencia en la pista de baile, el seductor balanceo de sus caderas, el modo en que lograba hacerte sentir audacia e inspiración tan solo viéndola pisar el escenario. Por eso bailo los pasos que primero le pertenecieron a ella.

Lola frunce el ceño.

—Zarela…

—No pasa nada. —Me aparto de ella agudizando los oídos para escuchar la música que señalará mi entrada—. Estoy bien, no te preocupes.

—Claro que me preocupo por ti —me dice—. Y no es justo. Tú eres la responsable.

—Solo dime que estoy presentable. —Me levanto la falda dejando que los volantes me rocen los tobillos—. ¿Cómo ves el vestido?

Se acerca a mí y me recoloca el cuello para que los pliegues queden planos. Como una de las criadas de la casa, es responsable de asegurarse de que me vea bien.

—Estás guapísima.

—Gracias a ti —le contesto con una sonrisa.

Me devuelve la sonrisa y las mejillas redonditas se le sonrojan de un modo adorable. Cada vez que hablamos de ropa se le iluminan los ojos. Si sus circunstancias hubieran sido otras, podría haber sido aprendiz en el Gremio de los Sastres, compuesto por sastres y obreros textiles, pero su familia no podía permitirse mandarla allí. Ahora trabaja con nuestra ama de llaves, Ofelia, ayudándola con la cocina y la limpieza. Pero, a lo largo de los años, la he contratado muchas veces para que me diseñara y me cosiera vestidos nuevos para mis bailes.

Su talento no puede ser desperdiciado entre trapos sucios.

—Ah, *ya sé* que he hecho un gran trabajo con las modificaciones.

—Tu humildad me conmueve.

Continúa como si yo no hubiera hablado:

—Y ese vestido va a hacer cosas maravillosas para tu…

Entorno los ojos.

—Permíteme pararte ahí.

—¿Qué? Solo intentaba decir que la tela cubre bien todo…

—*Lola*.

Me guiña un ojo y me resisto a golpearla con el abanico de mi madre. Está tratando de distraerme, pero mis nervios cobran vida a pesar de su escandalosa adulación. Los vítores del público son insistentes, exigen ser entretenidos como niños. El sonido nos envuelve en un torrente apasionado. Lola se estremece. Me inclino hacia adelante incapaz de sacarme la sonrisa de la cara.

—¿Bebimos demasiada manzanilla anoche? El jerez siempre te da dolor de cabeza.

—Uf —murmura—. Me molesta ese tono tuyo tan horrible y engreído. Y pensar que he bajado aquí para asegurarme de que estuvieras bien… —Se interrumpe balanceándose.

—Has bajado a ver a Guillermo —la corto arqueando una ceja—. Admítelo.

Aparta la mirada mordiéndose el labio.

—¿Qué le ha pasado a Rosita?

Lola pone los ojos en blanco.

—Era demasiado salvaje.

—Pero si tú eres salvaje —replico riéndome.

—Exacto. Apenas puedo cuidar de mí misma. Soy demasiado joven para preocuparme por alguien más.

La empujo detrás de mí mientras intento desesperadamente reprimir una carcajada.

—Eres una amenaza. Ve a buscar asiento.

—Si lo ves, dile que me gusta cómo le quedan los pantalones —me pide con una sonrisa pícara.

—No voy a decirle esa tontería a él ni a nadie. Nunca.

—¿Qué? —pregunta inocentemente—. Es demasiado guapo para ser tan estudioso. Alguien debería hacérselo saber.

Personalmente, no entiendo el atractivo de Guillermo. Como miembro del Gremio de Magia, pasa la mayor parte del día sobre pedazos picados de dragón: dientes arrancados, cuernos de marfil recortados y globos oculares almacenados en tinas de aceite. Guillermo está aquí ahora, esperando a que papá mate al monstruo de hoy para pagarle por los restos y llevárselos al Gremio para preparar más pociones.

—Le diré que le mandas saludos —concedo finalmente.

—Eso no parece nada propio de mí.

—No voy a flirtear por ti. Ni aunque me lo pidieras amablemente.

Lola hace un puchero y se aleja tambaleándose. Dejo escapar una risita y me doy la vuelta. Tengo que concentrarme en mi actuación y no pensar en otra cosa que no sean los pasos y la música. Me concentro en mi respiración, en cómo se queda en mi garganta, y en mi cuerpo tenso y listo para el espectáculo.

La entrada es una puerta arqueada revestida con adoquines de diferentes tonos de arcilla y la arena leonada de fuera de la amurallada ciudad de Santivilla. Al otro lado, los mecenas agitan sus sombreros en el aire al captar un vistazo de mí ataviada como mi inolvidable madre, con su vestido de flamenca y sus zapatos. El atuendo es extremadamente atrevido, con volantes adornando el escote, los hombros y los dobladillos. Lola había modificado el vestido para que se ajustara perfectamente a mi complexión más pequeña.

Pero aunque puedo peinarme el cabello negro como lo hacía ella, llevar el mismo tono de rojo en los labios y delinearme los ojos con carboncillo como a ella le gustaba, no soy mi madre. Soy el pueblecito olvidable al lado de su metrópolis.

Lo que logró fue milagroso. Yo apenas le llego a la suela de los zapatos.

Los nervios me rodean el corazón y me lo aprietan. Siempre me sucede lo mismo antes de subirme al escenario. Llevo el apellido de mi padre y el legado de mi madre. Inhalo profundamente permitiendo que los vítores y los agudos silbidos y el rasgueo de la guitarra proveniente del centro del ruedo me recuerden quién soy: Zarela Zaldívar, hija de los mejores artistas de toda Hispalia.

Más me vale que me comporte como tal.

Este es el espectáculo más importante que ofreceremos, el del aniversario número quinientos, cubierto por el diario nacional *Los Tiempos* y contemplado por adinerados mecenas y miembros destacados de gremios de toda Hispalia. Han venido con sus monederos de terciopelo con cierre de cordón, con conexiones importantes y con sueños de ser entretenidos de un modo extravagante en una ciudad tan hermosa como peligrosa.

La multitud calla al ver al guitarrista acomodándose en el taburete sobre la plataforma. La presión se me acumula en el pecho. Tengo los hombros tensos y los giro hacia ambos lados. Vuelvo a inhalar manteniendo el aire atrapado dentro de mis pulmones. Exhalo y me imagino mis miedos montando en mi aliento, dejándome atrás. Coloco los hombros hacia atrás y la columna recta y orgullosa como el campanario de La Giralda, y me dirijo hacia la plataforma de madera elevada en medio del ruedo con los brazos extendidos para recibir a los centenares de espectadores sentados alrededor del ruedo. Mantengo la barbilla bien alta y la sonrisa bien amplia para que todo el mundo la vea. Quinientos espectadores golpean con los pies al ritmo de la guitarra y aplauden con las manos a un ritmo rápido.

Ra-ta-ta-ta-ta-tá.

Es una droga, una ráfaga vertiginosa que llega cuando la gente grita más fuerte pidiendo una parte de mí. Papá está en la otra entrada designada para artistas con una sonrisa reluciente. Está con su amigo de la infancia, tío Héctor, un compañero dragonador que posee una popular plaza de dragones al otro lado de la ciudad. No es realmente mi tío, pero siempre lo he llamado así desde que tengo memoria.

El público calla. Cierro los ojos y espero el ritmo. Cuando lo encuentro, salgo lentamente al escenario. Las suelas de mis zapatos de cuero negro golpean la madera como un ariete. Ese sonido es la base de mi actuación y el ruido me ancla a mi madre.

Muevo las caderas mientras el guitarrista rasguea cada vez más rápido moviendo los dedos arriba y abajo por el instrumento. Doy vueltas y giros, me inclino hacia atrás y saco el abanico, abriéndolo con un chasquido. Los aplausos se renuevan y sonrío mientras taconeo y hago palmas al ritmo de la música. Pongo mis miedos en reposo. En este momento, disfruto del baile y del modo en el que la música se desliza por todo mi cuerpo mientras coloco las piernas y el torso formando líneas fuertes.

El luto me ha hecho una mejor bailaora. Domino el escenario y le ofrezco este tributo a mamá, y a sus admiradores que siguen gritando su nombre. Por eso le he impedido a papá que me presentara antes de la actuación.

La canción termina lentamente y me muevo con las notas agonizantes inclinándome hacia adelante en una tradicional reverencia hispaliana. El sudor me resbala por la nuca y respiro a grandes bocanadas. Cada baile es una lucha contra el suelo y me tiemblan las piernas por el esfuerzo que he hecho para ganar. Se produce una lluvia de flores que caen muertas a mis pies. Me enderezo, saludo a los mecenas y sus grandes monederos, y voy serpenteando hasta papá y Héctor que esperan junto a la segunda entrada del túnel, silenciosamente orgullosos. Papá lleva un enorme ramo de gardenias con los tallos bien atados con una cinta dorada ondeando a merced de la brisa, como un estandarte llamándome a casa. Acepto las flores mientras Héctor se inclina para arreglarme un adorno del pelo sonriendo ampliamente.

Papá me rodea la cintura con uno de sus fuertes brazos.

—Preciosa. Como tu querida madre.

Estudia mi rostro buscando a mi madre en la curvatura de mis mejillas y en el fuego de mi mirada. Pero yo no soy ella. No puedo decir esas palabras en voz alta, lo devastarían, así que, en lugar de eso, digo lo que él necesita:

—Por mamá. Para que nunca la olvidemos.

Una pequeña sonrisa le atraviesa la cara, pero no me dejo engañar. Podría convencer a un desconocido de que es feliz, pero yo he visto lo que es una verdadera sonrisa y esta no lo es, aunque me haya criado acostumbrada a esta versión.

Héctor me guía hacia atrás y me adentro en el túnel donde la arena blanca ya no cubre el suelo. Tira de la barra de hierro de una puerta corrediza arrastrándola hasta que se desliza en el hueco de la pared opuesta. Papá se queda al otro lado, más cerca del ruedo. Miro entre los huecos queriendo tomarle la mano a papá. Intento mantener la calma, recordarme a mí misma que mi padre es el mejor dragonador de toda Hispalia.

Pero el riesgo nunca desaparece.

Cualquier enfrentamiento podría ser el último.

La semana pasada, un dragón que llevaba cintas y un collar de flores corneó a un luchador en el estómago en una de nuestras plazas rivales. El hombre había muerto frente a centenares de personas, incluyendo a su mujer y a dos niños pequeños.

Papá camina al centro del ruedo donde ya han quitado el escenario y tan solo queda la arena caliente. Su chaqueta ceñida envuelve sus fuertes brazos y sus zapatos de charol están tan pulidos que tienen un brillo resplandeciente. El conjunto que lleva es de un blanco sorprendente, cosido con hilo rojo y adornado con mil cuentas en un caótico estallido de colores, confeccionado y diseñado por Lola. Tardó meses para coser meticulosamente cada brillante del atuendo de dragonador, conocido por toda Hispalia como «traje de luces».

Sus amplios hombros están orgullosos y rectos para dar la talla y sus manos sujetan el asa dorada del estandarte rojo que lleva nuestro apellido. Cada paso que da papá añade clase y dramatismo al enfrentamiento. Es un artista consumado y encantador nacido para agradar e impresionar. Apasionado, de ira rápida y ferozmente leal.

Cuando está en el ruedo es cuando más se parece al padre que recuerdo.

La solitaria puerta de hierro se eleva. El público se sienta, callado y expectante. Cientos de abanicos se abren y se agitan bajo el calor sofocante revoloteando como alas de pájaros. El corazón me late dolorosamente y Héctor me da palmaditas en el brazo para tranquilizarme.

—Estará bien —susurra.

Apenas lo escucho. De otro túnel oscuro (hay tres saliendo del ruedo) el morcego corre hacia adelante como un toro embravecido. Su cuerpo del color del ébano reluce intensamente brillando con energía. Dos colmillos de marfil rodeados con cintas doradas salen de su boca llena de dientes y sus ojos son de un amarillo intenso y fascinante. Lleva flores alrededor del cuello de aspecto delicado sobre sus escamas más fuertes que una armadura.

No puedo apartar los ojos de la bestia.

Me aferro al muro adoquinado del túnel de entrada al ruedo clavando los dedos en las ranuras. Me arde el pecho, sube y baja demasiado rápido. El vestido es como un puño alrededor de mi corazón.

Héctor se inclina hacia mí.

—¿Zarela?

Asiento y respiro profundamente luchando por recuperar la compostura. El dragón es más grande y alto que papá, pero hay determinación en la línea de su boca. Nunca ha tenido miedo de ellos. Creía que dejaría las corridas de dragones tras la muerte de mamá, pero su fallecimiento solo logró hacerlo enfadar. En lugar de un espectáculo al mes, ahora celebramos dos. Me preocupa que papá no deje de pelear hasta que hayan cazado a todos los dragones de Hispalia y los hayan llevado ante él.

El dragón chasquea sus grandes fauces y corre hacia adelante clavando sus brillantes garras en la arena. Papá esquiva el ataque y la tela del capote se riza alrededor del viento como un dedo incitador. La atención de la bestia está puesta en el destello rojo de la tela y papá lo sabe. Saca una espada larga y delgada con la mano libre mientras arroja el estandarte por los aires. El dragón salta cerrando las mandíbulas y tratando de alcanzarlo, pero le han cortado las alas y no puede saltar tan alto. El morcego aterriza en el suelo con un rugido furioso y, mientras el polvo se levanta y se asienta, papá hace su movimiento.

El estandarte golpea el suelo.

El filo de papá se hunde en la nuca del dragón, en la piel tierna desprotegida de escamas. La bestia deja escapar un aullido ensordecedor y se desploma de lado mientras la multitud se pone en pie de un salto. Me hundo contra la pared. Está a salvo. Papá levanta ambas manos, triunfante, se inclina adelantando la pierna izquierda y mueve el brazo formando un enorme arco por encima de su cabeza. Una reverencia tradicional hispaliana. La famosa campana suena de nuevo anunciando la victoria de papá.

El espectáculo es todo un éxito.

Puedo verlo en las sonrisas de nuestros mecenas, puedo oírlo de los admiradores de papá que golpean con los pies. El deber me llama y aparto la mirada de papá para atravesar el largo túnel y volver a la sala de preparación. Algunos de los vestidos de mamá están guardados aquí, a salvo en un antiguo guardarropa. Cada vez que me cambio, me recibe un verdadero arco iris de lentejuelas, volantes y encajes, cada prenda está vinculada a un recuerdo de mi madre. A veces puedo oler las gardenias aferrándose a su cabello, puedo sentir el sofoco de su temperamento, ver su rápida sonrisa. Decido quedarme con su traje de flamenca rojo para despedirme de los mecenas en lugar de cambiarme.

Los espectadores de pago entrarán al vestíbulo principal parloteando por la emoción y el ajetreo de haber visto un dragón vivo tan de cerca. Querrán conocernos a papá y a mí, por lo que me dirijo al salón principal.

El calor inunda la gran recepción desde la entrada abierta a la avenida y el sudor me empapa la nuca. Montones de velas gruesas y rechonchas delicadamente perfumadas con pétalos de gardenias iluminan el candelabro de hierro forjado. Los sirvientes llevan bandejas cargadas con finas lonchas de jamón, queso de cabra, cuencos de almendra marcona tostada, aceitunas marinadas con aceite de oliva, tomillo, romero y limón, y jarras de porcelana llenas de vino con toques veraniegos saborizado con gruesos trozos de manzana y fresas.

Las altas puertas dobles de madera se abren de par en par perfectamente centradas con la gran escalera de terciopelo rojo que se divide por la mitad en el primer piso y en cada dirección conduce a un balcón que da al vestíbulo. La segunda planta tiene varias entradas abiertas a los largos pasillos cubiertos con papel de pared de terciopelo rojo que conducen a los bancos de piedra que rodean la plaza.

Cuando se lleven al dragón para faenarlo y papá haya terminado de encandilar al público, todos bajarán las escaleras y yo estaré esperándoles llevando una gardenia y una sonrisa. Tomo una copa de sangría, disfruto dando unos sorbos y me esfuerzo todo lo que puedo para ignorar el sonido de la multitud que protesta contra las corridas de dragones frente a La Giralda. Se pasean arriba y abajo por la avenida con sus pancartas y sus actitudes de santurrones. Como si los dragones no atacaran las ciudades de Hispalia, como si los monstruos no aterrorizaran a la gente yendo de un pueblo a otro. Viajar a la costa no es fácil para los hispalianos, no cuando tenemos que llevar guardias con nosotros para combatir posibles ataques provenientes del cielo. Tomo otro largo sorbo y me meto un trozo de manzana en la boca cuando un sonido repentino me sobresalta.

Un griterío espeluznante enciende el aire.

Me doy la vuelta. Viene del ruedo.

Corro hacia las puertas con la falda balanceándose y vuelvo a toda prisa por donde he venido. Los guardias me pisan los talones con las espadas desenvainadas. Más gritos me llenan los oídos, el sonido reverbera y choca contra los muros de piedra. Me sudan las manos cuando consigo llegar a una de las entradas. No reconozco a la gente que pasa corriendo, son todos borrones, algunos elegantemente vestidos y otros con túnicas y pantalones sencillos. Tienen los rostros tallados en absoluto terror.

Agarro a un hombre de la manga.

—¿Qué ha pasado?

Se da la vuelta para mirarme con unos frenéticos ojos oscuros. Tiene un corte sangriento en la frente.

—¡Sal de la plaza!

—¿Qué? Señor, por favor…

Se suelta de un tirón y sigue a la multitud. Me alejo empujando a la gente como si llevara una espada y no un delicado abanico hasta que llego finalmente a la entrada arqueada. Me detengo al ver lo que tengo ante mí con la arena en los talones.

En el pálido suelo del ruedo yacen montones de cuerpos ensangrentados manchando la arena de un rojo intenso mientras la gente trata frenéticamente de salir del ruedo. Se me revuelve el estómago y me sube el ácido a la parte posterior de la garganta.

Arriba, nuestros dragones vuelan en libertad abalanzándose y zambulléndose con las garras extendidas.

DOS

Me llevo las manos a la boca. Los monstruos están por todas partes: corriendo entre las filas de asientos, persiguiendo a los mecenas que corren por el ruedo. Tendrían que estar encerrados en las mazmorras. Me aprieto contra la pared curvada, necesito la fuerza de la piedra para mantenerme en pie.

¿Dónde está papá?

No lo veo por ninguna parte, ni lo vislumbro entre el follón de personas que huyen hacia los túneles empujando y apresurándose. Hay otros intentando apartar a los heridos de uno de los morcegos. Busco a los cinco domadores de dragones.

Sé que están aquí, tienen que estar.

Pero todo el mundo está cubierto de arena, sangre y cenizas. La mezcla de caras es difícil de distinguir. Por fin mi mirada encuentra a uno de los domadores, a Marco, vestido de cuero negro de pies a cabeza y empuñando espadas y látigos. Lucha contra una de las bestias, pero el dragón ruge y agita la cola estrellándola contra su pecho. La fuerza del golpe lo manda volando y se estampa contra una de las paredes del ruedo con un desagradable crujido.

—¡Por aquí! —grito a la persona que tengo más cerca—. ¡Sígueme! —Guío a todos los que puedo al túnel más cercano con el dobladillo del vestido lleno de sangre y arena cuando me tropiezo con algo.

No, con *alguien*.

Caigo de rodillas junto a un cuerpo del tamaño de un niño, quemado y chamuscado, y noto la nariz y la boca llenas de humo y fuego. El pandemonio reina en todos los rincones de la plaza.

Los gruñidos ensordecedores provenientes de las bestias hacen que me dé vueltas la cabeza como si estuviera subida en un carruaje que baja una colina girando salvajemente, fuera de control y demasiado rápido. Alguien me golpea de lado. Caigo boca abajo y la arena me salpica la cara. Se me mete en los ojos, en las comisuras de la boca y en la nariz. Estornudo, escupo todo lo que puedo y me limpio la cara con el cuello de volantes del vestido. Está echado a perder.

Rápidamente, observo el ruedo. ¿Cuántos monstruos han escapado de sus jaulas? El dragón uno, el culebra, vuela bajo cerca de la entrada de enfrente. Los dragones dos y tres, ambos rancios, se arrastran a unos diez metros de mí emitiendo un horrible hedor como a leche en mal estado. En la distancia, puedo ver tres más, los más nuevos, elevándose por los aires.

Todavía no les habíamos atado las alas.

La arena se oscurece alrededor de mis manos, el calor del sol está momentáneamente bloqueado. Ráfagas de viento cálido me agitan el pelo. Levanto lentamente la mirada. A través del oscuro humo, veo una sombra acechando desde arriba. Se me revuelve el estómago.

El morcego.

El dragón más mortífero que tenemos. Grandes alas de murciélago, brillantes escamas negras y la capacidad de escupir fuego. Está furioso como un toro embravecido y listo para embestir. Tiene dos grandes cuernos a los lados de las fosas nasales. Abre la mandíbula y se oye un revelador crujido.

—¡Zarela! —ruge alguien. El rostro de papá flota a pocos centímetros del mío con los labios retorcidos por el horror. Me pone de pie mientras la bestia nos ataca con humo y fuego. Papá tira de mí y siento que tiembla por el golpe abrasador. Grita en mi oído mientras su ropa y su carne estallan en llamas. Nos tambaleamos hasta el túnel lejos de la carnicería y del turbulento lío de personas que se enfrenta a una muerte horrible y furibunda. El olor a piel carbonizada hace que me suba el ácido por la garganta.

Me duele hablar. Tengo la boca seca y llena de humo.

—¿Estás bien? —Paro a trompicones. Quiero ver la gravedad de sus heridas.

—¡No te frenes, hija!

Corremos por el túnel, el estrecho espacio está lleno de gritos de personas llamando a sus seres queridos. Todos están cubiertos de polvo y mugre y manchados de sangre. La culpa me golpea seguida de una profunda sensación de vergüenza. Somos responsables de toda esta gente. ¿Cómo ha podido pasar esto?

¿Cómo sobreviviremos a esta situación?

El temor se me acumula en el estómago mientras nos dirigimos al vestíbulo principal, lleno de mecenas. El tiempo parece saltar hacia adelante, cruzar kilómetros en un parpadeo. Los espectadores huyen de La Giralda saliendo por la puerta principal y yendo a un terreno más seguro. Necesito todas mis fuerzas para no perder los estribos.

A mi lado, papá avanza arrastrando los pies. Su piel aceitunada ha perdido casi todo su color. Se apoya en mí tosiendo violentamente.

Me tambaleo por su peso.

—¡Papá! —Se inclina hacia adelante y mi cuerpo se estremece, alarmado—. ¡Papá!

Cae de rodillas. Apenas soy lo bastante rápida para evitar que se rompa la nariz. Lo agarro por su maltrecha chaqueta y freno su descenso al suelo. Las lágrimas me nublan la visión. Lentamente, aparto la tela y él gime. La parte superior derecha de su espalda y su hombro es un embrollo de carne burbujeante y chamuscada. El fuego no le ha llegado al corazón, pero la herida es grave, está ennegrecida y echa humo por algunas partes.

Los rugidos que me rodean parecen reducirse a un silencio. Solo puedo oír los sonidos de mi propia respiración, lo único que puedo ver es la inconsciencia de mi padre. Débilmente, oigo a alguien gritando mi nombre.

—Zarela, gracias a Dios —exclama Lola cuando llega junto a mí arrodillándose. Su rostro palidece cuando ve las heridas de mi padre—. Voy a mandar a alguien a buscar al Gremio de Sanadores. Necesitamos curanderos. —Pasea la mirada por encima de hombro fijándose en toda la gente que gime y pide ayuda—. Muchos.

Miro a mi alrededor con la desesperación en aumento. Todavía hay mucho que hacer. Tenemos que sacar a toda esta gente de La Giralda y llevarlos al Gremio de Sanadores, el hospital local dirigido por curanderos. ¿Cuántos sobrevivirán? ¿Cuántos morirán? Me da miedo la respuesta.

—Les pediré que traigan miembros para que ayuden a transportar a los heridos —añade Lola, y luego hace una mueca—. Al menos aquellos a quienes se puede mover.

Tiene razón. Algunas personas tienen demasiadas lesiones como para moverlas y tendrán que ser atendidas aquí.

—Ve, y date prisa. —Mire donde mire hay gente acurrucada en estado de shock, con la piel rasgada de cortes sangrientos y envuelta en ropas ennegrecidas.

—Iré todo lo rápido que pueda —dice Lola, levantándose de un salto. Su túnica está llena de suciedad y manchas de sudor, y sus sandalias de cuero están cubiertas de arena.

Alguien se interpone en su camino antes de que pueda marcharse. Es alto, con el cabello negro atado en un nudo enmarañado en la nuca, y su exquisita piel negra brilla por el sudor, como si hubiera venido corriendo. Sus ojos marrones y cálidos se posan sobre mi criada. Viste el típico conjunto gris preferido por el Gremio de Magia, con el único destello de color proveniente del vibrante parche bordado y cosido sobre su larga túnica y que representa un intrincado escudo formado por una varita y una constelación de estrellas.

Guillermo, el aspirante a mago y aprendiz del Gremio de Magia.

—¿Tienes algo que pueda darle a mi padre? —le pregunto. Aparta su atención de Lola y mira en dirección a papá.

Sus labios se retuercen por el horror al ver el cuerpo destrozado de mi padre.

—Lo siento... no soy curandero.

—¿No hay nada que puedas hacer?

Sé que es injusto preguntárselo. Los magos y las brujas se especializan en diferentes tipos de magia, y algunos trabajan codo con codo con curanderos para crear infusiones y tónicos que ayudan al cuerpo a curarse milagrosamente. Los hechizos son caros, y apenas se pueden encontrar en el mercado. No a menos que tengas contactos.

Guillermo entierra las manos en el bolsillo de su túnica y extrae una fina varita. La madera ha sido bañada en una poción mágica y contiene el poder suficiente para un solo uso. Si la partes en dos, el hechizo se libera.

—Lo único que tengo es un hechizo refrigerador —dice—. Paso mucho calor esperando a que terminen las peleas...

Debe ver la decepción pintada en mi cara porque se calla de golpe.

—Tu padre necesita un curandero —dice Lola—. Voy corriendo...

—Voy contigo —la interrumpe Guillermo, claramente aliviado.

Se marcha corriendo con el aprendiz pisándole los talones, ambos esquivando ágilmente a los heridos.

Se me llena la mente de preocupaciones. Las preguntas cuyas respuestas anhelo hacen que se me tense el cuello. ¿Cómo han escapado los dragones? ¿Dónde están ahora? ¿Qué le pasará a La Giralda?

—Señorita Zarela —dice alguien detrás de mí.

Es una de las criadas y sostiene un bote lleno de aloe vera prensado. Todas las plazas deben tener suministros por si sucede lo peor almacenados en la enfermería requerida. A lo largo de los años, mis padres han necesitado a veces tratamientos debido a rasguños o a dolencias provocados por bailar bajo un sol ardiente o por luchar contra dragones. Nada grave, pero en la sala siempre hay tinturas para ayudar con quemaduras leves, dolor de talones y cosas similares. Parpadeo cuando me doy cuenta. Hay mantas y catres en esa habitación y también algunas macetas con hierbas.

—Gracias, Antonia —agradezco tomando el medicamento—. ¿Puedes dirigir a todo el personal para que repartan todos los suministros que necesita la gente?

Sale corriendo para obedecer mis órdenes.

—¡Aquí estáis! —Oigo la atronadora voz de Héctor mientras avanza hacia mí con los brazos extendidos. El alivio se extiende en mi pecho. Me hundo en su abrazo presionando la mejilla contra su elegante chaqueta. Él se pone rígido y doy un paso hacia atrás.

Tiene trozos de la chaqueta quemados.

—Estás herido.

—No terriblemente —responde—. No me aprietes demasiado fuerte y ya.

—Tío —empiezo—, mi padre…

Héctor abre los ojos, alarmado.

—Míralo —le digo señalándolo en el suelo.

Los labios de Héctor se convierten en una delgada línea. A continuación, le hace señas a alguien que pasa por nuestro lado y le pide ayuda para mover a papá a la enfermería. El otro hombre acepta y juntos transportan a mi padre con cautela a la pequeña sala adyacente al vestuario. Me muevo para seguirlos, pero Héctor niega con la cabeza.

—Zarela, tienes que ocuparte de los demás. Yo me encargo de tu padre.

—Pero…

—Déjame ayudarte —dice en voz baja.

Miro a su lado para observar la silueta de mi padre tumbado boca abajo. Está quieto excepto por el suave movimiento de su espalda subiendo y bajando.

—Os enviaré un curandero en cuanto lleguen.

Héctor me despide. Mis pasos son pesados contra el frío suelo de piedra y me cuesta horrores mantener la espalda erguida. Siento el peso de la culpa en los hombros. En cuanto vuelvo al gran vestíbulo, oigo mi nombre en todas direcciones; la gente necesita ungüentos, vendajes y curanderos, pero en mi mente solo hay espacio para un pensamiento cegador:

¿Cómo ha ocurrido todo esto?

Los dragonadores mueren a menudo en enfrentamientos, pero rápidamente los domadores capturan y matan al dragón. Es lo que tendría que haber pasado hoy, pero había demasiados monstruos para contener y nuestros domadores habían muerto intentándolo.

La vergüenza se eleva en mi interior y me inflama las mejillas.

Corro por todas partes repartiendo suministros y pequeños frascos de un caro ungüento para quemaduras. Reparto todo lo que nos queda en las estanterías, sin importar lo que cueste. Gotas de sudor me recorren la línea del pelo mientras camino por el vestíbulo esquivando los montones de mantas y catres esparcidos por todas partes.

—¿Señorita Zarela? —Una voz junto a mi codo me saca de mis pensamientos. Me doy la vuelta para encontrarme con Benito, uno de los domadores de dragones, sin su máscara protectora y con su ropa de cuero negro cubierta de sangre de dragón. Tiene un rostro angular y afilado con arrugas profundas y curtidas forjadas por los años que ha pasado domando bestias bajo el sol—. ¿Tiene un momento, por favor?

—Ponme al día, Benito.

Las líneas de las esquinas de sus ojos se tensan.

—No tengo un número preciso de cuántas personas han resultado heridas, señorita. Estimo que son alrededor de cincuenta, tal vez setenta. —Me estremezco e intento tragar saliva, pero noto la garganta espesa y dolorida. Él cambia el peso de un pie al otro, claramente incómodo—. Hemos perdido a trece mecenas, incluyendo a un niño de ocho años y a un miembro de rango superior del Gremio.

Se me separan los labios. Doy vueltas a sus palabras como si fueran una pesadilla y yo estuviera desesperada por despertarme.

Benito aferra con más fuerza su látigo de cuero.

—Con su permiso, me gustaría ordenar a la mayoría de sus guardias que ayudasen a llevar a los heridos a casa.

—Por supuesto —murmuro, sorprendida de poder oír sus palabras sobre el estruendo de mis latidos.

—En cuanto a sus dragones… —Hace una pausa y me preparo para lo peor. Los dragones son inversiones caras—. Hay tres que no han llegado a salir de las jaulas —informa contando con los dedos—. Los tres últimos están retenidos y atados en el ruedo, mientras que otros tres han volado.

Me da un vuelco el estómago cuando me golpea un pensamiento horrible y repentino: los dragones que se han marchado volando causarán estragos en Santivilla, abrasarán a la gente, quemarán casas.

—¿Podemos hacer algo para recuperarlos? ¿Puedes reunir a un grupo de domadores…? —Se me rompe la voz al ver su expresión cabizbaja.

—Soy el único que ha sobrevivido, señorita Zarela. —Sus siguientes palabras son amables, mucho más amables de lo que merezco—. En este punto no hay modo de saber dónde han ido las bestias. ¿Intentaría encontrar a un pájaro que se ha escapado de su jaula? Los dragones han volado muy alto alejándose del centro de la ciudad.

Puede que no vuelvan nunca. Creo que lo mejor que puedo hacer es quedarme abajo con los otros dragones.

Es una lógica sólida, pero no puedo evitar preocuparme por un posible ataque a la ciudad.

—Benito, ¿cómo ha pasado esto? ¿Cómo han escapado nuestros otros dragones de sus jaulas?

Frunce el ceño.

—He encontrado algo raro. Creo…

—¡Zarela!

Benito y yo nos volvemos cuando Lola llega hasta nosotros con el pelo revuelto y la túnica desatada de su falda con volantes. Tiene ambas mejillas manchadas de suciedad y una mirada salvaje. Guillermo no está con ella.

Se para de repente, jadeando, y se lleva las manos al costado.

—No estoy hecha para correr.

—Lola —digo intentando mantener la calma en la voz—. ¿Qué pasa?

—He traído a los curanderos y están con tu padre. —Tiembla al pronunciar las siguientes palabras—: Dicen que vayas enseguida.

TRES

Hace años, mi madre y yo estuvimos practicando una de sus coreografías hasta que el sol se hundió muy por debajo del horizonte de Santivilla. Ella me exigía mucho y yo le daba todo lo que podía con tal de tener una oportunidad de emularla. Mamá podría haber bailado todo el día y podría haberlo hecho de nuevo al día siguiente, pero a mí costaba mantenerme al nivel de su energía, de su vitalidad. Sus coreografías siempre me dejaban sin aliento. Hacían que me temblaran las piernas y el pecho me subía y bajaba demasiado rápido.

Las palabras de Lola me han provocado lo mismo.

Parece entenderlo porque inmediatamente me agarra de un brazo y me ayuda a dar el primer paso. Desde el día que murió mamá, doy vueltas alrededor de mi padre intentando protegerlo de todos los peligros imaginables que podrían arrebatármelo. Pero se negó a dejar aquello que yo más temía. La profesión de dragonador tiene las garras profundamente clavadas en su carne.

Me di por vencida y dejé de discutir con él hace meses. Un error estúpido y mortal.

—¿Vivirá? —pregunto con mis labios entumecidos.

Ella me aprieta suavemente.

—No lo sé.

Claro que no lo sabe.

Atravesamos el caos del vestíbulo por debajo del candelabro de hierro con velas que gotean y dotan a la sala de un suave resplandor.

No me había dado cuenta de que se había puesto el sol. Los heridos que no pueden salir de La Giralda están situados en mantas y catres y rodeados por sus amigos y familiares, amigos y familiares que me fulminan con la mirada cuando me tambaleo hacia nuestra enfermería. Siento su ira como si fuera un puñal en la espalda. No es menos de lo que merezco.

Una curandera espera fuera de la puerta, impaciente, dando golpecitos con la bota. Es austera y seria, pero detecto algo más en la horrible curvatura de su boca. Es menuda, de piel negra y mirada sensata, y lleva una túnica y una falda azules de lino sencillas, manchadas por demasiada sangre.

La sangre de papá.

—Señorita Zarela. —La curandera asiente una vez—. Soy Eva.

Me paso la lengua por los labios secos.

—¿Cómo está?

—Está despierto —contesta—. Y delirando. Rechaza mi ayuda y me echa de la habitación. No puedo trabajar con él de este modo.

Una oleada de alivio me recorre el cuerpo de arriba abajo. Papá está vivo.

—Déjeme verlo.

—Hay algo más —añade—. La herida que tiene en la parte superior del hombro es profunda y me preocupa que pueda provocarle una infección. Debo quitarle toda la piel ennegrecida. —Vacila—. Eso significa que no podrá volver a mover el brazo por encima de la altura del corazón.

Parpadeo comprendiendo sus palabras.

—Seguro que eso está bien, ¿verdad, Zarela? —pregunta Lola—. Será mejor quitarle la… —Palidece—. La piel muerta.

No está nada bien. Si no tiene movilidad completa, mi padre no podrá ganar un combate contra un dragón.

Es el fin de sus días como dragonador.

Es lo que quiero. Y aun así… Ser Santiago Zaldívar el dragonador es más importante para él que cualquier otra cosa. Más importante que ser marido o padre. Papá nunca me perdonará si no hago todo lo posible para ayudarlo a aferrarse a su sueño.

Y yo no quiero vivir en un mundo sin él.

—Encuentre otro modo —replico con dureza en la voz—. Encuentre el procedimiento adecuado. No me importa el precio. Traiga a un mago si es necesario.

Lola me lanza una mirada arqueando las cejas oscuras.

—No hay ningún otro modo —responde la curandera con frialdad—. Si no le extirpo esas partes del hombro y del brazo, sucumbirá a la infección. Morirá en cuestión de días.

Hay un horrible silencio y soy perfectamente consciente de que tengo que llenarlo con mi respuesta, pero las palabras se me quedan atascadas en la parte posterior de la garganta.

—No puedo proceder sin permiso —insiste—. Estoy tratando a un miembro del Gremio de Dragonadores y temo represalias por poner un fin permanente a la carrera del célebre Santiago Zaldívar.

Finalmente, soy capaz de hablar, aunque es apenas un susurro.

—Hablaré con él.

Me separo de Lola y entro en la enfermería cerrando rápidamente la pesada puerta de madera detrás de mí. Papá yace boca abajo sobre la estrecha cama y se me revuelve el estómago al verle la espalda chamuscada. Es un revoltijo de piel llena de ampollas y carne moteada y moribunda del color de la noche.

Ha actuado rápidamente y me ha salvado. Su recompensa será perder su plaza, su legado, la profesión que ama y tal vez su vida.

¿Qué es La Giralda sin su famoso dragonador?

Papá levanta la cabeza y me lanza una mirada acalorada con los ojos inyectados en sangre. Ha estado llorando. Mi orgulloso padre, quien se ha enfrentado a más de cien dragones y ha perdido al amor de su vida, reducido a las lágrimas.

—Zarela —me llama con voz ronca—. No dejes que me arruinen, ¿me oyes?

Doy un paso hacia adelante.

—Papá…

Su expresión se ensombrece y se le profundizan las líneas de la frente.

—No dejes que me toquen.

—No puedo hacer eso —replico esforzándome por mantener un tono mesurado—. Papá, tienes que dejar que haga su trabajo.

—¡Tiene que haber otro modo! —gruñe, y me estremezco cuando el sonido me rodea atrapándome en su furia.

—Morirás si no se deshace de la carne muerta. —Se me rompe la voz—. ¿Lo entiendes?

—Busca a una bruja. —Papá le da un puñetazo al catre y aúlla, no sé si de dolor o de frustración. Jadea, la respiración entra y sale demasiado rápido—. Por Dios, eso duele.

—¡Papá! —digo corriendo hacia él, pero cuando llego a su lado se ha vuelto a desmayar.

—¡Eva! —grito.

La puerta se abre con un chasquido y entra ella con otras dos personas.

—¿Tengo permiso?

Trago saliva con dificultad sin poder apartar la mirada de mi padre. Tiene los labios retorcidos en una mueca. Aunque está durmiendo, el dolor no lo abandona.

—¿Señorita? —pregunta Eva con impaciencia—. Tengo que actuar rápido si vamos a salvarlo.

—Debo ir a visitar el Gremio de Magia. Tal vez ellos puedan ayudarlo con un encantamiento.

—¿Un hechizo? —repite Eva—. Un hechizo personalizado que pueda curarlo necesitará días de preparación. Su padre no dispone de ese tiempo.

—¿Está segura?

Me mira con un silencio ofendido. Me paso las manos por el pelo revuelto respirando con dificultad, sabiendo lo que voy a decir, pero temiendo decirlo. Me odiará por lo que voy a hacer cuando despierte. Puedo vivir con eso. Sin embargo, no puedo vivir sin él.

Levanto la barbilla.

—Haga lo que tenga que hacer.

Lola me sigue cuando vuelvo al vestíbulo. Estoy a punto de girar hacia la cocina cuando se oye un grito a través de las grandes puertas dobles. Lola y yo giramos a tiempo para ver un carruaje negro de cuatro ruedas tirado por seis caballos deteniéndose delante de La Giralda. Me tenso contra ella con el temor hasta en la médula de los huesos.

—Miembros del Gremio de Dragonadores —susurro. Camino hacia la entrada con la cabeza bien alta y espero al grupo en lo alto de las escaleras de mármol.

Espero que sean los amigos de papá y rezo por que no haya venido el maestro dragón en persona. Es un hombre al que mi padre no ha sido capaz de encandilar.

Pero mi oración se desvanece un instante después.

Un hombre alto y ancho de espaldas sale del brillante carruaje y la luz de la luna le confiere un delicado resplandor plateado. Su piel aceitunada está estirada y desgastada, como un sombrero de cuero al que han dejado demasiado tiempo al sol.

Don Eduardo del Pino.

Nada escapa a su atención. Levanto la barbilla cuando empiezan a temblarme las rodillas. Este hombre tiene nuestro destino en sus manos y *no soporta* a mi padre. Papá nunca me ha explicado por qué. Rara vez viene a nuestra plaza. En su última visita, mamá todavía estaba viva.

Trago saliva con dificultad y me esfuerzo por mantener mi pánico a raya. No se puede posponer algo de esta magnitud.

Papá y yo tenemos mucho por lo que responder.

—¿Quieres que me quede contigo? —pregunta Lola.

Niego con la cabeza.

—¿Puedes ir a buscar a Ofelia? Pídele que prepare caldo de huesos para los heridos.

—¿Y una tarta en lugar de eso? —pregunta con un atisbo de sonrisa.

Suspiro con cansancio.

—Sí, creo que todos necesitamos algo dulce.

Se marcha antes de que pueda decirle que no iba en serio. No merezco un dulce.

Lentamente, me doy la vuelta y miro al maestro dragón acompañado por otros dos miembros del Gremio. Los tres caballeros avanzan sobre el mármol para saludarme. Van vestidos a juego con abrigos y pantalones sombríos bordados con hilo blanco dibujando dragones. Sus botas están adornadas con hebillas de latón y el cuero marrón desgastado les llega casi hasta la rodilla. Alrededor del cuello llevan un pañuelo de lino de color rojo sangre con el nombre del Gremio bordado. Un broche ornamentado, dorado y con forma de escudo de armas completa el atuendo.

Inclino la cabeza hacia el conde.

—Hola, don Eduardo.

—Señorita Zaldívar. —Tiene el tipo de voz que asustaría a los niños. Un chirrido duro, teñido de humo y gruñidos y ganado con esfuerzo tras años de luchar contra monstruos—. Uno de tus mecenas me ha notificado el desastre de hoy.

Hay un claro reproche en su voz. Debería haber enviado un mensaje al Gremio, pero se me había olvidado.

El maestro dragón pasa rozándome y se detiene bajo el marco de la puerta. Los demás lo siguen rápidamente con agudas exclamaciones. Al ver la estela de la destrucción a través de sus ojos se refresca el recuerdo en mi mente. Las llamas. Cuerpos mutilados y quemados. Arena teñida de sangre por todas partes.

—¿Cómo ha sucedido esto? —exige el maestro dragón.

Niego con la cabeza, entumecida.

—No tengo una respuesta adecuada. Ha sido caótico…

—Esto es inaceptable.

Me quedó en silencio con las mejillas sonrojadas. La humillación me quema.

—¿Y tu padre? —pregunta uno de los compañeros de Eduardo buscándolo por toda la sala. Es más bajo que los demás y tiene la barriga redonda—. ¿Cómo está?

Titubeo.

—Está con una curandera.

Don Eduardo me estudia durante un momento apoyándose más en su bastón negro con cabeza de dragón.

—¿Vivirá? —En su voz rasposa no hay ni un atisbo de empatía.

—Con la ayuda de Dios —respondo.

—Con la ayuda de Dios —repite. Mi padre es el dragonador más respetado de toda Hispalia y el maestro dragón no puede mostrar ni una pizca de preocupación—. Qué tragedia —comenta—. ¿Y la plaza?

En las ruinas humeantes que una vez exhibieron nuestra arena blanca importada, la piedra está chamuscada y hay profundas fisuras que han dejado sus marcas permanentes. Hay grandes zonas de la plaza que son un caos sangriento. Hay tres dragones atados con enormes cadenas.

—¿Dónde los conseguiste? —pregunta uno de los miembros.

—En el mismo sitio que los demás ruedos de la ciudad —respondo con rigidez. A estos dragones se los puede encontrar en cualquier parte de Hispalia, así como en las llanuras desérticas del norte o en las cuevas acuosas del este. Como las cucarachas, se multiplican sin ningún tipo de restricción invadiendo incluso los lugares más inverosímiles. Se los caza con facilidad y los mantienen en ranchos donde se pueden adquirir para las corridas.

—Tenemos que matarlos —dice sombríamente el conde. Levanta un dedo a medias—. Los tres deben morir por lo que han hecho, junto con sus madres.

Me estremezco. Seis dragones. Seis inversiones echadas a perder en una tarde.

Ya ha habido demasiada muerte este día.

El conde avanza desenvainando su larga espada. Les hunde la hoja con profundidad en el músculo de la nuca, perforándoles los pulmones. Las muertes son rápidas. Están acabados, pero el sonido de sus gritos ahogados me azota el cuerpo como una bofetada en la cara. Charcos de sangre se extienden sobre la arena como raíces de árboles retorcidas.

Los miembros del Gremio observan la destrucción del edificio en silencio durante largo rato. Se muestran sombríos y desaprobadores y su repentino mutismo me provoca una punzada de inquietud en la columna vertebral. Los guardias han sacado a las víctimas y las han dejado frente a la entrada cubiertas con sábanas. Mañana lo organizaré todo para que sus familias recuperen los cuerpos. Tomo nota mentalmente de enviar dinero para los preparativos de los funerales.

El maestro dragón observa a los muertos.

—El Gremio estará con nosotros, ¿verdad? —pregunto, incapaz de contenerme. Somos el ruedo más célebre de Hispalia. Quinientos años de éxito, fama y leyenda. Nunca habíamos tenido un incidente hasta ahora.

Nadie me responde y mi rostro queda desprovisto de todo color.

Eduardo envaina su espada. Sus cejas blancas como plumas se acercan cuando frunce el ceño.

—Este acontecimiento no quedará impune. Le enviaré una citación a tu padre. Asegúrate de que la lea.

—¿Qué va a pasar con La Giralda? —inquiero, con la voz marcada por la preocupación.

El maestro dragón me aplaca con una mirada severa y se marcha. Los demás miembros lo siguen rápidamente. Me dejan sola en medio de la arena ensangrentada, entre la piedra chamuscada y la muerte.

CUATRO

No sé qué haría sin Lola. Por enésima vez, mi mente se detiene en el momento en el que llegó por primera vez a La Giralda. Bajita y delgada, con el pelo suelto y salvaje, las uñas rotas y unos zapatos tan sucios que no tenían salvación. Mi madre había ido a su ciudad natal, Valentia, una zona costera formada por pescadores, constructores navales y marineros, para visitar a unos viejos amigos, y cuando regresó se había traído a tres niñas, todas más o menos de mi edad. Tres niñas destinadas a un duro trabajo manual y casadas demasiado jóvenes.

—Necesitan un trabajo mejor —explicó mamá—. Estoy buscando empleos, pero de momento se quedarán con nosotros para ayudar con el mantenimiento de La Giralda.

Justo un rato después, yo me estaba probando un vestido cuando entró Lola con una bandeja de café que había pedido mamá.

Lola echó un vistazo a los vestidos y dijo:

—Es la cosa más fea que he visto en mi vida y Zarela definitivamente no debería vestir con tonos pastel.

Yo jadeé, pero mamá dio un paso atrás e inclinó la cabeza.

—Tienes razón —admitió.

Lola se quedó.

Ahora está aquí conmigo, y aunque yo he sido un mar de lágrimas apenas capaz de hablar con coherencia, ha escuchado cada palabra vacilante que he pronunciado con el tipo de paciencia que no le gusta admitir que tiene.

—Cuéntamelo otra vez —me dice.

Me limpio la nariz goteante con el dorso de la mano.

—Odio llorar.

—Lo sé —me responde con una voz que parece haberse sumergido en té con miel. Funciona como un bálsamo para mi corazón roto.

Más lágrimas de rabia me resbalan por las mejillas y las ataco ferozmente con la manga de mi túnica.

—Eva, la curandera… ha conseguido extirparle toda la piel muerta del hombro, pero todavía le preocupa que pueda padecer una infección. Dice que es posible que una parte de la piel le envenene la sangre. Papá tiene fiebre y mucho dolor.

Lola hace soniditos para tranquilizarme y me frota la espalda. Estoy demasiado afectada para decirle que pare. Estamos las dos apoyadas en el cabezal de madera y cubiertas con el edredón de lavanda que adorna mi cama doble. Es plena noche y el personal por fin está descansando mientras el resto de los heridos han vuelto a sus casas.

—Así que es grave —murmura Lola—. ¿Se recuperará?

—La curandera no ha querido prometerme nada. Por la mañana enviará a alguien para que ayude con sus cuidados. —Dios, por favor, haz que sobreviva. No puedo soportar otro asiento vacío a la hora de la cena.

—¿Qué vais a hacer con La Giralda?

—Papá no podrá volver al ruedo pronto. O tal vez nunca, debería decir. Nunca volverá a enfrentarse a otro dragón. —Me interrumpo y me estremezco—. Tendré que convocar audiciones y contratar a un nuevo dragonador. —Me cubro el rostro con las manos—. ¿Quién querrá volver a La Giralda después de esto?

Al menos tenemos mucho dinero ahorrado. Mamá siempre insistía en contar con reservas. Y no habíamos perdido a todos nuestros dragones, todavía nos quedaban unos cuantos en las mazmorras.

—Todos adoran a los Zaldívar —replica ella—. Tu familia es una institución en Santivilla. ¡Hay calles que llevan el nombre de tus antepasados! Hay una estatua de tu padre en la plaza mayor. Solo necesitas un plan.

Echo la cabeza hacia atrás y fijo la mirada en el techo de piedra.

—Déjame pensar. —Lola me da un apretón en el hombro para animarme—. No he contratado nunca a un dragonador…

—Eso no te ha detenido jamás —repone—. No sabías como gestionar la venta de entradas, pero aprendiste.

—Contratar a alguien para que sobreviva en el ruedo es ligeramente diferente. —Otro pensamiento me cruza la mente, aterrador e inquietante a la par—. El Gremio no está contento con nosotros. Tendrías que haber visto sus caras… sobre todo la del maestro dragón. ¿Y si amenazan con cerrarnos? Lo han hecho anteriormente con otros propietarios de plazas.

—¿La Giralda? —espeta Lola—. ¿Después de quinientos años? No te pongas histérica. Soy yo la que normalmente se pone tan dramática.

La fulmino con la mirada.

—No estoy histérica. Mi padre no le cae bien.

—¿Por qué? Es el héroe de Santivilla.

—Papá nunca me lo ha explicado.

Se muerde el labio inferior. Está preocupada, pero intenta no mostrarlo. No la culpo, su lugar aquí es tan frágil como el mío. Sin un empleo, tendrá que volver al oscuro rincón de Hispalia del que proviene.

—¿Y si vendes la plaza antes de que el Gremio pueda exigir algún tipo de penalización?

Ya estoy negando con la cabeza.

—Papá nunca lo permitiría. Esta es nuestra casa.

—Solo era una idea. —Apoya la cabeza en mi hombro.

La idea de vender la plaza se asienta en la parte posterior de mi garganta como un bulto enorme incapaz de tragar o de ignorar. Pero ¿cómo sobreviviremos si papá no actúa? Yo podría mantener el espectáculo durante un tiempo con mis bailes, pero la gente de Hispalia quiere ver corridas de dragones. Vienen hasta Santivilla por ese motivo. Nuestra ciudad se nutre de esa tradición.

Vender no es una opción. La Giralda es nuestra casa ancestral. Es el último lugar en el que vivió mi madre, es el lugar sagrado en el que aprendí a amar el flamenco. Ahora entiendo por qué las naciones se embarcan en guerras para proteger sus tierras y su gente. La Giralda es mi corazón palpitante y lucharé para protegerla.

Cueste lo que costare.

—Sabes que no tienes que pagarme para que diseñe vestidos nuevos —sugiere Lola en voz baja.

—Deberías estar formándote en el Gremio de Sastres —le digo por enésima vez.

Es una discusión antigua. La mayoría de los gremios aceptan niños cuando tienen seis o siete años para que empiecen su formación. Lola tiene diecisiete, uno menos que yo. A menos que tenga mucho dinero, no hay incentivos para que un maestro de uno de los gremios la acoja.

—¿Por qué iba a trabajar para otra persona cuando mi empleadora es perfectamente capaz de modelar cualquier cosa que yo cree? —La sonrisa exasperada de Lola se desvanece—. Deja que te diseñe algo nuevo. Será un regalo.

Le lanzo una mirada furibunda.

—Siempre te pagaré por tu trabajo. Siempre se debería pagar a los artistas, sobre todo si son amigos. No vuelvas a decirme eso. —Bajo la mirada al vestido sucio de mamá y me estremezco. Era uno de sus favoritos y está arruinado para siempre. Me arden los ojos.

Aunque Lola me hiciera otro vestido exactamente igual a este (y podría hacerlo, es así de buena) no sería el suyo. Toda la ropa de mamá constituye mis posesiones más preciadas. Cada una me lleva a un recuerdo concreto lleno de detalles que, de otro modo, se habrían perdido. El aspecto que tenía, cómo bailaba, la flor de azahar en su cabello y la expresión inigualable de alegría cuando salía al escenario.

El tiempo es el peor de los ladrones, astuto y efectivo. Se va antes de que te des cuenta de lo que te ha robado.

En algún momento bajo la perezosa luz de la mañana, salgo de la cama con cuidado de no despertar a Lola. Me pongo mi bata preferida verde menta y unas pantuflas a juego y abro la pesada puerta de madera de mi habitación mirando por encima del hombro mientras los ronquidos de Lola llenan la habitación.

Sí. Ronca. Es escandalosa hasta para dormir.

Voy hasta la habitación de papá y abro la puerta lentamente. La estancia a oscuras me impide verlo con claridad, pero su respiración tranquila y constante me dice que está profundamente dormido. Eva le ha dado un somnífero muy fuerte que lo mantendrá dormido la mayor parte del día. Y yo se lo agradezco.

Cuando se despierte, se dará cuenta de lo que le he hecho.

Cierro la puerta y camino de puntillas por el pasillo que lleva a la gran escalera. Mis pantuflas son ligeras contra el suelo de piedra. Cuando llego al balcón, miro por encima de la barandilla hacia el vestíbulo, tres tramos de escaleras más abajo. La luz gris de la mañana llena la habitación de sombras. Sábanas sucias cubren los pocos catres vacíos que abarrotan el área principal. Rollos de vendas, botellas vacías de tónico de caracol y cuencos sucios llenan la mayoría de las superficies. El personal tiene mucho trabajo que hacer.

Bajo sigilosamente los dos tramos de escaleras para ir a la cocina, donde sé que Ofelia estará preparando café y desayuno para todos, pero los gritos del exterior me distraen. Frunciendo el ceño, me dirijo a la entrada principal de La Giralda mientras el volumen no deja de aumentar. En cuanto abro la puerta, el escándalo me ensordece.

Dejo escapar un jadeo ahogado.

Montones de personas marchan delante de mi casa exhibiendo pancartas y gritando protestas. Todos llevan lazos escarlata alrededor de las muñecas. Son miembros de la Asociación, gente que está en contra de las corridas de dragones. Es típico encontrarlos fuera de las plazas, normalmente en grupos de diez o veinte personas gritando a todo pulmón.

Pero esto es diferente.

Una manifestante, una mujer de cabello canoso y hombros anchos, se da la vuelta para mirarme bajando su pancarta. Tiene unos asombrosos ojos azules y lleva una túnica roja, el color de la rabia y de la sangre, con el talle ceñido con un cinturón de cuero y una vaina.

—¡Asesina! —Se coloca delante de todos los demás como si quisiera protegerlos de mi avance—. Esto es culpa tuya —reprocha—. Es lo que pasa cuando mantienes animales salvajes enjaulados y los crías para la violencia.

Abro la boca para protestar (hay familias que se rompen y destruyen por los ataques rutinarios de los dragones a Santivilla) cuando alguien me lanza algo que me salpica la mejilla. Me estremezco y me limpio con la manga de la bata. Esta gente lleva años entrando a hurtadillas en mi casa mientras dormíamos, acechando y acosando a papá por toda la ciudad. Nos han enviado cartas deseándonos una muerte lenta y horrible.

Alguien se aclara la garganta.

Aparto la mirada.

Lola se coloca una mano en la cadera con determinación.

—Señorita Zarela, su padre solicita su presencia.

Mi padre debía haber empeorado.

—¿Papá? Está…

—Ven conmigo. —Vuelve a subir los escalones de mármol. La obedezco y la sigo mientras se reanudan los gritos a mi paso: «¡Asesina! ¡Señora de dragones!». Miro por encima del hombro.

—¡No puedes huir de esto! —exclama la mujer de los ojos azules.

Lola cierra la puerta detrás de mí y me dirige una mirada mordaz.

—Tenía que apartarte de ellos —se explica—. No iba a salir nada bueno de esa conversación. No me puedo creer que sea yo la que tenga que decírtelo.

Parpadeo.

—¿Y qué pasa con papá?

—Sigue durmiendo.

—Lola —gruño e intento volver a salir para…

Hace un ruido de exasperación y me empuja en dirección a la cocina.

—Ve a comer algo. Eres insoportable cuando tienes hambre.

El aroma del desayuno me azota en cuanto entro a la cocina. Esta estancia siempre huele a una mezcla de café, romero, aceite de oliva y ajo. Inhalo profundamente feliz de haberme alejado de la oscura penumbra del vestíbulo. Se me hace la boca agua al ver las rodajas de tomate apiladas sobre el pan grueso y crujiente y cubiertas con jamón y un generoso chorro de aceite de oliva. Un fuego ardiente ruge en la chimenea y nuestra cocinera y ama de llaves Ofelia está moliendo granos de café en la isleta de madera. Cuelgan hierbas secas del techo y la luz de la mañana llena la habitación desde los altos ventanales dispuestos a lo largo de las paredes.

—Buenos días —la saludo.

Ofelia levanta la mirada de la isleta con el ceño ligeramente fruncido en su arrugado rostro. Es una mujer redonda con cara de avellana y de mimos maternales.

—¿Lo son? Tienes un aspecto horrible.

También puedo contar con su honestidad.

—Vaya, gracias.

—¿Lola está durmiendo?

—Está despierta —contesto en un tono ligeramente a la defensiva.

—*Uf.*

Ofelia puede comportarse como si no le importara el bienestar de Lola, pero la he pillado dándole a mi amiga cuadernos de dibujo y carboncillos para el diseño de ropa. Deja una taza de porcelana y un plato encima de la isleta de dos metros y mira al fuego.

—Se están calentando las rodajas de tomate en la sartén —me informa—. No estás comiendo suficiente.

Me pellizco la nariz.

—Estoy preocupada —añade Ofelia y me obliga a sentarme en uno de los taburetes. Se mueve por la habitación y, mientras la observo trabajar, un pensamiento ocioso brota a la superficie. Ofelia lleva en la familia desde antes de que yo naciera. No suceden muchas cosas en La Giralda de las que no esté al tanto o tenga una opinión.

—¿Has visto la tetera de cobre? —Ofelia se lleva una mano arrugada a la cabeza. Da vueltas por toda la cocina mirando en las estanterías—. Habría jurado que la había dejado colgada sobre el fuego.

Niego con la cabeza. Con un suspiro, Ofelia se acerca a una cesta llena de varitas. Rebusca hasta que encuentra una etiquetada como «encantamiento de recuerdos». Un poderoso hechizo de memoria.

Fueron un regalo de papá, quien estaba cansado de oír a Ofelia lamentarse por todo lo que perdía.

Rompe la varita por la mitad y sale un zarcillo de humo de un pálido color azul que se arremolina en lo alto, y ella inhala profundamente, cerrando los ojos con fuerza y esperando a que haga efecto el hechizo.

—¿Viste algo fuera de lo común ayer? —le pregunto.

Ofelia abre los ojos con expresión clara y se dirige a un armario bajo. Rebusca en su interior hasta que deja escapar una exclamación triunfante cuando agarra la tetera perdida. Entonces me mira y le repito la pregunta.

—Creo que no. ¿Por?

—Estoy intentando entender cómo pudieron escapar los dragones de sus jaulas.

—Estaban pasando demasiadas cosas. —Lleva la jarra de leche a la isleta—. La Giralda estaba llena de gente y de trabajadores. ¿Es posible que uno de los domadores se distrajera y dejara abierta una de las celdas?

—¿Las tres celdas?

—Señorita, ayer todo pasó muy rápido. Yo tenía a varios guardias aquí conmigo ayudándome a llevar bandejas para el banquete posterior al espectáculo.

Miro alrededor de la cocina.

—¿Se ha acabado toda la comida?

—No queda mucha. Lo suficiente para la cena de esta noche.

—Papá no puede tomar nada. La curandera ha dicho que solo caldo de huesos. —Ofelia me pone la comida delante y yo tomo una rebanada de pan con tomate y jamón y le doy un mordisco.

Ella hace una mueca.

—Le encantará, estoy segura. —Me observa comer durante unos minutos—. A los empleados les gustaría que los tranquilizaran. Les preocupa su lugar aquí.

Dejo la tostada con cuidado sobre el plato. Tenemos muchos empleados manteniendo la gran casa que hay junto a la plaza. Ofelia se encarga de las criadas, pero también hay guardias y mozos de cuadra. Y, por supuesto, nuestros cinco domadores de dragones.

Pero me recuerdo a mí misma que ahora solo tenemos uno.

—La Giralda se recuperará. Contrataré a un nuevo dragonador y compraré dragones nuevos. —No hago mención al Gremio ni a su eventual citación—. Por favor, de momento diles a todos que no se preocupen.

—¿Y el señor Santiago?

—Mi padre necesita descansar. —Me levanto—. Gracias por el desayuno.

—Apenas has comido —acusa señalando el plato.

Tengo demasiados nudos en el estómago para dar otro bocado. Estoy a unos pocos pasos de la entrada cuando su suave voz me detiene.

—Ahora dirigirás La Giralda, señorita.

Hay una nota en su voz que hace que el suelo tiemble bajo mis pies. Parece inquieta. No cree que pueda gestionar la responsabilidad, o tal vez le preocupe su propio destino. Intento imaginarme cómo sobrevivirá La Giralda sin mi padre en la plaza, conmigo a cargo cuando lo único que sé hacer es bailar y hacer girar los abanicos pintados de mi madre. Me noto el pulso en la garganta y tengo que apretar la mandíbula para mantener el pánico encerrado en su sitio. No tengo tiempo para eso.

La miro con una sonrisa.

—Está todo bajo control.

Ofelia se seca las manos con un paño sucio y señala una mesita auxiliar que hay debajo de unas ventanas.

—Ha llegado una misiva para tu padre.

Mi mirada se detiene en un pequeño plato plateado en el que hay un pergamino enrollado con una cinta negra junto a otras notas de correspondencia. El detalle de la cinta negra hace que me tiemblen las rodillas. Una citación del Gremio de Dragonadores. Tomo la nota y la desenrollo con cuidado.

Señor Santiago Zaldívar,
Le ruego que se presente esta mañana en el Gremio antes del mediodía. Debe pagar hoy una multa de cuatrocientos cincuenta reales debido al incumplimiento de la conducta esperada por parte de

todos los propietarios de plazas. Además, su plaza debe devolver a todos los mecenas el importe de sus entradas. El Gremio de Dragonadores gestionará los reembolsos.

Traiga las cantidades a la reunión.

Don Eduardo del Pino
Conde de la Corte

Echo un vistazo al reloj de madera que hay junto a la puerta de la cocina. Papá tiene que marcharse en dos horas para llegar a la reunión. Él no puede viajar, así que debo ir yo. Nunca he puesto un pie en su edificio. Aunque ha habido unas pocas mujeres dragonadoras, no es algo que se impulse.

El mundo de las corridas de dragones está en manos de los hombres.

Vuelvo a leer la carta y me enfurezco en silencio ante la insinuación de que no vamos a devolver el importe de las entradas a los mecenas. ¿Por qué, si no, solicitarían ellos los pagos y querrían ser los que gestionaran la situación?

Ofelia está delante de mí arqueando una ceja hacia su línea del pelo canosa.

—¿Y bien?

La cantidad que debemos es abrumadora, pero por suerte tenemos el dinero escondido en la caja fuerte de papá, gracias a la insistencia de mi madre de tener siempre ahorros. Me preocupa más la posición de La Giralda y de papá dentro del Gremio. Doblo el pergamino arrugándolo horriblemente y los mofletes me arden como si estuviera sobre un fuego ardiente.

—Todo va bien.

Me siento increíblemente orgullosa porque no me vacile la voz.

—¿Qué vas a hacer hoy? —pregunta Ofelia, centrando la atención en el mensaje del Gremio.

—Tengo que hablar con Benito —le digo. Él puede decirme qué dragones nos quedan en las mazmorras y si pueden volar o si tienen un aliento venenoso o escamas tan gruesas como escudos. Cualquier dragonador al que vaya a contratar querrá saber a qué tipo de monstruo se enfrentará en el ruedo—. Estaré todo el resto del día fuera haciendo recados. Papá necesita descansar y la curandera vendrá por la tarde.

Me dirijo a los bajos fondos de La Giralda. Una de las criadas ya ha encendido las velas y estas iluminan el camino hasta la entrada: una inmensa puerta enmarcada por grandes antorchas con una enorme cerradura de hierro. Solo he entrado una vez y fue mucho antes de la muerte de mamá. Fue hace años, cuando tendría unos doce. Recuerdo el horrible olor a sudor y saliva de dragón, las paredes escarpadas y la tenue iluminación. A esa edad, creía que los dragones eran leyendas fascinantes, misteriosas e impresionantes.

Pero a papá no le parecía apropiado que estuviera allí abajo por los riesgos potenciales. Tal vez habría opinado diferente si hubiera tenido un hijo. En algún momento, perdí el interés por los dragones. Se convirtieron en elementos habituales del mundo de papá, separados del tiempo que yo pasaba bailando con mamá. Papá nunca parecía asustado, así que no me preocupaba.

Todo eso cambió cuando murió mamá.

No puedo mirar a un dragón sin ver los últimos instantes de mi madre en este mundo, sus manos agitándose en el aire, el rostro contraído de dolor, los labios retorcidos mientras gritaba.

Tengo delante de mí la puerta de la mazmorra. Es pesada, está hecha de madera oscura y muestra las palabras: PRECAUCIÓN. SOLO DOMADORES Y DRAGONADORES. Hemos perdido seis dragones y solo nos quedan tres, lo que supone que las oportunidades de recuperarnos de las pérdidas se han reducido drásticamente. Pero me preocuparé de eso más adelante. De momento, nuestras inversiones están aseguradas bajo llave en sus jaulas. Tiro del pesado picaporte de hierro y me aventuro en el interior. El olor a piedra mojada y a almizcle me invade las fosas nasales. Un agudo escalofrío desciende por mi espalda y, cuando miro hacia abajo, me sorprendo al ver que todavía llevo la bata y las pantuflas.

Los escalones de piedra conducen a las entrañas de La Giralda y lentamente voy bajando mientras las antorchas chisporroteantes me iluminan el camino. El silencio absoluto me desarma. No se oye la áspera respiración de los dragones, las grandes ráfagas de aire que salen de sus narices en forma de rendija. No se oyen sus movimientos inquietos.

Paso los dedos por la pared escarpada y sigo adelante.

—¿Benito?

El silencio se alarga retorciéndose y ladeándose en la oscuridad. Es extraño.

Un suspiro tembloroso se me escapa entre los labios cuando llego al final. Me acerco a la larga hilera de celdas, cada una con su enorme puerta y fortificada con un poderoso encantamiento. La mitad superior está hecha de cristal y la inferior de hierro fundido.

En los quinientos años que han pasado desde que se puso la primera piedra, ningún dragón había escapado de su celda. Una vez capturados, los llevaban a los sótanos y nunca salían de La Giralda con vida. Una vez papá me dijo que al año mueren casi ochenta dragones en Santivilla. Me parecía un número muy alto, pero mi opinión cambió tras la muerte de mamá.

Ahora considero que ningún número será nunca lo bastante alto.

Echo un vistazo a la primera celda y espero a que se me adapten los ojos a la oscura jaula. Los muros cavernosos encierran el sombrío espacio y solo puedo distinguir la silueta borrosa de uno de los dragones que nos quedan. Al lado de la barra de hierro hay un letrero clavado en un poste de madera: DRAGÓN MORCEGO.

—¿Benito? —repito mirando a mi alrededor antes de acercarme a la puerta. Mi aliento empaña el cristal. La bestia está tumbada de costado con la cola puntiaguda enroscada en su cuerpo regordete y escamoso. Duerme alegremente ajeno a mi presencia. Papá me contó una vez que sus dientes tienen un borde aserrado para poder rasgar la carne. Tiene cuarenta y cuatro recubriéndole las enormes encías.

Me aparto temerosa de su fea cabeza hasta que el miedo que me resuena en los oídos no es más que una vibración distante. Y luego algo extraño me llama la atención.

No se mueve.

¿No debería su pecho subir y bajar? ¿No deberían salir bocanadas de aire de sus fosas nasales? Apoyo las manos en el cristal y me acerco entrecerrando los ojos en la oscuridad.

La bestia se mantiene inmóvil.

Quito las manos y la puerta sigue mi movimiento balanceándose de delante hacia atrás, golpeando suavemente la estructura de hierro.

Alguien había dejado la puerta de la celda abierta.

Con un jadeo, retrocedo hasta que choco con la pared opuesta de la caverna. El corazón me late dolorosamente contra las costillas. Me rodeo el pecho con los brazos luchando por controlar la repentina ráfaga de miedo que está causando estragos en mi cuerpo. No puedo dejar la puerta abierta. No es seguro. ¿Dónde está la maldita llave? Debe tenerla Benito. Debería estar aquí.

—¿Benito? —susurro.

No aparto la mirada de la puerta de la jaula. Me sorprende seguir con vida. Tal vez el dragón no sepa que puede escapar. Inhalo profundamente y me acerco sigilosamente a la celda. Noto los guijarros en la piel a través de la fina tela de mis pantuflas. Tiro del picaporte de hierro hacia mí con el brazo temblando. Espero al fuego que sé que vendrá. Pero la bestia sigue sin moverse.

Se me forma un sensación de inquietud en el estómago. Algo no va bien.

Tomo una de las antorchas de la pared. Me adentro en la celda y contengo la respiración sin atreverme a hacer un sonido. Me pregunto de dónde he sacado las agallas para estar en el mismo sitio que un dragón.

Sigue sin haber movimiento.

¿Y dónde diablos está Benito?

Doy otro paso hacia adelante convencida de que en cualquier momento el dragón abrirá los ojos y se reirá de mi estupidez. En cualquier momento, la criatura se alzará cuan alta es y se cernirá sobre mí. Doy otro paso, y otro más, hasta que finalmente llego al lado del morcego. Noto algo mojado en la pantufla y miro hacia el suelo de piedra.

La antorcha ilumina un charco rojo bajo mis pies.

El aire se me queda atascado en la garganta. Una gran cantidad de sangre sale desde la garganta del dragón, de una herida que tiene en la base del cuello. Sujeto con fuerza la antorcha y salgo de la celda corriendo frenéticamente a la de al lado. La puerta también está abierta y hay otro charco de sangre. Oigo lamentos cuando corro hacia la última celda y no me doy cuenta de que soy yo hasta que caigo de rodillas.

Todos nuestros dragones están muertos.

CINCO

Me pongo de pie y me alejo tambaleándome del dragón sin vida cerrando ciegamente la puerta detrás de mí. El agudo sonido resuena por toda la mazmorra y ruge en mis oídos. ¿Quién ha bajado hasta aquí y ha matado a nuestros dragones? Los han asesinado mientras La Giralda ardía arriba.

Se me pone la piel de los brazos de gallina.

¿Dónde diablos está Benito?

Es raro que no esté aquí, donde debería estar. Me enderezo alejándome de la puerta de hierro con los puños cerrados y miro hacia los escalones. Mi cuerpo se tensa mientras se prepara para correr y no parar hasta que llegue al Gremio de Dragonadores.

Me muerdo el labio con fuerza para evitar gritar. Levanto el pie dispuesta a marcharme a toda prisa de esta horrible mazmorra y del hedor de la muerte. Pero algo me llama la atención.

Una sombra oscura en un rincón húmedo del calabozo.

Tiene una forma abultada. Entorno la mirada entrecerrando los ojos mientras trato de distinguir los bordes. La silueta se transforma lentamente y se vuelve más clara cuando mis ojos se adaptan a la luz.

El bulto se convierte en un humano.

—Benito —murmuro horrorizada—. *Benito.*

Está desplomado contra la pared agarrándose el pecho. Corro hacia él para ver si todavía respira, pero no hay movimiento, no sale aliento de su boca abierta. Sus ojos miran fijamente hacia mis pantuflas. No hay sangre ni señales de lucha. No tiene rasguños en el rostro ni en las manos. Lleva la misma ropa sucia de ayer cubierta por arena grumosa y suciedad.

Noto algo agrio en la garganta con cierto regusto a tomate. Me froto los ojos esperando que cambie la imagen delante de mí.

Benito está muerto. Como nuestros dragones.

Ayer mantuve una conversación con el domador. Fue justo después de que los dragones hubieran causado estragos en la plaza. El momento en el que todo mi mundo cambió. Dijo que permanecería ahí abajo para cuidar de las tres bestias que quedaban.

Y en algún momento entre esa conversación y esta mañana, ha muerto.

Dios. Noto la bilis en la garganta, pero me la trago con un estremecimiento. Me tiemblan las manos cuando me inclino hacia adelante para pasarlas por su chaleco de cuero y por su túnica en busca de heridas.

Pero no tiene. Lo que lo haya matado no es un arma de acero.

Las paredes de la mazmorra parecen cerrarse a mi alrededor como un puño. Tengo que salir de aquí. Me alejo tambaleándome del pobre Benito y subo corriendo las escaleras pisando la piedra con mis pantuflas empapadas de sangre. Llego al gran vestíbulo como si estuviera atravesando un gran vendaval. Estoy en shock y no quiero salir nunca de él. Porque tal vez pueda intervenir alguien con respuestas y soluciones. Papá sabrá qué hacer. Me sobresalto al recordar su estado actual.

Estoy sola.

Las implicaciones de lo que he visto cobran demasiada claridad. Lo de ayer no fue un accidente, no sucedió porque alguien hubiera olvidado cerrar con llave.

Los dragones habían sido liberados.

Y alguien había bajado a nuestras mazmorras después del ataque y había matado al resto de nuestras inversiones. Tal vez Benito se interpuso en su camino y por eso lo habían matado. Benito había intentado decirme algo ayer. Y como soy tan tonta, no me acordé de ir a buscarlo para preguntarle. Todos mis pensamientos se alinean y forman una sospecha cristalizada en mi mente que me deja sin aliento: alguien quiere arruinarnos.

Un recuerdo me pasa por la cabeza y me provoca un escalofrío en la espina dorsal. Durante la masacre de ayer había protestas en la puerta principal.

Querían que dejáramos en paz a los dragones, querían que fueran libres para vagar por los cielos destruyendo pueblos y familias, matando a cualquier cosa que se les pusiera por delante. ¿Es una locura sospechar que uno de ellos haya liberado a uno de nuestros activos sin importar las consecuencias?

Es el tipo de lógica retorcida que caracteriza su comportamiento.

Pienso mucho descartando una idea tras otra. Si mis sospechas son ciertas, tendré que averiguar cómo lograron liberar a los dragones. La puerta de la mazmorra siempre está asegurada y cada celda tiene su propia cerradura. No hay modo de entrar sin una llave.

Me da un vuelco el corazón.

Las llaves.

Hay tres. Mi padre y yo tenemos una cada uno y Ofelia tiene la otra. Rápidamente, corro a la cocina y me dirijo directamente a la olla en la que sé que Ofelia esconde la suya. Meto la mano dentro, mis dedos rozan el hierro y me recorre una oleada de alivio. Una, queda comprobar dos más. El corazón me golpea con fuerza las costillas mientras subo de dos en dos los escalones de la gran escalera corriendo hacia mi habitación.

La llave está justo donde debería estar, metida en uno de mis cajones. Nunca la he usado, pero papá insistió en que la tuviera por si les pasaba algo a las otras.

Solo falta una.

Voy a la habitación de papá, donde él está descansando. La suya está en la mesita de noche, pero normalmente la lleva alrededor del cuello con una cuerda de cuero. Me hundo contra la puerta de su habitación frunciendo el ceño mientras observo cómo el pecho de papá sube y baja constantemente.

No falta ninguna de las llaves.

Entonces, ¿cómo ha podido colarse alguien en las habitaciones? La puerta está hecha de una madera impenetrable y me habría dado cuenta si hubiera visto arañazos o señales de entrada forzada.

Alguien podría haber usado un encantamiento.

Se venden hechizos en el Mercado de los Magos, un mercado legendario en el que cualquiera puede comprar una varita bañada en una variedad de pociones. Ofelia las compra semanalmente. Es más, Lola también lo hace. La cantidad de varitas que tiene para crear los efectos relucientes en las telas con las que trabaja es obscena.

Consigo llegar al gran vestíbulo con los hombros en tensión. Cada emoción que intento ocultar me forma un nudo en el estómago. La presión por salvar La Giralda, el temor por perder a papá, la preocupación por las familias que han perdido a alguien y nuestra reputación arruinada. Todo parece urgente, pero lo único que quiero hacer es gritar hasta que no me quede nada.

Hay dos sirvientes barriendo y limpiando el gran vestíbulo, quitando los catres y tirando las vendas usadas. Cuando me ven, se quedan quietos inmediatamente. Sus miradas se posan en la sangre que mancha el dobladillo de mi vestido y en mis pantuflas empapadas.

Lola sale de la cocina con una bandeja que supongo que será para mi padre, pero me ve la cara y se detiene.

—¿Qué ha pasado?

—Benito está ahí abajo —contesto con los labios entumecidos—. Está muerto.

Se le cae la bandeja al suelo.

Débilmente, soy consciente de que uno de los guardias que estaba de pie junto a la entrada principal de La Giralda se acerca a mí. Oye mis últimas palabras y sale corriendo hacia la mazmorra. Lola se queda quieta entre los platos rotos y una de las criadas limpia el desorden mientras la otra se mete en la cocina para buscar una varita con la que reparar la vajilla. Lola se mueve para acercarse a mí, pero levanto una mano para impedírselo porque sé que, si me abraza, me desmoronaré.

Y es lo último que todo el mundo necesita ahora mismo.

Me mantengo quieta, lucho por mantener la voz firme mientras lanzo mis preguntas a Lola y a las dos criadas. No, no han visto a nadie acercándose a la puerta de las mazmorras. No, no han oído nada sospechoso, y no, no han escuchado nada sobre visitas a los dragones. Durante toda la conversación, mantengo una expresión neutra porque no quiero alarmarlas. Pero, por dentro, mi grito de frustración aguarda. Puede que solo sea una pesadilla y mañana despierte siendo el día de después del espectáculo, solo que ahora todo irá bien.

No habrán muerto trece personas.

Los dragones seguirán en sus jaulas.

Mi padre no estará enfermo.

Cuando veo la mirada crítica de Lola vuelvo a la realidad.

—Dejadnos —les ordeno a las otras dos criadas. Se marchan rápidamente lanzando miradas nerviosas en mi dirección.

—¿Qué necesitas que haga? —pregunta Lola.

Mi corazón es un pájaro asustado que revolotea entre mis costillas azotándome salvajemente con las alas.

—Avisa a Guillermo y dile que puede llevarse a casa los cuerpos de los dragones muertos. Asegúrate de que te pague. —Tuerzo los labios—. Tres monstruos en un día, seguro que se alegrará.

—Zarela —susurra Lola con un ligero toque de reprimenda en la voz.

—Y luego, por favor, pídeles a los guardias que entierren a Benito en el cementerio familiar. —Se me rompe la voz—. Lleva años con nosotros. Creo que le hubiera gustado.

—¿Y su familia?

Niego con la cabeza.

—Solo nos tiene a nosotros.

Lola me agarra por la manga de la bata.

—¿Cómo ha muerto?

Intento formar con los labios las palabras para describir cómo lo he encontrado. Frío, solo, arrojado contra la sucia pared de la mazmorra, a pocos metros de los charcos de sangre. Sin ninguna herida en el cuerpo.

—Lo han asesinado. —Ella jadea—. Por favor, haz lo que te pido.

—¿Aviso al Gremio de Dragonadores? Querrán saberlo.

—Ahora mismo voy hacia allí.

Quiero quedarme aquí con ella y escondernos debajo de mi cama. Pero no es lo que habría hecho mi madre. No, ella habría llegado a la reunión con el maestro dragón con su ropa más elegante y con la barbilla bien alta. Habría exigido ayuda para descubrir al culpable.

Don Eduardo tendrá que abrir una investigación.

Alguien está jugando sucio en La Giralda.

Cada Gremio maneja los delitos dentro de su propia institución. Nadie del Gremio de Magia puede ser juzgado o condenado en el Gremio de Dragonadores, y viceversa. Una necesidad considerando la animosidad latente entre los dos gremios. Si se comete un delito contra uno de los nuestros por parte de un miembro de otro Gremio, se presenta una denuncia formal y la solicitud es enviada al maestro responsable del infractor. Es un sistema destinado a proteger a todos los miembros de pago de un enjuiciamiento injustificado y a promover la justicia y la restitución. Cualquiera que no pertenezca a un Gremio de profesión específico está obligado a formar parte del Gremio General. La gente como Lola, por ejemplo, que proviene de familias más pobres que no pueden permitirse mandar a sus hijos para que se formen como aprendices.

Tendré que manejar esto con sumo cuidado.

Acusar de un delito a alguien que no es miembro es algo serio y requiere pruebas. Sin el apoyo de don Eduardo, estaré condenada desde el principio. Pero si me presento obedientemente con las ganancias del espectáculo de ayer, podría mostrarse inclinado a ayudarme, a pesar de la animosidad que siente por mi padre.

Tomo un sorbo de aire cálido intentando aclararme la cabeza y calmar mi corazón acelerado. Se me ocurre un plan. Voy a vestirme, sacar las monedas de la caja fuerte y tomar el carruaje para ir a la ciudad.

Tener algo productivo que hacer me calma.

Cuando llego a la planta correcta, vuelvo a sentirme más yo misma.

La caja de hierro está en el despacho de papá, oculta en una sala secreta escondida detrás de un tapiz que muestra el combate contra un dragón. Lleva siglos siendo el escondite de los tesoros de la familia. El estudio de papá se ve tranquilo y silencioso excepto por el repique de un reloj viejo con el marco de madera que está en su escritorio. Tengo una hora antes de tener que entregar el dinero al Gremio de Dragonadores y todavía no estoy vestida y sigo vagando con una bata manchada de sangre. Si mamá pudiera verme, se estremecería. A estas alturas, ya estaría bien vestida y tendría una taza de café con leche en la mano.

Otro recordatorio más de que yo no soy ella.

Las cortinas están corridas y agradezco la oscuridad mientras saco una vieja llave que está oculta en la décima piedra a la izquierda de la ventana contando hacia arriba desde el suelo. Es negra y pesada e inmediatamente hace que la mano me huela a La Giralda. A secretos, a humo y a hierro. Atravieso el estudio y aparto el tapiz revelando más de la misma piedra, solo que ahora hay un cambio que hace que la pared ceda y se deslice formando una puerta corrediza. Hay dinero suficiente para cubrir todos los gastos: la multa y la contratación de un nuevo domador y un dragonador. Y para comprar más dragones.

Por no hablar de los cuidados de papá.

Miro dentro y se me acelera la respiración.

En lugar de encontrarme montones de dinero, solo hay unos cuantos reales de plata esparcidos por la caja fuerte. Debería haber bolsas llenas de joyas de oro adornadas con rubíes, esmeraldas, perlas, amatistas y diamantes tan grandes como mis ojos. Aquí no hay nada de eso.

Nada excepto las bolsas de monedas de las ganancias de ayer.

Lo comprendo todo cuando me golpea un recuerdo.

Cuando mis padres discutían, sus voces llegaban a todos los rincones de La Giralda. Solían pelearse por el dinero. A mi padre le gustan las cosas bonitas, siempre quiere lo mejor para su familia. Telas caras, mosaicos nuevos para el gran vestíbulo, arena blanca importada de la costa y joyas costosas de los mejores joyeros de toda Hispalia. Era mamá la que tiraba de él hacia un sentido práctico. Después de su muerte, una gran parte de papá se durmió. Con el paso del tiempo, diferentes partes de él se despertaron y esta era una de ellas: la habilidad de gastar dinero sin restricciones.

—Maldita sea, Zarela —susurro. Tendría que haberlo visto venir, podría haber sido la voz de la razón. Pero supongo que también estaban durmiendo ciertas partes de mí.

Ahora no queda nada.

Las ganancias de ayer me parecen una cuantía insignificante en las manos. Las monedas que nos quedan apenas podrán cubrir los gastos de comida del mes. Cierro la puerta de golpe y el sonido rebota en la pequeña sala de piedra, pero apenas lo oigo. Me bailan demasiados pensamientos en la mente. Mi cabeza es un caos ruidoso, perturbador y abrumador.

Necesito arreglar todo este lío.

Me acerco al escritorio de papá dolorosamente consciente de la cantidad de tiempo cada vez menor que me queda para prepararme y saco una hoja, mojo la pluma en el tintero y anoto todos los gastos. Estimo el coste de mantener La Giralda durante un mes, las reparaciones, el salario de los guardias, de Ofelia, de Lola y de un puñado más de sirvientes y el gasto en comida. Luego cuento el gasto de la contratación de un nuevo domador, del cuidado de papá y de la multa del Gremio.

En total, la cuantía ronda los cinco mil doscientos reales.

Es solo una estimación. ¿Cómo podré mantener con vida a mi padre y a nuestro hogar? Si mi desesperación fuera un lugar, sería el frío suelo de un calabozo en el que todos aquellos a los que he amado alguna vez olvidan lentamente mi nombre. Dejo la pluma y me froto los ojos cansados. No puedo llegar al Gremio con las manos vacías.

Una idea empieza a echar raíces y a florecer en mi cabeza.

Algo terrible y casi imperdonable.

Papá nunca me lo perdonaría pero ¿qué opciones me quedan? Me marcho del estudio y me dirijo al vestuario. Por suerte, no hay nadie limpiando la estancia. El ornamentado guardarropa descansa contra la pared, una antigüedad que muestra dignidad y estilo como una condesa bien vestida. Tiro de las pesadas puertas relucientes. Los inmortales vestidos de mamá cuelgan en una ordenada fila. Son sus favoritos, los que nos quedamos después de donar el resto al Gremio de las Artes. Cada semana, los sacan y los rocían con el perfume de azahar preferido de mamá y los guardan con sumo cuidado. Al mirarlos recuerdo su aroma ácido y cítrico.

Como la ciudad de Santivilla en verano.

Mamá lució estos vestidos en actuaciones importantes, como los bailes celebrados por el rey Alfonso y su esposa, la reina Mercedes de Hispalia. Yo los he llevado en espectáculos y en fiestas organizadas por mi familia para los cumpleaños de mamá, una tradición que hemos seguido para honrar su memoria. Estos vestidos son mi legado, una herencia de la mayor importancia y un vínculo con mi madre.

Venderlos sería una traición.

Con manos temblorosas, saco tres de las perchas de seda moviéndolos con cuidado para que no rocen el suelo y dejo el valioso montón apoyado en el respaldo de una silla de cuero. Luego tiro de la cuerda de seda que hay junto a la enorme chimenea.

Ofelia aparece un minuto después y me tenso instintivamente. Una parte de mí tiene miedo de decepcionarla. Papá me crio con palabras suaves y frutas confitadas, pero fue Ofelia la que me alimentó con el amargo brebaje de la edad adulta.

Echa un vistazo a los vestidos y un rápido entendimiento se dibuja en sus facciones orgullosas: mandíbula terca, cejas feroces y la mirada entornada de alguien acostumbrado a contemplar tonterías.

—¿Qué estás haciendo con las cosas de Eulalia?

Levanto la barbilla, aunque no estoy preparada para tener esta discusión.

—Voy a venderlas.

—No —responde llanamente—. No puedes.

—Debo hacerlo. —Tomo el delicado bulto entre las manos y evito el silencio resentido que emana de Ofelia como si fuera fuego abierto.

—Pero…

Cierro los ojos.

—No discutas. Por favor.

Me observa atentamente y su entrecejo es como un martillo hundiendo un clavo en mi corazón. Su desaprobación es un peso perceptible sobre mis hombros. Desliza suavemente el dedo índice por mi mejilla y abro los ojos.

—Algunas cosas son irremplazables —dice Ofelia—. Cuando se marchan, se marchan.

Cierra los oscuros ojos como si estuviera reviviendo un recuerdo doloroso. Sé exactamente cuál es. Aquel horrible día en el que volvimos a La Giralda sin mamá.

Me aparto de ella.

—Mamá no habría querido que cerráramos la plaza.

Sus labios son una fina línea.

—Bien. Pon buena cara y elige un vestido. El rojo queda muy bien con tu piel.

Pienso en que tendré que apaciguar al maestro dragón.

—Pareceré enfadada.

—¿Acaso no lo estás? —pregunta—. No aceptes menos de quinientos reales por cada vestido. Ya te dije que no donaras tantos al Gremio de las Artes.

—¿Quinientos? —Nunca, en toda he mi vida, he visto tal cantidad de dinero. Los clientes compran entradas con helones de plata. Papá podría cambiar esas monedas por reales de oro, pero normalmente no lo hacía, ya que la mayoría de los gastos del día a día se hacen con monedas de plata. Excepto cuando compra dragones nuevos. Según papá, los de las mejores razas cuestan más de mil reales.

—Pero estos los llevó tu madre —dice Ofelia agarrándolos—. Su estatua está en el pasillo principal de la plaza.

Flexiono las rodillas hasta colocarme al nivel de sus ojos. Nunca habría suficiente cantidad de monedas de oro.

—Ofelia, haré todo lo que pueda para honrarla. Lo sabes.

Estrecha las telas durante un instante y luego las suelta dedo a dedo. Se aparta de mí, baja los párpados caídos y sale de la habitación. La culpa es como un indigesto bulto en mi garganta. Me cuesta tragar. Me cuesta respirar. Apaciguar a don Eduardo es más importante que una pila de tela cosida. Mamá me diría lo mismo. Siempre tendré el recuerdo de ella bailando con estos vestidos, no de los vestidos a secas.

Salgo del vestuario para ponerme un largo vestido de seda con volantes en la parte baja y un escote pronunciado. Me arreglo la cara, me trenzo el pelo y me lo enrollo en la cabeza. Nadie adivinaría el tormento interno que amenaza con abrumarme. Luego por fin, estoy sola en uno de nuestros carruajes más elegantes pintado de un rojo ardiente con adornos dorados y borlas de color marfil.

Esto también tendré que venderlo.

Ofelia me indicó que fuera a La Cortina, una tienda del centro de Santivilla. Pero tengo una idea mejor.

E implica visitar a una mujer a la que mi madre odiaba.

SEIS

La casa de la señora Montenegro está a una calle de la plaza mayor. Digo «casa», pero sería más apropiado decir que vive en un edificio ubicado entre varias de las tiendas que posee su familia, incluyendo el periódico de mayor circulación en Santivilla, *El Correo*. Las tiendas y el periódico ocupan una manzana entera, y todas tienen las puertas abiertas de par en par con clientes entrando y saliendo de los diferentes establecimientos. Cuando pasamos, los vendedores gritan anunciando los productos que ofrecen.

Hay grandes robles alineados a ambos lados de la avenida; crean un bonito arco de ramas frondosas que cubre los dos carriles de tráfico que pasan por el camino empedrado. Pasamos por pequeños mercados y por un restaurante famoso por sus churros bañados en chocolate caliente y leche frita, un dulce hecho de leche y envuelto en una crujiente cáscara frita. Mi madre me traía aquí todos los años por mi cumpleaños. Aparto la mirada de la entrada pintada con todos verdes y dorados.

Nuestro cochero gira a la derecha y el aire se inunda con el rico aroma de las especias y los aceites que se venden en casi todos los establecimientos: pimentón, ajo asado, aceite de oliva y pimienta de Cayena. Y por todas partes a la vez me llega la dulce fragancia de las flores de azahar.

Un olor que me sabe a cenizas en la boca.

Golpeo el techo del carruaje dos veces con el puño e inmediatamente se detiene. Salgo con los vestidos entre los brazos y me dirijo al cochero.

—Aparca cerca, por favor.

Se toca el borde del sombrero.

—Sí, señorita Zaldívar.

El pavor me sube por la columna vertebral como la hiedra. Quiero alejarme aferrándome a la ropa de mi madre y no separarme de ella nunca. Pero me obligo a dar un paso tras otro.

La gran entrada de la señora Montenegro se cierne ante mí. Una aldaba en forma de medialuna de oro macizo cuelga en el centro de la puerta. Sé con certeza que se la han robado unas seis veces porque, cada vez que desaparece, la señora Montenegro se queja de ello en una de sus fiestas.

Pero ¿por qué dejar algo así a la vista?

Negando con la cabeza, levanto la pesada aldaba y dejo que golpee la puerta. Un momento después, se abre de repente y un mayordomo de rostro adusto me saluda con un simple:

—¿Sí?

—Por favor, dígale a la señora Montenegro que Zarela Zaldívar está aquí. —El hombre frunce el ceño. No le ha impresionado mi nombre.

—La señora de la casa está comiendo. —Desvía la mirada al fardo que sujeto entre los brazos.

—Solo será un momento. —Me acerco los vestidos al cuerpo protegiéndolos de su mirada indiscreta—. Por favor, tengo otra cita en media hora.

Él suspira, pero abre más la puerta para permitirme entrar. El mármol pulido brilla bajo mis pies calzados con botas mientras sigo al hombre por un largo vestíbulo decorado con cuadros de la familia Montenegro. Nos detenemos ante otro juego de puertas dobles y me pide que espere mientras él entra. Tras un suave murmullo, me hacen pasar al comedor de la señora Montenegro.

La señora de la casa está sentada ante una mesa larga y rectangular con una gran variedad de platitos con pepino, tomates y cebolla troceados y dispuestos por separado. Otro cuenco grande luce el color naranja del gazpacho y junto al codo tiene una gran jarra de vino tinto con gruesas rodajas de naranja flotando en el interior. Y es solo para empezar.

—Vaya, Zarela —dice la señora Montenegro—. Me sorprende verte aquí. ¿Quieres almorzar conmigo?

Niego con la cabeza y deposito con cuidado los vestidos en el respaldo de una de las sillas afelpadas.

—Entonces, ¿por qué has venido?

La miro entornando los ojos. Se la ve totalmente serena, con el cabello negro retirado en un elegante moño casi en la nuca. Grandes joyas le adornan el cuello ancho y su perfume de rosas flota en el aire. Apenas ha mirado los vestidos, a pesar de haberme rogado que le vendiera uno una semana después del funeral de mamá.

Esto no me va a salir bien.

Lo noto en su mirada desapasionada, en cómo se ha quedado sentada cuando antes habría saltado para saludarme con los brazos abiertos y una encantadora sonrisa para la famosa hija de la alta sociedad hispaliana.

Lo de ayer lo ha cambiado todo.

Traen más comida en bandejas de plata; esta vez, le sirven croquetas de jamón, una sopa cremosa de champiñones con queso y picatostes y una ensalada con remolacha asada y queso de cabra hispaliano. Asiente con aprobación cuando le sirven los platos y parece olvidar que estoy justo ahí, a un metro de ella.

—He venido a venderle tres de los conjuntos favoritos de mamá —le digo forzando una sonrisa tensa—. Lleva años queriéndolos y…

Sorbe ruidosamente la cuchara.

—¿Ah, sí?

—A menos que lleve años sin entender bien su español.

Mi réplica llega con un golpe poco elegante sobre la mesa. Me mira con frialdad recorriendo todo mi cuerpo con los ojos y, sin duda, encontrando fallos en cada curva. Ojalá se me hubiera ocurrido traer a Lola conmigo. Es capaz de encantar a las serpientes.

—He oído las lamentables noticias sobre La Giralda. —Se limpia los labios delicadamente con una servilleta de lino—. Una caída en desgracia. Y pensar que yo misma estuve a punto de ir al espectáculo.

—Señora Montenegro, deje de jugar conmigo —advierto con los dientes apretados.

Arquea las cejas oscuras con astuta diversión.

La ignoro y sigo presionándola.

—Si no está interesada, dígalo y ya. Y si lo está, por favor, mírelos.

Deja suavemente la cuchara sobre la mesa y empuja la silla hacia atrás.

—No hace falta usar ese tonito —me reprocha colocándose a mi lado y tocando el primer vestido delicado—. Me acuerdo de este. Fue hace siete años, ¿verdad? Eulalia se lo puso para la celebración de cumpleaños del maestro del Gremio de los Pintores.

—Correcto.

—Una actuación espectacular. —Pasa el dedo por los flecos negros—. Te pagaré cien reales por cada vestido.

—Anteriormente me ofreció una cantidad cuatro veces mayor —replico.

Me mira a los ojos con el rostro inmóvil.

—Pero el apellido familiar tenía más peso entonces. El único motivo por el que me ofrezco a comprarlos ahora es porque tu madre era una amiga muy querida.

El recuerdo de los verdaderos sentimientos de mamá hacia esa mujer me invade la mente. Quiero escupirlos, alterar esa expresión pétrea hasta poder ver algo debajo de esa chapa lacada. ¿Cómo se atreve a ofrecerme caridad? Sin embargo, me muerdo la lengua. Necesito todo el dinero que pueda reunir y no pienso aportar más material a la industria del cotilleo de Hispalia.

—Estoy segura de que mi madre estaría encantada con su generosidad. Sin embargo —repongo esbozando una expresión de disculpa en la cara—, acabo de recordar que mi madre quería estos vestidos para Gabriela Asturias. ¿La conoce? ¡Qué tonta soy, casi lo olvido! Este negro es justamente uno de sus preferidos.

Gabriela Asturias es la propietaria de uno de los restaurantes más famosos de la ciudad. Todas las semanas se habla de su comida en *El Correo* y la alta sociedad al completo cena en su establecimiento.

La mirada de la señora Montenegro se agudiza.

—¿Sí?

Juego con ella del mismo modo en el que papá domina su guitarra, golpeándola hasta la sumisión.

—Lamento haberle hecho perder el tiempo. Ya sé dónde está la salida…

—Un momento —dice rápidamente—. Mira, querida, creo que he cambiado de opinión. Creo que sí que me los voy a quedar y al precio que acordamos.

Diez minutos después, soy mil quinientos reales más rica.

SIETE

La puerta se cierra de golpe detrás de mí, ruidosa y concluyente, dejándome un sabor amargo en la boca. Espero a mi carruaje ignorando las curiosas miradas que se dirigen a mí y a la gran bolsa que tengo en los pies. Levanto la barbilla y miro casi sin ver hacia la calle. La gente se vuelve borrosa. La señora Montenegro es una cotilla y apostaría pilas de dinero (un dinero que no tengo) a que esa horrible mujer ya está escribiendo cartas a sus amigas invitándolas a tomar el té de la tarde para expandir las mentiras más desagradables sobre mi familia.

No lo toleraré.

Los caballos aparecen en mi campo de visión y camino hacia ellos con los hombros echados hacia atrás. Puede pensar que me ha herido con sus palabras, pero nada más lejos de la realidad. Le demostraré que nuestro apellido no es tan débil como su carácter.

—¿Podría, por favor, bajar esa bolsa? —le pregunto al cochero señalando el bulto de encima de las escaleras. Asiente y sube corriendo mientras yo me meto en el carruaje cubriendo con la falda la otra bolsa de dinero que he traído de La Giralda. El cochero carga con la otra y la deja al lado de mis piernas.

Tal vez tenga el dinero suficiente para contratar a otro dragonador.

Pero ¿y el resto de los gastos?

El carruaje da una sacudida y se dirige al Gremio de Dragonadores. Dejo la cortina de la ventana descorrida y el sonido de los niños que anuncian *El Correo* llena el lujoso espacio.

—¡Masacre en La Giralda!

—¡Trece fallecidos en el ataque de los dragones!

—¡Santiago Zaldívar, caído en desgracia!

Tenso la mandíbula y se me queda así el resto del trayecto hasta que llegamos a la puerta del Gremio. Agarro una de las bolsas llenas de monedas de oro. Unos escalones de mármol blanco llevan hasta un arco ornamentado con filigranas doradas diseñadas para parecer llamas. En la base de la entrada hay estatuas de dragonadores legendarios y cuando paso por delante recuerdo una conversación que tuve con papá en la que me dijo que el Gremio estaba considerando añadirlo a él a las decoraciones. Papá se había sentido orgulloso aquel día y lo celebramos con un cerdo asado y con pan recién hecho aromatizado con romero y ajo.

Había sido uno de los primeros días felices de papá después de la muerte de mamá. Me miró con una sonrisa que reconocí. Ni siquiera el hecho de que don Eduardo se opusiera a la estatua le robó a papá la felicidad aquel día.

Delante de mí tengo las preciosas puertas de madera con incrustaciones de remolinos y bucles dorados entrelazados en el diseño inspirado por las llamas. La sede del Gremio tiene siglos de antigüedad y ha sobrevivido a milenios llenos de guerras, ataques de dragones y un clima abrasador debido a intrincados y costosos encantamientos que tardaron ciento cincuenta años en completarse. En el interior, la magia está estrictamente prohibida, a menos que cuentes con el permiso escrito de don Eduardo. El Gremio de Dragonadores y el Gremio de Magia nunca se han llevado muy bien.

Pero mamá adoraba la magia.

Le encantaba ir al Mercado de los Magos y ojear hechizos que podrían cambiarle el color del pelo o aliviarle el dolor de los pies. Papá le seguía la corriente y, ahora que ella ya no está, ninguno de los dos se queja cuando Ofelia va al Mercado para comprar varitas, a pesar del coste. A pesar del hecho de que ni el más poderoso de los embrujos podría traer de vuelta a mi madre.

Los ayudantes me abren la puerta. La bulliciosa actividad llena el salón redondo con charlas, ruido de papeles y pisadas que golpean el suelo de baldosas a cuadros negros, blancos y dorados. En el techo hay un mosaico de brillantes azulejos rojos que representa al escarlata.

El monstruo que prendió fuego a mi madre.

A la derecha tengo un largo mostrador de madera y me acerco donde me espera un joven arqueando sus cejas negras. Lleva los tradicionales colores oscuros del Gremio con los dobladillos diseñados para que parezcan llamas saliendo de sus mangas. Se me enreda el vestido entre las piernas y de repente me doy cuenta de que el sonido de la estancia se ha reducido a un murmuro silencioso.

—Señorita Zaldívar —dice cuando llego hasta él. Sus modales están lejos de ser agradables, pero al menos son educados.

—Creo que me esperan.

Mantiene la mirada firmemente lejos de la mía.

—Pensábamos que vendría don Santiago Zaldívar.

—No va a venir.

—¿Por qué?

Me erizo.

—¿Acaso es asunto tuyo?

Revuelve una pila de papeles hasta que están ordenados y colocados en sus manos.

—Te acompaño arriba, pues. —El joven chasquea los dedos y de otra habitación llega otro asistente para ocupar la recepción con una túnica oscura idéntica y el pelo retirado y tan pulido que brilla como un espejo.

Camino a su lado mientras nos dirigimos a la parte trasera de la gran sala circular donde hay más escalones de mármol que llevan a la segunda y a la tercera planta del edificio. En el techo hay candelabros de hierro forjado que nos confieren a todos y a todo un resplandor dorado. Por el rabillo del ojo veo el apellido de mi familia escrito en uno de los documentos que sostiene entre las manos.

Se me pone la piel de los brazos de gallina y señalo al montón.

—¿Qué son esos documentos?

—Denuncias presentadas contra la familia Zaldívar. —Me echa un vistazo rápido—. La gente ha estado viniendo toda la mañana.

Se me hunde el estómago hasta las botas de cuero. Aprieto los labios en una fina línea y no digo nada más hasta que llegamos a la tercera planta, donde se encuentran los despachos principales. Encima de las escaleras hay un área abierta que da a la planta baja. Hay varios sillones de cuero desgastados alrededor de una mesa baja repleta de tazas, libros y una jarra con agua. Hay una otomana de cuero en el centro cubierta por una bandeja de madera con varios periódicos que declaran los últimos titulares.

La caída de la familia Zaldívar.

Al otro lado del mirador hay una fila de hombres esperando para entrar en una de las salas del pasillo. Todos van vestidos con diferentes estados de elegancia sombría. Chaquetas oscuras adornadas con borlas y costuras elaboradas, zapatos lustrados del color del brandy y del whisky y sombreros ladeados. Dragonadores.

Solo hay uno con un aspecto diferente al del resto.

Sus ropas son ásperas, sus botas de cuero están sucias y desgastadas, no se salvarían ni con el betún más caro. Está apoyado contra la pared con un periódico arrugado entre las manos polvorientas y con el sombrero oscureciéndole la mayor parte del rostro mientras lee un artículo. La gente que lo rodea lo evita y comprendo el motivo al instante.

Hay algo salvaje en ese hombre.

El asistente nos lleva más allá de la fila de dragonadores y algunos me miran con admiración. El caballero de aspecto andrajoso, inmerso en su lectura, ignora los silbidos de apreciación que interrumpen el silencio.

El asistente se para frente a la puerta de al lado. Llama suavemente y una profunda voz nos invita a entrar desde el interior. Mi expresión neutral y educada no refleja mi íntimo tormento. Me recuerdo a mí misma que lo que ha pasado no ha sido culpa nuestra. Hemos sido atacados y solo necesito proporcionar más información.

El hombre será justo y escuchará mi caso.

Tiene que hacerlo.

Don Eduardo está sentado en un sillón de cuero detrás de un escritorio de madera, casi tan ancho como largo. Hay periódicos y libros apilados en una esquina, y en la otra hay una tetera pequeña y una taza. Sale vapor por el pico. Una alfombra mullida cubre el centro del suelo con diseño de espiga. Hay tres ventanas grandes y arqueadas que dan a la ciudad de Santivilla.

El maestro dragón vierte agua en la maceta de un enorme helecho posado en el alféizar de la ventana. Es frondoso y de un color verde brillante, y por el cariño con el que mira a la planta, se podría llegar a pensar que es su hija.

Dejan la pila de quejas en su escritorio.

—Voy a pedir que traigan más té.

—Excelente, Alberto. —Eduardo se sienta y se recuesta en el sillón con los dedos entrelazados sobre el regazo—. ¿Cómo estás, señorita Zaldívar?

—Bien. —Hablo con la voz tan seca y plana como las tierras desérticas del norte de Hispalia. Alberto me ayuda con mi bolsa de reales, la deja en una esquina del despacho y, con un rápido asentimiento, sale de la estancia. El maestro dragón me indica que me siente y me hundo en el sillón vacío. Me preparo para sufrir la ira del Gremio.

Don Eduardo echa un vistazo a la pila de papeles.

—¿Sabes lo que es eso?

Asiento con las manos empapadas de sudor.

—Bien —respondo fríamente—. Prefiero las conversaciones directas. No tiene sentido malgastar más tiempo con cumplidos insípidos.

Cumplidos insípidos. Bueno, al fin y al cabo nunca me ha gustado el sabor del té.

—Yo también preferiría saltarme las tonterías.

Me fijo en que tiene los labios apretados debajo de la barba espesa y nacarada. Lo he molestado, no le ha gustado mi tono.

—La situación es bastante grave. Muchos miembros del Gremio exigen un castigo rápido. Piden la expulsión de tu familia de nuestra membresía y protección.

Cierro lentamente los ojos y me imagino la expresión atormentada de papá.

—Don Eduardo, por favor. La familia de mi padre lleva siglos formando parte de esta institución. Le pido que escuche lo que tengo que decir antes de tomar cualquier decisión definitiva.

—¿Me estás diciendo que estás lista para pagar una compensación a los mecenas que han perdido a algún miembro de su familia?

—¿Qué?

Me mira con severidad.

—Estoy exigiéndote que, además de la multa y de devolver el dinero de las entradas, también compenses a todas las familias que han perdido a alguien.

Es más que justo.

—Solo necesitaré algo más de tiempo.

—Nos preocupa que muchos de los mecenas desconfíen a la hora de asistir a futuras corridas de dragones. Puede que caiga la asistencia, lo que supondría menos dinero para *todos* los miembros del Gremio. ¿O acaso creíste que la catástrofe de La Giralda no afectaría a las otras plazas?

El mundo se inclina debajo de mis pies. Se me pasa por la mente la cara de tío Héctor. Tal vez su plaza también sufra. La culpa se me sube a la garganta.

—No se me había ocurrido —confieso.

No tengo dinero para pagar la compensación, contratar a un nuevo dragonador *y* comprar más dragones.

—Tienes que hacerlo —espeta don Eduardo con su voz áspera—. Hay familias destrozadas.

—Lo entiendo, pero usted no tiene toda la información. —Levanto la mano cuando don Eduardo abre la boca para protestar—. Con todo el respeto, por favor, escúcheme.

—De acuerdo, te escucho.

—Creo que hay alguien intentando sabotear La Giralda.

Junta sus dedos retorcidos.

—¿Sabotear? ¿Por qué crees tal cosa?

—Antes del espectáculo del aniversario, La Giralda tenía nueve dragones —explico con calma—. Durante el ataque, tres huyeron volando y a otros tres los ejecutó usted mismo. Los otros tres no salieron de sus jaulas en la mazmorra. Envié a uno de mis domadores para que los vigilara y esta mañana lo he encontrado a él y a los dragones muertos.

Don Eduardo arquea las cejas.

—*Asesinados*.

Me mira en silencio con el rostro severo y la delgada nariz apuntando como una flecha en mi dirección.

—La gente muere a todas horas por muchos motivos. Por lo que sé, podría haber muerto por el humo de los dragones. Es posible si pasa mucho tiempo rodeado por esas bestias.

Me remuevo en el sillón.

—Su asesinato me parece una gran coincidencia con la muerte de nuestros otros dragones. Estaban en la mazmorra, a unos tres metros unos de otros. Alguien liberó a nuestros dragones en la arena y esa misma persona ha matado a nuestro domador y a las otras bestias.

—¿Tenía alguna herida en el cuerpo?

—No.

Me mira con escepticismo. Se abre la puerta con un suave golpe y vuelve Alberto con una bandeja de té. Sirve uno para don Eduardo y uno para mí. Le doy las gracias, inclina la barbilla y se marcha tan discretamente como ha llegado. El maestro dragón toma un sorbo.

Inhalo ignorando la llamarada de pánico que crece en mi interior.

—También hay que pensar en la Asociación.

El maestro dragón ríe.

Levanto el mentón.

—Llevan años protestando contra nosotros. Esta mañana estaban manifestándose delante de nuestra puerta. Había una mujer con una espada justo delante de mi casa.

—Una mujer. ¿Qué mujer? —pregunta.

—Una con los hombros anchos, el pelo gris oscuro, la piel pálida y los ojos azules.

—Martina Sánchez. —Hace una pausa—. Es la líder de la Asociación.

Ahora sé el nombre de la persona que trabaja contra mí.

—Tráigala e interróguela. Ella y su gente son los responsables.

—¿Martina? —inquiere con desdén—. Lo dudo mucho. También se reúnen delante de todas las otras plazas. Su presencia en La Giralda no tiene nada de especial. Recibimos montones de quejas diariamente sobre esa organización. Martina y los de su clase no suponen ninguna amenaza.

—Pero tenían medios para entrar en nuestra plaza…

—¿Y eso por qué? —pregunta con un tono astuto.

Me lamo los labios, no me gusta esa pregunta.

—Las puertas principales están abiertas para permitir la entrada a todos los mecenas antes del espectáculo. No puede culparnos por eso, no cuando todos los demás hacen lo mismo.

—Francamente, esta conversación solo me demuestra que tú y tu padre estáis abdicando de toda responsabilidad —replica, enfadado—. La Asociación es una molestia, eso no lo niega nadie, pero, históricamente, nunca han causado ningún problema real.

—¿Y qué otra explicación podría haber? —espeto. Me cuesta mantener el tono educado, sobre todo cuando no dejo de preguntarme si se está mostrando deliberadamente combativo por su profunda aversión hacia mi padre.

—Señorita Zarela —dice apoyando las palmas de las manos en la mesa. Sus venas forman crestas montañosas en el dorso de sus manos—. ¿Acaso no había cientos de personas presentes durante el ataque de los dragones? Cualquiera podría haberse colado en vuestras mazmorras y haber matado a los monstruos como un acto de venganza.

La humillación me arde en el estómago. Tendríamos que haber estado más preparados, con más guardias, más hechizos para protegernos de extraños entrando en las mazmorras.

—Bueno, de todos modos, no lo sabremos sin una investigación.

El maestro dragón niega con la cabeza.

—Nuestra prioridad son las familias que han perdido a alguien. Una investigación requerirá dinero y esfuerzo y no me dedicaré a perseguir una historia descabellada cuando tengo a cientos de personas pidiéndome la cabeza de tu padre —sentencia. No se puede negar el sutil matiz de triunfo en su voz.

Inhalo profundamente por la nariz y me esfuerzo por impedir que me hierva la sangre. Me cuesta y el sudor me empapa la nuca y se acumula entre mis pechos.

—No va a considerar ninguna alternativa.

—Esto ha sucedido en vuestro ruedo. —Las líneas en forma de medialuna que le enmarcan la boca se profundizan—. Ha muerto gente durante vuestra guardia. Hay tres dragones más surcando los cielos. Alguien tiene que pagar, señorita Zaldívar.

—Pero…

—Silencio —repone con frialdad—. Te toca a ti escuchar. La Giralda es responsable de la seguridad de su personal y de sus clientes, así como de la de los dragones. Si fuera tú, buscaría las brechas en la seguridad. Alguien no hizo bien su trabajo.

Noto el corazón como si me lo estuviera golpeando un fuerte herrero. Cada latido embiste contra mis costillas con dolorosos impactos. En última instancia, somos culpables del desastre. Si hubiéramos estado mejor preparados, tal vez se podría haber evitado todo esto.

—Ahora está el tema de la multa, además de la compensación monetaria a las familias que han perdido a alguien. Lo he consultado con la junta del Gremio y creemos que lo justo son cincuenta reales por familia. En cuanto la membresía de La Giralda y su reconocimiento como una de las casas de dragonadores… por *respeto* a tu padre —dice con sorna—, estaréis en periodo de prueba, pero solo *si* pagáis lo que debéis. ¿Entiendes lo que te estoy diciendo?

Ah, lo entiendo.

—¿Cuál es la cuantía total que debemos ahora?

—La multa es de cuatrocientos cincuenta reales. Nosotros nos encargaremos del dinero de las entradas *y* de la compensación y lo entregaremos personalmente a las trece familias.

—¿Y si no puedo pagarlo? —pregunto.

—Según el contrato de membresía, el Gremio de Dragonadores es libre de reclamar activos por una cantidad comparable a la debida.

Me desplomo contra el sillón.

—¿Activos? ¿Se refiere a…?

—El Gremio tiene derecho a apoderarse de La Giralda.

—No —suspiro.

—Podemos hacer lo que queramos. —Su voz dura y áspera se vuelve enérgica—. ¿Cuánto valían las entradas para la corrida?

—Veintisiete reales —respondo, amotinada.

—¿Y a cuántas personas puede albergar vuestra plaza?

—A quinientas.

—Correcto —dice inclinando la cabeza mientras garabatea con la pluma sobre el pergamino—. La Giralda es la plaza más grande de Santivilla. —Sigue escribiendo mientras me siento, aterrada, esperando el total. Entrelazo los dedos con fuerza aguardando que el pago no abarque todo lo que tengo.

Don Eduardo levanta la mirada.

—El total es de mil cien reales. —Me trago el doloroso nudo que se me ha formado en la parte posterior de la garganta—. ¿Puedes pagar la cantidad debida?

—Sí. —Señalo a la esquina—. Está en esa bolsa.

—Excelente. —Se recuesta contra el sillón de cuero—. Creo que nuestros negocios han concluido. Su yo fuera tú, me sentiría agradecido porque la familia siga siendo miembro del Gremio. Ni un error más —advierte—. O se acabará el periodo de prueba.

El significado de sus palabras está claro. Un paso en falso más y podría significar la pérdida de nuestra membresía.

—Una cosa más, señorita Zaldívar —murmura el maestro dragón.

Me quedo congelada. No me gusta nada la terrible tranquilidad que hay en su voz. La calma antes de la peor de las tormentas.

—A partir de hoy, Santiago Zaldívar ya no forma parte de nuestra junta. No se le permite votar en ningún asunto ni es elegible para ningún cargo de alto rango en este Gremio.

Don Eduardo no puede ocultar el placer que siente al decirme esas palabras. La pérdida del prestigio, del poder y del respeto a nuestro apellido devastará a papá. Me pongo de pie aferrando la taza llena del líquido hirviendo. Durante un segundo, me vacila la mano. Luego entro en razón.

Ha dicho que ni un error más.

⊖CH⊖

Cierro la puerta del despacho de don Eduardo y me apoyo contra ella. Necesito la fuerza del roble para mantenerme en pie. Me tiemblan las rodillas bajo el peso de la responsabilidad mientras la magnitud de la situación me mira a la cara. Contratar a un dragonador hábil y con talento me costará al menos cien helones al mes. Sin uno, no podemos competir contra las otras plazas.

La respuesta me llega en un susurro.

Como si mamá estuviera a mi lado apartándome el pelo de la cara. Su voz lírica, llena de fuerza, pasión y confianza resuena en mi oído.

«Combate en el ruedo, Zarela».

Las palabras hacen presión contra mí. Las empujo con ambas manos.

Es lo último que quiero hacer. Odio a esos monstruos, no solo por lo que pasó durante el espectáculo ni por lo que me han robado, sino porque con tan solo una mirada me dejan débil e impotente. Incapaz de moverme, de pensar o de hablar. Odio cómo me hacen *sentir*.

El pavor me roba el aliento. Me deja por los suelos.

La Giralda no podrá sobrevivir solo con actuaciones de flamenco. Desde una perspectiva comercial, la idea de que yo combata en el ruedo es un movimiento audaz, para llamar la atención positiva, una atención positiva que tanto necesita recuperar La Giralda. Pero, para hacerlo bien, debería dominar mi miedo y a los monstruos.

Papá yace en la cama luchando por su vida. La Giralda apenas se tiene en pie. Solo yo puedo salvarlos a ambos. El fuego me arde en el pecho, alimentado por el amor a mi familia, a mi hogar y a mi legado. Por fin me han dado una antorcha en llamas y algo que quemar.

Me convertiré en dragonadora.

Me aparto de la puerta y camino hacia adelante con la mirada hundida en el suelo y perdida en los pensamientos que me consumen la mente. No veo a la persona que sale de la habitación de al lado hasta que es demasiado tarde. Se le escapa el montón de papeles de las manos y revolotean hasta el suelo. Me doy cuenta demasiado tarde de que todavía sostengo la maldita taza de té. Sale volando y esparce su contenido en todas direcciones antes de romperse en pedazos. Manchas oscuras se extienden por los pergaminos que cubren el suelo emborronando la tinta y creando un desastre.

—¡Lo siento! —exclamo mortificada y se me doblan las rodillas.

—Joder. —Es una voz profunda con un toque áspero y aserrado. Me sujeta por la muñeca impidiendo que caiga al suelo—. Vas a cortarte con los fragmentos, tonta.

Me pongo rígida y me libero. Me suelta fácilmente con un resoplido de impaciencia. Su sombrero de cuero proyecta una sombra afilada en la mitad inferior de su rostro y solo revela la rígida línea de su mandíbula.

—Iba a tener cuidado —replico recolocándome la falda e intentando que no se me moje el dobladillo, aunque no lo consigo.

Recojo las páginas empapadas y los restos de porcelana crujen debajo de mis zapatos. Cada hoja tiene un dibujo detallado de un dragón diferente. Son bocetos técnicos, sin adornos ni floritura, pero preciosos por su sencillez.

La culpa se refleja en mis mejillas.

—¿Los has hecho tú?

Me arranca los papeles de las manos y se convierten inmediatamente en una pulpa desordenada. Lentamente, levanta la cabeza y me dirige una mirada de furia tan impotente que hace que me entren ganas de salir corriendo. Es el hombre que he visto antes, el que parece como si acabara de pelear. Su ropa está llena de polvo, descuidada e insalvable con ningún tipo de planchado. Tiene un largo rasguño en el brazo como si hubiera mantenido un cara a cara con un gato rabioso. Sus ojos oscuros arden contra su piel aceitunada.

Son como dos fuegos gemelos capaces de abrasar a cualquiera que se atreva a cruzarse en su camino.

Desvío la atención a la puerta abierta tras él, donde hay varias personas en fila sosteniendo hojas similares. Mi mirada vuelve a él, otra disculpa acecha en mi lengua, pero cierro la boca. Frunce el ceño con ferocidad.

La vergüenza se expande en mi pecho.

—¿Qué hay ahí?

—Es la oficina de registro de dragones —gruñe—. Acabo de perder una hora esperando a que completen el papeleo. —Eleva más el volumen—. Y voy a tener que hacerlo todo de nuevo, gracias a ti.

Me erizo ante la rabia de su voz.

—Lo siento.

De repente, su apariencia cobra sentido. El atuendo descuidado, la arena debajo de sus uñas, los rasguños del brazo. No necesito tocarle las manos para saber que las tiene cubiertas de callos. Este hombre está acostumbrado a transportar acero.

Este hombre es cazador de dragones.

Deja caer los pergaminos húmedos y aterrizan en el suelo con un chapoteo ruidoso. Con otra mirada fulminante, vuelve al final de la cola con los puños apretados a los lados. Uno de los hombres lo mira por encima del hombro con una sonrisa burlona en la boca.

—Parece que nada te va bien en este edificio, ¿verdad, Arturo?

Vuelvo a dirigir la mirada al fornido cazador de dragones. Me sorprende el nombre. Es un nombre de héroe, de alguien que lucha por los débiles y los oprimidos. Cada sílaba es una caprichosa nota destinada a salir de la boca de un heraldo.

—Por supuesto, siempre te has considerado mejor que todos nosotros —continúa el hombre.

Arturo ignora la pulla. Considero disculparme de nuevo, pero, dada su rudeza, no lo intento. No encaja con los otros cazadores con sus túnicas planchadas y sus pantalones embellecidos. Todos parecen cómodos en el edificio mientras que la postura rígida de Arturo parece gritar que preferiría estar en cualquier otra parte. Mi presencia no hace más que enrabiar al cazador de dragones. Mantiene su rostro pétreo alejado del mío con la mandíbula inflexible y mezquina. Pero entonces, uno de los hombres me mira con lascivia y emite un silbido como si yo fuera un perro descarriado.

Me pongo rígida.

Arturo sacude la cabeza y le lanza una mirada furiosa al del silbidito. Luego me mira y gruñe en voz baja:

—¿No te ibas?

Como si fuera culpa mía que aquel hombre no pudiera contenerse. Los pies no me llevan lo bastante rápido, los talones de mis zapatos crujen contra los fragmentos que hay sobre la piedra. Espero no volver a toparme nunca con este cazador. Un fragmento me raspa la espinilla y me estremezco. Cuando llego al mirador, me hundo en uno de los sillones de cuero de respaldo alto de espaldas a la escalera. La zona está misteriosamente vacía, pero detrás de mí, la gente camina por el pasillo y desaparece por los grandes despachos alineados a ambos lados.

Me recoloco la falda y me miro dentro de la bota. Un trozo de la taza había caído allí. Haciendo una mueca, saco con cuidado el fragmento revelando una herida que sangra profusamente. Maldiciendo en voz baja, me limpio la herida con el dobladillo del vestido. Tiro el fragmento al suelo y me levanto. Vuelvo a pensar en la conversación con Eduardo y se me tensa la mandíbula. No va tomarme en serio, ni a mí ni a mis sospechas.

Sé que la Asociación es responsable.

Si puedo conseguir las quejas que se han presentado contra ellos, podré demostrar que su comportamiento implica algo más que manifestarse y exhibir sus pancartas. Para eso tengo que encontrar el despacho correcto. Miro al otro lado del pasillo cavilando hasta que veo a alguien acercándose a mí. El empleado de antes.

—¡Alberto! —lo llamo.

Está rebuscando entre los papeles que tiene en las manos pero levanta la mirada cuando oye mi voz.

—¿Me estás hablando a mí, señorita?

—He dicho tu nombre, ¿verdad?

Me mira con cautela.

—¿Cómo puedo ayudarte?

—Me gustaría presentar una queja formal contra la Asociación —digo pensando rápidamente—. ¿Dónde puedo hacerlo?

—En la planta baja —responde con el ceño fruncido—. Sala número siete, a la derecha.

Hay mucha gente esperando en la sala número siete, todos con idéntica expresión de impaciencia. La mayoría son hombres aunque hay algunas mujeres majestuosas con elegantes vestidos, sombreros de plumas y zapatos de seda.

La estancia tiene el mismo patrón de azulejos que el vestíbulo principal y varios cuadros recubriendo las paredes con dragonadores legendarios. Hay un largo escritorio en la parte trasera de la habitación, detrás del cual hay varios asistentes de aspecto agobiado sentados en taburetes de cuero clasificando pergaminos.

—Espere su turno, caballero —dice uno de los asistentes—. Les atenderemos a todos. Lo prometo.

Me coloco la última de la fila y la persona que tengo delante me llama la atención. Es un chico unos años menor que yo y claramente lo habrá enviado su jefe, quien no podía molestarse en acudir a la sede del Gremio en persona.

—¿Estás aquí para presentar una queja? —me pregunta el chico en voz baja con timidez—. Los formularios están ahí delante. —Miro a donde me ha señalado. Hay filas de estanterías, todas llenas con montones de pergaminos, plumas y botes de tinta.

Alguien nota que doy un paso adelante porque me lanzan una mirada descontenta por encima del hombro. La sala es larga, pero está llena de personas amontonadas y apenas queda espacio para respirar, mucho menos para tomar los suministros que necesito para rellenar una queja formal. Uso los codos para abrirme espacio. La gente se queja y se mueve a ambos lados, pero consigo llegar hasta los formularios. Echo un vistazo por detrás del escritorio y veo quejas presentadas. Con una mirada furtiva a mi alrededor, agarro unos botes de tinta y los hago rodar hacia la multitud que tengo detrás.

Se oye un fuerte crujido inmediatamente cuando alguien pisa uno de los botes de cristal. El hombre salta sobre un pie y choca contra alguien. Se rompe otro bote y luego otro. Un líquido negro se esparce y forma charcos en todas las direcciones.

—¡Qué…! —brama alguien.

Se produce un pandemonio cuando toda la gente se amontona. Los empleados saltan de sus taburetes y se precipitan hacia la multitud turbulenta. Me lanzo detrás del mostrador con el corazón acelerado. Los miembros del Gremio se insultan y estalla una pelea a mis espaldas. Agarro una gran pila de quejas y me las meto en la bolsa hasta que está casi a rebosar.

Ahora toca salir de la estancia.

Ágilmente, me muevo esquivando a los hombres que gritan y a sus puños hasta que puedo atravesar la puerta y llegar al pasillo. Corro hasta que encuentro la entrada principal. Solo entonces me doy cuenta de que tengo a alguien al lado del codo respirando con dificultad.

Alberto.

—¿Por qué me sigues? —Agarro mi bolsa con más fuerza.

—¿Sabe don Eduardo que todavía está aquí? —pregunta, enfadado.

—Como miembro, se me permite presentar una queja —espeto señalando la sala número siete.

—Pero tú no eres miembro… Tu *padre* lo es.

Me quedo boquiabierta.

—¿Disculpa?

—La cuota de membresía se paga por una persona. —Hace una pausa—. Santiago Zaldívar. —Señala a un asistente que hay delante—. Tú no tienes derecho a presentar ningún tipo de queja.

—Papá no se encuentra bien, así que debo ocuparme de sus asuntos —digo mientras aumenta mi ira—. Esto es ridículo…

—Por favor, escolta a la señorita Zaldívar fuera del edificio —le ordena Alberto al asistente que se acerca—. Inmediatamente.

Mi corazón detona contra mis costillas. Lo único que me impide explotar son los pergaminos que llevo en la bolsa.

—Llamaré a don Eduardo —amenaza Alberto.

La sonrisa astuta que se extiende por su rostro hace que se me erice el vello del brazo. Nota una grieta en mi armadura. Antes de la masacre, podría haberme mostrado cortesía y respeto.

Ahora ve a alguien a quien puede mirar por encima del hombro.

Me trago el orgullo y levanto la barbilla. Una multitud se reúne a nuestro alrededor y se me sonrojan las mejillas. El asistente da un paso hacia adelante, pero lo rechazo.

—Conozco el camino hacia la salida —espeto con rigidez y salgo por la puerta principal con los hombros hacia atrás.

—Zarela.

Parpadeo mientras mis ojos se adaptan al brillo del sol. Al final de los escalones de mármol veo el rostro amable y familiar de Héctor. Hunde los hombros y sonríe. El alivio le suaviza la frente cuando corro hacia él mientras el bolso me golpea en la parte posterior del muslo. Parece que acabara de levantarse de la cama, con la túnica y los pantalones arrugados y el pelo apelmazado y deshecho.

—Tienes un aspecto horrible.

Pone los ojos en blanco.

—Qué agradable saber que puedo contar siempre con tu honestidad.

Camino hacia sus brazos extendidos. Aunque esté cansado y descuidado, todavía se las arregla para aparecer cuando más lo necesito. Es tan propio de él. Cuando era pequeña, mis padres se marchaban sin mí cuando iban a visitar ciudades y países vecinos. Era Héctor el que se quedaba conmigo mientras ellos estaban trabajando. Me cuidaba y se aseguraba de que no me sintiera sola. Lo estrecho con fuerza entre los brazos y él hace una mueca.

—Con cuidado —me dice—. Todavía tengo la espalda… dolorida.

—Lo siento.

Me aparta cuando intento alisarle la túnica.

—Estoy bien, no te preocupes. Zarela, ¿por qué no has venido a buscarme para tu reunión? —me reprende—. He tenido que enterarme por Lola. Lo ha dicho de un modo que daba a entender que habías venido directa a tu ejecución.

—Ya sabes que es muy dramática.

Me mira con aire divertido.

—¿Crees que estaría aquí hablando contigo tranquilamente si me lo hubiera creído?

No, si alguien me hubiera hecho daño, habría quemado todo el edificio hasta los cimientos.

—No se me había ocurrido… tendría que haberte escrito.

Suspira.

—Eso es. Estoy aquí para cuando me necesites para asuntos desagradables, sobre todo cuando se trata de don Eduardo. Él no… tiene muy buena opinión de tu padre. ¿Cómo ha ido?

Los detalles salen propulsados. Le cuento la mayor parte: la multa, la cantidad que tengo que pagar para compensar a las familias y la advertencia de no cometer otro error. Dejo de lado la decisión de combatir en el ruedo, nunca lo aprobaría. Tampoco menciono las quejas que llevo en el bolso, las cuales leeré en cuanto esté de camino a casa. Será mejor no involucrarlo en mis sospechas. Solo me daría un sermón y me prohibiría correr cualquier riesgo. Es lo que hace siempre.

Odio decepcionarlo, pero hay cosas que tengo que hacer sola, sin interferencias ni preguntas.

—¿Cuánto dinero te queda?

—Cuatrocientos treinta y cinco reales. Puede que haya un modo… —Vacilo y me trago un doloroso nudo—. Podría haber un modo de conseguir más. Depende de lo rápido que pueda reunirme con los compradores.

Héctor me estudia con la interrogación en sus cálidos ojos marrones.

—Vamos a vender el carruaje, dos caballos… el vestido de boda y de compromiso de mi madre —explico con suavidad—. Me darán una gran suma. Eso podría sacarnos del apuro.

Especialmente si soy yo la que combate en el ruedo. Sé que Héctor se ofrecería a hacerlo por mí, pero no puedo aceptarlo. Él tiene su propia plaza al otro lado de la ciudad.

La Giralda necesita a su propio dragonador.

Yo.

—¿Dónde diablos está tu dinero? —pregunta Héctor—. ¿Dónde ha ido a parar? Debería haber una fortuna escondida… —Se pasa una mano por la cara—. Santiago. Ese hombre no tiene juicio. ¿En qué se lo ha gastado? ¿En carruajes? ¿En camisas de seda suficientes para empapelar La Giralda?

Suelto una risita jadeante e incrédula. Es una discusión típica. La última vez fue sobre el extravagante armario de papá. ¿De verdad necesitaba tantas chaquetas de terciopelo? ¿Tantos sombreros de cuero y zapatos hechos a medida? Papá es un fanático de la moda.

Había empeorado desde la muerte de mamá, pero yo no sabía hasta qué punto.

—No seas demasiado duro con él —digo tranquilamente—. Cada uno gestiona el duelo de un modo diferente.

—Así es. —Reflexiona durante un momento y toma una decisión—. Yo compraré los vestidos de tu madre —declara con una gran sonrisa—. Quinientos por cada uno. Haré que te entreguen el dinero cuanto antes.

—Tío Héctor, no, no podría…

Levanta la mano.

—Soy tu padrino y quiero hacer esto por ti.

Me caen las lágrimas por la cara. Rodeo a Héctor con los brazos con cautela y suavidad, como si estuviera hecho de la seda más delicada.

—Gracias, gracias —susurro, aunque no hay palabras suficientes. Nunca seré capaz de mostrarle toda mi gratitud. Me azota la culpa por ocultarle mi decisión de convertirme en dragonadora.

—Tío, es un detalle increíble por tu parte —digo, presionando la mejilla contra el algodón de su túnica bordada.

Suelta una carcajada profunda que hace que se le agite el pecho.

—No soy tan noble. Voy a darme la vuelta después y a vender cada vestido por mil reales.

Me aparto limpiándome las lágrimas y suelto una risita. Siempre ha sido despiadado en lo que respecta a las finanzas.

—Espero que me lo compenses con una buena cena.

—Sabes que lo haré. —Recupera la seriedad—. ¿Y qué hay de ti? ¿Tú estás bien?

—No, no lo estoy, pero hay mucho que hacer. Tengo que mantener La Giralda en marcha…

—¿Todavía te planteas continuar dirigiendo la plaza? ¿Cómo? Tu padre no puede seguir haciendo corridas de dragones. La plaza está destruida. ¿Por qué no la vendes?

Sus preguntas me arañan la piel.

Estaba a punto de hablarle de los dragones asesinados en la mazmorra y de mis sospechas de que hay alguien intentando arruinarnos intencionalmente. Pero así me insistiría todavía más para que renunciara a La Giralda.

—Encontraré un modo de hacer que siga funcionando —respondo firmemente. Héctor se marchita ante mis ojos y mis siguientes palabras son más amables. Solo está intentando ayudar—. Ahora debo dejarte. Tengo que comprar un dragón y contratar a un dragonador —añado rápidamente.

—Discúlpame, Zarela, pero ¿qué dragonador va a querer trabajar en un ruedo caído en desgracia? —Me estremezco. La verdad de sus palabras es como un agudo golpe—. A estas alturas todos los graduados tendrán contratos para el resto de la temporada con otras plazas.

Tiene razón, pero no voy a buscar a un dragonador en el mercado. Lo que necesito es un monstruo al que enfrentarme.

—Tío, ¿puedes indicarme dónde puedo comprar un dragón, por favor?

—¿Cómo vas a poder permitirte un dragón y su mantenimiento?

Se me empieza a agotar la paciencia.

—Tengo una solución. No te preocupes.

—Claro que me preocupo —Héctor me estudia atentamente—. Si insistes en continuar con las operaciones, te aconsejo que vayas a visitar el Rancho Esperanza. Está fuera de la ciudad, en el desierto. No conozco personalmente al propietario, Ignacio, pero no he oído ninguna queja. Puede que tengan a alguien allí a quien puedas contratar para combatir en el ruedo. Será tu mejor opción para encontrar a un dragonador disponible a estas alturas de la temporada.

—Nunca había oído hablar de ese rancho —respondo frunciendo el ceño.

—Porque la mayoría quiere razas puras de propietarios exigentes —explica Héctor—. Los dragones de Ignacio son salvajes y más peligrosos y no han sido criados en cautiverio para asegurar su pedigrí.

Por supuesto, *algunas* plazas buscan a estos animales por el peligro que suponen para el dragonador —espeta con tono de repugnancia—. Esas bestias son impredecibles, pero puede que no tengas otra opción y al menos es un lugar por el que empezar mientras vuelves a levantarte. No puedo decir que esté de acuerdo con tu decisión, Zarela. Odio verte estresada por algo de lo que realmente debería encargarse tu padre. ¿Quieres que te acompañe?

Niego con la cabeza.

—Puedo hacerlo yo sola.

—Pero…

—Tío, te estás entrometiendo como mi tía abuela Eugenia. ¿Te acuerdas de ella?

Ríe esbozando una sonrisa avergonzada.

—Eres como una hija para mí.

Me atraviesa una punzada de culpa, pero me guardo el secreto. En cuanto le contara mis planes, intentaría disuadirme de ellos.

Y no puedo cambiar de opinión.

NUEVE

El camino hasta el Rancho Esperanza está por terminar. Es una experiencia de lectura horrible. Hay rocas escarpadas interrumpiendo el camino de tierra y arbustos silvestres demasiado frondosos a los bordes del sendero. Cada bache me sacude de arriba abajo y me aferro al asiento de terciopelo con ambas manos. Tendría que haber ido a caballo, pero he decidido visitar al cazador de dragones inmediatamente después de salir de la sede del Gremio.

Tengo los pergaminos esparcidos a mi alrededor, enrollados en el asiento de enfrente y en una pila desordenada en mi regazo. La mayoría de las quejas son exactamente lo que había dicho don Eduardo, miembros de la Asociación manifestándose delante de varias plazas, haciendo ruido y ensuciando las calles con sus folletos desechados. Algunas describen a los manifestantes entrando a la propia plaza, agitando sus pancartas y gritando sus protestas.

Ninguna de esas quejas parece peligrosa.

Necesito más pruebas con respecto a la Asociación.

Dejo escapar un suspiro y miro a través de la ventana preguntándome si tal vez he perdido el sentido común. Un cazador de dragones ubicado aquí es probable que no tenga licencia del Gremio. Solo hay un puñado de cazadores de dragones respetables en Santivilla y la mayoría son caballeros con una larga historia familiar adentrándose en lo más salvaje. A menudo tienen una lista de espera tan larga como alta soy yo. Pero el modo en el que Héctor había hablado de este propietario en particular hizo que tomara una pausa.

¿A qué tipo de dragones mantiene en cautividad?

El paisaje cambia del exuberante follaje que envuelve los límites de la ciudad a un terreno áspero y pedregoso lleno de arena bañada por el sol y arbustos espinosos de diferentes tonos de verde, hojas de perejil y menta fresca. El camino sube más alto hacia un solitario edificio de forma cuadrada encaramado en una colina de la que se ve Hispalia en todas direcciones. Estaremos a unas tres horas de la ciudad. Nunca he viajado tan lejos sin guardias capaces de defenderme de un ataque de dragón. Santivilla se especializa en el diseño de carruajes destinados a proteger de cualquier amenaza, incluyendo los monstruos del cielo. Pero la magia se desvanece con el tiempo.

Viajar siempre supone un riesgo.

Vivir más allá de la muralla redonda de la ciudad es un riesgo.

El Rancho Esperanza está solo, sin vecinos ni armaduras visibles. Ya podría ser un plato de carne cruda. ¿Por qué mantenerse aislados e indefensos? El rancho se vislumbra delante, una sencilla estructura hecha de madera. Hay secciones enteras quemadas y algunas partes de las paredes muestran grandes grietas.

He visto anteriormente ese tipo de daños: fuego de dragón.

El carruaje se detiene en la entrada principal. Compruebo el cielo de la tarde con una mirada práctica antes de salir. No hay nada volando cerca del rancho, ni siquiera algún que otro buitre. Solo queda la calma del día, sin apenas una brisa que me refresque la piel o agite las hojas. El sudor hace que tenga la piel húmeda y que el vestido me resulte pesado y caliente.

Camino hacia adelante esperando que alguien se haya dado cuenta de mi llegada. Pero nadie se aventura fuera del edificio. Ningún guardia, cuidador de animales o mayordomo. La gruesa puerta de hierro salpicada con pinchos permanece cerrada. No hay aldaba, así que golpeo el hierro esperando que el ruido haga acudir a alguien. Pasan cinco minutos, luego diez, pero sigue sin aparecer nadie. Frunzo el ceño. ¿Seguro que hoy es laborable?

Camino alrededor del edificio y la vista de las paredes quemadas hace que se me revuelva el estómago. Faltan tejas en el techo rojizo, lo que confirma mis sospechas. Un dragón ha hecho una visita a este rancho. Instintivamente, vuelvo a mirar hacia arriba. Por suerte los cielos siguen despejados de cualquier amenaza. Mis pasos me llevan a la entrada trasera que se abre a un pequeño patio pavimentado. Más allá, el suelo se inclina cuesta abajo y a los pies de la colina hay un campo arenoso. Hay grupos de jaulas con forma redonda de hierro forjado que alcanzan una altura de al menos dos pisos.

Cada jaula tiene un dragón en su interior.

Nunca había visto tantos. Debe de haber más de veinte. El miedo se apodera de mi corazón y me lo aprieta. Avanzo poco a poco hacia los pies de la colina hasta que estoy a pocos metros del monstruo encerrado más cercano.

Su inmenso tamaño se eleva sobre mi delgado cuerpo. La inquietud se despliega en las profundidades de mi vientre. Los rugidos que salen de sus bocas hacen que se me ponga de punta el vello de los brazos. De algún modo, se supone que he de matar a uno en la plaza, una hazaña que me parece similar a viajar hasta el sol a caballo. También puedo marinarme con aceite de oliva y presentarme ante el dragón con mis elogios.

Una risa histérica me sube por la garganta y la sofoco sin piedad.

Hay varios trabajadores de campo corriendo con cubos llenos de trozos de carne cruda y ensangrentada. Se me revuelve el estómago ante el caos desbordante y espeluznante. La parte inferior de mi vestido se arrastra sobre el lodo y la hierba fangosa mientras me acerco a una de las jaulas de hierro. Mis botas pisan una tierra blanda y rezo a los cielos por no estar caminando sobre excrementos de dragón.

Nadie me presta atención. Nunca he visto algunas de estas razas: monstruos con relucientes escamas amarillas y otros protegidos por armaduras de color esmeralda tan duras que dudo de que se puedan cortar con una espada. Otra jaula contiene a un dragón azul, más pequeño que una vaca, con ojos azul cielo y escamas iridiscentes que imitan las olas del mar. Otra exhibe a una bestia con escamas doradas e iris rojos. Tiene la cola enroscada alrededor del cuerpo y adornada con púas de color marfil.

Pero por muy diferentes que sean en tamaño y color, todos tienen una cosa en común: están enfadados, respiran pesadamente a través de sus hocicos y golpean el suelo con la cola sin dejar de moverse contra los barrotes de hierro, gruñendo.

Todos tienen las alas atadas.

Evito mirarlos a los ojos y siento una extraña culpa que llega como un invitado no deseado. En lugar de eso, me centro en encontrar al propietario del rancho entre toda la gente que está desempeñando diferentes trabajos, gritándose los unos a los otros y alimentando a los monstruos como si fueran mascotas. El hedor a excrementos me llena la nariz y hace que me lloren los ojos. ¡Dios! Esta peste es criminal. Me paro y uso la manga del vestido para secarme los ojos.

Doy unos pasos más antes de ver otra jaula un poco alejada del resto. Dentro hay un dragón con escamas de ébano e inmensas alas pegadas a sus costados. Es la bestia más grande de todo el terreno. Merodea en círculos y de vez en cuando golpea la jaula de hierro con su enorme cráneo probando la fuerza de su prisión.

Conozco a este monstruo.

El morcego con aspecto de toro.

Se me acerca un caballero mayor con el pelo canoso y una rica piel negra, pero apenas me doy cuenta. Fuera de esa celda hay un joven con el cabello negro hasta los hombros, la espalda ancha y una exquisita piel aceitunada. Lleva una túnica oscura con un chaleco de cuero ceñido al pecho. El sol de la tarde se refleja en el escudo de metal redondo que lleva en la mano derecha con la imagen de un dragón en el centro. Está extremadamente tranquilo. Una fuerza contenida y controlada.

Emite un fuerte chasquido.

El dragón gruñe ante ese sonido y deja de pasearse inmediatamente. Estoy paralizada observando a la bestia y al domador, cuyo rostro no muestra nada de miedo. Eleva la barbilla de un modo arrogante y formando una línea de confianza con la espalda. Estoy a solo treinta metros de ellos y siento cada peligroso centímetro de separación. El joven levanta lentamente la entrada de la celda y, cuando tiene la barra a la altura de las caderas, se inclina y rueda hacia adelante.

La barra cae de golpe salpicando barro.

Se me corta el aliento en la garganta. Un dolor repentino capta mi atención y me doy cuenta de que me estoy clavando las uñas en las palmas de las manos. Despliego los dedos y sigo observando al domador, ahora atrapado con el morcego. Está erguido, con el cuerpo recto y las rodillas sueltas y ligeramente flexionadas, como si estuviera preparado para arremeter si el dragón lo ataca. Hay algo familiar en el modo en el que se sostiene. Algo salvaje.

No tiene espada. No tiene ningún arma aparte de su escudo. El miedo me afloja la mandíbula y dejo escapar un agudo jadeo. El hombre mayor que tengo al lado me tiende un pañuelo.

—Señorita, ¿se encuentra bien?

Me obligo a apartar la mirada de la inminente masacre. El caballero está a mi lado mirando al joven domador.

—Alguien debería sacarlo a rastras —digo—. Esto sobrepasa los límites de la estupidez.

Me mira con una leve sonrisa y su rostro curtido se arruga en la frente y en los rabillos de sus ojos.

—¿Eso cree?

Se me escapa un resoplido exasperado. ¿Esta gente ha perdido el juicio? Se me pasan por la mente imágenes del cuerpo de mi madre en llamas. El aspecto de su cabello ardiendo. Sus huesos convirtiéndose en cenizas.

No se debe jugar con ese monstruo.

La sonrisita del caballero se ensancha y entrelaza su brazo con el mío impidiendo que vaya hasta el domador para gritarle.

—Mire —dice con un brillo cálido en sus ojos grises como el carbón.

Anclada por el peso de su mano, vuelvo a llevar la atención al joven de la celda. El dragón no se ha movido y muestra sus relucientes dientes desnudos. Observa al domador con una rabia apenas disimulada. Suelta iracundos resoplidos de aire por el hocico con un bramido furioso. La criatura está casi temblando de ganas de embestir, de ganas de mutilar.

El caballero refuerza el agarre de mi brazo cuando intento intervenir. Algunos de los espectadores se ponen más rígidos mientras el domador baja lentamente su escudo. Adelanta el pie derecho como si se preparara para dar un cauteloso paso hacia adelante.

La bestia ruge. El bramido ensordecedor sacude el silencio. Sigue un revelador crujido y me estremezco. Más rápido de lo que hubiera creído posible, el joven levanta el escudo mientras se agacha y se protege del repentino estallido de llamas. La explosión de fuego golpea el metal, pero el agarre del hombre no flaquea. Se le dibujan líneas profundas en forma de abanico a los lados de los ojos y aprieta la mandíbula y los dientes manteniendo la posición.

No puedo respirar. Apenas puedo pensar.

Espero que se queme, que deje escapar un aullido de dolor, pero no llega. Cuando se detiene el chorro de fuego, el joven se pone en pie, desarmado, con el rostro tranquilo y calmado. Su postura es infinitamente paciente, como si tuviera todo el tiempo del mundo.

—Es increíble, ¿verdad? —comenta el caballero.

Es una buena palabra para describirlo. Se me vienen otras a la mente.

—Ese escudo debe estar ardiendo al rojo vivo.

—El mango, no —responde suavizando el agarre de mi brazo—. Se le ocurrió un diseño que incluía una inteligente tira de cuero y un encantamiento caro. Mi domador es muy listo. Le llevó semanas entrar a la jaula con ese dragón en particular. Ha hecho muchos progresos.

—¿Es su único domador?

El caballero señala al joven radiante de orgullo.

—Es el mejor trabajador que tengo en el rancho. No hay nadie que tenga esa mano con los dragones.

—¿Y usted es?

—Ignacio Aguilar. —Me suelta el brazo para poder mirarme bien—. El propietario del Rancho Esperanza.

—Qué afortunada coincidencia, don Ignacio —digo bajando rápidamente la barbilla—. He venido a hacer negocios con usted.

—¿Cómo se llama, señorita?

—Soy Zarela Zaldívar.

El señor Ignacio inclina la cabeza y su mirada se detiene en mi cabello oscuro y en la curvatura de mi mejilla.

—Se parece a Eulalia. La vi actuar una vez. Me parece que fue en el sur de Hispalia. Una mujer preciosa y apasionada. Fue un espectáculo asombroso.

Oigo ese tipo de comentarios a todas horas, pero nunca se vuelve más fácil.

—Gracias. —Devuelvo la atención al joven con una idea en mente—. Hábleme más de su domador. ¿Lleva mucho tiempo aquí?

Niega con la cabeza con pesar.

—Solo un año. Era un dragonador con un talento increíble, el mejor de su clase. Sin embargo, cambió de opinión sobre su carrera y ahora me ayuda en el rancho. Odia cazar a las bestias, pero no se puede negar que tiene talento para entrenar dragones.

—A ver si lo he entendido —digo incapaz de impedir que se me refleje la emoción en la voz—. ¿Caza él mismo a los dragones? —El propietario del rancho asiente—. ¿Y es tanto dragonador como domador? Un hombre de múltiples talentos.

—No, señorita —replica negando de nuevo con la cabeza—. *Era* dragonador. Ahora solo caza y entrena.

Aunque tal vez podría convencerlo para que me enseñara. La esperanza me inunda como si estuviera debajo de una cascada. No solo he encontrado a un domador, sino a un antiguo dragonador. Es la respuesta a mi dilema.

—Señor, tengo que comprar un dragón y resulta que también necesito un domador —empiezo—. Me gustaría pedirle su consentimiento para contratarlo para una temporada, si me lo permite.

—Arturo no deja que nadie le permita hacer nada —contesta casi riéndose—. Es Arturo y hace lo que le place. Pero puede preguntárselo de todos modos. Buena suerte, señorita Zarela.

Levanta el sombrero y se marcha silbando.

Un momento… *¿Arturo?*

Me quedo boquiabierta. ¿Lo he oído bien? Seguro que no es el mismo hombre que he visto antes en el Gremio. Por favor, que no lo sea…

Miro hacia la jaula de hierro y esta vez el dragón está tranquilo mientras el joven chasquea la lengua. La bestia está hipnotizada por ese sonido, como si estuviera en contra de su voluntad pero fuera incapaz de abandonar su fascinación por el extraño ruido. Arturo retrocede lentamente y levanta la barra con el talón. Cuando está lo bastante alta, gira y sale ágilmente. Recojo los dobladillos de mi larga falda y corro para encontrarme con él antes de que desaparezca. La multitud se dispersa, supuestamente para cumplir con sus tareas, y me quedo sola entre dos jaulas de hierro con el domador. Cada una está ocupada por un dragón y ambos se mueven incansablemente en el interior, gruñendo y clavando las garras en la tierra.

Arturo me ve cuando me acerco y eleva las cejas negras hasta la línea del cabello. Sus rasgos cambian al reconocerme y su expresión se convierte en una de profundo desagrado. Sus ojos oscuros caen a mi largo vestido y dobla los labios en una mueca pronunciada. No lo culpo por esa expresión, es totalmente ridículo usar este vestuario en medio de un campo enfangado, pero el día me había llevado a terrenos inesperados y no había querido perder tiempo volviendo a casa a cambiarme.

Aun así, su arrogante escrutinio me molesta.

Le devuelvo el favor y le lanzo lentamente un mirada que vaga desde la parte superior de su cabeza hasta sus botas sucias hasta las rodillas. Cuando llego a su cara, catalogo rápidamente sus rasgos: mandíbula fuerte, casi oculta por una barba desaliñada, y ojos de un gris tan frío que hacen que quiera taparme instintivamente con la mantilla; cuando me acerco, parece volverse cada vez más alto. Es guapo de un modo tosco. Del mismo modo en el que las flores silvestres son preciosas cuando están en un prado y no cuando están perfectamente cortadas para exhibirlas en un jarrón de cristal.

Arturo levanta el escudo, casi como si quisiera protegerse de mí inconscientemente.

—¿Qué diablos estás haciendo aquí?

—¿Por qué no has entrado con un arma en la jaula?

—Perdona, pero aquí soy yo el que hace las preguntas —responde llanamente.

—Está claro que no. —Frunzo el ceño—. ¿Cómo me has adelantado? He salido del Gremio antes que tú.

—He venido a caballo. —Desvía la mirada a mi vestido—. Mientras que estoy seguro de que tú has llegado entre cojines de terciopelo.

Un profundo rubor me calienta las mejillas. Odio que tenga razón. Necesito recuperar el control de la conversación.

—Podrías haber muerto.

Suelta un gruñido.

—¿Quién eres?

—Zarela Zaldívar.

Se queda quieto echando chispas por los ojos. Se le tensa un músculo de la mandíbula mientras se estira lentamente en toda su altura.

—¿Qué estás haciendo aquí? —repite—. ¿Cómo has sabido dónde encontrarme?

Parpadeo, confundida.

—¿Encontrarte? No te estaba buscando a ti. —Se afloja parte de la tensión de la mandíbula de Arturo—. No sabía que volvería a verte. He venido aquí por negocios.

De algún modo, mis palabras hacen que se le suavice el ceño hasta que queda tan solo una fina línea entre sus cejas, más de curiosidad que de enfado.

—¿Qué tipo de negocios?

—He venido para comprar un dragón.

Hace una mueca.

—Para el gran Santiago Zaldívar, el héroe de Santivilla.

Pronuncia el apellido de mi padre como si fuera un improperio. Mi antipatía hacia el domador aumenta. Considero marcharme, pero lo necesito. Tal vez si le hablo de sus proezas en la jaula se ablande conmigo.

—¿Por qué no llevabas arma cuando te has enfrentado al dragón?

—He entrado sin espada porque no la necesito —responde con un tono borde—. ¿Satisfecha?

Estoy lejos de estar satisfecha.

—¿Cómo podías saber que no ibas a necesitarla?

Arturo entorna la mirada.

—¿Cuántas preguntas esperas que te responda?

—Todas la que haga falta para apaciguar mi curiosidad.

—Bueno, tengo trabajo que hacer y nadie me paga por hablar —espeta, apartándose.

—Bueno, ya que hablamos de trabajo, me gustaría mantener una conversación sobre una posible contratación.

La sorpresa le atraviesa la cara.

—¿Tú quieres contratarme *a mí*?

—Exacto.

Sigue un largo momento de silencio. Me mira fijamente como si esperara oír que no estaba hablando en serio. Como respuesta, cruzo los brazos sobre el pecho.

—¿Cuándo puedes empezar?

Me fulmina con la mirada antes de irse dando pesadas zancadas sobre la arena mientras eleva la voz:

—Nunca.

DIEZ

El fuego de la cocina crepita con fuerza devorando la leña recién cortada mientras quito la tetera con cuidado. Lola hurga en la cesta del pan en busca de la mejor hogaza murmurando para sí misma sobre la falta de mantequilla. Sirvo el agua caliente para el té en dos tazas de porcelana.

Ofelia ha ido a acostarse y papá descansa en el piso de arriba cubierto con mantas a pesar del calor. Lanzo una mirada llena de pesar a su bandeja de la cena, al cuenco de caldo de huesos intacto. Ha dormido la mayor parte del día y solo ha tenido un par de momentos de vigilia. Ha preguntado por mí, pero mi excursión al rancho me ha llevado más tiempo del que pensaba. He llegado después de la cena porque el camino principal a Santivilla estaba lleno de viajantes y cuando el carruaje se ha parado delante de La Giralda ya era de noche. Me he perdido una conversación con alguien del Gremio de Sanadores, pero Lola ha planteado las preguntas que yo no he podido hacer.

—La curandera…

—Eva —me corrige Lola con aire ausente.

—Eso. ¿Ha dicho que lo único que podíamos hacer era mantener a papá cómodo?

Lola elige una hogaza aceptable de la cesta, larga y perfectamente dorada.

—Eva enviará a alguien por la mañana para que le cambie las vendas y le aplique un ungüento. —Me mira—. También ha preguntado por el pago.

Se me cierra el estómago.

—¿Cuánto es?

—La factura está ahí —informa Lola señalando a una mesa de madera que hay junto a la pared. Me acerco allí y encuentro una sola nota. Es un pergamino sencillo y la caligrafía es simple y directa. Dice que le debo al Gremio noventa y dos reales. Me trago una burbuja de miedo. Dejo la nota y acerco uno de los taburetes a la isleta.

—Cuando Arturo ha dicho «nunca», era un nunca de nunca o un nunca de «vuélvemelo a preguntar de un modo más amable»? —inquiere Lola.

—¿Cómo sabes que no he sido amable?

—¿Lo has sido? —Saca un cuchillo de un cajón y empieza a cortar el pan en diagonal—. Dime que tienes mermelada o este pan no estará a la altura de mis expectativas.

—Tenemos mermelada de tomate. En alguna parte. —La expresión de Lola se ilumina y le sonrío. Ofelia solo prepara su mermelada de tomate una vez al mes. Tomo un sorbo de té y considero la pregunta—. Ha sido una conversación rara. Puede que haya sido muy crítica.

—¿Es guapo?

Pongo los ojos en blanco.

—¿Qué tiene que ver eso con nada?

—¡Ja! Así que sí es guapo. —Levanta el cuchillo y señala con la punta hacia mi dirección—. Debe serlo. Cualquiera que pueda decir no de ese modo tiene que serlo. Imagínate poder decir «no» sin sentirte culpable.

—Yo digo «no» a todas horas.

—Tú. Yo estaba hablando de mí.

—Creía que estábamos hablando de si iba a encontrar al domador de dragones que pudiera permitirme. Y dragones.

—¿A qué te refieres? —Acaba de cortar las rebanadas, encuentra el bote de mermelada de tomate en una estantería y la esparce generosamente sobre el pan—. Has encontrado uno.

—Lola, ¡no puedo obligarlo a trabajar para mí! Arturo ha dicho que no. Ha dicho que «nunca». —Aprieto los labios formando una fina línea. No voy a suplicar. Si no quiere trabajar para mí, no voy a rebajarme pidiéndoselo de nuevo.

—¿Te encuentras bien?

—Claro que sí —espeto—. ¿Por qué no iba a estarlo?

—Nunca te he visto retroceder cuando ya has decidido algo. Y quieres a este domador de dragones. —Arquea las cejas hacia mí.

—No seas ridícula. Necesito al domador de dragones, no lo quiero. —Aparto la rebanada de pan con la mermelada de tomate desbordándose y me preguntó cuánto me costará comprar más tomates para la semana—. Eso es demasiada mermelada.

—No tienes mantequilla —responde encogiéndose de hombros—. Tenía que compensar. ¿Has averiguado cómo pagarle?

—Ofelia ha vendido dos caballos y uno de los carruajes, con ese dinero y con el de los cinco vestidos he pagado la multa, los acuerdos y las primeras reparaciones de La Giralda. Además, están los gastos médicos de papá. Así que la respuesta corta es no, no lo sé.

—Pero te quedan quinientos reales, ¿verdad?

Asiento.

—Los necesito para comprar dragones. No quedará mucho para pagarle a Arturo. Será caro.

Se oye un fuerte estruendo cuando Lola rebusca entre más cajones y abro los ojos de par en par.

—¿Qué estás buscando?

—Chocolate. Necesitas un trozo enorme. —Levanta un paquete envuelto con papel encerado—. Lo encontré.

Corta un trocito y me lo entrega. Inmediatamente, me lo dejo en el plato para después. No estoy de humor para dulces.

—Gracias.

Lola corta otro trozo para sí misma y le da un gran bocado. Yo mordisqueo la esquina del pan.

—Papá tiene las joyas de mamá escondidas en su guardarropa. Pero me parece que sería cruzar el límite. Creo que sería demasiado personal y que sería inadecuado venderlas.

—Las piedras son reemplazables —comenta sentándose en un taburete—. La vida de tu padre, no. ¿Y si le pides más dinero a Héctor?

—No puedo hacer eso. Ya me ha comprado algunos de los vestidos de mamá. —Aparto el plato—. ¿Y de qué estamos hablando?

Todavía no tengo un domador ni dragones por los que deba preocuparme pagar.

—¿En serio? En cualquier momento te darás cuenta de que él es la respuesta a tus problemas…

—Eso ya lo sé.

— … y descubrirás qué necesitas ofrecerle para que acepte el trabajo.

—No voy a volver allí. Tengo mi orgullo.

Lola murmura para sí algo como que soy una idiota.

—No te estoy diciendo que vuelvas y te arrastres, estoy diciendo que descubras su debilidad y la uses para conseguir lo que quieres.

—¿Qué te hace pensar que me va a confesar su mayor deseo?

—¿Tú sabes quién eres? La Zarela Zaldívar que conozco puede ser muy persuasiva. No hay mucha gente a la que no puedas encandilar.

—Pero si no soy encantadora.

—Tonterías. —Mueve la mano en el aire—. Le gustas a todo el mundo.

—No —niego recordando el horrible sonido que hizo la multitud cuando bailé una de mis propias coreografías—. Aman a mi madre y, por defecto, a mí me toleran. Sé cómo jugar a ese juego. Sé qué quieren que diga y cómo vestir. Hay poca gente que haya visto a mi verdadero yo. Puedo ser combativa.

—Solo cuando no has dormido bien y estás sometida a un estrés horrible y todo eso mientras tratas con un padre enfermo e intentas no perder el hogar de tu familia.

—Por lo tanto, dices que estoy siendo combativa.

—Puede que lo hayas sido con el Arturo ese —añade con una sonrisita—. Pero debes volver y no aceptar un «no» por respuesta.

—Siendo encantadora.

Levanta la taza de té y me señala.

—Siendo tú.

Lola vacía la taza y se acerca a la isleta. Me da un beso en la frente y se marcha para acabar sus últimas tareas. Miro fijamente mi cena intacta. Tiene que haber más cosas que pueda vender. Cosas de las que nadie note su falta.

Salgo de la cocina pensando en mamá y en lo que habría hecho ella en mi lugar. No era de las que se obsesionaban con nada ni tomaba decisiones basándose en el miedo. Le encantaba bailar, le encantaba pintar abanicos y le encantaba la magia, pero ese era el límite de su lado caprichoso. Mi madre sabía cómo estirar un helón, era una experta en sus habilidades, practicaba cada día durante horas y dirigía la plaza con mano tranquila.

Papá era el vagabundo y mamá era el puerto seguro al que volver siempre.

La Giralda está en silencio y a oscuras excepto por el único candelero que llevo por el vestíbulo. Subo por la escalera principal y me dirijo a la habitación de papá mientras la luz de la pequeña llama arroja sombras monstruosas en las paredes. Se oye un suave crujido. El sonido de las ratas corriendo sobre la piedra.

El siguiente elemento de mi lista: comprar varios gatos.

Suavemente, me arrastro hasta la puerta del dormitorio de mi padre y apoyo la oreja sobre la fría madera. La fiebre lo ha mantenido despierto, haciendo que estuviera inquieto y fuera incapaz de descansar. Entorno los ojos hacia el oscuro pasillo esforzándome por escuchar cualquier indicio de que pueda estar despierto. Pero solo se oye un profundo silencio.

Las joyas de mamá están en su guardarropa, en una caja de marfil en el estante de arriba. Aunque hemos donado mucha de su ropa personal, papá no me ha confiado las gemas que le regaló a lo largo de los años. Tal vez no esté preparado o tal vez piense que yo no estoy preparada. Sea cual fuere la razón, no hablamos de las cosas que mi madre dejó atrás: su alianza, el brazalete de perlas de su décimo aniversario y el anillo de rubí que le había dado durante su primera actuación juntos delante de miles de personas el día que había accedido a casarse con él.

La historia de su pedida había viajado kilómetros y kilómetros por toda Hispalia, compartida en palcos privados de óperas y tabernas públicas y recreada por la alta sociedad en sus grandes haciendas. De todas las joyas de mi madre, ese anillo es mi favorita. Un rubí ardiente engastado en un anillo de oro ornamentado con una delicada filigrana. Siempre lo usaba cuando no estaba en el escenario y solo por Santivilla, temerosa de perderlo mientras viajaba de un lugar a otro.

Solo el rubí ya es extraordinario.

Pero, como perteneció a Eulalia, no tiene precio.

Papá podría perdonarme por vender los vestidos de mamá, pero nunca me miraría del mismo modo si vendiera su anillo de compromiso. Pero, si no lo hago, ¿de dónde sacaré el dinero suficiente para sobrevivir el próximo mes? Podría obtener una suma lucrativa con el anillo de compromiso de mamá, lo suficiente para contratar a un nuevo domador, comprar más dragones, reparar por completo La Giralda, alimentar a todos y cuidar de papá.

Me quito las botas y empujo suavemente la puerta de la habitación de papá. Se abre lentamente en silencio, invitándome. Mi mirada se ajusta a la oscuridad y se desliza inmediatamente a la cama en la que yace papá, boca abajo, roncando suavemente. Luego dirijo mi atención al guardarropa de mamá. No puedo creer que esté a punto de robarlo. Me meto dentro con los pies desnudos y el corazón lleno de culpa.

Perdóname, papá. Perdóname, por favor.

Vendo el anillo de mi madre el día siguiente por dos mil reales.

Ya está hecho y vuelvo a mi habitación horas antes de almorzar. La luz de la mañana calienta mi dormitorio. Las cortinas están abiertas y promete ser un día agradable con solo volutas de nubes salpicando el cielo azul. Me aseguro de que la puerta esté cerrada con llave y luego tomo la gran bolsa de tela llena de reales y la vierto sobre el suelo de madera. Las monedas de oro me guiñan mientras las cuento separándolas en tres montones.

Intento no fijarme en lo mucho que me tiemblan las manos y, en lugar de eso, me concentro en contar todas las monedas. El montón más grande será para pagar a los dragones y al nuevo domador. Los otros dos montones son más pequeños pero servirán para financiar las reparaciones que requiera La Giralda y para cubrir los cuidados y medicamentos de mi padre. Con la plaza cerrada, no estamos obteniendo ingresos. Cuento el dinero otra vez y tomo un puñado del montón más grande. Lo pongo aparte para los gastos del día a día: Ofelia, el cochero que también es nuestro mozo de cuadra y las excursiones al mercado para comprar comida. Saco diez monedas de oro y las reservo para una posible emergencia.

Miro los cinco montones. Eso es. Es todo lo que tenemos para los gastos de manutención de un mes exacto. No importa lo que pase, La Giralda tiene que abrir sus puertas en cuatro semanas.

¿Estaré preparada?

¿Lo estaré?

ONCE

Hace un calor sofocante en el carruaje. El sudor se me desliza por la nuca y se cuela en mi ropa práctica empapando la tela. Utilizo uno de mis abanicos pintados para crear una brisa, pero, lamentablemente, es insatisfactoria. Miro por la ventana del carruaje y me animo un poco al ver el Rancho Esperanza. Estamos a pocos minutos, pero incluso un solo segundo más me parece demasiado.

Esta vez me he vestido con sensatez. Una falda ligera de lino y una camisa de un pálido color crema con un cinturón de cuero grueso y desgastado que lo mantiene todo en su sitio. En los pies llevo mis sandalias favoritas y me he trenzado el pelo formando una corona en la parte superior de la cabeza. Se me escapan mechones rebeldes del recogido y vuelvo a meterlos en su sitio con impaciencia. En el suelo del carruaje tambaleante hay una bolsa de cuero llena de con los reales de la venta del anillo de compromiso.

Afortunadamente, el carruaje se detiene. Agarro el dinero y salgo. El sol hace que tenga que entornar los ojos. Se abre la puerta delantera y don Ignacio aparece con un gran saco de lona masticando fruta. Se le ensancha la mirada en cuanto me ve, pero rápidamente es reemplazada por una sonrisa.

—¿De vuelta tan pronto?

—Buenos días —le digo—. Me gustaría comprarle un dragón, pero parece que esta mañana estará fuera.

Me ofrece una sonrisa de disculpa.

—Viaje de negocios. Sin embargo, puede llevar a cabo la transacción con Arturo, si le parece bien que él gestione la compra.

—También he venido a verlo a él, así que me parece bien.

Don Ignacio me mira divertido.

—No creo que Arturo la esté esperando.

—No me espera. ¿Dónde puedo encontrarlo?

—Es el único de mis trabajadores que vive conmigo. Creo que está tomando su primera comida. Estará en un estado horrible hasta su tercera taza de café —me advierte—. Arturo se levanta al atardecer con los dragones.

Habiendo conocido a Lola en ese estado, tengo fe en poder manejar el humor de Arturo.

—Muéstreme el camino.

—¿Le apetece un poco de melón cantalupo?

—¿Disculpe?

Mete la mano en el paquete y saca una fruta perfectamente redonda.

—Será lo mejor que pruebe en su vida, se lo prometo. Le diré a Arturo que corte un poco para usted.

Arqueo una ceja.

—Seguro que estará encantado. Aunque siento curiosidad por su cantalupo, no debo irritarlo más de lo que puede tolerar. Será mejor que me limite a mis negocios personales.

—Tonterías. Tiene que probar un poco —dice antes de conducirme por la puerta de hierro hasta una casa plana de forma cuadrada hecha toscamente de adobo y barro y una sencilla puerta de madera con soportes de hierro. La entrada tiene cactus y un cristal de aspecto plumoso adornando el exterior y, aunque la casa es olvidable, hay algo robusto y simple en la estructura. No puedo evitar admirarla. Parece gritar honestidad. Un lugar seguro en el que mantenerte limpio, pero nunca mimado o halagado.

Nos adentramos. Don Aguilar pisotea unos juncos viejos y raídos y yo hago lo mismo para limpiarme las suelas de las sandalias de la arena de color herrumbe. Por dentro, la casa es tan acogedora como lo parece por fuera. Las paredes tienen el tono miel original y los suelos están cubiertos por azulejos hispalianos. Hay macetas con flores del desierto y con cactus en las diversas entradas y por todas partes me llega el aroma del cuero tratado, de las páginas polvorientas y de la ropa de hogar tiesa.

Sigo al viejo caballero a la parte trasera de la casa tomando nota de sus hombros encorvados y de su expresión demacrada. Llegamos al final del pasillo y el anciano se tambalea moviendo la mano para apoyarse en la pared. Inmediatamente, le ofrezco mi propio brazo.

—¿Se encuentra usted bien, don Ignacio? Por favor, agárrese a mí y caminemos juntos.

Los finos labios del hombre se curvan en una sonrisa.

—Estoy bien —afirma—. Puede que un poco enfermo, pero ¿quién no lo está a estas edades?

Me lleva hasta una habitación de buen tamaño que claramente utilizan como biblioteca. Estanterías de color avellana contienen filas y filas de libros de todos los colores y grosores encuadernados en cuero o tela. A los pies de la estancia hay un bonito escritorio y allí sentado, con las piernas en alto y una humeante taza de café a su lado, está Arturo. Un periódico le oscurece los rasgos, pero reconocería esa cabeza de cabello oscuro y ondulado en cualquier parte.

—Arturo —lo llama don Ignacio—. Una mujer muy bonita quiere verte.

El periódico baja un centímetro y un par de ojos grises miran con frialdad sobre el borde. Mueve el periódico hacia arriba y vuelve a ocultar su cara de la mía. Un gesto de desdén que hace que me hierva la sangre.

—No tengo ningún asunto que tratar con esta persona.

—Arturo —dice don Ignacio entre exasperado y divertido—. ¿Qué te he dicho de asustar a clientes potenciales? Por favor, intenta ser educado.

Arturo deja a un lado el periódico y se recuesta contra el sillón de cuero entrelazando los dedos callosos. Su fría mirada se encuentra con la mía.

—¿Todo bien?

—Bastante bien. ¿Y tú?

Ignora mi pregunta.

—¿Tienes sed?

—No ahora mismo —respondo entornando los ojos.

—¿Hambre?

—He comido antes.

—Hace un calor impresionante, ¿no? —pregunta.

—Vaya que sí.

La mirada de Arturo vuelve a su jefe.

—Ya he agotado toda conversación educada. ¿Hay algo más?

Don Ignacio hace un ruidito de impaciencia desde la parte posterior de su garganta. Abre la boca para decir algo cuando suena el reloj. Se lleva las manos al pelo retirándoselo hasta que le queda todo aplastado.

—Tengo que irme, el carruaje está preparado para mi viaje. ¿Seguro que puedes encargarte del rancho durante un par...? —El señor Aguilar se interrumpe al ver el pronunciado ceño fruncido de Arturo—. Solo lo estaba comprobando. ¿Puedes cortar el cantalupo para la señorita Zaldívar?

—No tiene hambre.

Me eriza el tono plano de Arturo.

—Puede hablar por sí misma.

Vuelve la atención hacia mí.

—Ya lo has hecho, solo estoy constatando lo que he oído de tu propia boca.

—Vas a hacer llorar a la señorita —replica Ignacio con una mirada severa—. Me enfadaré mucho.

Arturo vuelve a acercarse el periódico dando la conversación por terminada.

—En media hora volveré al campo. Me gustaría estar en paz, así que no tengo intenciones de hacer llorar a nadie, mucho menos a una cría de la alta sociedad cabezota con unos modales bastante cuestionables.

Don Ignacio me mira con impotencia.

—La acompaño a la salida.

—No voy a marcharme —respondo firmemente—. Pero, por favor, no quiero retenerlo. Que vaya muy bien el viaje. La última vez que lloré tenía una muy buena razón para hacerlo. Le prometo que este encuentro no acabará con lágrimas.

Sonríe con las cejas arqueadas. Lo he sorprendido.

—Arturo, si esta joven formidable hace lo imposible y logra convencerte para que trabajes con ella, por favor, deja a Joaquín a cargo hasta que yo vuelva.

La respuesta del domador es una mirada de desprecio fulminante, me sorprende que don Ignacio no lo reprenda. No obstante, el propietario del rancho se limita a reírse y me da un apretón en el hombro.

—Buen viaje —le deseo.

—No deje que le intimide. —Se inclina hacia adelante para darme dos besos en las mejillas—. Será bienvenida en cualquier momento. Puede quedarse para siempre, si lo desea.

Se marcha con una última mirada furtiva a Arturo, quien sostiene el periódico, cerrado, y observa a su jefe marcharse de la biblioteca con una expresión interrogante en la frente. Algo se está formando en su mente y no parece gustarle el resultado de la respuesta.

—¿Qué pasa?

—Se está comportando de un modo muy extraño —dice Arturo suavemente—. Normalmente, si dejo claro que no me gusta la compañía de alguien, toma medidas preventivas para mantenernos separados. —Sus labios se curvan en una sonrisa de superioridad—. Quiere que estemos juntos por una razón.

—¿Por qué razón?

—Supongo que es de naturaleza romántica —contesta encogiéndose de hombros.

—Eso es ridículo.

—Evidentemente —añade con frialdad. Arturo abre *El Correo* y reanuda su lectura como si yo no estuviera al otro lado de su escritorio como un perro esperando a que caiga un trozo de carne de la mesa.

—Empecemos de nuevo —digo con alegría forzada—. ¿Podrías bajar el periódico para que podamos mantener una conversación, por favor? Será solo un momento.

Para mi sorpresa, Arturo me obedece, pero no antes de echar un vistazo al reloj que hay en una de las estanterías. Se me escapa un agudo silbido de molestia.

—Claramente, nuestro primer encuentro fue desastroso… —Resopla—. Pero estoy segura de que podemos superarlo y empezar de nuevo. Primero, pareces pensar que no soy más que una aristócrata mimada, lo que es categóricamente falso. Soy la hija de dos artistas que han trabajado muy duro. Recientemente, La Giralda ha sufrido… un desafortunado incidente. Mi padre no está bien, así que yo voy a asumir su papel como dragonadora y me gustaría que me entrenaras.

—Señorita, detesto la práctica de matar dragones solo por *diversión* —espeta Arturo con una voz fría como el hielo—. No me interesa el puesto. Que tengas un buen día.

—Pero…

—Conoces la salida, ¿verdad?

Me enfurezco. No puedo soportar su tono de superioridad o el modo en el que se cree que puede darme órdenes despreciándome a mí y al trabajo de mi padre. Golpeo el escritorio con las manos.

—Las corridas de dragones son una tradición hispaliana de más de tres mil años de antigüedad. Es una forma de arte, una parte de quienes somos y de nuestra cultura. Los dragonadores son artistas. Mi *padre* es un artista. ¿Cómo puedes detestarlo?

—Porque está mal.

—No entiendo cómo puedes pensar eso cuando los dragones atacan rutinariamente Santivilla matando a tanta gente año tras año. La lucha contra los dragones es historia viva y se necesita coraje, gracia y honor.

Se inclina hacia adelante olvidando el periódico.

—También se necesita un asesinato. Tú lo llamas «historia», yo lo llamo «arcaico».

—Entonces, ¿por qué los cazas? —exijo—. ¿Por qué trabajas *aquí*?

Guarda un silencio obstinado. Esta conversación no va a ninguna parte. Me aparto del escritorio y me pellizco el puente de la nariz. Lola me dijo que encontrara su debilidad. Empiezo a pasearme por la habitación notando la fría mirada de Arturo como si me estuviera lanzando un vendaval desde una cima nevada de las cordilleras del norte.

Entonces recuerdo lo que ha dicho antes don Ignacio.

—Aquí no eres feliz —digo finalmente—. No puedes serlo. Como antiguo dragonador, sabes, tal vez mejor que nadie, de dónde vienen los dragones. Los cazan y los llevan…

—Los arrastran —me corrige con un gruñido.

—Los arrastran al ruedo —cedo—. Donde normalmente los matan, a menos que ganen el combate y maten al dragonador, pero en ese caso matan a la madre como castigo. Y trabajas en un rancho que se especializa en cazar a las mismas bestias que tú rechazas combatir en el ruedo. Explícamelo.

Se recuesta en la silla y se cruza de brazos.

—Tengo mis razones y no recuerdo dónde dice que se supone que tengo que compartirlas contigo.

—Compláceme. —Sus rasgos son de piedra—. Bien —suspiro—. Tal vez puedas encontrar trabajo en cualquier otra parte. Al fin y al cabo, entrenaste con el Gremio de Dragonadores, te graduaste en su escuela. Es demasiado tarde para aprender una nueva habilidad en un gremio diferente. Eres demasiado mayor. —Una mueca atraviesa el rostro de Arturo mientras clava sus ojos grises en los míos con un brillo intimidante—. Así que estás atrapado aquí, cazando dragones.

—Don Ignacio me deja cuidar de los dragones heridos —espeta—. Me deja volver a liberarlos en la naturaleza.

Lo miro con astucia.

—Pero no es suficiente para ti, ¿verdad? Quieres mantenerlos a *todos* a salvo, por alguna maldita razón. —Entorna peligrosamente los ojos—. Pero no puedes y, mientras tanto, no tienes otro modo para ganarte la vida de forma respetable. Al menos en Hispalia.

Me paso el bolso de cuero por detrás de la espalda y vacío todo el contenido en el escritorio. Trescientas veinticinco monedas rebotan contra la madera formando montones más y más altos.

La mirada de Arturo no se aparta de mi rostro, pero tensa los hombros y se hunde los dedos en los antebrazos. Mi intuición se enciende y lanzo los dados.

—Esta es tu oportunidad para volver a empezar. Para soñar con un nuevo negocio. Y tal vez —añado suavemente—, puedas comprarte un terreno. Crear un santuario para tus dragones, para mantenerlos libres y a salvo del ruedo. Para protegerlos del Gremio de

Magia y que no se conviertan en partes troceadas para sus pociones y hechizos.

Su mirada baja hasta el dinero.

—Maldita seas.

—Trescientos veinticinco reales —susurro. Espero mientras mira el dinero con expresión remota y cerrada, su comportamiento es tan espinoso y desagradable como el de un dragón salvaje.

—Recoge tus reales y vete.

Registro sus palabras, pero me niego a creer que he llegado al final del camino. Puede que encuentre a otra persona que entrene a los dragones, que me enseñe, pero estoy harta de que me salga todo mal, de que me pasen cosas.

—No voy a marcharme hasta que accedas a trabajar para mí. Es la decisión correcta. Para los dos.

Se pone de pie de un salto y la silla de cuero cae hacia atrás.

—Márchate.

Hago lo que dice, pero dejo el dinero sobre el escritorio, brillando con tentación y promesa.

DOCE

No voy lejos. De hecho, no me marcho de la propiedad. Me quedo junto a la puerta principal dándome golpecitos en los labios con el dedo índice y contemplando mi próximo movimiento.

Enderezo los hombros y camino hacia los campos. Las jaulas de los dragones se hacen visibles y un aleteo nervioso me baila en la barriga. Las criaturas están inquietas dentro de sus celdas. Montones de ejemplares diferentes que serán enfrentados en las plazas de Santivilla. Somos el único país en el que se celebran corridas de dragones, en cualquier otra parte los cazan y los matan. Para el resto de las personas se trata de supervivencia. Para nosotros, es control y arte. ¿Qué otros artistas se enfrentan a la muerte durante sus actuaciones? Corremos el riesgo para demostrar que es posible vencer a esos monstruos. Nunca entenderé por qué la Asociación no es capaz de ver por qué tenemos que contraatacar de un modo que aumente el coraje de los hispalianos que viven bajo su constante amenaza.

Las criaturas gruñen a cualquiera que se acerca, clavan las garras en la tierra, sin duda alguna deseando que fuera carne. Las alas que deberían concederles libertan son inútiles. Deberían darme lástima estas bestias. Pero no, no después de todo lo que me han arrebatado.

Miro alrededor del campo y encuentro lo que estoy buscando. El patio redondo da a las jaulas de los dragones y al menos está pavimentado, con un viejo banco de madera junto a una maceta con una planta frondosa. Me acomodo en el banco con una sonrisa para mí misma. Arturo usará la entrada trasera para llegar a los campos y tendrá que atravesar el patio pasando por el único asiento disponible.

Tendrá que pasar por delante de mí.

El sol se desliza por el cielo mientras golpeo la piedra impacientemente con el pie. Gotas de sudor me humedecen la línea del pelo y la luz del sol hace que me hormiguee la piel con afilados pinchazos que se me clavan en la carne. Los dragones me observan curiosos y hambrientos con sus fríos ojos reptilianos. Hay varios jornaleros trabajando en los campos, arrancando las malas hierbas, pastoreando el ganado y cuidando de un pequeño grupo de ovejas. Ellos también me miran con el ceño fruncido.

Aparto la mirada y me centro en las ondulantes colinas del desierto. Vuelvo a preguntarme por qué este ganadero de dragones decidió vivir aquí. Tendría que habérselo preguntado. Pasa otra media hora y mi determinación se debilita cuando el hambre hace que me ruja el estómago. ¿Soy una tonta por quedarme? Arturo no es alguien a quien se pueda persuadir fácilmente. ¿Y si nos dedicáramos solo a los bailes flamencos? Podría contratar a más bailaores, crear nuevas coreografías…

Claro que no funcionaría.

La gente de Santivilla ansía las corridas de dragones. De nuevo, oigo la decepción del público cuando interpreté una de mis coreografías. Entre sus burlas, escucho sus acusaciones: «¿De verdad crees que puedes eclipsar a tu madre?».

La puerta trasera se abre y me sobresalta. Arturo sale con su periódico y su café. Se paraliza cuando me ve, entreabre los labios y parte de la bebida se derrama por el borde.

—Me encantaría una taza —le digo, sonriente.

Parece estupefacto, abre y cierra la boca como si quisiera gritar, pero sin encontrar las palabras. Podría ser la primera vez que alguien mostrara desacuerdo con él o lo desobedeciera abiertamente. Está acostumbrado a que la gente y las criaturas lo escuchen.

Bueno, pues yo no soy de esas.

—Ya te lo he dicho —agrego firmemente—. No voy a marcharme hasta que aceptes.

Finalmente, encuentra su voz y va aumentando el volumen con cada palabra hasta acabar casi gritando:

—Esta no es tu propiedad. Estás en terreno privado.

—Bueno, tampoco es tu propiedad.

Me mira con mala cara y finalmente lo comprende.

—¿No crees que don Ignacio te echará de sus tierras cuando vuelva?

Niego lentamente con la cabeza.

—Creo que le caigo bastante bien. De hecho, me ha dicho que puedo quedarme para siempre.

—No lo decía *literalmente*.

—Voy a quedarme sentada en este banco hasta que me digas que sí. Día y noche, hasta que accedas a entrenarme.

Sus labios forman una pálida línea sobre su rostro bronceado.

—No voy a cambiar de opinión.

—Yo tampoco.

Se mira los pies, reflexionando.

—Don Ignacio te enviará los dragones que necesitas.

—No es suficiente —respondo suavemente—. Te necesito a ti.

Da un respingo, sorprendido, con la atención todavía puesta en sus botas. Aprieta el agarre del periódico y me preocupa que lo parta en dos.

—No estoy disponible.

—Todo el mundo lo está. Por algún precio.

Nivela su mirada con la mía.

—Vendrá la lluvia ahora que estamos en la estación seca. Incluso los dragones odian los aguaceros. —Sonríe ligeramente, ahora más calmado—. No aguantarás todo el día.

Arturo se aleja, seguro de mi fracaso. No sabe que la adversidad solo aumenta mi determinación. Sonrío para mí misma. Soy la hija del mejor dragonador de Hispalia. No me asusto fácilmente. Me quito las sandalias y permito que el calor de la piedra se filtre en los dedos de mis pies. El calor me da soporte y la gran planta de la maceta me proporciona algo de sombra.

Nada hará que me mueva de este sitio.

Contemplo los campos y las jaulas de los dragones a los pies de la colina. Arturo se acerca a la primera siguiendo uno de los senderos estrechos y retorcidos y llega a la entrada. Levanta la barra, rueda ágilmente hacia adelante y se endereza al otro lado. Alguien corre hacia adelante con el escudo, soportando su peso al sujetarlo con ambas manos.

—Toma, Arturo.

Sin apartar la atención del monstruo, Arturo alarga el brazo y acepta el gran disco. Solo necesita una mano para manejarlo.

El dragón (de color verde esmeralda) está quieto, con la enorme cabeza inclinada y observando a Arturo con los ojos entrecerrados. Me inclino hacia adelante incapaz de apartar la atención de la bestia. Su cuerpo se parece al de una serpiente: largo y con lengua bífida y su cabeza tiene forma de diamante. Tengo un nudo de nervios en el estómago, pero la actitud de Arturo no muestra esa angustia. Está calmado como un bebé a punto de dormirse, a salvo y sin prisas. Se parece tanto a mi padre que me roba el aliento.

Es un dragonador.

Arturo levanta lentamente el escudo hasta el nivel de su nariz. El culebra retrocede cuando ve su reflejo en la superficie pulida y le muestra los dientes. La confrontación parece aburrir al dragón, como si Arturo fuera un mosquito zumbando en su oreja. Baja la gigantesca cabeza y la arena se agita con sus resoplidos. Con un gruñido, la bestia balancea la cola apuntando a la sección media del domador.

Sin perder el ritmo, Arturo se agacha por debajo de la cola y rueda fuera de su alcance con un movimiento fluido y controlado. El monstruo veronés azota el suelo con la cola y deja escapar un rugido atronador.

Arturo levanta el escudo y silba. Una, dos, tres veces. El ruido es estridente, llena el aire de notas violentas. El dragón medio se desliza medio se arrastra lejos del domador hasta que presiona todo su cuerpo contra los barrotes. Chilla y araña las barras de hierro. No le gusta ese sonido penetrante.

La situación continúa durante un momento que se me antoja eterno hasta que, de repente, se hace el silencio. El culebra se aleja de los barrotes y carga contra Arturo. Me pongo de pie de un salto con el corazón en la garganta. Estoy lista para gritar, para correr en busca de ayuda. Pero el domador corre hacia adelante en el mismo momento y se mete ágilmente entre las rechonchas patas del dragón. Está al otro lado del monstruo, erguido y sonriente, con solo el escudo para protegerse de la muerte.

Es la primera vez que veo una expresión agradable en su rostro y la sonrisa transforma todo su semblante. Parece más joven, con una alegría casi infantil por estar enfrentándose a la muerte. Es el mismo aire exaltado que muestran los dragonadores cuando se enfrentan a un dragón en el ruedo. Emocionados por el combate. Ansiosos por el desafío. Dispuestos a defender su honor.

Nunca seré como ellos.

Pero puedo aprender sus movimientos. No sobreviviré si entro en pánico, si soy demasiado lenta. Cruzo los brazos por delante del pecho y mi determinación aumenta. No puedo marcharme hasta que acceda. Arturo levanta la barra, rueda por debajo y se incorpora fuera de la jaula.

El dragón da vueltas agitando salvajemente la cola en busca de su presa. Cuando descubre que la ha perdido, la bestia lanza un furioso aullido. El domador le da la espalda al monstruo y coloca el escudo cerca de su costado. Se mueve hacia la celda siguiente, no sin antes lanzar un rápido vistazo en mi dirección.

El domador me ve posada en la colina, con los rayos del sol dándome directamente en la cara, y frunce el ceño. Puedo discernir su expresión desde aquí arriba, así de pronunciada y severa es. Una arruga oscura que le divide el rostro. Una petición silenciosa de que me marche del rancho y no regrese nunca.

Nada me hará cambiar de opinión.

El resto del día transcurre casi igual. Arturo sigue trabajando con los dragones, aunque no tengo ni idea de qué espera lograr. De vez en cuando, me lanza miradas exasperadas y resentidas que estoy segura de que están destinadas a hacer que me marche. Su enfado solo me incita a seguir.

Estoy llegando a él.

Cuando el sol se pone, alguien hace sonar una campana que cuelga junto al edificio anexo marcando el final del día. Las jaulas de hierro están firmemente cerradas y los jornaleros se marchan de los campos hacia los establos. Arturo sube la colina con ambas mejillas y la frente manchadas de tierra y el oscuro cabello ondulado empapado de sudor. Pasa junto a mí ignorándome soberanamente. Solo el portazo al cerrar me indica que sabe que sigo aquí.

Cuando gira la cerradura me estremezco.

Estoy sola en los campos, la oscuridad entierra cualquier rastro de luz.

Ahora que se ha ido el sol, el aire sucumbe al amargo frío que barre el desierto. Siento escalofríos recorriéndome los brazos y las piernas. Mi fina camisa de algodón y mi falda no sirven para protegerme del punzante frío de la noche.

La silueta de Arturo aparece en una de las ventanas y, tras confirmar que sigo aquí, se marcha. Media hora después, vuelve y me mira a través del cristal. Me cruzo de brazos y le sonrío.

De nuevo, desaparece de mi vista.

Las estrellas me hacen compañía, centelleando contra la intensa oscuridad de la noche. Intento no pensar en los monstruos que hay ahí abajo, intento no darles vueltas a los candados de hierro que los mantienen atrapados. Ojos dorados y rojos me miran. Depredadores observando a su presa. Me estremezco y me bajo las mangas. ¿Acaso el fuego no puede derretir el hierro? Seguro que puede. A menos que las celdas hayan sido encantadas. Habría estado bien preguntarlo.

Aparto la mirada. Ni lo pienses. Si los dragones no han quemado sus jaulas hasta ahora, no es probable que lo hagan esta noche. Es lo que me cuento a mí misma, pero de todos modos, tengo un nudo en el estómago. El frío me cala los huesos y el miedo se desliza en mi corazón y se niega a moverse. Durante un instante, me debato entre quedarme en la colina o volver al calor del carruaje. Pero si me muevo de este lugar, estaré sentando un precedente. No quiero que Arturo vuelva a asomarse a la ventana y vea que me he ido. Pensará que ha ganado.

Me tumbo de lado acercando las piernas al pecho y cierro los ojos.

Me despierto de golpe. Hay alguien inclinado sobre mí proyectando su sombra. Entorno los ojos a la silueta con los ojos borrosos por el sueño. La persona se aparta y un fino rayo de sol me da en la cara. Hace rato que se ha marchado el frío de la noche. Bostezando, me siento y estiro los músculos agarrotados. Me costó mucho quedarme dormida y me sentía interrumpida por Arturo asomándose a la ventana una y otra vez. Parece que tampoco ha descansado mucho esta noche. El banco de hierro ha sido una cama horrible, pero no había bastante césped como para tumbarme en el suelo. Pongo el límite en dormir sobre la tierra fría y húmeda.

La silueta, una niña pequeña, me mira tímidamente. Es flaquita, de piel marrón oscura, y sostiene entre las manos una taza de arcilla de la que sale un agradable vapor. Mi nariz capta un intenso aroma a nueces.

El angelito me ofrece el café.

Lo acepto.

—Gracias.

La niña me observa mientras tomo un sorbo. Le sonrío, me devuelve la sonrisa y se marcha bajando la colina hacia el edificio anexo donde espera una larga fila de gente. Alguien debe estar cocinado porque el olor a jamón ahumado atraviesa el aire caliente y me roza las mejillas. Me ruge el estómago.

—No hay comida para ti.

Me giro hacia la voz. Arturo está a pocos metros del banco y, por debajo del ala de su sombrero de cuero, veo que ya tiene los labios colocados en esa mueca tan suya. Baja la mirada hacia la taza. Sin decir ni una palabra, extiende la mano.

Miro el café, consternada.

—Pero solo me he tomado un sorbo…

—No me importa. Dame la taza.

—Pero tengo sed. Y hambre —añado mirando en dirección a la comida.

—Pues vete *a casa* y come. —Sigue teniendo la palma extendida.

Es un viaje de tres horas y he hecho votos de no marcharme del rancho con las manos vacías, no todavía. Con un suspiro, le entrego el café. Toma la taza y se marcha, pero lo veo llevándose el café a los labios.

Bastardo.

La fila para la comida se mueve con rapidez y pronto todos tienen una pequeña bandeja llena de gruesas rebanadas de pan, queso curado y jamón ahumado. La campana suena y los trabajadores dejan los utensilios en el edificio anexo donde supuestamente se lavan. Miro a mi alrededor en busca de un retrete, pero no encuentro ninguno. Puede que haya uno dentro del edificio anexo. Me levanto del banco y me dirijo hacia abajo, pero en la entrada, un empleado grosero me impide pasar.

—¿Qué se supone que tengo que hacer?

El hombre señala con su retorcido dedo índice un camino que conduce a una pequeña agrupación de árboles y arbustos.

—Arturo dice que puedes usar los matorrales.

Aprieto los labios.

—¿De verdad es necesario?

—Evidentemente —gruñe el empleado.

La naturaleza me exige que me alivie inmediatamente, pero lo que de verdad me gustaría hacer es discutir el tema con ese hombre que no me deja ni poner un pie en el edificio anexo. Miro por encima de su hombro huesudo y veo una mesa repleta de cuencos y platos con los restos de la comida de la mañana.

—Las sobras son para los dragones —me dice antes de que pueda pedir un plato.

—Claro que lo son. —Me doy la vuelta y me desvío por el camino que lleva a los árboles para ocuparme de mis necesidades.

Cuando subo a la colina, me detengo en seco.

Mi banco ha desaparecido.

TRECE

arpadeo pensando que seguramente la falta de agua y comida me está pasando factura. Pero no, el banco ha desaparecido de verdad. Arturo se ha deshecho de él como si pensara que así podría deshacerse *de mí*. Unos suaves pasos que avanzan a mis espaldas hacen que me ponga rígida. No necesito darme la vuelta para saber que se trata de Arturo.

—Me has quitado el asiento. —Lo miro por encima del hombro. Su sonrisa es una curva presumida sobre su piel bronceada. Realmente piensa que ha ganado.

—Me apetecía redecorar —comenta, inexpresivo.

Me doy la vuelta con un resoplido para fulminarlo con la mirada mientras él baja de nuevo hacia los campos. Los dragones están despiertos e inquietos, buscando comida y libertad. Durante un momento, mi determinación flaquea. Podría volver a casa. No habría nada más fácil. Mi carruaje sigue aquí. Podría estar volviendo a La Giralda en unos momentos. Lejos de las bestias y del cazador de dragones cabezota.

Enderezo los hombros.

Su tono burlón cuando me llamó «cría de la alta sociedad» me irritó. ¿Cree que solo estoy jugando? No voy a ceder. Si me voy a casa ahora, habré vendido el anillo de compromiso de mi madre para nada. Me dirijo a la parte delantera del rancho donde me espera mi carruaje. El cochero descansa en el tejado con las piernas colgando por el borde mientras los caballos picotean perezosamente la maleza.

—Hola —saludo.

El cochero se apoya sobre los codos.

—¿Lista? ¿Está preparada para volver a casa, señorita Zarela?

Niego con la cabeza.

—Voy a quedarme aquí.

El cochero ensancha la mirada.

—¿Aquí?

Asiento una vez.

—Por favor, dígale a mi padre que estoy asegurando los dragones para el próximo combate y que pronto estaré en casa. Ofelia puede encargarse de manejar la casa y Lola la ayudará en lo que sea necesario. —Titubeo, preguntándome si debería pedirle que me trajera mantas, ropa limpia y comida. Pero si me pongo cómoda, Arturo podrá seguir ignorándome. Mirará mis suministros y los cojines de terciopelo de La Giralda y pasará de largo.

Si mantengo el rumbo, Arturo tendrá que reconocerme.

—Pero…

—Que tenga un buen viaje. Vaya con Dios. —Me doy la vuelta y regreso a los campos reforzando mi determinación a cada paso. Me quedaré de pie todo el día si es necesario. Soy muchas cosas (cabezota, de ira rápida y competitiva), pero no soy ninguna mentirosa. Decía en serio cada palabra, y si cree que puede asustarme, es solo porque subestima mi determinación.

El fracaso no es una opción.

Arturo se ha marchado del rancho para lo que queda del día. Camino dando grandes círculos por la cima de la colina hasta que me duelen las plantas de los pies y los tengo llenos de tierra rojiza. Si me siento aunque sea solo una vez, sé que no voy a poder volver a levantarme. Los trabajadores corren de un extremo del campo al otro, y me echan rápidos vistazos cuando creen que no estoy mirando. Estoy a plena vista, la bailaora de flamenco que tiene negocios misteriosos con el domador de dragones.

Las nubes se espesan formando un color adusto que amenaza con un aguacero. Antes de que suene la campana de la noche, Arturo vuelve de su cacería a horcajadas sobre un caballo rojizo y encabezando una procesión de varios jinetes que arrastran un gran contenedor con una jaula de hierro sujeta a la estructura. Dentro hay un dragón con escamas azabache: un morcego.

Estos son los monstruos que conozco. La bestia tiene unas alas parecidas a las de los murciélagos que le permiten volar, pero solo distancias cortas y cerca del suelo. El dragón le gruñe a cualquiera que se acerque a su jaula, chasqueando los dientes y emitiendo chillidos ensordecedores. Me estremezco mientras entorno los ojos mirando colina abajo para intentar distinguir qué tipo de arma lleva el domador, pero no veo ninguna.

Naturalmente.

El morcego ruge de nuevo y golpea el muro de su prisión haciendo traquetear las barras de hierro. La multitud retrocede y se queda solo Arturo, con las piernas cruzadas a la altura de los tobillos y los brazos cruzados sobre el pecho. Se mantiene completamente inmóvil mientras estudia la nueva adición. Su cabello oscuro se agita con el viento tormentoso, y cuando uno de los jornaleros del rancho se acerca, Arturo le da una orden. No puedo oír las palabras, pero reconozco el tono mordaz. Ni siquiera el viento puede disimularlo. Alguien le entrega un gran palo envuelto en tela roja. El domador lo desenvuelve lentamente y el algodón se despliega convirtiéndose en un capote rojo sangre.

La herramienta del dragonador.

Arturo da la orden de despejar la entrada de una celda vacía. Luego hace que alguien abra la puerta de la jaula en la que se encuentra el dragón con un gran gancho. La bestia sale corriendo desplegando las alas y carga inmediatamente contra el capote rojo que sostiene Arturo con mano firme.

A continuación, se produce una ágil danza llena de giros y vueltas.

El dragón corre hacia Arturo, quien se aparta bruscamente de su camino en el último momento. Se agacha cuando el morcego intenta golpearlo con la cola. Se aparta de un salto cuando la bestia echa fuego y humo. Continúa así hasta que, de algún modo, el domador ha conseguido que el dragón pase por la entrada de la jaula vacía. Lanza el capote entre las rendijas y un corpulento jornalero le entrega rápidamente el escudo encantado.

Arturo deja escapar un agudo silbido y la puerta se cierra con un golpe. Se queda dentro atrapado con un dragón salvaje e indómito que le triplica el tamaño. Antes estaba acostumbrada a verlo. ¿Cuántas veces he visto a papá enfrentarse a este enemigo? Pero el sudor me humedece las manos y tengo el estómago revuelto como el agua debajo de una cascada.

El domador levanta lentamente el escudo hasta el nivel de su nariz. El reflejo del propio dragón sobresalta a la bestia y empieza a moverse, pero no ataca. Arturo chasquea la lengua y da un paso hacia adelante. El dragón lo mira con cautela. Otro chasquido, otro paso adelante. El reflejo del escudo aumenta de tamaño. Se está inclinando cada vez más hacia la pequeña abertura por la que puede pasar agachado.

Los movimientos frenéticos del dragón se ralentizan. Arturo levanta la barra de la pequeña entrada con la pantorrilla sin perder el ritmo de los chasquidos. Está a una distancia en la que casi puede tocar al monstruo. Entonces se da la vuelta y sale rodando de la celda. Los chasquidos se detienen. El morcego echa la cabeza hacia atrás y deja escapar un chillido que hiela la sangre.

Todos nos estremecemos instintivamente. Incluso yo, que estoy relativamente a salvo en la colina. Arturo le entrega el escudo a alguien que está esperando al lado de su codo, se mete las manos en los bolsillos de los pantalones silbando una melodía que no reconozco y se dirige a la colina, más o menos en mi dirección.

En cuanto me ve, la alegre melodía se interrumpe y se le tensa la mandíbula. A medida que se acerca, analizo sus rasgos: cejas unidas que reflejan su frustración, hombros rígidos y labios apretados en una estrecha línea. Las largas líneas de sus piernas golpean la tierra dura.

No está de humor para hablar conmigo.

Arturo pasa junto a mí, donde uno de los jornaleros del rancho espera en la entrada trasera de la casa. Empiezan a hablar con semblante serio y el trabajador señala varias veces en mi dirección. Puedo imaginarme la información que le está transmitiendo: cómo me he negado a marcharme del rancho, cómo he mandado a casa el carruaje. Arturo lo escucha todo con expresión pétrea. No me mira ni una sola vez.

Entonces, se acaba la conversación y Arturo se mete en la casa.

Suena la campana y todo el mundo se dispersa: la gente busca a sus caballos y los jornaleros se marchan de la propiedad a sus respectivas casas. La oscuridad se arrastra hacia adelante como el mar invadiendo la tierra seca. Me preparo para otra noche horrible. ¿Cuántos días harán falta? ¿Y si Arturo no cambia *nunca* de opinión? No puedo soportar parecer una tonta, pero no me quedan opciones. Tengo que mantener al menos otra conversación con él.

Una gota de lluvia me salpica el hombro. Cierro los ojos con una mueca cuando otra gota me cae en la frente. Y luego otra y otra. En pocos segundos, el cielo empieza a arrojar ráfagas de agua torrenciales. La ropa se me pega al cuerpo en cuestión de momentos. El suelo se convierte en un lodo oscuro hecho de guijarros ondulados y césped blando. Abro los ojos y me dirijo al camino pavimentado, agradeciendo estar al menos lejos del barro.

Me encaro al rancho y lo miro fijamente. Una de las ventanas brilla iluminada desde el interior. Una sola silueta se materializa detrás de los cristales. Se queda totalmente quieto, un contorno oscuro y nebuloso contra la cálida luz. Lo miro fijamente mientras el agua me empapa las pestañas.

Nos fulminamos mutuamente con la mirada durante largo rato. La lluvia sigue azotando en ráfagas que golpean cada centímetro de mi cuerpo. Coloco los hombros con una sombría determinación y me cruzo de brazos. El frío se filtra a través de mi ropa y me froto los brazos enérgicamente en un intento inútil de protegerme del agua. Doy patadas contra el suelo para mantener el calor. Lo que daría ahora por un plato lleno de arroz ahumado y conejo crujiente.

El hogar me llama.

Mi cama mullida y mis suaves mantas. Una taza humeante de chocolate caliente y Lola haciéndome reír mientras me deleita con sus imitaciones de Ofelia. Lucho contra la persuasiva voz de mi interior que me dice que llame a la puerta y pida que me lleven a Santivilla.

La continua negativa de Arturo a hablar conmigo es lo que me mantiene clavada en el sitio. Lo desafío a venir y a enfrentarse a mí.

Pero no lo hace y, finalmente, se aparta de la ventana. Me tambaleo hasta la planta de la maceta y me siento debajo de sus hojas frondosas. El duro pavimento no ofrece descanso a mis piernas doloridas, pero está más o menos limpio. Intento no pensar en el número de días que tendré que pasar en esta colina infernal mientras mi padre se pone cada vez más enfermo.

Pero no puedo pensar en otra cosa.

La mañana siguiente está igual de nublada, gris y adusta sin una pizca de calor o luz solar. Me pongo de pie con la espalda rígida y dolorida y cojeo hasta los arbustos para aliviar mis necesidades. Tengo la ropa húmeda y está manchada de lodo en casi todos los centímetros. El hambre hace que el estómago me grite exigiendo ser llenado. Tengo las manos rígidas por haber pasado toda la noche con los puños cerrados y entumecidas por el frío, pero de algún modo logro volver a mi puesto en la cima de la colina.

Se abre la puerta trasera y aparece Arturo con su taza de café y el periódico del día debajo del brazo. Parece fresco y seco y respetable con su túnica y sus pantalones limpios, mientras que yo debo parecer un charco de barro.

Mira superficialmente todo el patio y se queda congelado en cuanto me ve.

—Creía que te habías ido.

—No —respondo.

Arturo se lleva una mano a la cara. Entonces me mira a los ojos y me cuesta leer su opinión. Sus rasgos parecen estar en guerra. Detecto un brillo de respeto en sus ojos, pero su boca muestra su mueca habitual. Nada escapa a su atención: mi apariencia desaliñada, la mugre de mi ropa, mis pies y manos sucios y acalambrados. El modo en el que sigo temblando por el frío de la noche aunque hace rato que se ha escondido la luna.

—Pasa —dice brevemente.

—No voy a marcharme hasta que mantengamos otra conversación.

Espero que discuta conmigo, pero se limita a irse dando un sorbo al café. Lo sigo hacia la casa templada con sus suaves paredes de color miel y su suelo firme. Me conduce hasta el despacho y señala la silla que hay frente a su escritorio.

—Siéntate antes de que te caigas.

Me hundo en ella, gimiendo.

—No te muevas de aquí —dice con voz plana y se marcha de la habitación.

Me recuesto en los lujosos asientos y se me cierran los ojos. Me sobresalta el ruido de los platos cuando vuelve Arturo con una bandeja. Hay dos tazas y un plato de tortilla de patatas cortada. Hay otro plato pequeño con dados de chorizo y gruesas rebanadas de pan tostadas y untadas con mantequilla. Se me hace la boca agua.

Arturo deja la comida en el escritorio. Intento agarrar un trozo de chorizo, pero tengo las manos tan entumecidas que se me cae. Arturo se queda de pie al lado de mi silla fijándose en mis rígidos dedos. Tiene los labios apretados en una línea de desaprobación. Se inclina, recoge el chorizo y me lo coloca amablemente en la mano preguntando con un tono severo:

—¿Tengo que darte de comer en la boca?

—Claro que no. —Me lo como y luego ataco una generosa porción de tortilla. En pocos segundos, he vaciado el plato. A continuación tomo una de las tazas de café con leche. El primer sorbo esparce su calor por todo mi cuerpo y dejo escapar un gemido de placer.

Arturo rodea el escritorio y se sienta en su silla de cuero. Cuando está cómodo, me mira con expresión pétrea. Lo rodea un aire de amenaza silenciosa.

—¿Por qué haces esto? —le pregunto.

—¿El qué, exactamente?

—Alimentarme. Ayer no lo hiciste.

—No quiero tener que ocuparme de un cadáver.

Me estremezco.

—No habría llegado tan lejos.

—Eso dices tú, pero desde donde yo estoy sentado, pareces medio muerta —me reprocha en tono acusatorio.

Parpadeo. No puedo tener tan mal aspecto, pero tomo una rebanada de pan y le doy un enorme mordisco.

—Estás siendo muy dramático. Gracias por la comida y el café.

—No me des las gracias por eso. Solo estás aquí porque no quiero explicarle tu muerte a don Ignacio cuando vuelva de su viaje.

—Esperaba que hubiera vuelto ya.

—Estará fuera unos días más. ¿Por qué? ¿Pensabas usarlo para convencerme?

Niego con la cabeza.

—No, pero había pensado que sería agradable tener una conversación con alguien simpático.

—Esto no puede continuar.

Me llevo la taza a los labios y doy otro largo sorbo. Estaba esperando este momento, pero ahora que estoy aquí, no sé qué más puedo decir para convencerlo. El agotamiento se apodera de mí y amenaza con derribarme. Arturo sabe dónde estoy. No tiene sentido seguir discutiendo a menos que sea para discutir su jornada laboral.

—Te necesito.

—Ya es bastante malo venderlos a otros dragonadores —susurra—. No puedo entrenarte. No puedo volver a una plaza. He dejado atrás la vida de dragonador.

—No te estoy pidiendo que combatas.

—Don Ignacio me obliga a cazarlos. Solo los entreno para que después los masacren. Tú me estás pidiendo que te enseñe a matarlos. Ahí está el límite.

—Pero sigues conduciéndolos a la muerte…

—¿Y crees que no lo sé? —espeta con rudeza—. ¿Que no detesto cada minuto que paso haciéndolo?

—¿Entonces por qué trabajas aquí?

Arturo me fulmina con la mirada y cruza sus musculosos brazos sobre el pecho. Exacto, no le gustan las preguntas.

—Mi padre está enfermo —le digo—. Necesita dinero. Los dos tenemos que hacer cosas que no queremos hacer. Yo tengo que mantener la plaza abierta y eso significa combatir contra dragones. Si pudiera contratar a otra persona, lo haría, pero un amigo cercano de la familia me aseguró que es imposible a estas alturas de la temporada. No hay opciones adecuadas.

Aparta los ojos de mí. Sigo la dirección de su mirada hasta el saco lleno de dinero que está apoyado en una de las estanterías, oculto y fuera de su campo de visión. Pero no hay voluntad que pueda separar a un hombre desesperado de una pila de oro. Lo sabe tan bien como yo.

—Necesitas el dinero —digo amablemente después de terminarme el pan tostado—. Así podrás volver a empezar. Cada moneda de esa bolsa te pertenece y con ellas estás mucho más cerca de poder comprar este rancho y convertirlo en aquello que desees. —Tomo una respiración fortificante y suelto el aire lentamente. Sé qué más puedo ofrecerle, pero es literalmente lo único que me queda—. Te aumento el pago a quinientos reales. Son casi doscientos más que la cantidad original.

Una persona podría vivir perfectamente con ese dinero dos años. Cómodamente y alimentándose bien. Espero sonar segura, como si pagar quinientas monedas no fuera nada fuera de lo común. Me agarro las manos temblorosas en el regazo y me obligo a mostrar una expresión neutral en el rostro, desesperada por ocultar mi pánico. Si no lo acepta, no sé qué más haré.

Arturo vuelve su atención hacia mí escrutando mi rostro y mis ojos y se remueve en su silla. La aceptación cansada se hace cargo. Una ráfaga de esperanza alza el vuelo en mi interior, revoloteando contra mis costillas, anhelando la libertad. Me inclino hacia adelante esperando escuchar sus palabras.

—¿Qué dragón quieres? —pregunta finalmente.

Tengo que contenerme para no ponerme en pie de un salto. Solo serviría para enfadarlo y, además, estoy demasiado cansada.

—El morcego.

—¿Y el otro?

—Elige tú. El que creas que es mejor.

Arquea una ceja oscura.

—¿Crees que es sensato que yo elija la bestia a la que te vas a enfrentar en el ruedo?

—Acabas de admitir que no querías tener mi vida en tus manos —replico con una sonrisa sombría.

—Que es exactamente lo que va a pasar de todos modos. Es mi entrenamiento el que te mantendrá con vida. O no —añade pensativo.

Se me desvanece la sonrisa. He utilizado todas mis energías tramando e intentando manipular al domador para que acepte el puesto. Pero ahora que lo he conseguido, me golpea la realidad de la situación… y tiene la forma de un dragón negro con alas de murciélago y una furia ardiente.

Los primeros rayos de la débil luz del sol penetran en la oscura habitación a través de los cristales sucios de las ventanas. La ropa se me seca lentamente, todavía tiesa por el barro. Señalo los volúmenes desgastados que hay en los estantes de madera.

—¿Has leído todos estos libros?

Arturo se queda en silencio. Realmente me sorprende no ver vapor saliendo de sus oídos. Va vestido con su habitual túnica oscura, pantalones y botas de cuero desgastadas que han recorrido demasiados caminos polvorientes.

—Si vamos a trabajar juntos, al menos podrías intentar ser agradable.

Aprieta los labios.

—He dicho que acepto el trabajo. Eso no significa que vayamos a ser amigos y no te debo más palabras corteses que las que necesite para decirte que te agaches.

—Espero que me des alguna indicación más.

Se limita a encogerse de hombros y yo junto las cejas, enfadada. No es exactamente reconfortante. Mi mirada vuelve a posarse en la bolsa de monedas. Trescientas veinticinco monedas de oro es una pequeña fortuna. Y le he ofrecido aún más.

—¿Estás contento con la compensación?

Retuerce los labios en disgusto. Puede que sea por la pregunta, pero también puede ser porque no soporte que yo sepa cuánto necesita el dinero.

—Sí.

Tomo otra rebanada de pan.

—Trabajo mejor cuando tengo un plan que seguir. ¿Cuántas sesiones de entrenamiento crees que harán falta para que esté preparada?

—¿Tienes miedo a morir?

Aparto la comida de mi boca.

—¿Acaso no lo tenemos todos?

Baja las oscuras cejas y la voz le sale grave y seria.

—Por encima de todo, antes de poner un pie en el ruedo, tienes que hacer las paces con la muerte. Si te da miedo el resultado, afectará a tu concentración y a tu habilidad para derrotar al dragón. ¿Puedes hacer eso?

Aparto la mirada con un nudo en la garganta. El recuerdo del grito de mi madre resuena en mi cabeza hasta que me estremezco. Me imagino enfrentándome a un dragón con sus dientes relucientes, sus garras afiladas y su fuego ardiente. Son monstruos incapaces de mostrar lealtad o compasión. El miedo se me acumula en el estómago y trago saliva dolorosamente.

—Has dicho que no tenías más opciones, pero eso no es totalmente cierto —añade planamente—. Podrías casarte.

Dejo apresuradamente la taza en el escritorio con un fuerte traqueteo y con las mejillas sonrojadas. El corazón me late con fuerza contra las costillas.

—¿Qué?

—Podrías casarte —repite y, por primera vez, su tono se suaviza. Mis latidos recuperan la normalidad. Durante un extraño y emocionante momento, he pensado que podría estar sugiriendo… pero no. En lugar de eso, su voz oculta un trasfondo de piedad y se me tensa la mandíbula—. Búscate un marido rico dispuesto a asumir tu carga financiera —continúa—. Eres lo bastante guapa para tentar a alguien.

Para él es fácil sugerir algo así. Renunciar a mis derechos, convertirme en la propiedad de alguien. Una carga financiera. Un intercambio en el que perdería el respeto a mí misma y me transformaría en alguien que no reconocería. Una propiedad. Una figura de porcelana en una estantería. Las mentiras que se extenderían a partir de mi única visita. La idea de casarme me manda un escalofrío por la espalda. El hecho de pensar en apresurarme a elegir a cualquiera de un número cada vez menor de caballeros que podrían llegar a considerarlo.

Puede que haya alguien por ahí que me trate como una igual tal y como hacía mi padre con mi madre, alguien que me conozca y me ame y quiera una compañera de vida. Sería una estupidez no considerarlo. Pero no tengo el lujo del tiempo y si ahora me apresuro a casarme, estaría lejos del tipo de relación con el que he soñado. Estar en deuda con alguien durante el resto de mi vida me destrozaría el alma hasta que no quedara ni un pedazo.

Nada de fuego. Nada de corazón.

No es la vida que quiero. Preferiría enfrentarme a un dragón.

—Esa no es una opción —le digo—. ¿Y ahora qué?

—Nos vamos a Santivilla.

Me miro la camiseta sucia que ya no es de color crema. No es exactamente el regreso triunfal que imaginaba.

—Primero necesitaré un palangana de agua caliente.

Arturo me lanza una sonrisa crispada.

—Primero vas a tener que pedírmelo en lugar de decírmelo.

—No esperarás que vuelva a casa con la cara y las manos sucias.

—Todavía no he oído ninguna petición.

Suspiro.

—¿Podrías, por favor, llenar cualquier maldita palangana que tengas con agua? ¿Con agua caliente?

—Eso es mucho trabajo.

—Sí, partir una varita por la mitad para encantar el agua caliente es increíblemente agotador.

—Aquí no tenemos magia —responde Arturo—. Ni una sola varita.

Jadeo.

—¿Entonces cómo calentáis el agua?

—A la antigua usanza —contesta con voz fría—. La hervimos.

—¿Qué problema hay con usar la magia?

Arquea una ceja.

—No todo tiene que resolverse del modo más fácil. No la utilizo a menos que sea absolutamente necesario.

Existe una antigua animosidad entre el Gremio de Dragonadores y el Gremio de Magia, una disputa provocada por el uso posterior de las partes del cuerpo de los dragones para sus hechizos y pociones. Eran los cazadores originales, mataban monstruos a centenares. Llegó un momento en el que los dragones contraatacaron azotando a

Santivilla y los dragonadores se convirtieron en una necesidad. Ahora, los magos y las brujas visitan las plazas y se llevan los cadáveres para practicar su espantosa magia. Ya no cazan a las bestias, pero no importa. Los dragones guardan rencor y tienen una larga memoria.

Por eso el Gremio de Dragonadores es el favorito en Hispalia. No empezamos nosotros la guerra contra los monstruos.

—En ese caso, ¿podrías hervir agua, por favor?

Sus ojos oscuros brillan en la habitación cada vez más iluminada.

—No, me parece que no lo haré. La única responsable del estado en el que te encuentras eres tú misma.

—Pero…

Se pone de pie de repente.

—Voy a preparar a los dragones para el trayecto. Reúnete conmigo delante cuando hayas terminado.

Me remuevo en la silla.

—Tienes que trabajar en tu hospitalidad.

Apenas me llegan las palabras mientras sale de la habitación. Ya está atravesando el umbral cuando su respuesta me raspa la piel.

—Nadie te ha invitado.

CATORCE

Hay dos vagones con barrotes de hierro conteniendo cada uno un dragón. Uno es el morcego que he pedido y el otro es el dragón azul que parece fuera de lugar en la gigantesca colina rodeada de desiertos. Arturo ha ensillado su caballo cobrizo y hay ocho bueyes listos para tirar de las bestias en el viaje de regreso a Santivilla.

Un par de guardias viajan con nosotros vestidos con gruesos chalecos de cuero y botas altas hasta las rodillas con suelas también gruesas. Los dos llevan un látigo en una mano y un arco en la otra. En sus espaldas hay haces de puntas de flecha recubiertas de acero y brillando a la luz del sol, lo que significa que han sido encantadas para penetrar la piel de dragón. Entiendo la necesidad de ser precavidos. Los dragones suelen atraer a más dragones, así que el riesgo de ataque es mucho mayor.

Los únicos accesorios que porta Arturo son su sombrero de cuero y el escudo que lleva atado a la espalda. Mis dragones son hostiles, gruñen y escupen fuego a cualquiera que se acerque a sus prisiones. Me habría gustado salir antes de la casa solo para ver cómo logró el domador que las bestias se metieran en sus respectivas jaulas. Pero estaba buscando agua y una pastilla de jabón que tampoco he podido encontrar.

Me he cepillado el barro endurecido de la camisa. Mis sandalias están hechas una ruina, pero al menos todavía son aprovechables. El domador comprueba los bueyes, cuyas orejas se mueven nerviosamente a pesar de estar a varios metros de distancia de los vagones. Al lado de las jaulas están los grandes baúles, sin llave y hechos de madera de roble con detalles de marta cibelina.

—¿Sabes montar? —me pregunta Arturo en tono borde.

Observo la asamblea de trabajadores, dragones, bueyes y vagones. No hay carruajes a la vista. Claro que sé montar, pero no tan bien.

—¿Y si digo que no?

—Me prepararía mentalmente para un horrible viaje hasta Santivilla. —Señala a su caballo cobrizo—. Vamos a compartir montura. Te presento a mi caballo, Beto.

El animal me mira con cautela y pisa el suelo con fuerza.

—¿No hay otro caballo al que pueda montar?

Arturo no se molesta en responder. Sube con elegancia y se le marcan los músculos de la espalda. *Odio* haberme fijado en eso. Mis muslos hacen presión contra sus piernas, una línea fuerte de la que emana calor. Se tensa cuando le rodeo la cintura con los brazos.

—O esto o me caigo —me excuso en voz baja.

Suelta un agudo silbido, clava los talones a los lados del caballo y nos lanzamos hacia adelante aventurándonos en el sendero de grava. Es un camino tortuoso que atraviesa amplios campos y colinas empinadas rodeado de montañas, bosques de plantas y arbustos del desierto y un puñado de pequeños barrios alrededor de una calle que no están incluidos en ningún mapa de Hispalia.

En lo alto, las nubes se han dispersado lo suficiente como para abrir rendijas por las que salen los rayos de sol a raudales iluminando zonas de dura tierra roja, pero eso no sirve para elevar la temperatura. Los dragones interrumpen los gruñidos de los bueyes y los chillidos ocasionales de algún halcón. Resoplan y arañan los barrotes de hierro de sus jaulas. Hace más frío en esta colina y me pego más a Arturo casi por instinto.

Afortunadamente, no hace ningún comentario sobre mi proximidad.

Echo la cabeza hacia atrás y estudio el cielo.

—¿Qué pasa si vemos a un dragón?

—¿Ahora te lo preguntas?

Le doy en el hombro.

—Contéstame.

—No provocamos al dragón —me dice—. Si viene a por nosotros, nos hacemos cargo.

—Pero ¿cómo?

No me responde. Nadie le habrá enseñado cómo llevar una conversación. Fuerzo un profundo suspiro. Vale, el domador apenas soporta verme, pero estar al descubierto de este modo me parece mala idea. Al menos en el carruaje tengo la ilusión de seguridad. El campo seco se vuelve más rojo y montañoso. Se me acumula el sudor entre los pechos y tengo la falda caliente por el calor de la silla. No ayuda que el hombre que tengo delante de mí irradie calor como si fuera una hoguera.

—¿Por qué vivís allí? Me parece una completa locura invitar tanto riesgo a vuestras vidas. Estaríais mucho más seguros en la ciudad —comento tras un largo momento de silencio. Tal vez una hora. Me duelen las piernas y la montura no tiene piedad contra mi piel. Es incómoda e implacable.

Arturo no dice nada.

—No os estoy juzgando —agrego rápidamente—. Solo tengo curiosidad. El rancho debe sufrir ataques de dragones frecuentemente. Es el único edificio grande de toda el área, es vulnerable y no tiene una campana que advierta de ataques inminentes.

Mi afirmación se ve recompensada con más silencio. Le doy un golpecito en la espalda y me gruñe como respuesta. Cuando le doy de nuevo, inclina el rostro hacia abajo en mi dirección para que pueda ver su rudo perfil.

—¿Qué quieres, señorita?

—Es muy grosero ignorar a alguien que está intentando mantener una conversación contigo.

—¿Lo es?

—Eso diría mi madre.

Se endereza y me responde a regañadientes:

—Dónde y cómo vivamos no es asunto tuyo, pero si quieres saberlo, la razón es que al estar tan lejos de la sociedad los dragones vienen a nosotros a menudo, precisamente porque somos vulnerables.

Arturo se da vuelta con la espalda rígida. Fin de la conversación.

Bien.

No quiere que seamos amigos ni que tengamos una relación de simpatía. Será mejor recordar que lo estoy contratando para que haga un trabajo. También deberíamos resolver los detalles.

—Quiero confirmar que los dos estamos de acuerdo en los términos de lo que he pagado con mi dinero. He pagado por dos dragones y para que los entrenes para el ruedo. Además, me instruirás en todas las técnicas del combate contra dragones. Todavía queda el tema de tu jornada laboral. Supongo que podemos discutirlo cuando lleguemos. —Vacilo. Está acostumbrado a dormir en el lugar en el que trabaja. No se me había ocurrido ofrecerle lo mismo—. Puedo proporcionarte un sitio para dormir.

—Ya me has dado tu dinero. Es un poco tarde para discutir los detalles, ¿verdad? Estás atada a lo que yo decida darte. Incluyendo mis horas y el lugar en el que vaya a dormir.

¿Atada a lo que decida darme? Parece que se va a esforzar lo mínimo, tal vez menos. Le pago por la mejor formación que pueda ofrecer. Su actitud no encaja con el modo en el que se comportan los dragonadores de Hispalia que conozco.

La palabra y el carácter de los demás dragonadores son exquisitos.

—¿Estás intentando decirme que no eres honorable? —pregunto en voz baja.

Arturo tira de las riendas y su caballo se detiene de golpe. Me lanzo hacia adelante y apenas logro evitar golpearme la nariz contra su espalda. Se gira lo que puede en la montura y me fulmina con la mirada.

—Por última vez, te he dicho que haré el trabajo —afirma casi gruñendo—. No cuestiones mi honor.

—Entonces, ¿a qué viene ese tonito tan desagradable?

Se inclina hacia adelante y el ala de su sombrero me roza la frente.

—Porque tendrías que haber repasado los detalles del trabajo y tus expectativas antes de darme el dinero. Ese tipo de errores pueden salirte caros. Supongo que no te fue fácil conseguir todo el dinero que me has dado.

—¿Por qué piensas eso?

Arturo suelta una carcajada.

—¿Por qué, si no, ibas a pasarte la noche delante de la casa de un desconocido? Nadie hace algo así a menos que esté desesperado.

—O que sea muy cabezota —replico con los dientes apretados—. Eso no significa que vaya corta de dinero.

Se queda callado un instante.

—Puede que no, pero la mirada de terror de tu cara cuando me pagaste demuestra lo contrario. —Se me forma un nudo en la garganta—. Tienes determinación —continúa—. Eso te lo concedo. Pero vas a necesitar algo más para sobrevivir en Santivilla sin el prestigio de tu apellido.

Una resignación agotada me cubre el rostro como un abrigo desgastado.

—Sabes lo que pasó. —Probablemente, desde el día que empezaron a circular los artículos por la ciudad. Las noticias horribles viajan más rápido y más lejos.

—Sé lo que pasó —confiesa sombríamente—. Vergonzoso.

Se da la vuelta y, por una vez, me alegro de que me dé la espalda. Aparto las manos de él, no quiero tocarlo más de lo necesario. Sus palabras me sientan como una patada en los dientes. Quiero darle otro golpe y explicarle que no fue culpa nuestra, que nos sabotearon, pero mis dedos se quedan aferrados a la montura. Mi intuición se enciende como una vela en una habitación en penumbra. Da igual lo que le diga, no creerá ni una palabra. No sin ver él mismo las pruebas.

Una sombra oscurece mi visión.

Es enorme y cada vez más grande y larga. Tapa la luz del sol. Levanto la mirada y se me queda el aire atrapado en los pulmones. Se me empieza a formar un grito en la garganta, pero me muerdo la lengua hasta que noto el sabor de la sangre.

Un dragón.

Me protejo los ojos del sol y entorno la mirada hacia el monstruo que no deja de dar vueltas, segura de que voy a ver los colores de La Giralda, las cintas doradas y rojas agitándose en el viento, pero no. Su cuerpo está cubierto de escamas del color de la sal y los huesos. Y ahora está justo sobre nosotros con las alas desplegadas, lo que le permite deslizarse por el aire.

Sucede todo a la vez.

Arturo tira de las riendas y el caballo relincha como protesta. La fuerza me arroja hacia adelante y me golpeo la barbilla con el hombro del domador. Él se da la vuelta sobre la silla y establece contacto visual con los guardias mientras la bestia ruge.

El Ratón se sumerge sacando las garras y mirándonos con sus ojos rojos como la sangre.

No es de los míos, pero me quiere igual.

Arturo salta de su caballo y tira de mí hacia abajo. Me empuja hacia el vagón donde los dos guardias ya han abierto el baúl de madera. Arturo levanta la mirada entrecerrando los ojos hacia el dragón mientras este ruge de nuevo.

—¿Lo cazamos? —pregunta uno de los guardias.

Arturo asiente sombríamente.

—Proteged a la mujer.

El segundo guardia saca una capa hecha de hierba seca. Huele como si la acabaran de extraer del fondo del río: a pescado y humedad. Me la tiende.

—Póngasela, señorita.

Miro a Arturo, cuyos ojos siguen la trayectoria de la bestia.

—¿Qué es esto?

—Póntelo —insiste—. Y luego corre hasta unos treinta metros de los vagones y escóndete debajo de la capa hasta que yo te diga que es seguro salir.

—¿Y tú? —miro en el interior del baúl, pero no hay más armas. Ningún arco ni espada. No entiendo cómo va a protegerse.

Se obliga a apartar la atención del dragón.

—Deja de discutir conmigo y haz lo que te digo.

—Pero…

Arturo mira hacia arriba.

—¡Ahora!

El dragón se abalanza y me envuelvo con la capa mientras me alejo disparada del grupo. Mis pies golpean la tierra rojiza y lanzo guijarros mientras corro. Las largas briznas de hierba me hacen cosquillas en la nariz, el intenso olor me hace estornudar y pierdo unos segundos muy valiosos cuando se me empañan los ojos y tengo que frenar para no tropezar. Una sombra se materializa sobre mí y un fuerte crujido desgarra el aire.

—¡Señorita! ¡La capucha! —grita Arturo desde alguna parte detrás de mí.

Me pongo la capucha de la capa en el sitio y me envuelve una ráfaga de calor. Caigo al suelo y grito y chillo cubierta por la hierba seca, mientras me encojo y formo una bola con mi cuerpo. Se me pasan por la mente imágenes de mi madre en llamas. Voy a morir como ella. Me caen lágrimas por las mejillas y mi cuerpo se enrosca en nudos. El calor es insoportable. Hace mucho, mucho calor. Estoy encerrada en un horno. El sudor me gotea alrededor de los ojos. El olor de la hierba se intensifica con el aterrador calor de la explosión.

La presión contra la capa se calma y todo se queda en silencio.

Dejo escapar un jadeo estremecedor. Mi cuerpo no se ha quemado hasta quedar reducido a cenizas. Me estiro y toco la hierba. Está plana y seca con largas hojas del color de una lima muerta y mohosa. Esto es lo que me ha salvado.

Mis oídos se esfuerzan por captar lo que estaba pasando. Lentamente, levanto la esquina de la capa para mirar fuera, hacia los vagones. Las hojas me oscurecen la vista y las aparto. El dragón aterriza en el suelo y corre hacia el domador, quien está de pie él solo. Levanta el escudo al nivel de la barbilla y tiene los pies colocados a la anchura de los hombros. El sol se refleja en el metal y cuesta mirarlo directamente. Busco a los guardias, pero no los veo por ninguna parte.

El dragón ralentiza cuando está a pocos pies del domador. Su tamaño es tres veces el de un humano. El sudor me empapa las palmas de las manos y levanto más la capa. La hierba susurra. Arturo me ha dicho que me quedase escondida, pero lo único que quiero hacer es correr para salvar la vida. El esfuerzo por quedarme quieta hace que me tiemblen las piernas. Levanto más la capa y la hierba seca cruje más fuerte.

El dragón gira la cabeza en mi dirección.

Da un paso gigantesco hacia mí. Arturo golpea el escudo con la palma de la mano, pero el dragón me ha visto, ve el humo que sale de la hierba seca. Está confundido porque siga con vida. El dragón deja escapar un rugido y se lanza hacia mí.

—¡Ahora! —ruge Arturo.

Los dos guardias se ponen de pie desde detrás del dragón, ocultos por la maleza que llega hasta la altura de las rodillas. Algo largo y delgado pasa rápidamente y golpea la suave carne del cuello del dragón. La bestia se estremece y un grito agudo envenena el aire. Agita las alas y me llegan ráfagas de aire caliente. Se me mete tierra en los ojos. A continuación, el dragón se lanza hacia arriba goteando sangre sobre Arturo y los guardias. Caen gruesas gotas por todas partes.

Me quito la capa y me pongo de pie mientras el dragón vuela cada vez más alto hasta desaparecer completamente y hacerme pensar que podría haberme imaginado su terrorífica presencia.

Arturo me fulmina con la mirada.

—¿Por qué no eres capaz de hacer lo que te dicen?

Retrocedo por su expresión y por su tono.

—¡Me ha atacado!

—Te había dicho que te escondieras, ¿no? Podría haberte hecho daño.

No puedo admitir el impulso que sentía de huir, de correr para salvar la vida.

—Quería asegurarme de que estuvierais todos bien.

Frunce la nariz con desagrado, como si mis palabras no fueran mejores que unos huevos podridos.

—Lo tenía bajo control y ahora, por tu culpa, hay un dragón herido volando cerca de la ciudad. No hay nada más peligroso que una bestia herida. *Nada*.

—Ya está hecho —añade uno de los guardias recogiendo la capa. Está chamuscada y casi se deshace en sus manos—. Tu carga está a salvo y no sabes lo que hará ahora el dragón. No tiene sentido preocuparse.

Arturo tose, pero se gira para comprobar a las otras bestias.

—¿Qué es esa capa? —pregunto.

—Se llama griminea —explica el guardia—. Solo crece durante tres días en las montañas del norte. Es una hierba que repele el fuego si se la trata y se seca del modo adecuado. Arturo pasó años recolectándola. —El guardia toca las hojas con cautela—. Es de un solo uso.

Deja caer la capa y se une a Arturo y al otro guardia cerca de los vagones. Camino detrás de ellos incapaz de dejar de pensar en la capa hecha de hierba y en cómo el domador se había pasado años confeccionándola.

Y en cómo me la había dado.

QUINCE

Llegamos a Santivilla cuando la campana del mediodía suena desde la catedral en la plaza mayor, muy lejos de los desiertos, las colinas, el tiempo nuboso y los dragones enjaulados. El domador no me ha dicho ni una palabra más en kilómetros y kilómetros y me duelen las piernas del viaje. A medida que nos acercamos a La Giralda, se me encoge el estómago. Me marché de casa hace unos días con mucha prisa y con el anillo de compromiso de mi madre. Lola me había prometido que cuidaría de papá y le dejé mucho dinero para que pudiera pagar por los servicios de la curandera. Papá podría estar todavía descansando en la cama. O podría estar preguntándose de dónde ha salido todo el dinero.

Espero que entienda por qué he hecho lo que tenía que hacer.

Giramos una esquina y La Giralda se muestra ante nosotros, redonda y demacrada por la batalla, con las paredes chamuscadas y la pintura agrietada. Los carruajes llenan las calles adoquinadas sin disminuir la velocidad al pasar por delante de nuestra plaza como hacían antes. Solía haber filas de artistas capturando la belleza de La Giralda, eran cuadros que se vendían muy bien en el mercado. Pero ahora habían optado por paisajes que no habían sido afectados por la peste de la desgracia. No solo faltaban los artistas; normalmente, a los extranjeros les encantaba pararse y visitar el ruedo del dragonador más famoso de Hispalia. El vestíbulo principal siempre está abierto al público y hay montones de cuadros que muestran a los ancestros de mi familia. Además, se pueden contemplar algunos de los antiguos trajes de luces de papá.

Pero los escalones de mármol que llevan a las enormes puertas están vacíos. Siempre he pensado que nuestra plaza sobreviviría a los estragos del tiempo, pero ahora entiendo lo terriblemente tonta que fui al pensar eso. Este edificio no es inmortal y si no pongo de mi parte para salvarlo, su nombre se convertirá en polvo como el resto de nosotros. No puedo permitir que eso ocurra.

—¿Dónde tenéis los establos? —pregunta Arturo.

Estoy a punto de contestar cuando uno de los dragones emite un tremendo aullido. Me doy la vuelta de modo que mi cuerpo queda medio enfrentado a las bestias. El morcego se lanza contra los barrotes de hierro intentando liberarse.

—¿Esas jaulas son seguras?

Como no me contesta, le doy en la espalda y gruñe. Ahora los dos dragones están golpeando sus prisiones, rugiendo y lanzando ráfagas de llamas. Los transeúntes se apartan con gritos de alarma.

—No puedo permitir que suceda otra catástrofe delante de La Giralda.

—Si vas a dudar de mí en *esto*, sugiero que separemos nuestros caminos ahora mismo —replica mordazmente señalando las jaulas.

—¿Puedes dejar de gruñirme? Solo era una pregunta —murmuro mientras tira de las riendas delante de la plaza. Me bajo y me giro hacia las criaturas. Están usando sus colmillos para arañar el hierro—. ¿Por qué se comportan de este modo?

Arturo salta del caballo.

—Nunca antes han estado rodeados de tanta gente. Están asustados.

Los dragones escupen otra ráfaga de fuego y un puesto cercano de naranjas estalla en llamas. El propietario me fulmina con la mirada. *¿Asustados?*

—Tenemos que sacarlos de esta avenida —dice Arturo fijándose en los carruajes que van frenando. Los pasajeros curiosos sacan la cabeza por la ventana y señalan a la bestia. La gente que pasa por la calle se detiene para mirar a los monstruos con la boca abierta y algunos se marchan corriendo con exclamaciones de alarma. Pero son muchos más los que se aglomeran a varios metros de las jaulas para contemplar a los dragones salvajes sin adornos y sin que les hayan cortado las alas. Todo el mundo los ha visto volando y tal vez incluso más en el ruedo, pero es bastante inusual verlos de ese modo en las calles.

Tendría que haberlo sabido. Papa debía usar la calle de detrás para entrarlos cada vez que llegaba un nuevo cargamento. Nunca me he involucrado en el proceso, siempre era papá el que clasificaba a los dragones a su llegada y les asignaba las jaulas en nuestras mazmorras.

—Quedaos atrás —espeta Arturo a la multitud cuando la gente se acerca. Muchos miran a Arturo dos veces con su rebelde cabello oscuro y ondulado, las duras líneas de sus hombros, la sarcástica curva de sus labios y el brillo feroz de sus ojos. Es una tempestad acechando sobre las aguas calmadas.

Examino al grupo de espectadores que miran a nuestros compañeros de viaje y, mientras lo hago, mis ojos se detienen en una solitaria figura en lo alto de las escaleras. Va vestido con un traje elegante, con pantalones oscuros, una impecable camisa de lino metida por dentro e, incluso desde aquí, puedo ver que no le queda tan bien como antes. Las ropas cuelgan sobre su delgada silueta. Se me corta el aire cuando elevo la mirada a su rostro.

Es mi padre, con una expresión atronadora en sus facciones.

Está pálido y demacrado, pero está de pie.

El alivio me golpea en el pecho y se me acumulan las lágrimas en los ojos. No lo había visto de pie desde el día de la masacre. Basta para hacer que me tiemblen las rodillas. Arturo sigue la dirección de mi mirada y, cuando ve al dragonador más famoso de Hispalia, su reacción no es la que espero. Tensa sutilmente los hombros y dilata ligeramente las fosas nasales. Cuando la mayoría de la gente ve a papá, suelen tropezar sobre sí mismos, quieren halagarlo, tocarlo, poseer una parte de él. Estoy acostumbrada a que mi padre no me pertenezca. Sus admiradores, su público y sus seguidores, todos tienen raíces que brotan y se enredan entre nuestras vidas.

Hace tiempo que dejé de llevar tijeras.

Pero este domador no muestra ninguna de las reacciones que he visto en toda mi vida. Debería alegrarme porque no quiera correr hacia él ignorándonos a todos los demás y a mí, pero, en lugar de eso, su indiferencia, la expresión de disgusto que se le forma en la cara, hace que me recorra una sensación de molestia.

—Es un hombre orgulloso —advierto calmadamente—. Yo no le faltaría al respeto.

Los ojos grises de Arturo se deslizan hasta los míos y, en sus profundidades, veo esa mirada de desprecio que lleva como un escudo. Desprecia quiénes somos, lo que hacemos y cómo hemos elegido sobrevivir. Papá centra la atención en el domador con una mirada implacable. Incluso desde donde estoy, veo que su disgusto también aumenta.

Miro a Arturo como si fuera la primera vez para comprender qué está viendo mi padre. Papá tendrá que aceptar mi plan para La Giralda y eso incluye a este dragonador. Cada detalle de él, desde su ropa oscura, el ceño marcado en su piel y su tono mordaz están destinados a protegerse de cualquiera que quiera acercarse. Arturo es una fortaleza andante.

Los dragones están cada vez más inquietos en sus jaulas mientras papá baja las escaleras con los hombros rectos, la mandíbula apretada y las manos firmes. Estrecho la mirada. Le cuesta hacer esfuerzos. Está más delgado y tiene la piel pálida con profundos surcos por la frente. Nunca lo había visto parecer tan viejo, ni siquiera cuando murió mamá, y el miedo se apodera de mi corazón y me lo aprieta. No debería estar aquí, no tendría que haber salido de la cama.

Corro hacia papá cuando llega a la avenida adoquinada. Me estrecha entre sus brazos y yo aspiro su aroma a achicoria al presionar la mejilla contra su suave túnica.

—Papá, vuelve dentro. Yo me encargo de todo.

Me aprieta de nuevo y luego me hace a un lado suavemente para acercarse a los dragones. Los observa con rasgos sombríos y taciturnos antes de girar para mirar a Arturo.

—Quiero hablar con vosotros dos en mi despacho. —Me toma la mano—. Ahora.

Dejo que vayan los dos al despacho mientras yo voy corriendo a la cocina primero. Ofelia está ocupada fregando los platos en la gran tina de madera tarareado suavemente para sí misma. En cuanto entro en la habitación, deja escapar un grito áspero y corre hacia mí agarrándome las manos con las suyas húmedas y jabonosas.

—Dijiste que iba a ser una salida rápida —me reprocha en tono acusador—. ¡Han pasado días, Zarela! Lola no ha sabido darnos información, tu padre estaba nervioso y de repente teníamos obreros entrando y saliendo de La Giralda con cubos de pintura y estropeando la moqueta con sus pies embarrados. ¿Dónde estabas?

Le estrecho las manos.

—No puedo explicártelo ahora. Papá quiere verme en su estudio. ¿Tenemos té? ¿Café? ¿Comida?

Ofelia me ofrece una mirada de desaprobación.

—Como si no me conocieras. —Me suelta y saca inmediatamente una bandeja de madera de una de las estanterías—. ¿A quién te has traído? Toma, corta esto.

Me entrega una barra de pan (del día anterior a juzgar por su textura) y un cuchillo. Empiezo a cortar.

—He contratado a un nuevo domador. Papá va a reunirse con él por primera vez y necesito que la conversación vaya bien.

Porque ya le he pagado y no puedo permitirme buscar otro. No lo digo en voz alta, aunque Ofelia debe estar al tanto de los apuros financieros que estamos experimentando.

—Tu padre estaba muy preocupado —me dice Ofelia en tono de reproche y añade comida a la bandeja: un cuenco con aceitunas verdes marinadas en aceite de oliva, lonchas de jamón y queso manchego y un platito con tomates sazonados—. Ha insistido en salir de la cama.

Me azota la culpa.

—Pero si mandé un mensaje.

Ofelia agita la mano.

—Información muy vaga.

—¿Qué ha dicho Eva? —pregunto mientras me entrega la bandeja.

—Le ha bajado la fiebre, pero le preocupa que pueda sufrir una recaída. Necesita reposo total y tiene que comer. Pregúntame cómo va en ese tema. —Abro la boca para hacerlo, pero sigue hablando ella—.

¡Lo único que come son tostadas! —se lamenta—. Lola le suplicó que comiera el rabo de toro que le preparé, pero no le dio ni un mordisco. No lo entiendo. Le encanta el rabo de toro.

—Haré que coma.

Oigo pisadas acercándose ruidosamente y me doy la vuelta justo a tiempo para ver a Lola entrando por la puerta de la cocina.

—¡Has vuelto!

Jadea cargando un montón de sábanas. Tiene el pelo suelto y salvaje y Ofelia se lo mira con desaprobación. Esa dinámica tan familiar me calienta el corazón y consigue sacarme una reticente sonrisa en la cara.

—¿Qué me he perdido? —pregunta dejando la carga en uno de los banquetes.

Ofelia le pone mala cara.

—¡No dejes eso ahí! Llévalo directamente a la lavandería.

Las dos la ignoramos y reprimo una sonrisa cuando veo a Ofelia levantando las manos en el aire. Lola me da un abrazo bien fuerte. Huele a colada limpia y a café. Una punzada de arrepentimiento me atraviesa el corazón. Dejé demasiadas cosas a su cargo.

—No puedo hablar mucho, papá está con…

—El domador —termina Lola apartándose—. Los he visto por la ventana. Tiene un pelo muy bonito. Sabía que lograrías que dijera que sí y aceptara luchar en el ruedo.

—No exactamente. —Me aclaro la garganta—. Me va a entrenar. Voy a ocupar el puesto de mi padre.

Lola me mira boquiabierta. Abre y cierra la boca hasta que finalmente me espeta:

—¿Pero qué te vas a poner?

Es muy típico de Lola decir lo más apropiado. Relajo la tensión de los hombros y me río.

Me mira con seriedad.

—Déjamelo a mí… Te diseñaré el vestuario perfecto. Claro que tendré que pedir materiales de Valentia porque las opciones de telas de Santivilla son horribles.

El pueblo costero, famoso por sus playas, su paella hecha de sepia, mejillones y fragante arroz con azafrán y sus avenidas pavimentadas con mármol, era su ciudad de nacimiento, al igual que la de mi madre. La familia de mamá posee una empresa de alquiler de botes especializada en llevar a los clientes que pagan bien a las resplandecientes aguas azules que bordean la costa con la esperanza de atrapar a un monstruo marino o de avistar una sirena. Mamá siempre decía que nunca había estado hecha para el mar y que había huido para casarse con mi padre, quien le prometió mantenerla siempre en tierra firme. Es una ciudad elegante, y solía ir todos los años con mis padres a visitar a mis abuelos. Fuera de Santivilla, es mi lugar preferido del mundo.

Papá y yo no hemos ido desde que murió mamá.

Ofelia se coloca ante nosotras.

—¡Lola! ¡La colada!

Lola me guiña el ojo antes de llevarse las sábanas y sale corriendo antes de que Ofelia pueda golpearla suavemente con la escoba más cercana. Suele hacerlo a menudo, sobre todo si soy insolente.

Tomo la bandeja y subo las escaleras totalmente consciente del lamentable estado de mi ropa y mi pelo colgándome en mechones sucios por la espalda. Durante un momento, me planteo cambiarme, pero oigo voces enfadadas por el pasillo. Me quedo quieta intentando que los platos y las tazas no se tambaleen y me inclino hacia adelante aguzando el oído para captar su conversación.

—Quiero que me des tu palabra de caballero —exige papá con frialdad—. No le dirás ni una palabra.

Se me eriza el vello de los brazos.

—Señor, no soy ningún caballero. Como ve, mis padres siempre han trabajado —contesta Arturo con voz seca—. Soy tan común como la arena del ruedo y no tengo nada de caballero.

—En ese caso, júralo por tu honor —replica papá con la misma voz fría como el hielo.

Se produce un largo silencio.

—¿Por qué debería hacerlo? —pregunta finalmente Arturo.

—Te recompensaré.

Flexiono los dedos alrededor de la bandeja hasta que se me ponen los nudillos blancos.

—¿Con qué dinero? La Giralda apenas vive.

—Zarela tiene que sobrevivir —dice papá.

Noto un extraño hormigueo por la columna. En unos pocos minutos, Arturo le ha contado mi plan de luchar en la arena *a mi padre*. Gruño audiblemente. No es así como quería que se enterara. Iba a preparar mis argumentos, a enfrentarme con lógica a la conversación, a razonar con él.

—Pues manténgala fuera del ruedo —responde Arturo sencillamente.

Papá suspira.

—Ya has conocido a mi hija. Sabes cómo es.

Sacudo las manos por la sorpresa y las tazas se deslizan tintineando. La conversación se detiene de golpe.

Se abre la puerta y Arturo se apoya contra el marco fulminándome con la mirada.

—¿Cuánto tiempo llevas ahí?

Me erizo ante su agudo tono.

—¿Estás cuestionando mi derecho a estar donde quiero en mi propia casa?

—Estoy cuestionando tus modales, ya que claramente nos estabas escuchando a escondidas. —Abre más la puerta y paso exhalando con la barbilla en alto. Espero que me ayude con la pesada bandeja mirándolo expectante.

No lo hace.

—No sé por qué crees que puedes hablarme de ese modo —le digo dejando la bandeja sobre el escritorio. Arturo no se molesta en contestar. Me doy la vuelta hacia mi padre, que está sentado en su silla con una sombría expresión en el rostro. No me gusta el tono verdoso de su piel, no me gusta el modo en el que está desplomado sobre la silla de cuero.

Y no me gusta el modo en el que me mira como si lo hubiera traicionado.

—Papá, yo…

—Tú y yo ya hablaremos después, Zarela —me corta. Y, aunque suena enfadado, sus ojos me dicen algo totalmente diferente. Lo he asustado.

—Alguien tiene que hacerlo —murmura Arturo en voz baja. Se

sirve a sí mismo un plato y se sienta en una de las sillas de cuero que hay frente al escritorio. No sé por qué me pareció buena idea contratarlo.

Me aclaro la garganta y me dirijo a mi padre, aunque soy incapaz de volver a mirarlo a los ojos.

—¿Quieres comer algo?

—No tengo hambre, tesoro —contesta.

Tesoro.

Solía llamarme así siempre que estaba enfadada o cuando acababa de discutir con mamá. Esa palabra funcionaba como la miel, dulce y dorada, un bálsamo contra todo lo que hubiera ido mal ese día. Normalmente, una coreografía que se me había atascado o que mi madre quisiera que me peinara de cierto modo, me maquillara y fuera al mercado.

Ella habría sabido cómo hacer que comiera.

Lleno un plato con comida y se lo pongo delante con una sonrisa alegre.

—Pues come algo por mí.

Detrás de mí, Arturo murmura entre dientes:

—El hombre ha dicho que no.

Me siento en la última silla vacía y fulmino a Arturo con la mirada.

—Necesita comer.

—Lo que *necesita* es que su hija lo escuche —replica Arturo, exasperado—. Ha dicho que no tenía hambre.

Papá sigue mirándonos y, por alguna misteriosa razón, su ceño se suaviza. Se recuesta en su silla y esboza una suave sonrisa.

—Nadie aparte de Lola y de mí puede hacer frente a mi hija —dice papá—. Y a veces ni siquiera yo lo consigo. También se ha salido con la suya a menudo y eso es sobre todo culpa mía. Mi mujer nunca la mimó y ahora yo pago el precio. Creo que te irá bien en La Giralda, señor Díaz de Montserrat.

Me quedo boquiabierta. En general, mi padre es encantador con los desconocidos. Puede hacerte sentir especial y querido, pero no es nada propio de él el modo en el que está tratando a este domador. Está siendo más que educado y un poco demasiado sincero, el tipo de sinceridad que no me pinta con una luz halagadora.

Nunca revela nada privado sobre nuestra familia a gente que no conoce.

El domador se lleva una aceituna a la boca.

—Puede llamarme simplemente Arturo.

—¿Os conocéis? —pregunto finalmente mientras Arturo sigue comiendo y mi padre se resiste a probar un solo bocado. Cuando me doy cuenta de que no me quieren en la conversación la realidad me golpea como una bofetada. Nadie responde a mi pregunta y mi frustración aumenta como la marea que azota la orilla del mar. Al fin y al cabo, ha sido todo idea mía.

Papá y Arturo me ignoran. Tomo un plato y lo lleno de aceitunas y queso manchego luchando contra el resentimiento.

—Así que ahora cazas dragones —comenta papá. Sus palabras son inofensivas, pero no así su tono. Se nota un gran dejo de desaprobación.

Arturo rebaña un trozo de pan con el aceite de oliva. Calculo mentalmente lo que costará reemplazar la botella casi vacía.

—¿Y qué?

—¿No trabajaste una temporada en la plaza de Héctor?

Se encoge de hombros.

Abro los ojos de par en par. ¿Arturo trabajó para mi tío? Interesante. Y no puedo creer su rudeza. ¿Lo destruiría ser civilizado? Giro en la silla para mirar a mi padre esperando verlo rugir con indignación, pero en lugar de eso, papá no parece molesto con este joven grosero que se está comiendo la mayor parte de la comida.

—Solo para dejarlo claro, ¿cómo os conocisteis los dos exactamente? —vuelvo a preguntar.

No obstante, tampoco me responden. En lugar de eso, intercambian una mirada silenciosa que no logro entender ni interpretar. ¿De qué se conocen? No hay muchos dragonadores en Santivilla, solo se gradúan los mejores. Puede que sus carreras se solaparan.

—¿Dónde te formaste? —pregunta tranquilamente papá.

Arturo parpadea, claramente no se esperaba la pregunta. Abro la boca llena de interrogantes, pero Arturo enseguida me interrumpe.

—En San Jorge.

—La mejor escuela de dragonadores de Hispalia. ¿Por qué no estás luchando en alguna plaza?

Arturo le lanza una mirada afilada cargada de significado.

—No volveré a combatir nunca, por nada. Las corridas de dragones deberían quedar en el pasado.

Me muerdo la lengua para no responder. Otra vez esta discusión, no.

—¿Por qué crees que la tradición continúa tres mil años después?

—Por el dinero. ¿Por qué, si no?

—Una persona cínica me respondería de ese modo. Los dragonadores existen para demostrarle a la gente de Hispalia que se puede vencer a los dragones. Podemos ganar contra esas bestias formidables. Todos los días atacan personas, destruyen pueblos con su fuego, asesinan a niños mientras duermen. Nosotros combatimos para darles esperanza.

La mirada apasionada de papá se ilumina cuando habla del trabajo de su vida. Pero no es lo único en lo que me fijo. Su cabello es más gris de lo que recuerdo y noto más arrugas en los rabillos de sus ojos.

—Hay otras formas de inspirar esperanza aparte de seguir una tradición que amplía la brecha entre dragones y humanos —dice Arturo tranquilamente.

—Yo creo que se debe hacer honor a las tradiciones —intervengo.

—Se puede respetar de dónde venimos al mismo tiempo que nos adaptamos y abrazamos el progreso.

—Pero nuestra realidad sigue siendo la misma que cuando empezaron las corridas, seguimos en guerra —replico.

—Solo porque no hemos intentado otra cosa —espeta Arturo.

—No son perros —añade papá—. Siempre ansían carne humana, siempre usarán su fuerza para destruirnos. No pueden ser entrenados.

Algo cruza la mirada de Arturo, pero desaparece en un instante. Papá no se fija, pero yo sí.

—Creo que enseñarás bien a mi hija —dice papá después de un instante—. Es mi mayor tesoro. Debes asegurarte de que esté preparada, te hago responsable.

Arturo me mira y, por una vez, no muestra ese ceño fruncido y altivo en la cara. Parece indeciso, como si se arrepintiera de haber aceptado el puesto.

—Acuérdate del dinero —le digo—. Y de lo que ganarás.

—Recuerda lo que me debes —murmura papá.

Arqueo las cejas.

—¿Qué ha hecho Arturo para estar en deuda contigo, papá?

—Viejos asuntos de sus días como dragonador —responde papá con frialdad—. Es todo por ahora, Arturo.

Arturo se levanta con un breve asentimiento y sale de la estancia. El repentino silencio hace que me retuerza en la silla. Me mentalizo para la conversación que me espera.

Papá no me hace esperar demasiado. Me mira sombríamente con las manos entrelazadas sobre el regazo, como si no pudiera soportar la inminente conversación.

—Zarela, ¿quién te ha dado permiso para combatir en el ruedo?

—Lamento mucho que te hayas enterado así —digo suavemente—. Pero *me convertiré* en dragonadora. Era la única decisión que podía tomar.

—No me lo creo —replica—. Busca a otra persona. Escribe a la escuela de dragonadores y pregúntales si tienen a alguien disponible…

—Héctor me aseguró que la mayoría de los dragonadores ya tienen contratos en otros sitios. —Titubeo porque no quiero herirle. Inhalo profundamente y me preparo para clavarle un cuchillo entre las costillas—. La Giralda ha perdido todo su respeto y las posibilidades de que otro dragonador quiera combatir en nuestra plaza son bajas. Además, no tenemos dinero para pagar a nadie, si es que encontramos a alguien. Tengo que ser yo, papá. Tu hija. Conocida como bailaora, pero ahora dragonadora. La gente sentirá curiosidad. —Cierro los ojos sin querer verle la cara cuando le recuerde la verdad—. Y tus días como dragonador han terminado.

Recibe mis palabras con silencio. Cuando abro los ojos lo encuentro acurrucado en la silla con el rostro entre las manos y los hombros temblorosos.

—Tu madre nunca lo permitiría —dice con la voz ronca entre sus dedos. Su rostro ha perdido su brillo saludable y forma un marcado contraste con sus manos bronceadas—. ¿Qué tipo de padre sería si te permitiera hacer esto?

—No hay otro modo de seguir adelante —le digo. Un viejo dolor me agarra el corazón y me lo estruja—. Mamá no está aquí.

—¿De dónde ha salido el dinero?

Tomo aire y le cuento la verdad.

Toda la verdad.

Papá se marchita delante de mí como si fuera un flor azotada por los rayos del sol. Aprieto las manos con fuerza en el regazo y respiro profundamente para luchar contra el latido de mi corazón, que me golpea las costillas. Ambos somos reflejos del otro. Hombros erguidos, soportando pesadas cargas y ambos heridos, llorando a mamá y con idéntico espíritu luchador. He hecho lo correcto. Lo sé y él también lo sabe, por mucho que no le guste.

—Tendrías que haberme preguntado primero.

—Estabas inconsciente.

Echa chispas por los ojos.

—Zarela, no tenías ningún derecho.

—¿Qué más podía hacer? Necesitabas medicamentos, había que hacer reparaciones, nuestros dragones habían sido asesinados, los domadores habían muerto. —Extiendo las palmas de las manos—. Dime cómo podría haberlo hecho mejor.

Se le hunden los hombros, me inclino hacia adelante y pongo la mano delante de él con la palma hacia arriba. El rostro de papá se desmorona cuando me toma la mano con dedos temblorosos.

—Tal vez deberías volver a la cama. Todavía no estás bien.

—Lola ha conseguido que Eva viniera hoy —dice con una mueca—. El dolor es constante.

Puedo sentir su frustración y el terror subyacente que tiene por ver la muerte tan de cerca, el lobo en la puerta de una habitación sin escapatoria. Puedo ver cómo eso hace que le tiemblen las manos.

—¿Por qué no has comido?

Niega con la cabeza haciendo una mueca.

—No me apetece nada.

El pliegue entre mis cejas se profundiza. No tendría que estar fuera de la cama. No tendría que estar preocupándose por La Giralda. El estrés no lo ayudará a recuperarse. Parece estar pensando lo mismo porque su expresión se transforma en una resignación agotada.

—Esta no es la Hispalia de mi juventud, hija. Nunca habría soñado que alguien pudiera colarse en La Giralda con la intención de hacernos daño. Liberar a los dragones, asesinar al resto. Pobre Benito.

Con todo lo que está pasando, no me he parado a pensar en quién es responsable del desastroso evento del aniversario.

—Tendríamos que intentar encontrar a esa persona.

—Es demasiado peligroso.

—Pero…

—Zarela —dice, resoplando—. Mírame. No puedo ayudarte como me gustaría. Vas a estar luchando en el ruedo y toda tu atención debería centrarse en tu entrenamiento. Al menos hasta que…

—¿Hasta que qué?

Se ruboriza y aparta la mirada. Lo que está a punto de decir no le resulta fácil.

—Tal vez… puede que sea el momento de…

Aprieto los labios. Sé lo que va a sugerir y, aun sin las palabras flotando entre nosotros, empiezan a sudarme las manos.

—¿Qué, papá?

—Tal vez deberíamos pensar en buscarte un marido adecuado. Tienes dieciocho años. Sinceramente, tendría que haber empezado a pensar en esto mucho antes. Todas las señoritas de tu edad están casadas y con bebés en camino.

—Lola, no —le recuerdo.

—Eso es porque tiene varias hermanas mayores y su madre tiene demasiadas cosas para preocuparse por eso. Yo no tengo excusa.

Miro hacia nuestras manos unidas. Pienso en todas las razones por las que me parece una idea horrible. Descarto un pensamiento tras otro buscando una razón que no le haga daño. No puedo decirle lo que he visto y oído fuera de los muros de La Giralda. Tendríamos suerte si nuestro apellido atrayera a un tercio de espectadores, mucho menos va a atraer a un marido *adecuado*. No puedo hablarle de que los solteros que a él le gustaría que considerara no me van a considerar a mí. A una señorita con un apellido arruinado y un legado que ha perdido su promesa.

—Quiero lo que teníais mamá y tú. No me conformaré con menos.

—Zarela...

—Dame tiempo —le pido—. Déjame intentar arreglar la situación a mi manera.

—¿Cuánto tiempo?

—Un enfrentamiento contra un dragón. Si las ventas no vuelven al nivel de antes, buscaré un hombre con el que casarme. —Las palabras casi hacen que me atragante—. Alguien a quien tú apruebes.

Asiente y el trato queda cerrado.

No puedo evitar sentir que estoy tentando al destino solo con sugerirlo.

DIECISÉIS

Acomodo a papá de nuevo en la cama y lo obligo a beber agua. Luego se duerme con el ceño fruncido y demacrado. Le aparto el pelo canoso de la cara y le doy un suave beso en la mejilla.

Papá ronca ligeramente y sonrío, feliz de ver que hace ruido. Estaba demasiado quieto, demasiado silencioso.

La reunión con el domador de dragones me ha dado esperanza. Papá estaba fuera de la cama, terriblemente débil pero fuera de la cama y manteniéndose firme ante Arturo con sus breves respuestas y sus secretos.

Mis pensamientos vuelven a eso rostro salvaje y hermoso.

Una piel tan viva e intensa como el ámbar pulido, ojos frígidos y grises como una tormenta en ciernes. Me sonrojo por un motivo que no quiero nombrar. ¿Qué pasó para que eligiera otro camino? Cuando estás en un gremio no puedes simplemente marcharte y empezar otra vida. Es un compromiso que se supone que tiene que durar durante el resto de tus días. La gente de Santivilla no mira con buenos ojos a aquellos que se divorcian de sus gremios. Es una regla no escrita en ninguna parte, pero hay reglas que son así. No hace falta que sean oficiales para ser ciertas. Así que ¿por qué romperla? Debió de pasar algo que le hiciera cambiar de opinión tan drásticamente. Me encamino a la gran escalera con la intención de encontrar al misterioso domador. Me dirijo a las mazmorras.

Mis pasos resuenan en la caverna y unas voces me llegan a los oídos. Parece gente discutiendo, sus palabras son como fuego en la oscuridad. Arturo y uno de mis guardias.

Nuestros nuevos dragones están en sus jaulas cerca de la entrada de la mazmorra, encerrados en celdas individuales. Las antorchas encendidas proyectan sombras parpadeantes y monstruosas en las escarpadas paredes. Las bestias se mueven inquietas en círculos, raspan las celdas con sus cuerpos y arañan el suelo de piedra. El sonido chirría y aprieto los dientes.

Arturo deja de hablar de repente con el guardia, por algo que ha visto en una de las jaulas vacías. Se acerca entrecerrando los ojos y analizando algo que hay en el suelo. Tiene un perfil muy bonito. La nariz orgullosa y una mandíbula rígida. El cabello oscuro se le riza ligeramente sobre la severa frente. Me enfado inmediatamente conmigo misma por haberme fijado en eso. Arturo pasa las manos por la pared escarpada, levanta el dedo índice, se lo acerca a la boca y lo huele. Luego gira sobre las puntas de sus pies y encuentra infaliblemente mis ojos en la penumbra. Me fulmina con la mirada con un dedo levantado manchado por una sustancia brillante.

Este hombre siempre parece querer asesinarme con la mirada.

—Alguien ha estado usando una magia muy fuerte aquí abajo. —Señala una tenue línea ondulada que reluce en la estancia en penumbra—. ¿Ves los restos del hechizo? Los que tienen ingredientes más caros a menudo dejan residuos. Las pociones son más espesas, no son como los encantamientos baratos que puedes comprar por una o dos monedas de cobre.

Miro donde me está señalando.

—¿Podría ser un hechizo para limpiar?

Frunce el ceño.

—Podría ser. Pero huele a un embrujo caro. No es un hechizo para fregar común y corriente. —Señala los charcos oscuros de una de las celdas—. Sangre de dragón. ¿Qué pasó aquí?

Rodeo el barrote con la mano. El terror chisporrotea a través de mí. Supuestamente, todas las varitas de La Giralda están bañadas en hechizos baratos de corta duración.

—¿Magia poderosa? ¿Por qué?

—¿Cómo quieres que lo sepa? —pregunta Arturo, cortante—. Solo te estoy diciendo que la utilizaron. —Señala de nuevo el suelo—. ¿La sangre?

Me da vueltas la cabeza. Miro alrededor de la mazmorra recordando los dragones asesinados en sus celdas y a Benito muerto en las sombras bajo los brillantes rastros de la magia. Nada de esto es una coincidencia. Alguien usó un hechizo para llevar a cabo sus planes. *¿Quién?*

Me paso las manos por el pelo. Considero marcharme al Gremio ahora mismo, pero el recuerdo del escepticismo del maestro dragón me mantiene anclada en el sitio.

Don Eduardo no me creerá.

—¿Señorita?

Parpadeo y vuelvo a esta cámara oscura llena de fantasmas.

—Lo siento, ¿qué me habías preguntado?

Sus ojos no se pierden nada y me preocupa que advierta la discordia desenfrenada en mi cara.

—Quería saber por qué hay sangre aquí —repite lentamente.

Vacilo. Las palabras aguardan en mi garganta. Arturo arquea una ceja, impaciente, como si pensara que soy una cobarde, pero es difícil abrirme así. Hay poca gente en la que confíe.

—Te lo diré pero solo si te abstienes de juzgarme hasta que haya terminado y escuchas lo que tengo que decir.

Se pone de pie lentamente observándome durante un largo instante y luego añade neutralmente:

—¿Y bien?

—El día anterior a la masacre, alguien vino y liberó a nuestros dragones. —Señalo al otro lazo de las mazmorras—. Por ahí se sale a la plaza. Los dragones irrumpieron en el estadio, prendieron fuego a todo aquel que se encontraba a su alcance y escaparon. Pero había tres que no habían sido liberados y estaban en sus jaulas. A la mañana siguiente, alguien bajó y los mató mientras dormían.

La exasperación cruza por su rostro.

—Vuestra seguridad es pésima.

El guardia aprieta los puños y le lanzo una mirada para calmar la ira que estaba creciendo en su interior. Arturo se apoya contra la pared irregular de la caverna, cruzando las botas a la altura de los tobillos y con los brazos musculosos entrelazados con fuerza sobre el pecho. Me aclaro la garganta.

—Nuestra seguridad consistía en cinco domadores… eran los mejores que se podían pagar con dinero y estaban ocupados ayudando a escapar de La Giralda a centenares de personas. Todos murieron el día de la masacre, excepto uno.

—¿Todas estas celdas estaban llenas?

Asiento.

—Sí. Había un dragón en cada una.

Arturo cuenta las jaulas.

—¿Cinco domadores contra nueve? ¿Y a eso lo llamáis «alta seguridad»?

Tiene razón y los dos lo sabemos. Relajo los hombros ante su escrutinio y suelto la mandíbula apretada. Noto burbujas de culpa como si fueran ácido en mi estómago. No es fácil admitir el fracaso y tengo que arrancar cada palabra de donde quiere quedarse escondida. Desde que mamá murió, papá no ha sido él mismo. Tendría que haberme plantado mucho antes de que tuviera lugar el desastre.

—Tendría que haberlo hecho mejor.

—¿Le has contado todo esto al maestro dragón?

—Claro que lo he hecho. —Retuerzo los labios—. No dio mucha importancia a mis sospechas.

Arturo levanta la mano y me hace señales para que continúe.

—¿Y estas eran?

Aparto la mirada. No quiero mantener otra conversación en la que alguien descarte inmediatamente mis ideas.

—No puedo ayudarte si no me lo cuentas —dice con calma.

Arqueo las cejas y noto un extraño aleteo en el estómago que me toma por sorpresa.

—¿Ayudarme?

—Estaré trabajando aquí —dice—. Me gustaría asegurarme de no estar corriendo un peligro mortal.

Vale, es razonable. La mariposa de mi estómago se desvanece.

—Pensaba que tal vez la Asociación podría estar detrás de la masacre. Se presentaron al día siguiente con una multitud manifestándose en la entrada de La Giralda.

Arturo mira los restos de magia que brillan en la pared con la frente arrugada.

—Puede que tengas razón, pero no habrían logrado hacer esto solos. —Levanta el dedo índice, el que tiene manchado de magia—. Los hechizos más potentes cuestan mucho dinero y la gente que dirige la Asociación no lo tiene. La mayoría pertenecen a gremios de bajo rango o al Gremio General. La gente de esos gremios no tiene dos monedas de plata con las que atacarse mutuamente. Me parece más probable que estén trabajando con otra persona. O incluso que los esté *manipulando* otra persona.

Otro enemigo invisible. El terror me aferra como un puño apretado.

—Espero que te equivoques.

Arturo baja la barbilla.

—Me he fijado en que hay una cerradura en la entrada. ¿Quién tiene acceso a la llave?

—Mi padre, Ofelia (nuestra criada que lleva con nosotros desde que yo era pequeña) y yo misma.

—¿Dónde las guardáis?

Trago saliva con nerviosismo.

—La mía está en un cajón de mi habitación. Mi padre la lleva siempre colgando del cuello. Ofelia tiene la suya en la cocina, escondida en una maceta.

—¿Por qué tiene una llave ella?

—Dirige a los trabajadores que limpian rutinariamente las mazmorras.

—¿Has comprobado que la tuya siga en tu cajón?

Me pongo las manos en las caderas.

—Debes pensar que soy idiota.

Arquea una ceja.

—No pienso mucho en ti, señorita. Claramente, no lo suficiente como para considerar tu intelecto.

La mortificación se instala en mi piel creando un motín en mi sangre, haciendo que se me sonrojen las mejillas y las orejas. El espacio parece estrecharse entre nosotros, las paredes son demasiado estrechas y no hay suficiente aire para respirar entre los dos.

—Eso ha sido muy grosero.

Se encoge de hombros con frialdad.

—Sí que lo ha sido.

El enfado hace a un lado la vergüenza y, sin pensarlo, le hago un gesto obsceno con el dedo, algo que me enseñó Lola.

Espero su furia y me preparo para ella, pero Arturo suelta una carcajada de asombro y el sonido resuena por todo lo largo de las mazmorras. No puedo evitar responderle con mi propia sonrisa. Su carcajada se convierte en una pequeña sonrisa y murmura algo que suena parecido a «joder».

Nos quedamos un rato callados, apartándonos el uno del otro y recuperando los viejos frentes de batalla.

—¿Y qué hay de las otras llaves? ¿Se sabe dónde están? —pregunta Arturo con un tono plano y determinado.

—Busqué las tres llaves el día después de la masacre.

—¿Y desde entonces? ¿Siguen en su sitio?

Parpadeo.

—No lo he comprobado ni se me ha ocurrido mirar. Como no habían llegado a desaparecer, asumí que el culpable había usado otros medios para entrar en la mazmorra. Además, no ha pasado nada desde entonces…

—Si hay alguien intentando sabotear La Giralda, tal y como sospechas, esas llaves tienen que estar en una ubicación segura todo el tiempo. ¿Cómo sabes que el culpable no devolvió una de las llaves después de haber liberado a tus dragones?

—Pero ¿por qué arriesgarse a que lo descubrieran devolviéndolas?

—Tal vez para evitar sospechas —responde con pesimismo—. Si se llevaron una llave en primer lugar, eso indica que saben dónde está escondida. Alguien así tendría que estar vinculado a La Giralda. Un guardia descontento o una sirvienta enfadada.

Su interrogatorio solo me recuerda todo lo que he dejado en el aire. Tendría que haber hablado con Ofelia y con mi padre. Tendría que haber programado otra reunión con el Gremio y exigir que abrieran una investigación.

No estoy haciendo lo suficiente.

Mis palabras salen con el potente sabor de la culpa.

—Tendría que haberlo pensado.

Su expresión se suaviza.

—Bueno, no puedo marcharme sin confirmar que estos dragones estarán a salvo aquí. —Se vuelve hacia el guardia—. Quédese hasta que vuelva.

—¿A dónde vas? —pregunto.

—A hablar con Ofelia, por supuesto —dice por encima del hombro mientras se aleja. Desaparece por las escaleras. Un momento después, vuelve con el ceño fruncido—. ¿Dónde puedo encontrar a Ofelia?

No intento ser amable ni hacer nada para ocultar la divertida sonrisa que se me ha dibujado en los labios.

Arturo gruñe con impaciencia.

Me río.

—Por aquí, domador.

Noto su aliento en la nuca mientras subimos. Su presencia es sofocante. Ocupa demasiado espacio y es imposible de ignorar.

—¿Tienes algo brillante? —me pregunta.

Me detengo y me doy la vuelta. Estoy dos escalones por encima, tenemos los ojos al mismo nivel.

—¿Brillante?

—Ayuda a que los dragones se duerman —explica—. Les da un propósito, un trabajo. Cuando tienen algo que proteger no están tan inquietos.

Solo me quedan restos de las pertenencias de mi madre y no voy a dárselas a un dragón.

—¿Me estás pidiendo que meta joyas ahí dentro?

Se encoge de hombros.

—También valen los candelabros… si son de plata o de oro.

—No tengo de plata ni de oro —replico—. O ya los habría vendido.

Me arrepiento de haber dicho esas palabras en cuanto salen por mi boca. Revelan demasiado. Varias emociones atraviesan el rostro de Arturo. Sorpresa. Confusión. Piedad.

Me doy la vuelta. No quiero su piedad. No es alguien por quien se deba sentir pena. Soy la hija de los artistas con más talento de toda

Hispalia y encontraré una manera de que sobrevivamos. Solo tengo que esforzarme más, eso es todo. Cuando llegamos a la planta principal, Arturo me rodea rápidamente y me bloquea el paso. Abre la boca, pero la vuelve a cerrar inmediatamente.

—¿Qué? —pregunto con serenidad.

Niega con la cabeza como si se lo hubiera pensado mejor. Cuando se gira, murmura:

—No es problema mío.

Lo llevo a las cocinas y nos recibe el olor a levadura del pan recién horneado. Ofelia está sentada en el taburete cortando pepino y tomates.

—¿Gazpacho? —pregunto.

Levanta la mirada con una suave sonrisa. Mueve los ojos hacia Arturo y la sonrisa se desvanece.

—¿Quién es este caballero?

—Ofelia —le digo con toda la tranquilidad—. Este es nuestro nuevo domador de dragones. Va a enseñarme a combatir en la arena. Y, gracias a él, tenemos dos dragones nuevos en las mazmorras.

—Querrás decir gracias a tu madre —me espeta.

Arturo nos mira arqueando las cejas.

—Exacto —murmuro—. Estamos aquí porque…

Pero Ofelia no ha terminado de regañarme ni de sacar a relucir nuestros asuntos privados delante de la persona que menos me gustaría que se enterara.

—Más te vale hacerlo bien, caballero. Esta familia ha perdido demasiado como para que tú no seas excelente en tu trabajo. ¿Sabes que Zarela ha tenido que vender cosas de su madre para salir adelante?

La expresión de Arturo se vuelve de piedra.

—Me llamo Arturo, señora.

—¿Es todo lo que tienes que decir?

Arturo coloca las palmas de ambas manos en la isleta.

—No. ¿Dónde está la llave de las mazmorras?

Ofelia deja el cuchillo de sierra y se acerca a una sencilla olla de cerámica de la estantería. Vacía el contenido en la mesa y sale una vieja llave de hierro. Entonces se sienta con aire de sospecha a su alrededor.

Arturo observa la llave como si fuera la única responsable de todos los desastres de Santivilla. Se la mete en el bolsillo de la túnica. Ofelia se pone de pie y el taburete sale disparado hacia atrás. Encuentro la mirada del domador y arqueo una sola ceja.

—Esta me pertenece —anuncia en un tono que no deja lugar a discusión.

Para sorpresa de Ofelia, no protesto. A pesar de todos los defectos del domador, sé que se preocupa por los dragones. No dejará que les pase nada. No hasta que pongan un pie en el ruedo y su destino escape de sus manos.

—¡Nuestras criadas tienen que limpiar ahí abajo! —protesta Ofelia—. Yo soy la que…

—Ahora seré yo —replica Arturo—. Seré el primero en ver a los dragones cada mañana y cerraré la puerta detrás de mí al final del día. Pueden limpiar las jaulas mientras yo entreno a los dragones. Llevadme a las otras llaves —pide—. ¿Hay algún lugar donde podamos guardar las de repuesto? No me fío de que estén seguras en caso contrario.

Ofelia jadea.

—¿Quién eres tú para hablarle de ese modo?

Decido ignorar su indignación porque solo serviría para perder el tiempo. Arturo querrá ver las llaves por sí mismo y no cambiará de opinión porque mucho que ella se enfade.

—Por aquí, domador.

Me sigue por la gran escalera, silencioso y vigilante. No lo quiero en mi habitación llenando el espacio con sus críticas, su ceño fruncido y sus opiniones ruidosas. Pero tampoco quiero que piense que no soporto sus presencia o que sospeche que sus ojos grises hacen que se me acelere el corazón. No estoy nada complacida con mi atracción hacia este domador. No quiero preguntarme cómo sería que me tocara con esas manos. No quiero pensar en la dura línea de sus hombros o en la calma con la que se enfrenta a los monstruos.

No quiero estar impresionada.

Pero lo estoy. Maldita sea, me impresiona.

El pasillo contiene el sonido de nuestro silencio, el suave golpeteo de nuestras botas contra la piedra. Llegamos a la puerta de mi habitación y uso el hombro para empujar la pesada madera de roble. Entro con cuidado de mantener una postura indiferente. Para mi sorpresa, Arturo se queda en el umbral con ambos pies fuera de mi habitación. Echa un rápido vistazo en el interior posando los ojos en los abanicos pintados que decoran las paredes y en la cama cubierta por una preciosa colcha bordada.

Se aclara la garganta y un suave rubor se le forma en las mejillas.

—No me digas que nunca antes habías visto la habitación de una mujer.

Arturo me pone mala cara y se apoya contra el marco.

—Tú solo busca la llave, ¿entendido?

La llave está exactamente donde le dije que estaría, metida en un cajón, escondida entre dos viejos diarios, plumas bonitas y botes de tinta usados. La levanto y entorna la mirada. Hay cierto brillo especulativo en sus ojos oscuros mientras observa la llave que tengo en la palma.

—¿Dejas alguna vez la puerta abierta?

—Tal vez, durante el día.

Pasa el dedo por la áspera madera del marco.

—¿Quién viene regularmente?

—Papá a veces. Lola y Ofelia vienen a menudo.

Hace un ruido evasivo. Recuerdo lo que me dijo sobre que alguien cercano a La Giralda podría tomar una de las llaves y no me gusta lo que está insinuando.

—Ellas no lo harían.

—Si tú lo dices… —Hace una pausa—. ¿Has pensado alguna vez que alguien que trabaje aquí puede tener vínculos con la Asociación?

Me niego a creerlo.

—Supongo que querrás la tercera llave —espeto con frialdad entregándole la mía.

Asiente.

—¿Dónde está?

—En la tercera planta. Con mi padre.

—Vamos.

Sin embargo, se queda en el umbral prestando atención a los montones de abanicos que decoran las paredes. Mi madre los pintó todos, algo que hacía para calmarse después de discutir con mi padre. Tenía uno para cada pelea, para cada estación, para cada estado de ánimo.

—A ese lo reconozco —dice en voz baja.

Sigo la dirección de su mirada. Es un abanico pintado de negro que muestra un intricado patrón de gardenias con los bordes de los pétalos dorados y brillantes. Me había dado el abanico para mi primera actuación en solitario. Me sentía muy nerviosa hasta que miré a la entrada del ruedo, donde ella estaba escondida entre las sombras. Bailó conmigo desde allí, cada golpe y cada giro los hizo en armonía conmigo.

El recuerdo me aprieta el corazón. Aparto la mirada con los ojos ardiendo y la garganta en llamas y me esfuerzo por apagar el repentino estallido de dolor. Cuando se me aclara la vista, paso junto a él y cierro la puerta detrás de mí con un sonoro golpe.

—La habitación de papá está por aquí —murmuro mientras vuelvo por donde hemos venido por las escaleras.

—No me has preguntado por qué he reconocido el abanico —comenta caminando junto a mis pasos rápidos.

Lo miro de soslayo.

—Ese fue el primero que tuve.

—Eres una bailaora preciosa.

Lo dice en una voz tan baja que casi ni lo oigo. Vuelvo la mirada hacia su rostro inclinado hacia abajo; se niega a mirarme a los ojos y observa las botas en su lugar.

—Gracias.

Arturo se encoge de hombros como si ese elogio no fuera nada especial, como si no me hubiera robado el corazón. Me sigue en silencio por el pasillo hasta el tramo de escaleras. No cabe duda de que esperará fuera mientras yo me adentro en la oscura habitación. Papá duerme profundamente con la boca entreabierta y sus suaves bocanadas de aire perturban el silencio del cuarto. Me arrastro hacia la cama, agradecida por la poca luz que entra por las ventanas.

Tiene el sueño inquieto. Las sábanas están enredadas a sus pies y una de las almohadas está en parte sobre la mesita de noche. Tiene los dos brazos estirados a los extremos de la cama. Yace vulnerable, con las mejillas hundidas y prendas demasiado grandes para él.

No puedo acostumbrarme a esta nueva realidad. Papá es joven, más joven que la mayoría de los padres que conozco. La vitalidad forma parte de su ser, es el tipo de persona que entretiene a miles en el ruedo. No puede estar muriéndose.

No puedo perder a nadie más.

Me inclino hacia adelante y busco la larga tira de cuero que sostiene la llave de hierro. Entorno los ojos en la penumbra y finalmente la encuentro medio escondida debajo del brazo de mi padre. Suavemente, se la quito. No se despierta ni siquiera cuando salgo lentamente de su habitación. Los ruidos de su sueño inquieto me acompañan mientras me marcho.

Arturo está apoyado en la pared de enfrente en el pasillo, cruzado de brazos y de piernas.

—¿Y bien?

Le entrego la llave de papá.

—Están las tres contabilizadas.

El domador no dice nada durante un largo momento, inclina la cabeza hacia delante de modo que su largo cabello le cubre el rostro.

—Dijiste que todos vuestros domadores murieron en el ruedo.

Cierro la puerta detrás de mí con un suave ruidito.

—Menos Benito.

—¿Qué le pasó?

—Fue asesinado. —Cruzo los brazos por encima del pecho para protegerme del repentino frío que noto en la piel—. O tal vez inhaló demasiado humo de los dragones —añado en un tono borde rememorando mi conversación con el maestro dragón.

—¿*Tú* que opinas? —pregunta Arturo.

—Creo que fue asesinado. Pero don Eduardo opina que no. Dijo que era un modo muy común de morir si estás rodeado de dragones el tiempo suficiente.

—Lo es. —Se coloca un largo mechón de cabello oscuro por detrás de la oreja revelando la afilada línea de sus pómulos—. Pero alguien soltó deliberadamente a los dragones y mató al resto. Si yo fuera tú, sospecharía de todo y de todos. Yo lo hago.

Todo su ser está destinado a evitar que se le acerque la gente. Sus oscuras y formidables ropas, el brillo imposible de sus ojos grises y la forma de su mandíbula, una línea lo bastante afilada como para cortar huesos.

—¿No confías en nadie?

Aprieta los labios.

—En muy poca gente.

Hay cierta amargura cansada en su tono de voz que me parece particularmente interesante.

—Suena muy solitario.

—¿Ah, sí? —pregunta fríamente.

Digo algo increíblemente estúpido. Me salen las palabras antes de que pueda pensarlo, antes de poder detenerlas.

—Puedes confiar en mí.

Nuestros ojos se encuentran, un gris frío contra un cálido marrón. No sé ponerle nombre a la emoción que destella en sus profundidades heladas.

—De verdad.

Levanto la barbilla. Ya es demasiado tarde para echarme atrás.

—Sí, puedes.

Se apoya contra la pared del pasillo con los tobillos cruzados y la expresión sombría.

—Los dragones que dejo a tu cuidado no están seguros aquí. Me planteo tomarlos y marcharme.

Parpadeo ante el cambio de tema. El rápido rechazo a lo que le he ofrecido… amistad. Doy un paso hacia adelante y le pongo el dedo índice en el pecho.

—He pagado por esos dragones, domador. Se quedan aquí.

Dirige su mirada a la mía y me toma la muñeca. Es un agarre firme, pero no duele.

—Yo nunca he querido formar parte de esto.

Puede que Arturo se refiera a entrenarme. Pero también puede estar hablando de otra cosa totalmente diferente. El calor se me extiende por las mejillas y me calienta las palmas de las manos.

—Suéltame —susurro. Estamos demasiado cerca el uno del otro y él también parece haberse dado cuenta en el mismo momento porque me suelta instantáneamente. Se aclara la garganta y se aparta de mí como si fuera una llama que necesita ser apagada.

—Bien. Pues se quedarán —acepta—. Pero te hago totalmente responsable si les pasa algo fuera del ruedo.

Más responsabilidades. Me ahogo en responsabilidades.

—¿Qué insinúas? Todas las llaves están controladas y en tu posesión.

Su rostro es sombrío.

—Eso es problema tuyo, no mío.

—¿Por qué te preocupa que los dragones puedan estar en peligro aquí? —espeto—. De todos modos, van a morir en el ruedo.

—¿Eso crees? Primero tienes que enfrentarte a ellos y yo no apostaría por tu victoria —dice Arturo con calma.

—Impresionante.

Pero ya no me presta atención. Observa atentamente el pasillo fijándose en las muchas ventanas y luego da un paso adelante para mirar al vestíbulo desde el balcón.

—Estáis increíblemente expuestos aquí. De ahora en adelante, asume que te están observando. Toma las precauciones necesarias. Que haya siempre alguien contigo, allí donde vayas. Cierra todas las puertas y ventanas por las noches. No asumas que lo ha hecho otra persona.

Se me seca la boca y un escalofrío me recorre la columna como el roce del dedo helado de la muerte.

—Todo anotado —grazno.

—Te veré mañana por la mañana para entrenar. A la octava campanada. No llegues tarde.

Se aparta del balcón y desciende por la escalera principal. Me muevo a la barandilla para observarlo marcharse y, cuando llega a la primera planta, levanta la barbilla encontrando infaliblemente mi mirada. Estoy demasiado lejos para leer su expresión y, de todos modos, aparta rápidamente la vista. Cierra la puerta principal tras él y el sonido llega hasta la tercera planta, donde me encuentro todavía, enmudecida por una comprensión repentina.

Ha dicho que era problema mío, pero me ha dado sugerencias, de todos modos. Me ha advertido del peligro potencial. Me ha pedido que revisase todos los puntos de entrada a La Giralda.

Ha actuado de un modo protector.

Antes de irme a la cama, hago lo que me recomienda y me aseguro de que todas las puertas y ventanas estén bien cerradas. Compruebo que papá, Lola, Ofelia y todos los demás estén donde tienen que estar, respirando y a salvo de la amenaza que rodea mi hogar.

Pero eso no me impide permanecer despierta la mayor parte de la noche escuchando sonidos de alguien que intenta entrar.

DIECISIETE

El domador llega tarde.

La octava campanada suena mientras espero junto a la entrada principal de La Giralda soportando los incesantes gritos de los manifestantes y las desagradables pancartas que insultan el apellido de mi familia. Pero mientras observo el tráfico mañanero habitual, no veo a Arturo por ninguna parte. Me mentalizo para soportar toda la mañana su ceño fruncido y su malhumor. Los nervios causan estragos en mi cuerpo anticipando el primer día de entrenamiento. Miro a un lado y al otro de la calle adoquinada.

Nada.

Me alejo de la entrada con un resoplido negándome a mirar a la multitud cada vez más grande durante un largo rato. Un centenar de personas se manifiestan delante de nuestra plaza pidiendo que se queme el edificio, reclamando nuestras cabezas, exigiendo justicia para los dragones. Interactuar con ellas está fuera de discusión. No se puede mantener una conversación racional con esa gente.

La frustración me recorre la espalda. Necesito un café. Atravieso el vestíbulo golpeando el suelo con los tacones de mis botas y con un humor tan negro como una piedra de ónix. Cuando llego a la cocina, mi nariz no capta el aroma de lo que tanto ansío.

—¿No hay café? —le pregunto a Ofelia.

Hace una pausa mientras enrolla la masa para el desayuno de mañana.

—Me temo que se ha acabado.

Estoy a punto de pedirle que prepare otra cafetera cuando entra Lola con calma bostezando exageradamente, pero al menos vestida para el día. Se sienta dejándose caer delicadamente en uno de los taburetes de la isleta y le bate las pestañas a Ofelia, quien sigue con expresión pétrea. Me tapo la sonrisa con la mano. Entonces Ofelia coloca huevos revueltos delante de Lola y el plato resuena al golpear la madera.

Lola hace una mueca.

—Ya sabes lo que pienso de los ruidos fuertes por la mañana.

—Y tú sabes lo que pienso de que estés fuera la mayor parte de la noche —sisea Ofelia—. Llegas tarde.

Lola vuelve a bostezar y me río. Ofelia me fulmina con la mirada.

—¡Y tú se lo permites!

Le ofrezco una tímida sonrisa y observo a mi amiga devorar el plato de huevos calientes ahumados.

—Necesito que entregues un mensaje de mi parte.

Lola deja de masticar.

—¿A dónde?

—Necesito un favor de Guillermo.

Deja el tenedor.

—No lo hará. Es muy estricto con las reglas y no se arriesgará a provocar la ira del Gremio de la Magia ayudándote.

Me muerdo el labio. No puedo malgastar dinero.

—Entonces puede que tengas que usar tus encantos de persuasión.

—Es totalmente inmune —responde Lola, disgustada—. Me siento *invisible*.

La miro de cerca.

—¿De verdad te importa Guillermo?

—Sí —dice después de reflexionarlo. Entonces abre mucho los ojos—. Es decir, solo si *a él* le importo.

—¿Y no te escuchará?

—No lo creo —responde burlona—. Tampoco está de acuerdo conmigo nunca. Es muy raro.

Sinceramente, me reiría si no pareciera tan afectada, pero esperaba que pudiera hablar con él por mí. Su información sobre el misterioso encantamiento utilizado en la mazmorra sería muy útil. Pensaré en una solución que le compense su tiempo.

—Dile que puede llevarse gratis al próximo dragón muerto —ofrezco.

—No funcionará.

—Podría sorprenderte.

Lola pone los ojos en blanco.

—Lo intentaré. ¿Qué quieres que le diga?

—Dile que se pase por la noche. Y que no le diga nada a nadie.

Arquea las cejas, pero vuelve a asentir y termina de comer. Con un movimiento rápido, sale por la puerta lateral. Ofelia la mira fijamente.

—¿Y las camas? ¿La limpieza?

—Puedo hacerme mi propia cama —digo acercándome a la puerta.

—Y yo puedo hacer más café —se queja Ofelia—. Será solo un minuto. Tengo que moler los granos.

Suspiro. ¿Cuánto me costará eso? Pero entonces reflexiono sobre lo que ha dicho y me quedo helada.

—¿Más?

Deja caer la masa en un cuenco y coloca un trapo viejo encima.

—Tu domador se lo ha bebido todo.

—¿Mi *qué*?

—También se ha comido casi todo el tomate triturado y el pan. Una buena ración de jamón y aceitunas y varias porciones de queso manchego. Ha venido con hambre.

—¿Cuándo? —inquiero—. ¿Cuándo ha llegado aquí?

Ofelia toma un puñado de naranjas hispalianas y las corta por la mitad.

—No ha llegado al zumo. Me he encargado de eso. Solo quedan unas pocas y se las prometí a tu padre.

—Ofelia.

Exprime las naranjas en un vaso pequeño.

—Estaba aquí hace una hora. Creo que ha ido a controlar a los dragones.

Giro sobre las puntas de los pies y me dirijo a la entrada de las mazmorras. El guardia de ayer me da los buenos días.

—¿Dónde está? —le pregunto.

—En el ruedo.

Por supuesto. Corro por el mismo túnel que usan los dragones y salgo a la arena caliente, donde todavía hay enormes zonas manchadas de sangre. Tomo nota mental para estar al tanto de las reparaciones y pedir la misma arena blanca que le gusta a mi padre. Llego al centro del ruedo tan distraída con todo lo que tengo que hacer que me pierdo una información clave. No hay señales del domador. Me doy la vuelta parpadeando bajo el sol de la mañana, pero estoy aquí sola.

Un suave silbido rompe la calma, débil e insistente.

Miro en la dirección del sonido y allí, sentado tan casualmente, está Arturo, en medio del estadio agrietado y la piedra chamuscada. Se pone de pie y se abre camino cuidadosamente entre los escombros. Los albañiles que trabajan en las gradas ya tendrían que haber empezado. Pasa por encima del muro perimetral, que a mi padre le llega a la altura de los hombros, salta y aterriza sobre ambos pies como si fuera un ágil gato.

—No me gusta que me hagan esperar —dice Arturo.

Ese es su saludo. Ni «hola» ni «buenos días», solo una acusación. Y sé que ha tomado café, así que no tiene excusa.

—Estaba en la entrada principal —digo cuando está al alcance del oído, porque no voy a gritar para que me escuche, menos aún sin haber tomado café—. ¿Tenías que bebértelo todo?

Considera la pregunta.

—Sí.

—Te esperaba a la octava campanada, no a la séptima.

Me rodea como un depredador acechando a su presa. Giró con él instintivamente, no quiero darle la espalda.

—Es molesto, ¿verdad? —pregunta suavemente—. ¿Tener un extraño en casa cuando menos te lo esperas?

—¿Vamos a volver a lo mismo? Eso ha quedado kilómetros atrás. Literalmente.

Se mira las uñas.

—Creo que todavía estoy molesto por eso, ¿sabes?

—¿Podrías empezar con el entrenamiento ya?

Sonríe para sí mismo, una sonrisa de superioridad por la que estoy segura que quiere que me pregunte. Pero no me importa qué se le está pasando por la mente. Esta mañana me he despertado con una extraña presión en el pecho. Es el primer día para demostrar que soy capaz de salvar a papá.

De salvar nuestro hogar.

Arturo se inclina hacia adelante con una sonrisa que podría ser malévola, pero que al menos es traviesa y con los ojos relucientes.

—Manos a la obra.

Un profundo rugido sale del túnel de entrada. Los sonidos de arañazos atraviesan el aire entre los fuertes jadeos y resoplidos de alguien. De dos personas. Aparecen los guardias de Arturo conduciendo a uno de los dragones, el morcego, con largas cadenas. El metal traquetea contra la piedra hasta que sacan a la bestia a la arena sangrienta. Cierra las mandíbulas y deja escapar otro rugido. Lleva un bozal de cuero alrededor del hocico que le impide gritar muy fuerte o escupir fuego. Los cuernos que tiene a ambos lados de su cabeza trapezoidal miden unos treinta centímetros y son capaces de atravesar a cualquiera que se acerque.

Tengo que respirar por la nariz para evitar desmayarme. La cercanía del dragón hace que todos los músculos del cuerpo se me tensen. Débilmente, escucho a Arturo dándoles órdenes a sus hombres, pero son palabras confusas e incomprensibles, como las escurridizas estrellas que solo salen por la noche.

El miedo echa profundas raíces en mi vientre y me rebelo contra él. Atraigo más aire a mis pulmones. Lentamente, mi corazón recupera su latido normal y estable. Los guardias están a ambos lados del dragón sujetando con fuerza las cadenas y con los músculos en alerta por el dragón que se retuerce. Se esfuerzan por mostrar algo de control contra esa horrible bestia.

—El morcego —dice Arturo colocándose a mi lado—. ¿Qué sabes de este animal?

—No mucho —admito—. Tradicionalmente, lleva miles de años usándose en las corridas de dragones, reemplazó a los gladiadores que luchaban en los ruedos de nuestros ancestros. Sus cuernos son mortales, están hechos de marfil y son bastante valiosos. Después de

cada combate, se suele regalar los cuernos a maestros y miembros de
otros gremios.

—Esa es la tradición —replica Arturo con impaciencia. Se acerca
a la bestia y la señala—. Te estoy preguntando qué sabes de la criatura.

—Escupe fuego —digo deseando tener yo también esa habilidad
ahora mismo—. Es corto, tienes las alas parecidas a las de un murciélago, de ahí su nombre, a pesar de que se parece mucho a un toro.
Vuela.

—Bien —concede Arturo—. ¿Qué más?

Reflexiono hasta que se me ocurre otra cosa.

—Si bebe agua, no puede echar fuego hasta después de una hora.

—Eso les sucede a todos los dragones —replica—. Incluso los
que escupen.

Extiendo las manos.

—Es todo lo que sé acerca de ellos.

El domador se da la vuelta para mirarme directamente dejando
su espalda expuesta y confiando enormemente en sus guardias y en
su capacidad para controlar al monstruo.

—Los dragones no ven los colores, solo el rojo. No sabemos por
qué, pero sí que sabemos que fue el primer maestro dragón, Álvaro
Baltasar, el que consideró que todos los capotes usados en el combate
tienen que ser de ese color. —Camina hacia el muro y toma una tela
enrollada. Entonces me la entrega arrojándomela. Sus dedos se rozan
con los míos y una ligera sacudida me recorre el brazo—. ¿Has sujeta-
do uno alguna vez?

Niego con la cabeza. El capote pesa más de lo que imaginaba.
Lentamente, lo desenrollo y la tela atrapa la suave brisa susurrando
débilmente. Vuelve a ser un día caluroso con el cielo despejado en
Santivilla y el sudor me perla la frente.

—Sujétalo del lado de tu cuerpo que te resulte más cómodo —indica Arturo—. Pesa siete kilos, tardarás un poco en acostumbrarte.

—¿Se pueden usar ambas manos?

Asiente brevemente.

—Practica a agitarlo, pero nunca permitas que el capote quede
directamente delante de ti. Siempre tienes que estar moviéndolo
de un lado a otro.

El capote parece tener vida propia. La tela se balancea y baila en el aire, y me esfuerzo por controlarlo. Arturo me deja moverlo a ciegas durante un momento antes de colocarse detrás de mí y agarrar el capote al lado de mis manos. Ahora que me está ayudando, el peso que tengo en las palmas se aligera. Es manejable, pero centro la atención en su suave aliento en mi nuca. Su cuerpo está muy cerca del mío, irradiando calor y confianza y se me sonrojan los mofletes. Quiero apartarlo, poner entre nosotros la distancia suficiente para no verme afectada por su proximidad.

—Así.

Acerca su mano a la mía con el pulgar al lado del meñique. Resisto el impulso de empujarlo. Juntos, movemos el capote usando la brisa para obligar a la tela a balancearse en un arco suave, bajo nuestras órdenes. El flujo de la capa es extrañamente leve y rítmico, como un baile. Noto un dolor en el corazón, una herida que no era consciente de que tenía. Echo de menos bailar. Los pasos, los golpes, el ritmo. Cada uno de estos balanceos llena la herida. Miro por encima del hombro y sonrío deslumbrante de felicidad. Arturo parpadea, sorprendido.

Caigo en que nunca ha visto esta expresión particular en mi cara.

Se le forma un intenso rubor en las mejillas. De repente, se aparta y noto una corriente de aire fría justo donde antes estaba su cuerpo. De nuevo, el capote se agita incontrolable en mis manos. Lo coloco delante de mí intentando luchar contra el viento mientras la tela roja se sacude violentamente.

—Tu capote es tu escudo. No lo pongas *nunca* delante de ti —repite Arturo.

Sigo practicando intentando hacer movimientos fluidos y elegantes, pero parece que solo consigo tambalearme torpemente como un borracho buscando la próxima taberna.

—¿Tienes algún capote con el que puedas practicar? —pregunta Arturo—. Me parece que lo vas a necesitar.

Lo fulmino con la mirada y una sonrisa destella en su rostro. Aparece en un instante y se desvanece en el siguiente. El brillo de la diversión le suaviza el rostro.

—Enrolla el capote y dejémoslo por ahora —me ordena—. Vamos a estudiar al morcego y a recopilar toda la información que podamos sobre el animal.

Hago lo que me dice y, cuando termino, me vuelvo para examinar a la bestia. Es monstruosa, tiene dientes y colmillos relucientes y escamas gruesas, casi impenetrables. ¿Cómo voy a derrotar a esta criatura? ¿Cómo voy a sobrevivir? El miedo y el pánico rugen en mi interior, en mi sangre. Se amotinan juntos caminando por el mismo desfile.

Ajeno a mi tormento, Arturo sigue con la lección:

—Lo primero que tienes que hacer cuando te enfrentas a un dragón es buscar sus debilidades.

—El montículo de músculo en la parte trasera del cuello —respondo rápidamente—. He visto a papá clavar la espada una y otra vez en ese sitio. El morrillo.

—Esa es la más obvia —replica Arturo en tono impaciente, claramente molesto porque haya interrumpido su lección—. Pero hay más. Comprueba si sufre problemas de visión, la mayoría de los dragones los tienen. Un modo de saberlo es si hace movimientos inusuales con la cabeza.

Arturo se lanza a un lado y la bestia gira la cabeza en la misma dirección siguiendo su rápida trayectoria con facilidad.

—No hay problemas de visión —le digo.

—Espera —responde Arturo caminando alrededor del dragón.

La bestia sigue su movimiento estirando y retorciendo su largo cuello hasta que no puede más. Luego da un giro, pero esta vez Arturo camina rápidamente en una dirección y se desvía a otra en una finta ejecutada de un modo experto. El dragón intenta seguirlo, pero ruge con frustración cuando Arturo escapa de su línea de visión y se aleja lo suficiente como para confundirlo.

El domador se coloca a mi lado.

—En general, su visión es buena, excepto cuando te mueves con rapidez.

—Correcto —admito con el ceño fruncido—. ¿Entonces qué hago?

—Moverte con rapidez.

Pongo los ojos en blanco.

—¿Y luego?

Señala la espalda del dragón con sus gruesas escamas negras y la pequeña zona de piel expuesta en la base del cuello.

—Hay tres grandes etapas a la hora de enfrentarse a un dragón. La primera es el ataque inicial destinado a debilitar al animal. Esta se hace con el filo más corto. Debes apuñalar al dragón en el morrillo para que pierda sangre. En la segunda etapa te darán tres banderillas, esos palitos con cuchillas en un extremo y en el otro…

—Banderas. Las nuestras son rojas y doradas para que combinen con los estandartes de La Giralda. —Arturo me mira con una furia impotente. A este hombre no le gusta que le interrumpan—. Conozco las diferentes etapas del enfrentamiento.

—Estoy impresionado —comenta, aunque parece cualquier cosa menos eso—. ¿Qué pasa después?

—Cuando se han usado las banderillas, viene la etapa de la muerte en escena. —Trago saliva. Será un milagro si llego a ese punto del combate.

—Continúa —dice en tono neutro—. ¿Qué implica eso?

—Me dan la espada… —Me interrumpo arrugando la frente—. ¿Asumo que serás tú?

Se le tensa la mandíbula.

—Si debo hacerlo…

—Debes hacerlo. —No puedo permitirme a nadie más—. Utilizo el capote y la espada para rematar al dragón. A estas alturas, debería estar exhausto y débil y sería fácil vencerlo. Esto es todo, ¿no?

Arturo encoge los labios.

—No todo. Nunca olvides que es una función. —Abre ambos brazos y da vueltas—. ¡Es un espectáculo! Una actuación hecha para entretener. No puedes simplemente *matar* al dragón de la forma más humana. ¡No! Debes hacer enrabiar al animal con varios pases, volviéndolo loco lentamente. Prolongar la muerte. —Le da una patada a la arena—. Asegurarte de que haya suficiente sangre en el suelo para satisfacer a tus invitados. No puedes hacer que parezca demasiado fácil.

Me trago el nudo que tengo en la garganta.

—¿Te parece fácil? Nada de eso lo es. Estoy aterrorizada.

—Deberías estarlo —dice señalando al monstruo con el dedo índice—. No se debe jugar con los dragones. Son salvajes y peligrosos.

Cada año, montones de dragonadores pierden la vida. Nunca olvides que solo uno de los dos saldrá vivo del ruedo.

—Me sorprende oírte decir eso.

Baja las manos.

—¿Qué?

—A veces, cuando hablas de los dragones, parece como si los prefirieras a ellos antes que a los humanos. Como si les tuvieras cariño.

—¿Cariño? —pregunta débilmente—. *¿Cariño?* Los respeto, y el hecho de que sean monstruosos e incontrolables no significa que esté bien cazarlos y asesinarlos por diversión.

Pero no es por diversión. Bueno, no es *solo* por diversión. Claramente, es una parte. Las corridas de dragones son una forma de arte, una vocación arraigada en la antigüedad. Tiene que preservarse, protegerse y honrarse. El arte nunca debería ser borrado.

No digo nada de esto en voz alta. Tengo claro lo que opina y conoce mis argumentos. Pero tal vez no sepa lo que hacemos después con los dragones.

—La carne de sus huesos se prepara en nuestras cocinas y se les entrega a los pobres. El resto de su cuerpo se aprovecha para hacer pociones. No se malgasta ninguna parte.

Me mira con frialdad, claramente sopesando qué responder.

—¿Y tú crees que con eso se consigue que lo que hace La Giralda cada mes sea más humano? —pregunta finalmente.

—Creo que se trata de honrar una tradición —digo en voz baja.

—Algunas tradiciones deberían desaparecer —replica, cortante—. O, al menos, ser revisadas.

Abro la boca para responder, pero el dragón resopla y me sobresalto.

Arturo hace un gesto de exasperación.

—No te entiendo en absoluto. Cada vez que tienes un dragón cerca te pones pálida y empiezas a temblar.

—No me lo eches en cara —respondo en un tono tan afilado como una lanza.

—Es cierto. ¿Por qué lo haces, entonces?

—Porque tengo que hacerlo. —Levanto la barbilla.

—No tienes que hacerlo. Todo el mundo tiene elección. Tú has decidido esto. ¿Por qué? Tiene que haber algo que no he visto.

—Lucho por papá. Para asegurarnos de que nuestro apellido sobreviva a este escándalo. Lucho por nuestro lugar en Hispalia. Quiero proteger todo lo que mi familia ha construido. —Abro los brazos—. Sin la plaza, no nos queda nada. Ni dinero, ni reputación, ni el hogar de nuestros antepasados. ¿No lo entiendes? —Tomo aire—. Si pierdo La Giralda, pierdo *mi nombre*.

Espero ver más de lo mismo reflejado en su rostro (desprecio y desdén), pero en las profundidades de sus ojos grises como las nubes de tormenta, capto algo que casi me derriba.

Respeto.

—No dejas de sorprenderme —me dice y encuentro una pizca de desesperación en su voz que me parece fascinante—. Ojalá no lo hicieras.

La calidez se abre paso en mi mente. Relajo los hombros tensos y la apretada línea de mi mandíbula. Sus palabras son como un bálsamo, dulces, como una miel curativa y tan fuerte que casi puedo saborear el azúcar adictivo.

—¿Por qué?

—Porque no me gusta cómo me hace sentir —espeta.

—No me digas que nos estamos haciendo amigos —digo a la ligera.

Se le dibuja una sonrisa triste en los labios.

—Yo no lo llamaría así. —Luego su expresión se cierra volviendo a su natural estado sombrío de líneas duras y mandíbula inflexible—. Fin de la lección. Volveré mañana a primera hora. Repasaremos las armas de cada etapa.

Silba a los guardias y se vuelven a llevar al monstruo a su jaula. Arturo se marcha con ellos y, cuando casi ha desaparecido de mi vista, grita por encima del hombro:

—No llegues tarde.

Ahora solo quedo yo, en medio del ruedo, y, por primera vez, me pregunto si lograré matar a ese dragón o si mi padre se verá obligado a verme morir ante sus ojos, como mi madre.

Guillermo está en cuclillas frente a la pared pasando el dedo índice por los débiles residuos mágicos que quedan a la altura de los ojos. Hoy lleva una túnica roja con costuras azules que contrasta de un modo precioso con su piel oscura. Todavía no puedo creer que haya venido de verdad a La Giralda dispuesto y listo para ayudar. El Gremio de la Magia y sus estrictos decretos no dejan mucho espacio para los compromisos sociales. Lo observamos mientras estudia el polvo brillante murmurando algo por lo bajo.

—¿Qué has dicho? —pregunta Lola.

La ignora y huele lentamente la sustancia. Luego se pone la más pequeña mota en la punta de la lengua. Retuerce los labios en una mueca.

Lola jadea.

—¿Por qué haces eso? Podrías convertirte en gorila.

Guillermo la mira, desconcertado.

—¿En gorila?

—O en *sapo* —responde ella fríamente.

—En sapo —repite—. Madre mía.

Lola abre la boca pero yo me meto enseguida en la conversación. Ya he visto otras veces que son capaces de pasarse la tarde discutiendo. Horas, horas y horas.

—¿Qué opinas? —pregunto.

Él se endereza e inclina la cabeza a un lado, pensativo.

—Restos de champiñones, cola de caballo, ortigas y lengua de vaca. Y lágrimas de dragón —añade estremeciéndose—. Definitivamente, con esos ingredientes no se trata de un hechizo de limpieza. Habría más cáscara de limón y cítricos.

Pienso en Benito, quien murió sin una sola herida en el cuerpo.

—¿Podría haber matado a alguien?

Guillermo frunce el ceño y vuelve a mirar el rastro de magia.

—Tiene el color adecuado, un débil resplandor dorado para un embrujo de asesinato. Las lágrimas de dragón son uno de los ingredientes más difíciles de conseguir. Son increíblemente caras y complicadas de usar, pero si se hace del modo correcto, el hechizo podría haber creado una niebla venenosa. Pero habría habido mucha flotando por ahí. No se habría podido ver nada por toda la estancia.

Guillermo saca una varita de uno de los profundos bolsillos de su túnica y la parte por la mitad. Se derrama una luz blanca brillante desde el interior iluminando la mazmorra. Mira hacia abajo; yo sigo la línea de su mirada y jadeo.

Hay fragmentos de magia dorada por toda la cámara subiendo y bajando por las paredes, ocultos en las esquinas y salpicando el suelo. La magia está por todas partes; es débil y diminuta, pero en su conjunto, parece que estemos mirando al cielo nocturno lleno de estrellas. Lola me mira y le tiemblan los labios.

—Aquí tienes tu confirmación —murmura Guillermo—. Y la razón por la que puedes ver la línea de la pared con más claridad que el resto es porque ahí fue donde partieron la varita. Esa parte del muro recibió el lanzamiento inicial.

Benito había muerto inhalando una niebla nociva. Un temblor me remueve todo el cuerpo. Aquí está. La confirmación: Benito fue asesinado. Lo mataron por la noche mientras yo dormía.

—Tienes que ir al Gremio de Dragonadores —susurra Lola—. Tienen que saberlo.

Asiento con seriedad.

—Ahora mismo.

Guillermo nos mira a ambas, alarmado.

—No puedes.

Me sobresalta su tono.

—¿Por qué no? Aquí está la prueba que estaba buscando…

Levanta la mano.

—No quiero saber los detalles. No es asunto mío. Sin embargo, os he ayudado sin seguir el protocolo adecuado. No tenía ni idea de lo que encontraría aquí y, por la mirada que he visto en tu cara, diría que has descubierto algo grave… Un asesinato. —Hace una pausa—. No está permitido contratar a un mago o a una bruja para algo así. Los dos nos meteremos en problemas si alguien se entera.

—¿Tú? —pregunta Lola arqueando las cejas—. ¿Tú has roto las reglas? ¿Por qué?

Guillermo se sonroja e insiste con rigidez:

—No podemos decírselo ni a un alma.

La sangre se marcha de mi rostro. Tiene razón, estoy en periodo de prueba. No puedo sacar un dedo del pie de la línea sin enfrentarme a duras consecuencias.

—Oye, me gusta seguir las reglas tanto como a cualquiera —dice Lola—. Pero incluso yo sé que tenemos que… —Guillermo niega con la cabeza y Lola se interrumpe. Entonces, con una voz mucho más suave y aterrorizada, pregunta—: ¿Entonces no vamos a hacer *nada*?

La luz de la varita se desvanece y nos deja en las sombras. Mis ojos se adaptan lo suficiente para poder ver sus rostros ansiosos y se me revuelve el estómago. Los he arrastrado a los dos a esto.

—Nada, no —interviene finalmente Guillermo—. Podéis aprovechar lo que habéis descubierto y prepararos. —Me mira con seriedad—. Si yo fuera tú, tomaría más precauciones y tendría cuidado de no ir sola a ninguna parte. Quien os haya hecho daño puede volver a intentarlo.

DIECIOCHO

La siguiente sesión de entrenamiento casi me mata. Paso cada minuto intentando no pensar en el hechizo que utilizaron para matar al pobre Benito. Arturo me ha dejado en el ruedo con una sonrisa de superioridad cuando hemos acabado mientras yo resoplaba con grandes jadeos. Me duele cada centímetro del cuerpo como si me hubiera pasado varias horas bailando sin descanso. Ninguna cantidad de agua caliente podría ayudarme a aliviar el dolor que me sube por las piernas.

La mayoría de las criadas se han ido a casa. Como me he acostumbrado a hacer, compruebo todas las puertas y ventanas para asegurarme de que papá y yo estemos a salvo. He enviado a casi todos nuestros guardias a la mazmorra a vigilar a los dragones, he apagado las velas y he comprobado tres veces cada cerradura.

Me ruge el estómago de un modo rudo y nada propio de una dama, así que me dirijo a la cocina donde sé que Ofelia habrá dejado un plato con la cena para mí. Pero, cuando entro, lo primero que veo es una nota doblada con mi nombre garabateado en el exterior. Es una carta de Héctor. Reconocería su horrible caligrafía en cualquier parte.

Querida Zarela,

¿Tienes planes para cenar esta noche? Mi cocinera ha hecho demasiada comida y necesito ayuda para terminármela.

Me gustaría saber cómo va Santiago.

Cordialmente, Héctor.

Miro el plato frío de pan tostado con unas pocas aceitunas que me han dejado. No tengo que tomar ninguna decisión. Las cenas en casa de Héctor son lujosas, con salsas para chuparse los dedos, carne crujiente y las mejores patatas fritas. Rápidamente, corro hasta mi habitación para cambiarme y rezo por que Héctor no se fije en la arena que tengo debajo de las uñas. Vuelvo a bajar a toda prisa y uso la entrada de los sirvientes porque es menos conocida y está medio escondida por grandes paredes de madera a ambos lados. Un camino serpentea hasta la parte trasera del edificio, donde entregan la mayoría de los suministros. El establo contiene nuestro único carruaje. Una vez estuvo lleno de caballos y carruajes, pero ahora las sillas están vacías acumulando polvo y el cochero (cuyas horas he tenido que reducir drásticamente) lee el anuncio que he escrito para mi combate.

Cuando me ve, se mete la hoja en el bolsillo del pantalón.

—¿A dónde quiere ir?

—Quiero hacer una visita a La Doña.

Abre la puerta del carruaje, asintiendo.

—Hace mucho que no visita a don Héctor.

Me azota la culpa. Por lo general, voy a cenar al menos una vez a la semana. Me meto en la familiar estancia de terciopelo con sus preciosas borlas doradas y sus lujosos asientos. A mi madre le encantaba este carruaje por su sencilla elegancia. Nos dirigimos a la famosa plaza de Héctor construida después de la nuestra, pero igual de memorable y bonita. Todas las plazas son edificios circulares con un gran ruedo en el centro y piedra alrededor. Pero cada una tiene un estandarte de un color diferente excepto El Prado, que usa nuestros mismos colores. He oído que su comida es horrible. La Giralda es muy superior en todos los sentidos a las otras plazas.

Bueno, lo *era*.

Apoyo la cabeza hacia atrás contra el cojín y observo distraídamente las ruidosas calles mientras viajamos al otro lado de la ciudad. La gente está fuera por la noche cenando en las varias tabernas de la plaza mayor o disfrutando de la música en vivo casi en cada esquina. No puedes pasar una manzana sin oír el rasgueo de una guitarra mientras alguien baila flamenco en las calles adoquinadas. Las notas flotan en la cálida brisa, salen por las ventanas abiertas y se meten en la piel de la gente acariciándoles como lo haría un amante. La música saca a la gente de sus casas, hace que se balanceen delante de sus escalones, que taconeen contra el suelo mientras beben sidra importada de la costa esmeralda de Asturion. Mis padres me llevaron una vez allí para que pudiera arrancar una manzana de los huertos que cubren las empinadas laderas.

Santivilla por la noche es todo fiesta; es romántica, salvaje e incuestionablemente viva. Ninguna ciudad hace fiestas como las nuestras. Nunca me ha gustado salir con Lola, me confunden demasiado a menudo con mi madre y, desde que murió, no soporto que nadie me llame por su nombre. Es un horrible error.

Nos acercamos al edificio del Gremio de la Magia, una impresionante estructura en forma de catedral con vidrieras mágicas y un enorme campanario. A su lado está el legendario Mercado de los Magos (un famoso mercado propiedad del Gremio de la Magia), llamado así por los numerosos puestos que venden varitas, ingredientes para pociones y botes con diversas infusiones. Es un caos de colores, calles pintadas con un lujurioso púrpura y puestos decorados con lazos y banderas de todos los colores. La mayoría de los productos que venden son importados de las ciudades que rodean a Santivilla. Especias y hierbas secas de Cantabria. Gruesas y lujosas telas teñidas con colores intensos del pueblo montañoso de Besalú. Instrumentos musicales y hermosas piezas de cerámica de Santillana del Mar. El Mercado de los Magos tiene una pizca de cada parte de Hispalia.

Miro por la ventana mientras pasamos por la calle y detecto un rostro conocido. Golpeo el techo del carruaje con el puño.

—¡Pare, por favor!

Nos detenemos inmediatamente. No espero a que el cochero me ayude a bajar y echo a correr por la calle gritando:

—¡Ahora vuelvo!

Llego a la entrada del Mercado sin perder de vista a una chica con rizos salvajes; lleva una falda con volantes de lino claro que se balancea alrededor de sus tobillos y una blusa de color malva con un estampado de delicados capullos de flores. Estoy segura de que la ha diseñado ella. El hombre que va a su lado es alto y tiene una intensa piel oscura. Va vestido de un modo impecable con una túnica gris carbón y no se le ve ni una sola arruga.

—¡Lola! —grito.

Se da la vuelta y coloca la boca redonda por la sorpresa.

—¡Zarela! ¿Qué estás haciendo aquí?

—Voy de camino a La Doña —contesto mirando a su compañero. Francamente, me sorprende ver a Guillermo con Lola. Lleva meses intentando que salga a bailar con ella con muy poco éxito. He oído que el Maestro de su gremio controla asiduamente a todos los miembros con estrictas reglas de no compartir nunca nada de lo que sucede detrás de sus puertas. La magia es un negocio lucrativo y, si tienes dinero suficiente, puedes enviar a tu hijo a la escuela para que se convierta en aprendiz y más tarde en miembro del Gremio. Pero, una vez que estás dentro, es casi imposible salir.

Su enseñanza secreta de la magia es demasiado valiosa para que quede en manos de los bocazas.

O para salidas nocturnas con chicas parlanchinas y encantadoras.

Pero ella es capaz de persuadir al cielo para que cambie de color, así que no debería sorprenderme tanto.

—¿Al final has cedido?

—¿Disculpa? —dice él.

Lola le da un codazo a Guillermo y él hace un mueca.

—Por fin he podido convencer a mi amigo de que saliera una noche conmigo.

Él se sonroja furiosamente.

—No me has convencido, Lola. Por favor, deja de decirle eso a la gente. El Gremio de la Magia espera que sus aprendices se comporten y que no se involucren… —farfulla cuando Lola lo mira mal arqueando las cejas con expresión sugerente.

—¿Con bailes en tablaos? —tiento mirándolos a los dos con los ojos entornados.

Él me lanza una mirada de agradecimiento.

—Exacto.

—¿Siempre tienes que seguir las reglas? —se queja Lola—. No quedarte hasta más tarde de las diez, no beber durante la semana, no salir con nadie hasta que te gradúes… Es horrible. ¿No podrías quitarte esa estúpida placa por una noche?

Se pone rígido.

—No es estúpida, señorita Delgado.

Alguien me da un codazo al correr hacia un puesto que vende varitas capaces de convertir ratas en bolas de pelo para que puedan ser barridas con el resto del polvo.

—¿Y qué hacéis aquí los dos si no vais a bailar?

Lola deja escapar una carcajada más fuerte de lo que probablemente corresponde. Sigo mirándola con los ojos entornados y se retuerce. Conozco todas sus risas y esta es la aguda y falsa que detesto. La usa con tío Héctor quien, desafortunadamente, se cree más gracioso de lo que en realidad es.

—De compras, por supuesto —dice rápidamente.

Miro a mi alrededor. No veo ningún rollo de tela por ninguna parte. En lugar de eso, los vendedores anuncian sus mercancías a todo pulmón: dientes de dragón por dieciséis reales, corazones por diez monedas de oro y cuernos de marfil por cincuenta. Tinas de sangre de dragón que se venden por docenas de monedas de cobre. El sabroso olor del mercado llena el aire con trasfondos de varias hierbas. Es una experiencia intensa y dudo mucho de que Lola vaya a comprar algo en este lugar.

—Estoy buscando una seta en particular —añade Guillermo enseguida—. Lola se ha ofrecido a ayudarme a buscarla.

—Qué amable por su parte —respondo sin creerme nada. Siempre es directo, modesto y sincero. Riguroso con las reglas y los caminos rectos. Pero me está mintiendo, lo noto. ¿Qué están tramando estos dos?—. Bueno, cuida de mi chica. Es aprensiva con la sangre.

Lola hace una mueca.

—¿Por qué tienen que vender tanta?

Guillermo deja escapar un exasperado resoplido.

—Porque es el Mercado de los Magos. Necesitamos todos estos ingredientes para hacer los hechizos.

Ella se estremece.

—Nos vemos mañana —le digo—. Cuídate y no te caigas en nada.

Lola se ríe y aparta a Guillermo. Los observo durante unos instantes intentando averiguar qué hay entre ellos, qué secreto guardan. Pero me parece un enredo desconcertante. Por una parte, la suya es una amistad poco probable, y no solo por sus personalidades opuestas. La gente tiende a mezclarse con miembros de su propio Gremio. No es una regla, sino una preferencia. Y, por otra parte, esta es la primera vez que Lola no me invita a ir a bailar con ella.

Claramente, no me quiere aquí esta noche.

¿Por qué?

Vuelvo al carruaje. Voy reflexionando todo el trayecto hasta casa de tío Héctor sobre lo que podría significar haberlos visto juntos. Pero da igual cómo lo mire, no logro entender qué traman. A menos que quieran una velada romántica.

Me río.

¿Una velada romántica rodeados de partes de dragón apestosas? Poco probable.

El carruaje se detiene de repente y aparto la cortina para mirar por la ventana. A pocos metros de distancia están las inmensas puertas de La Doña, relucientes y resplandecientes bajo la luz de la luna. La plaza de Héctor es muy diferente a La Giralda. La nuestra parece un castillo medieval con sus estandartes rojo sangre con toques dorados, piedras en tono caramelo y detalles de hierro. Este edificio circular parece haber sido rociado con un caro champagne. La piedra blanca brilla y las puertas doradas parecen pregonar a un nuevo rey en la batalla. Las cintas azul marino y plateadas revolotean con la brisa en las cuatro torres, cada una de las cuales tiene un palco privado desde el que la nobleza puede contemplar las corridas de dragones sin mezclarse con los plebeyos.

Dos guardias con chaquetas blancas, pantalones azules y botones forrados de latón abren las puertas y el carruaje entra. Cuando abro la puerta, llego a tiempo de ver a Héctor bajando los escalones de mármol de la entrada principal. Al igual que la nuestra, su casa está adyacente a la plaza y se conecta con un pasillo bordeado por arcos y estatuas de sirenas, un guiño a su infancia en la ciudad marinera de Valentia. Su casa combina con el exterior, blanca, pulida, con columnas de mármol, cortinas de terciopelo azules y muebles caros. Incluso sus elegantes aldabas que brillan con los rayos de la luna están modeladas como cabezas de lagartos, los dragones nadadores.

—¡Zarela! —exclama cuando llega hasta mí—. Me alegro mucho de que hayas venido.

Le agarro ambas manos.

—Hola, tío Héctor.

Mira por encima de mi hombro y, cuando ve a mi cochero, arruga las cejas.

—¿Dónde están tus guardias? ¿Quién más está contigo?

Me suelta y mira dentro del carruaje. Luego se da la vuelta, boquiabierto.

—¿Has venido sola? ¿A estas horas de la noche?

La sangre me calienta las mejillas. Si supiera todo el tiempo que pasé en el rancho, a horas de Santivilla, sin guardias ni chaperones… Le daría un ataque. En Héctor siempre he tenido otro protector guiando mis primeros pasos, haciéndome compañía durante los espectáculos de mamá cuando papá no podía salir de la plaza. Mi propio padre no es tan protector y complazco a Héctor porque… a veces pienso que simplemente le gusta tener a alguien de quien preocuparse. No tiene hijos, y mis padres y la fallecida hermana de Héctor eran la única familia que tenía aquí en Santivilla.

—Tío, estaba totalmente a salvo —le digo.

Entrelaza mi brazo con el suyo y me guía a la entrada principal arqueada con una inmensa puerta de madera tallada con espirales ornamentadas y caracolas doradas clavadas en la madera. En el interior hay un gran salón con el suelo de mármol a cuadros azul marino y blanco y un techo que muestra una pintura al óleo de barcos de combate luchando por una hermosa sirena. Una lámpara de araña de cristal adornada con formas de corales cuelga sobre nuestras cabezas con una gran cantidad de velas anchas y cortas. Si la estancia fuera un poco más grande, sería perfecta para organizar bailes. Da la casualidad de que el salón de baile de La Giralda es una cámara encantadora con techos altos y abovedados, gruesas vigas de madera, apliques de hierro forjado y una alfombra personalizada con varios tonos de rojo y dorado. No lo hemos usado desde que murió mamá.

Se acerca el mayordomo con un uniforme a juego con el suelo azul y blanco llevando dos copas con vino endulzado con gruesas rodajas de manzana, cerezas jugosas y varias ramitas de canela.

—¿Algo para beber, señorita Zaldívar? —pregunta el mayordomo—. ¿Tinto de verano?

—Gracias… —Me interrumpo cuando me ruge el estómago. De nuevo, se me sonrojan los mofletes.

Héctor me pone la pesada mano en el hombro.

—¡Dios mío! ¿Cuándo ha sido la última vez que has comido algo decente?

—He estado ocupada —contesto.

Emite un ruidito tranquilizador y me conduce al gran comedor que hay junto al salón principal. En el centro de la estancia hay una larga mesa rectangular repleta de candelabros de plata. Las paredes de piedra exhiben numerosos tapices todos enhebrados con lana teñida de dorado. Entre la decoración artesanal hay cuadros de los familiares de Héctor fallecidos mucho tiempo atrás, con sus uniformes navales. El tío no habla mucho de la familia que dejó en Valentia, pero recuerdo haber oído que algunos de sus parientes trabajaban como espías para el rey y la reina de Hispalia. Miro a mi alrededor y veo el cuadro de nuestros soberanos vestidos elegantemente con ropa de seda y ambos con la misma expresión sombría.

Es una estancia enorme para una sola persona y la culpa me pincha como una aguja. Tendría que haber sacado tiempo para venir a verlo. Pero ahora estoy aquí, así que le sonrío ampliamente y me devuelve la sonrisa.

—Como soy tu persona favorita, voy a sentarme justo aquí. —Elijo la silla que hay en la cabecera de la mesa—. ¿Qué hay de cena?

Sonrío y él ocupa la silla que hay a mi izquierda.

—Sí que eres mi persona favorita y soy un desgraciado por no haber ido antes a visitarte. Hemos tenido problemas desde… —Se interrumpe de golpe torciendo el rostro—. Perdóname. Sé que todas las plazas han perdido negocios. Soy un desconsiderado por mencionarlo. No puedo creer…

Alargo la mano para tocarle la manga de su chaqueta de terciopelo verde.

—Lo siento muchísimo. ¿Cómo va La Doña?

—No tenemos que hablar de esto.

—Tío.

Suspira.

—No logramos llenar todos los asientos por mucho que baje el precio. La gente tiene demasiado miedo de ver una corrida de dragones. He tenido que despedir a parte del personal en previsión de la escasez de los próximos meses. —Me mira con ferocidad—. Pero estoy apartando dinero para vosotros con cada boleto que vendo. No es mucho, pero…

Me levanto de la silla.

—¡Tío! No puedo aceptarlo. Por favor, haz lo que haga falta para mantener las puertas abiertas.

Me indica que me siente.

—Eres como una hija para mí. ¿Vas a rechazar mi ayuda? Solo soy así de generoso para ti y para tu padre. Considerémoslo un fondo de emergencia.

Me aclaro la garganta, abrumada.

—Gracias, tío Héctor.

Es muy propio de él pensar en el futuro. Papá vive en un sueño y, desde la muerte de mamá, ha sido tan inaccesible como si viviera en las nubes. Sé que me quiere, sé que está orgulloso, pero a veces desearía que volviera conmigo. Echo de menos nuestras conversaciones y las aventuras que planeaba para los dos. Lo echo de menos a él.

Aparecen tres sirvientes por una entrada lateral que conduce a las cocinas. Uno lleva una cesta de pan recién horneado con corteza gruesa y una botella de aceite de oliva hispaliano, y los otros cargan cada uno un asa de una pesada paella llena de arroz dorado, vieiras, mejillones al ajillo y gambas perfectamente salteadas. Otro sirviente coloca un plato lleno de berenjenas fritas rociadas con miel y adornadas con ramitas de romero. Es mi plato favorito y se me hace la boca agua solo de verlo. Llevo mucho tiempo sin comer algo así. El mayordomo vuelve con una jarra de vino tinto y tomo un sorbo indulgente de mi copa.

Miro hacia abajo, dispuesta a llenarme el plato, y me invade una repentina oleada de nostalgia. Mi madre y la hermana de Héctor,

Amalia, habían elegido todos los cubiertos y la vajilla que hay sobre la mesa. Preciosos platos de porcelana pintados a mano en un patrón de cuadros blanco y azul marino a juego con los azulejos que habían escogido para el vestíbulo. La cubertería es de oro chapado y los vasos son largos y esbeltos, muy modernos para Hispalia, donde tradicionalmente se prefieren los cálices, con un brillo iridiscente y esbeltos. A Amalia le recordaban a la cola de una sirena. Héctor nunca decía que no a ninguna de las dos y su monedero de seda estaba abierto para sus extravagantes adquisiciones. Amalia y mi madre habían sido grandes amigas, pero la primera murió en un accidente de carruaje poco después de haber ayudado a Héctor a convertir La Doña en el lugar que es hoy. Apenas pudo disfrutar de su trabajo.

Tío Héctor conoce bien la muerte, lo que explica su temor a que me pase algo.

Me llama la atención y compartimos una sonrisa triste y privada mientras los sirvientes nos llenan los platos. Le había afectado mucho la muerte de mi madre. Nos afectó a todos, pero creo que al tío le recordó al día que Amalia no volvió a casa después de hacer sus recados. El día que mamá murió, se marchó de Santivilla y volvió al hogar de su familia en Valentia. Cuando finalmente el tío Héctor regresó con el aire del mar aferrado a él como un percebe, vino directamente a nuestra casa y ayudó a mi padre a dirigir La Giralda durante meses abandonando su propia plaza y a los admiradores que lo adoraban. No se separó de nuestro lado.

No sé qué habríamos hecho sin él.

Los sirvientes se marchan y nos centramos en la comida. Mojo gruesas rebanadas de pan con el aceite de oliva aromatizado con sal y pimienta. Tiene un sabor intenso en la boca.

—Tío…

Héctor niega con la cabeza.

—Primero come. Después hablaremos.

—Pero…

Señala la paella.

—Has adelgazado. No me gusta lo que veo. Me aterra preguntarte si has dormido. ¿Cuándo fue la última vez que te cepillaste el pelo?

Pienso en las noches que pasé durmiendo apoyada contra un árbol o en los días que he pasado practicando bajo un sol ardiente quemándome la piel. En algún momento tendrá que descubrir lo que estoy tramando. Tengo que contarle lo del espectáculo, pero esta es la primera comida buena que tomo en lo que me parece una eternidad. No quiero estropear su buen humor ni su cena.

El cálido aroma de la paella me llega a la nariz y decido pasar por alto su actitud maternal. Me pregunta por mi padre y me cuenta historias sobre aprender a cocinar.

Finalmente, cuando me he comido hasta el último grano de arroz de mi plato, se queda en silencio y me mira, expectante.

—Creo que estoy en un lío —empiezo odiando el modo en el que me tiembla la voz. Tomo una bocanada de aire tranquilizadora—. Creo que la masacre de La Giralda fue un intento de alguien para sabotear a mi familia. —Me interrumpo y observo el rostro de mi tío para ver cómo responde a esta afirmación. Sin embargo, se toma mis palabras con calma y me hace un gesto con la mano para indicarme que continúe. Me aclaro la garganta y empiezo de nuevo—. Durante el espectáculo del aniversario, alguien liberó a nuestros dragones y los soltó en el ruedo. Poco después, descubrí que habían matado también al resto de nuestras bestias junto con el único de nuestros domadores que había sobrevivido, Benito. Fue asesinado con un encantamiento poderoso. Sus cuerpos estaban en las mazmorras.

Deja la copa en la mesa con cuidado.

—Zarela, esto es muy grave. ¿Cómo has podido ocultármelo?

—Todo sucedió muy rápido. Después del espectáculo, me llamó el Gremio, eso sí que lo sabías, y mi padre todavía está muy enfermo… y no sabía qué hacer —añado—. Le conté todo esto al maestro dragón y no creyó mis sospechas. Creo que la Asociación está involucrada de algún modo, pero no puedo probarlo.

Tío Héctor se queda en silencio durante largo rato mirando a la mesa, perdido en sus pensamientos. Reconozco esa expresión contemplativa, las ideas le dan vueltas en la cabeza. Es el aspecto que tiene cuando está pensando en un nuevo paso para utilizar contra un dragón.

—Creo que puede haber un modo de demostrar la participación de la Asociación.

Al principio, solo consigo mirarlo estúpidamente mientras registro sus palabras.

—Te refieres a… ¿Entonces, me crees, tío?

Héctor levanta la mirada.

—Claro que te creo, Zarela. No eres ninguna tonta.

Por eso somos como familia. Me cree sin cuestionarme ni criticarme. Ni mi propio padre lo haría.

—Resulta que estoy al tanto de cierta información que se discutió en el Gremio —explica Héctor lentamente—. Tengo razones para creer que el dinero que pagaste para los mecenas nunca les llegó.

Me quedo boquiabierta.

—¿No? ¿Y dónde ha ido ese dinero?

Héctor vacila.

—Lo que voy a contarte no puede salir de este comedor. ¿Me lo prometes? —Asiento emocionada—. Ha habido correspondencia importante entre don Eduardo y la líder de la Asociación, Martina Sánchez. —Se queda en silencio y me mira con agudeza esperando a que lo entienda.

Otra vez esa horrible mujer. La de los ojos claros y la pancarta que lleva entre las manos como un arma. Reproduzco sus palabras mentalmente y me doy cuenta de lo que quiere decir con una claridad que me deja tambaleándome.

—Crees que el dinero puede haber ido a parar a Martina y sus seguidores. Pero ¿por qué? La Asociación está en contra del Gremio en todos los niveles. ¿Por qué iba a darles mi dinero don Eduardo?

—Tal vez por un servicio —responde en voz baja.

Espera a que encaje las piezas. Reflexiono con la boca seca. Se me ocurre una posibilidad. Inhalo un suspiro tembloroso.

—¿Un servicio como colarse en una plaza para liberar a los dragones? ¿Cómo usar un poderoso hechizo?

Nunca he visto a mi tío tan sombrío, tan serio. Una conversación como esta podría llevar problemas y miseria a su vida. Si alguien se enterara, lo echarían del Gremio. Su reputación nunca se recuperaría.

—Creo que es posible.

—Pero ¿por qué? —exclamo—. ¿Qué posible razón puede tener don Eduardo para sabotear a mi familia?

—El maestro dragón lleva dos décadas siendo el conde de la Corte, y ha ganado la votación todas las veces —explica Héctor en voz baja y el miedo se refleja indudablemente en su voz—. Pero ahora es mayor y todo el mundo sabía que iban a recomendar a tu padre para el puesto.

—¿A *papá*? ¡No me lo había dicho!

—Tal vez quería esperar hasta que fuera oficial —responde Héctor encogiéndose de hombros. Evidentemente, ahora es imposible. Nadie va a querer a un dragonador caído en desgracia como maestro dragón. El Gremio tendrá que mantener a don Eduardo, a menos que el comité piense en otro candidato viable.

Me inclino hacia adelante y me llevo los dedos a las sienes.

—¿Don Eduardo podría habernos saboteado para mantener a papá alejado del título más poderoso de Santivilla? ¿De verdad podría ser el responsable?

Tío Héctor titubea mirando su copa de vino.

—No quiero decirlo hasta estar absolutamente seguro… —Levanta la mirada para encontrarse con la mía—. Pero lo cierto es que es posible, Zarela.

—¿Qué podemos hacer?

—Zarela, no sé si se puede hacer algo. Ir en contra de don Eduardo es peligroso. Si es capaz de todo esto, ¿qué más podría hacer para silenciarte?

El fuego arde en mis venas y me quema el corazón.

—¡Pero no podemos quedarnos sin hacer nada!

—No te pido que lo hagas —replica—. Deja que haga algunas averiguaciones. En privado. Debemos tratar esta situación con mucho cuidado, Zarela.

Aunque estoy oyendo todo lo que dice, ya sé que no voy a escuchar una sola palabra.

Somos inocentes.

Y voy a demostrarlo.

DIECINUEVE

Mi habitación es un completo desastre. Hay pilas de ropa esparcidas por la cama y formando montones en el suelo. No encuentro nada adecuado para la incursión de esta noche a la plaza mayor. Se me ocurrió cuando estaba sentada con tío Héctor y le dije que no me atrevería a seguir con mis sospechas.

Pero le mentí.

Voy a colarme en el Gremio esta noche y voy a buscar la correspondencia que se han estado enviando don Eduardo y Martina.

En cuanto encuentre algo apropiado que ponerme. A pesar de que nunca he entrado en un edificio cerrado, estoy bastante segura de que mi vestido amarillo chillón con volantes y el cuello bordado no es el mejor atuendo. Dejo escapar un resoplido exasperado, molesta por las escasas opciones que me ofrece mi guardarropa para aventuras clandestinas. ¿Por qué todo lo que tengo tiene colores tan llamativos? Ah, claro, Lola no me dejaría ponerme nada de aspecto morboso que incluyera el color negro.

—¿Vas a algún sitio?

Me doy la vuelta con un grito ahogado.

Lola está apoyada contra el marco de la puerta con su camisón azul adornado con demasiado lazos y una sonrisa divertida en los labios. Pasa la mirada por los montones de ropa esparcidos por todas partes.

—Seguro que Ofelia estará encantada con esto por la mañana.

Un profundo rubor se extiende por mi rostro.

—¿Qué haces en casa tan pronto? Creía que estarías todavía con Guillermo.

—Tenía toque de queda —responde poniendo los ojos en blanco.

—Ah —digo débilmente—. Bueno, me estoy preparando para meterme en la cama.

Mira otra vez a su alrededor y hunde las comisuras de la boca.

—¿Te está costando decidir qué ponerte para la fiesta que claramente va a celebrar tu cama?

Le lanzo una de mis túnicas.

—Déjame en paz y vete a dormir.

Se mete en la habitación y cierra la puerta tras ella.

—No hasta que me digas qué estás haciendo y por qué no me has invitado. Si vas a una taberna, te prometo que te invito a la primera copa de vino.

Pongo los ojos en blanco.

—No voy a salir a bailar… Voy a colarme en el Gremio de Dragonadores.

Se sienta en mi cama.

—Eso no suena tan divertido.

—Tengo que ponerme algo de tonos oscuros. —Respiro profundamente—. ¿Me ayudas a buscar algo?

Lola se queda pensando un minuto y sale de la habitación. Sigo esparciendo todas mis prendas a mi alrededor buscando algo adecuado hasta que vuelve con una falda y una túnica negras. Prendas poco elegantes y sin nada de detalles, completamente olvidables. La ropa que lleva mientras trabaja durante el día. En cuanto me la entrega me fijo en lo que se está usando ella. Se ha quitado el camisón y se ha vuelto a poner una falda oscura parecida a la que me ha traído y una túnica simple de algodón.

—Tú no vienes —le digo alarmada.

—Bueno, por supuesto, preferiría ir a bailar —replica Lola—. Pero si te pasa algo, ¿quién crees que saldrá corriendo para pedir ayuda?

Le doy un fuerte abrazo.

—Gracias, amiga.

Resopla.

—Siempre que no tenga que correr por demasiadas calles.

Discutimos sobre cuántas varitas llevarnos y al final acordamos tres para cada una. Yo tomo un hechizo reparador, otro transformador y otro para curar heridas menores. Es una poción barata hecha para durar solo diez minutos. Si alguien me apuñalara en el corazón, habría acabado todo. No le pregunto a Lola qué varitas ha elegido porque para entonces ya hemos empezado a debatir sobre si deberíamos ir andando o a caballo. Lola insiste en que el Gremio está demasiado lejos para ir andando, lo que probablemente sea cierto, pero es más fácil esconderse caminando por las oscuras calles de Santivilla por las noches. Sobre todo porque hay montones de personas haciendo lo mismo, paseándose de una taberna a otra hasta que sale el sol.

—Si nos metemos en problemas, ¿no será mejor poder escapar rápido? —pregunta cuando ya hemos salido de La Giralda.

—Pero nos costará menos perdernos entre la multitud si vamos andando —contrarresto.

Pone mala cara, pero me da la razón. Nos ponemos en marcha atravesando con cuidado el camino adoquinado que lleva hasta el corazón de Santivilla. Es una noche fresca y por todas partes se oyen sonidos de gente paseándose por las calles en busca de la siguiente fuente de entretenimiento.

Llegamos al Gremio, a la grandiosa fachada que nos mira a las dos imponente e inmensa. Hay dos centinelas apostados en la puerta principal y otro paseándose por el perímetro.

Lola me mira.

—Espero que tengas un plan.

Lo cierto es que no lo tengo, pero poso la mirada en la hilera de ventanas de la planta baja. Están revestidas con una gruesa moldura de madera que sobresale casi quince centímetros. Perfectas para escalar, sobre todo porque la cámara privada de don Eduardo está ubicada en la planta superior. Solo tengo que encontrar la ventana adecuada. Tiro de Lola para que me siga por el lado del edificio aventurándonos entre la marea de gente que camina de un lado a otro por la avenida en la que se encuentra la entrada del Gremio. Borrachos que apenas se tienen en pie apoyados en sus amigos y gritando tonterías a cualquiera que se acerque.

Me escabullo por la esquina y miro hacia la estrecha hilera de arbustos que rodean el edificio que hay junto al camino. Levantando la barbilla, veo una planta en una maceta, el voluminoso helecho de don Eduardo. Su ventana es la cuarta, apostaría cualquier cosa. Lola me sigue de cerca. Le agarro la mano y señalo una fila de árboles que rozan el edificio con las largas ramas retorciéndose junto a las ventanas de la planta de arriba.

Lola retuerce los labios.

—No es por lo de escalar, pero piensa en los insectos.

—No tienes que hacerlo —le digo acercándome al árbol más próximo al Gremio.

—Claro que sí —murmura a mi lado—. Pero exijo el derecho a quejarme por ello.

Río en voz queda, alargo el brazo hasta la rama más baja y me impulso hacia arriba. Lola me sigue enseguida, gruñendo. Es un trabajo sucio y lento: hay que encontrar la rama adecuada, aferrarse a la áspera madera y sentir la arenilla cubriendo cada centímetro. Finalmente, llego a la altura adecuada, me siento con cautela y luego me deslizo hacia la cámara del maestro dragón. La rama está lo bastante lejos del edificio como para dar miedo. Me trago los temores y sigo moviéndome.

—Centinela, abajo —sisea Lola.

El guardia rodea la esquina del edificio y pasa justo por debajo de mis pies colgando y mi falda ondeándose al viento. Aguanto la respiración y subo las piernas para que queden cubiertas por las hojas frondosas.

—No te caigas —dice Lola.

Miro por encima del hombro y la fulmino con la mirada.

—Un consejo muy útil.

—En realidad, la gente me dice todo el tiempo lo increíblemente útil que soy —replica—. El vigilante aterrador ya se ha ido.

Tiene razón. Sigo deslizándome para acercarme a la repisa saliente. Estoy unos treinta centímetros demasiado lejos. Con cuidado, subo los pies y me coloco para saltar como una rana, una con poca gracia.

—¿No llegas? Oh, vaya. Vamos a por una sangría.

La ignoro, respiro hondo y salto. Me aferro con los dedos al saliente superior y mis rodillas aterrizan torpemente en el alféizar de la ventana con un sonoro golpe. Me estremezco de dolor. Me saldrá un buen moretón.

—Estás loca si crees que yo voy a poder llegar a esa ventana.

—Cállate.

—Eso no es muy educado.

Saco una de mis varitas y compruebo las letras doradas para asegurarme de que es la correcta. Transformadora. Perfecto. El truco a la hora de romper la varita es asegurarse de que se parta lo más cerca del centro posible. Resulta que cuesta más cuando estás agazapada en el alféizar de una ventana que apenas es lo suficientemente amplio para sostenerme. Me apoyo contra el cristal para asegurar el equilibrio y doblo la varita por la mitad murmurando «martillo» entre dientes.

El hechizo sale con un pálido y reluciente remolino de niebla que cubre solo la mitad de la varita y la transforma en un martillo delgado y oxidado.

—Maldita magia barata —siseo. Y es totalmente mi culpa, ya que no había querido gastar más de lo absolutamente necesario.

—¡Zarela! —exclama Lola—. ¡El guardia!

Acaba de doblar la esquina. Me aprieto contra la ventana, me encojo (a pesar de que no sirve de nada para ayudar a mi situación) y me acerco las piernas al cuerpo todo lo que puedo.

Mantengo el aire atrapado en el pecho hasta que el guardia desaparece de la vista. Entonces golpeo la ventana haciendo un agujero lo bastante grande como para poder meter la mano. Con un rápido movimiento, la abro y en un instante estoy dentro.

Lola hace lo mismo saltando con un grito más fuerte de lo que habría sido sensato, como si fuera un pajarillo herido y cayendo espectacularmente sobre el suelo de piedra.

—Nunca podría ser ladrona —comenta asombrada mientras sigue tumbada boca arriba mirando el techo.

La ayudo a ponerse en pie y saca una varita con un sencillo hechizo de iluminación. La punta de la varita se enciende como una pequeña vela. Me la tiende y miro a mi alrededor asegurándome de tener razón y estar en el despacho del maestro dragón. El frondoso helecho está posado en el alféizar y la estancia huele claramente a don Eduardo: a fuego, humo y cabezonería. Hace calor en la habitación y no está bien ventilada, es como si hubiera llamas ardiendo en una chimenea cercana.

Le entrego a Lola la varita empapada con un hechizo de reparación barato.

—¿Puedes arreglar la ventana?

Su escritorio es tan largo como una mesa de comedor respetable, todo de líneas rectas y con una madera perfectamente tallada y pulida. Hay varios cajones, grandes pilas de pergaminos enrollados, botes de tinta casi vacíos y un recipiente de mármol lleno de hermosas plumas. Examino primero los pergaminos desenrollando unos cuantos y comprobando su contenido.

Varios recibos de varitas caras, solicitudes de recién graduados suplicando que se les considere para ser admitidos en el gremio y más quejas sobre mi familia a las que enseguida prendo fuego.

Lola parte en dos la varita reparadora y la ventana se recompone, aunque no perfectamente. Quedan pequeñas vetas en el cristal, como hilos de una telaraña.

Gruño.

—Don Eduardo se dará cuenta.

—Pero no sabrá que hemos sido nosotras. —Lola se acerca hasta el escritorio—. ¿Qué estás buscando?

—Correspondencia entre Martina Sánchez y don Eduardo. Cualquier cosa que mencione pagos por los servicios prestados.

—Vale. ¿Dónde está tu martillo?

Se lo lanzo y golpea las cerraduras de los cajones. Rebuscamos por todos y encontramos monedas de oro y algunos recibos más como el de las reparaciones del tejado del Gremio que evidentemente cuesta bastante oro por el tipo de magia, pero es necesario para poder resistir al fuego de los dragones. Hay varias cartas de maestros de otros gremios y un cuaderno de cuero que detalla su agenda. Lola lo hojea, página a página, y en un momento parte una de sus varitas. La miro fijamente mientras una fría brisa se expande por la habitación curvando suavemente las esquinas del pergamino.

—¿De verdad has traído un encantamiento refrigerador? —siseo. Ofelia los compra a docenas, ya que hace un calor infernal en la cocina cuando prepara la comida.

—Hace un calor bochornoso —se excusa—. Así que, claramente, yo era la mejor preparada.

Pongo los ojos en blanco y sigo buscando. Paso los dedos por la suave superficie de dentro de un cajón cuando rozo un pequeño pergamino en la parte de atrás.

Desenrollo el pergamino esperando que sea una carta de Martina.

No lo es.

Eduardo,

Cuando leas esto, me habré marchado. Los curanderos se han quedado sin soluciones y me temo que se acerca lo peor. No te molestes en venir corriendo a la finca. En lugar de eso, debo suplicarte que hagas algo por mí.

No te rindas con él.

Te lo suplico.

Hortensia

Frunzo el ceño enrollando la misiva. No tiene nada que ver con lo que esperaba encontrar, pero no puedo evitar que me pique la curiosidad.

—¿Has mirado en ese cajón? —pregunta Lola señalando uno—. Yo he comprobado los cuatro de ese lado.

—Baja la voz —murmuro—. Y no, no lo he hecho. —Solo quedan dos. Me dispongo a comprobar el primero cuando…

—¿Qué diablos le pasa a ese helecho?

Me doy la vuelta y jadeo. La querida planta de don Eduardo ha crecido. Varios centímetros. Tiene vides como si fueran tentáculos de metros de largo brotando de la maceta y deslizándose hacia nuestros tobillos.

Me aparto de un salto y apenas consigo no tirar accidentalmente la vela encendida. Lola corre alrededor del escritorio con su masa de pelo rizado flotando tras ella.

—Ese maldito helecho está encantado —espeto—. Y nos está bloqueando la salida.

—Te reto a tirarlo por la ventana.

—Porque eso no será nada sospechoso.

La maceta tiembla a medida que la planta crece y crece con largos tallos como serpentinas rodeando el escritorio y acercándose a nosotras.

Retrocedemos hasta llegar a la puerta. Tiro del pomo y la abro solo para ver a un par de centinelas patrullando el otro extremo del pasillo.

—¿Por qué no estamos huyendo? —pregunta Lola detrás de mí con la voz cargada de pánico.

—Hay hombres en el pasillo haciendo guardia.

—Mierda.

—Eso exactamente es lo que pienso yo. —Mi mente analiza una idea tras otra—. Tengo una varita curativa. Por favor, dime que tú has traído algo útil.

Lola se mete la mano en el bolsillo de la falda y me entrega una varita.

—Transformadora.

—Excelente. —Le entrego a Lola la luz (que arde peligrosamente débil) y pienso por un momento.

—¡Zarela! —grita Lola cuando una rama se le enreda alrededor de la muñeca. Salto hacia adelante intentando ayudar, pero tengo varias enroscadas por los tobillos, deslizándose por debajo de mi falda y atándose alrededor de mis piernas. Hacen presión hasta que empiezan a formárseme lágrimas en los ojos.

—Voy a pedir gas de dragón —jadeo como puedo. Los dragones rancios emiten vapores que pudren cualquier cosa que tocan: plantas, tierra, césped, flores y también árboles. Si lo aspiráramos, nos quemaría de dentro hacia afuera.

—Seguramente estas cosas no son tan terribles —dice Lola con aspecto alarmado aunque la planta extiende sus ramas cada vez más hacia arriba y le rodea el pecho. Deja escapar un gritito intentando mantenerse en silencio por temor a los guardias de fuera.

—Aguanta la respiración, Lola. —Rompo su varita, susurro rápidamente la palabra e inhalo profundamente hasta que me arden los pulmones por el esfuerzo. La magia sale por los extremos de la varita liberando una neblina verde que se arremolina hacia arriba y hacia afuera. Lola aprieta los labios y se pellizca la nariz con la mano libre.

Señalo la ventana. Es nuestra única esperanza para escapar. Nos alejamos lenta y dolorosamente de la puerta con las vides dando vueltas a nuestro alrededor, apretando y atrapándonos en sus garras verdes. Los vapores nocivos se expanden y llegan finalmente a la planta alcanzando sus raíces.

El helecho se estremece, pero no nos suelta.

Lola cae al suelo aterrizando sobre su costado, cubierta casi totalmente por la malévola vegetación. Me doy la vuelta hacia ella, pero tengo los pies enredados con el helecho. No siento los dedos de los pies. El aire de dentro de mis pulmones se convierte en fuego en mi pecho queriendo abrirse camino al quemarme.

Miro a Lola, su pálido rostro, sus ojos apretados. De algún modo, sigue sosteniendo la vela.

No te mueras. *Por favor*, no te mueras.

De repente, me invade la ira. No puedo perder a otra persona. No lo haré. Me estiro alargando los dedos hasta que le quito la varita de las manos y quemo las vides que le rodean el pecho. Se aflojan y luego el resto de la planta empieza a retorcerse. Los vapores por fin han hecho efecto.

Me libero y ayudo a Lola haciéndole señales para que mantenga el aire a salvo en su pecho. El veneno sigue funcionando, pudriendo el aire a nuestro alrededor, matando lentamente al helecho mientras su tono verde intenso se convierte en tristes grises y marrones.

Hasta nunca.

Tiro de Lola para que se ponga de pie y la empujo hacia la ventana abriéndola rápidamente y ayudándola a subirse a la repisa. Jadea tomando aire fresco y salta a la rama.

Echo un último vistazo a la habitación. Es un desastre, el escritorio es un lío de pergaminos y el helecho moribundo cubre la mayor parte de la estancia. No hay tiempo para arreglar las cosas y, además, necesito aire.

Un aire precioso y valioso.

Salgo por la ventana tomando grandes bocanadas de aire y salto a la rama. Bajar del árbol cuesta más y estoy temblando demasiado como para ir rápido. Lola parece sentirse del mismo modo porque cuando llegamos abajo no tiene buen aspecto.

Le paso un brazo por la cintura.

—¿Te encuentras bien?

—Claro que no —responde mientras su cuerpo tiembla bajo mis manos—. Tendría que haber tirado esa asquerosa maceta por la ventana.

Suelto una carcajada, sorprendida.

—Vámonos a casa y…

—¿Qué estáis haciendo?

Lola se pone rígida. Lentamente, nos damos la vuelta y vemos al guardia que patrulla el perímetro observándonos con una fría mirada. Está calvo y tiene un aspecto cruel con esos amplios hombros y su pecho aún más ancho.

—He dicho que qué estáis haciendo vosotras dos en esta propiedad.

Lola gime y se aferra a su estómago.

—Mi amiga se ha divertido demasiado esta noche. Se ha pasado un poco con la bebida, ¿ve como tiene la cara verde? No debería tomar más de tres copas de vino.

El guardia retuerce los labios, asqueado.

—Estaba buscando un lugar tranquilo —añado rápidamente agradeciendo el ruido que viene de las calles. Música y gente gritando y bailando y, en general, divirtiéndose.

—Llévatela.

Lola vuelve a gemir y, como si fuera una señal, vomita a los pies del guardia. Tendré que darle las gracias más tarde por haber sido tan oportuna.

Durante el resto de mi vida, deseo no volver a recordar nunca el trayecto de regreso a casa. Cuando llegamos a La Giralda, voy arrastrando los pies. Ayudo a Lola a meterse en su habitación, le quito los zapatos y la tapo con una manta.

—Zarela —susurra con voz apagada.

Me acerco más a ella.

—¿Qué pasa?

—Hemos estado a punto de morir.

—Lo sé.

—Tendríamos que haber ido con Guillermo. Él habría estado más preparado.

Le aparto los rizos salvajes de la frente. Nunca habla de cómo se siente realmente con respecto al aprendiz de mago. Utiliza fanfarronadas y sube el volumen para ocultar su gran secreto.

—¿Por eso te gusta?

Asiente contra la almohada.

—Me hace sentir segura.

—Deberías decírselo —le aconsejo, pero sus ronquidos ahogan mis palabras.

Me voy a mi habitación, exhausta y furiosa por haber desperdiciado la noche. No he encontrado las pruebas que buscaba y ahora el Gremio sabrá que alguien se ha colado y será mucho más difícil volver a conseguirlo.

Llena de pesar, me pongo el camisón. Quiero un baño, pero no quiero hacer el esfuerzo de darme uno, lavarme y secarme el pelo, lo que me lleva una eternidad. ¿Hay algo peor que secarse el pelo largo?

No veo la nota hasta que no aparto las mantas. Es una hoja sencilla, doblada por la mitad y colocada sobre mi almohada. Tiene mi nombre escrito con una caligrafía que no reconozco.

Se me forma un nudo de terror en el estómago.

Desdoblo el mensaje y el aire parece salir corriendo de la habitación. El corazón me late con fuerza golpeándome las costillas. No recuerdo haberme hundido en la cama. Vuelvo a leer la nota rezando para que, de algún modo, las palabras cambien o desaparezcan.

Deja de perseguir esto, Zarela.
O después iremos a por Lola.

Las palabras siguen siendo las mismas sin importar cuántas veces las lea.

VEINTE

as preguntas me revolotean por la cabeza, afiladas y con bordes aserrados. Cada cual más aterradora que la anterior. Claramente, me están vigilando. El tiempo que paso fuera de La Giralda no es mío, sino de alguien que me examina, me cataloga y me acecha. Los escalofríos me recorren las piernas. Estoy furiosa y aterrorizada a partes iguales. Si la nota solo me hubiera nombrado a mí, habría seguido investigando mis sospechas.

Pero mencionaba a Lola.

No puedo volver al Gremio a rebuscar en el escritorio de don Eduardo. Es demasiado peligroso y no arriesgaré a Lola. Sean quienes fueren, saben claramente por quién me preocupo y, si saben algo así, no sé qué más pueden saber: cómo paso el día, el estado de papá, nuestra escasez de dinero… la lista es interminable. Soy demasiado vulnerable.

Es suficiente para hacer que me quiera esconder debajo de la colcha.

Acabo de prepararme y me dirijo a la cocina. Ofelia me tiende un plato de arcilla con una gran porción de tortilla, patatas asadas con hierbas, tomates en rodajas finas y chorizo ahumado. Lo rocía todo con una generosa cantidad de aceite de oliva y me obliga a sentarme en la isleta.

—Tienes un aspecto horrible —dice—. Tanto Lola como tú. La he enviado de nuevo a la cama.

Noto la culpa en las profundidades de mi vientre. El olor a comida me sube por la nariz y lo aparto todo.

Ofelia curva la boca hacia abajo.

—Tengo que entrenar —me excuso marchándome al ruedo.

Otro caluroso día en Santivilla. Entrenar es un infierno en la tierra. Siento náuseas por la falta de sueño, estoy sudando por el calor y me aterroriza mirar por encima del hombro. Apenas puedo hacer ninguno de los pasos y, mientras Arturo me persigue, tropiezo escapando de su avance. Las horas pasan de este modo y me observa atentamente varias veces con las cejas entornadas. Pero me deja intentarlo una y otra vez hasta que finalmente me pregunta:

—¿Estás bien?

Debo tener un aspecto horrible para que él se muestre remotamente preocupado.

—Claro que sí.

Arturo se seca la frente levantándose el bajo de la túnica. Deja a la vista una parte de su piel aceitunada y aparto la mirada con las mejillas ardiendo. Niego con la cabeza reorganizándome las ideas y me centro en lo que me ha estado diciendo el domador. Hemos repasado las diferentes armas y herramientas que utiliza un dragonador en el combate. La lanza para la primera etapa, las tres banderillas para la segunda y la espada para la tercera. Sé cuándo debería usarse cada arma, pero empuñarlas del modo correcto ya es otra historia.

Está todo en un montón a los pies del domador y me inclino para tomar la lanza. La aferro con la mano derecha y con la izquierda. Levanto el capote. Ambas cosas me parecen incómodas y me esfuerzo por sujetarlas correctamente.

—¿Quieres volver a practicar con la lanza?

Retrocede unos metros.

—Sí. Ahora estás en el centro del ruedo. Suena la trompeta y se abre la puerta para que salga el dragón. ¿Qué haces?

—Busco las debilidades del dragón —respondo—. Cuando lo he hecho, observo para ver si el dragón carga o marca una sección del ruedo como su territorio.

—¿Y por qué es importante hacer eso?

—Porque un dragón defensivo es mucho más peligroso que un dragón ofensivo —contesto—. Es mucho más fácil atacar a un dragón que va tras el capote que atacar a un dragón que está defendiendo su territorio.

—Bien —me dice y parece que haya tenido que arrancarse el halago de su interior en contra de su voluntad—. Esa es la primera etapa. Has observado a tu oponente y entiendes a qué te estás enfrentando. ¿Qué pasa ahora?

—Utilizo el capote para poner a prueba la ferocidad del dragón —explico—. Si el dragón se pone a perseguirlo, hago el primer movimiento, la suerte de capote.

—¿Recuerdas el nombre del primer paso?

Asiento.

—La verónica. Debo prestar atención al cuerno con el que prefiere atacar el dragón.

—Bien —dice de nuevo—. Empieza.

Intento balancear el capote como me enseñó, pero si ya pesa con ambas manos, con una se nota mucho más. Me muerdo el labio e ignoro el sudor que se me está formando en la palma de la mano.

—¿Por qué pareces tan enfadada?

—Estoy concentrada.

—Parece que fueras a vomitar.

Le lanzo una mirada fulminante.

—No voy a vomitar. Deja de provocarme o…

—¿O qué? —pregunta en voz baja—. ¿Me despedirás? ¿Me mandarás a casa? No harás nada, eso es así. No puedes permitirte perderme. Pero vale, evitaré discutir sobre lo que haces en la palangana de tu habitación.

Juro que saca lo peor de mí. Tengo temperamento, sí. Y se podría decir que mis modales son bruscos. Pero este hombre me provoca violencia. Observo la lanza y considero clavársela. Se da cuenta de lo que estoy haciendo y se da la vuelta, pero no antes de que yo pueda captar una leve sonrisa. Una que él no quiere que vea.

Esto es ridículo. Necesito aprender.

—Deja de distraerme.

—Se supone que esto es para entretener —dice con desdén—. No lo olvides, su supone que tienes que estar pasándotelo bien.

Cuando vuelvo a intentarlo, la barra de madera de la capa se tambalea; pierdo el control y el domador hace ruidos de disgusto con la garganta.

—Otra vez, así. —Arturo me quita el capote y mueve la tela con gracia formando largas curvas y bucles—. Imagínate al dragón siguiendo el movimiento del capote. Estarás peligrosamente cerca de sus cuernos, pero esa es la intención. Cuanto más cerca estés, más fuerte será el aplauso.

Arturo pronuncia la última frase casi con amargura, pero continúa su lección demostrando sus elegantes movimientos con el capote, y mientras lo hace, hago lo que me ha dicho y me imagino al dragón extasiado por ese destello de tela roja. El capote nunca se detiene delante de su cuerpo, pero aun así, está extremadamente cerca y me asombra la actitud casual de los dragonadores frente a las heridas personales. Pero tiene razón. Esa es la emoción. El público juzga el talento de un luchador por su honor y por el modo en que combate. Evalúan su audacia y su habilidad con el manejo del capote y de las armas. Su destreza esquivando la muerte.

—Recuerda siempre plantearte una pregunta muy importante —indica Arturo mientras sigue moviéndose—. ¿Hasta dónde estás dispuesta a llegar para complacer al público?

—En este punto, solo pienso en seguir con vida —respondo—. Me preocuparé por entretener cuando logre dominar todos estos pasos.

Arturo me lo lanza de nuevo a las manos.

—Hazlo otra vez, pero mejor.

Frunciendo el ceño, levanto el capote y lo vuelvo a intentar.

El sol avanza resistiéndose a mis plegarias para que se vaya o se esconda detrás de una nube de tormenta. El cielo sigue totalmente despejado y el aire transporta el aroma de cientos de naranjos en flor plantados por toda Santivilla.

No consigo mejorar.

Por mucho que lo intente. Por muchas veces que el domador me haga repetir los mismos pasos, no tienen ningún sentido.

Todo mi cuerpo quiere evitar la muerte y las heridas graves. Pero los movimientos contra el dragón están hechos para provocar, para atraer, para enardecer. Estoy demasiado rígida, demasiado asustada.

—Vale, para —ordena Arturo después de verme intentar una complicada finta mientras sostengo una banderilla y el capote.

—Siéntate y déjame pensar un momento.

—¿Tú vas a sentarte?

Se coloca las manos en las caderas y arruga el entrecejo.

—No.

—Entonces yo tampoco.

—Haz lo que quieras —responde con acidez—. Juraría que disfrutas irritándome. Si te dijera que bebieras agua ahora mismo, seguro que no lo harías por despecho.

—Eso no es cierto —digo entre respiraciones jadeantes—. No voy a sentarme porque es más difícil levantarse cuando estás cansada. Es mejor seguir adelante, sobre todo porque acabas de indicar que vamos a seguir practicando.

Parece desconcertado por mi explicación.

—Cuando bailo, necesito aprenderme toda la coreografía —explico—. No aprendérmela, sino sabérmela, antes de permitirme sentarme. Cuando lo hago, significa que he acabado por ese día y que puedo relajarme.

—Bailas flamenco.

No es una pregunta.

—Creía que lo sabías.

Su elogio flota entre nosotros: «Eres una bailaora preciosa».

Asiente con un brillo especulativo en sus ojos oscuros.

—Bailas como tu madre.

Tampoco es una pregunta.

Aparto la mirada de Arturo porque no quiero ver la repentina lástima que aparece en los ojos de la mayoría de la gente cuando sale el tema de mi madre.

—No he enfocado bien esta lección.

—¿Qué quieres decir?

Abre los brazos en cruz.

—Porque estar en el ruedo con un dragón es como tener un compañero de baile particularmente complicado. Quiere liderar, pero tienes que ser tú la que se haga cargo. Tienes que hacerle sentir que está liderando aunque no lo esté haciendo.

—¿Cómo?

—Fingiendo que soy tu compañero de baile —responde—. Vamos a practicar la verónica y esta vez avanzaré como si yo fuera el dragón. Suelta la lanza. Practiquemos solo con el capote.

Baja los brazos y da un paso hacia adelante. Tomo aire y levanto el capote con la mano izquierda. Me tiembla el brazo por el esfuerzo, pero me sobrepongo al dolor. El oscuro cabello ondulado de Arturo le oculta la frente cuando baja la cabeza y hunde los hombros. Está casi agachado y no me importa cómo le brillan los ojos con picardía.

—Recuerda —dice en voz baja—. Tienes que pasar el capote por encima de mi cabeza cuando me acerque, sin dejar que los cuernos te desgarren la carne.

—De acuerdo —contesto esforzándome por mostrar un tono enérgico—. Estoy lista.

Curva los labios en una sonrisa.

—¿De verdad?

Arturo carga. Me aparto del camino huyendo de la amplia zona que ocupa con las palmas estiradas. Dejo escapar un grito ahogado entre jadeos, pero él sonríe, gira limpiamente y corre hacia mí con el cuerpo inclinado hacia adelante y levantando arena. No estoy preparada para su ataque, pero, de algún modo, mis pies me apartan del camino, aunque me roza la cintura con la mano.

—Estás muerta —afirma dándose la vuelta—. Otra vez.

Me inclino hacia adelante respirando de manera fuerte y entrecortada y me agarro el lado izquierdo donde noto un pinchazo de dolor arraigado entre las costillas.

—Un minuto.

—No me digas que ya has acabado por hoy —espeta—. Puedes hacerlo mucho mejor.

Me enderezo con la rabia subiéndome por la garganta. Ríe ante la expresión asesina de mi rostro incitándome a plantar los pies y a prepararme para su próximo asalto. Sus carcajadas se interrumpen y flexiona las rodillas colocando los ojos al nivel de los míos con una mirada abrasadora.

—No te rindes —dice firmemente—. Nunca he conocido a nadie tan cabezota en toda mi vida.

—Mira en el espejo.

Una sonrisa fugaz se dibuja en su boca perfecta.

Corre hacia mí a toda velocidad y esta vez uso el capote para desviar su atención. Arturo se comporta como lo haría un dragón siguiendo el pedazo de tela roja. El problema es el maldito capote. Pesa demasiado para ondear formando un arco amplio que llevar directamente a la cabeza del dragón. Lo intento una y otra vez y consigo mantener al domador cerca, pero no mucho. Pero me demoro excesivamente. El capote pesa demasiado y me grita:

—¡Corneada!

Volvemos a intentarlo y un momento después…

—¡Muerta!

Y una vez más.

—¡Sangrando profusamente!

Tiro el capote al suelo.

—¿Qué estoy haciendo mal?

—No estás acostumbrada a compartir el escenario —explica—. El animal se comportará de un modo errático si se lo permites. Usa el capote para manipular dónde irá a continuación. No dejes que lo decida yo. —Me inclino hacia adelante, resoplando—. ¿Otra vez? ¿O ya has tenido suficiente?

Recojo el capote y me coloco bien recta.

—Claro que no.

Me observa durante unos instantes.

—La última.

Los rayos de sol me azotan la piel y el sudor resbala por mi rostro bajo el cuello de mi túnica. Estoy cubierta de arena. Se me ha salido gran parte del pelo de la trenza y se enrosca salvajemente alrededor de mi hombros. Mi pecho sube y baja rápidamente. Arturo está en el mismo estado que yo, sus brazos musculosos brillan, tiene manchas de arena por la cara y se aparta impacientemente el cabello oscuro de la frente.

—La última —repito sus palabras con voz fina y entrecortada.

Los ojos grises de Arturo se encuentran con los míos brillando bajo la luz del sol como dos monedas contra su piel bronceada.

—Puedes hacerlo.

No tengo tiempo para responder a sus palabras. Carga y, de nuevo, uso el capote para atraerlo, agitando la tela, retorciéndola y enroscándola, usando el viento para estirarla. Arturo sigue el capote y bailo para apartarme de su alcance manteniéndolo cerca. Cada vez que está a punto de tocarme, doy un paso al lado o hago una finta para esquivarlo. Estamos usando todo el ruedo, bailando dentro y fuera de las esferas de cada uno. Es un trabajo difícil, pero el corazón me late alegremente, permitiéndome soportar el cansancio con una facilidad que nunca había experimentado. Todo lo demás se desvanece. Solo queda Arturo dando vueltas, observando cada movimiento, cada balanceo de mi cadera cuando me aparto de su alcance soportando el peso del capote.

Y, por fin, cuando Arturo pasa corriendo, levanto el capote y luego lo bajo lo suficiente como para darle en la cabeza. Se da la vuelta con la cara despejada y extendiendo los brazos, pero me aparto del camino.

Caigo al suelo, capote incluido, con un grito de alivio. Arturo aparece lentamente sobre mi cara bloqueándome los últimos rayos de sol.

—Creo que hemos acabado por hoy —dice.

—Pues vete.

Pero no se marcha y yo estoy demasiado cansada para moverme un solo centímetro, más aún para incorporarme. Tal vez me quede aquí simplemente hasta la semana que viene. Arturo permanece sobre mí mirándome con la expresión más seria que le he visto desde que nos conocimos. Entonces extiende la mano. Se la acepto y tira de mí para levantarme, pero no me suelta hasta que quedamos apretados el uno contra el otro. No hay espacio entre nosotros. Ambos estamos jadeando y nuestros pechos chocan al respirar. Desliza los brazos por mi cintura y me apoyo por debajo de su barbilla. Oigo el errático latido de su corazón debajo de mi mejilla.

—Sabía que podías hacerlo —dice entre mi pelo. Desliza los labios hacia abajo hasta presionarlos contra la suave piel de detrás de mi oreja. Me estremezco y lentamente deslizo las manos por sus brazos y le rodeo el cuello. Arturo se aparta lo suficiente para mirar mi rostro vuelto hacia arriba.

Va a besarme y quiero que lo haga.

Necesito que me haga olvidar el ruedo, el asesino que anda suelto y todas las razones por las que esto es una idea horrible. Me siento como si hubiera viajado kilómetros, luchado contra monstruos y contra mis propias dudas hasta estar justo en este sitio y, ahora que estoy aquí, rodeada por sus brazos, me pregunto por qué luché contra mí misma.

Me pongo de puntillas. Nuestros labios están a pocos centímetros de distancia. Sus brazos se tensan alrededor de mi cintura con los dedos abiertos en la parte baja de mi espalda. Pero algo cambia en su mirada, la indecisión aflora desde las profundidades. Arturo me aparta suavemente las manos y se aleja. Exhala lentamente y fija su atención en sus botas.

—Tengo que decirte una cosa.

Tenso la mandíbula. Sus próximas palabras no serán un gran misterio. Ha dejado bastante clara su desaprobación, a pesar de lo que sospecho que siente por mí.

Abre la boca y yo ya me estoy estremeciendo.

El sol desaparece y nos baña una enorme sombra.

Parpadeo mirando hacia arriba.

Arturo se lanza hacia adelante y juntos rodamos mientras desciende una ráfaga de fuego. Nos ponemos de rodillas mientras el morcego alza el vuelo batiendo salvajemente sus enormes alas. La arena se levanta y se arremolina, me golpean guijarros en la cara. Entonces el monstruo se eleva más y más alto volando hacia el corazón latiente de Santivilla, hacia el centro de la ciudad. Algo revolotea alrededor de su cuello, un largo estandarte rojo sangre y bordado con letras doradas.

El dragón lleva los colores de La Giralda.

VEINTIUNO

rturo tira de mí para ponerme en pie.

—Tenemos que buscar refugio.

Me quedo inmóvil, sus palabras parecen tardar años en llegar hasta mí. El mundo está desenfocado, es como un cuadro borroso. Me agarra del brazo moviendo la boca frenéticamente, pero no logro entender ni oír nada de lo que está diciendo porque mi mente no puede dejar de pensar en el hecho de que el dragón que se nos ha escapado está sobrevolando Santivilla dispuesto a matar y a destruir.

A devorar.

—Tenemos que ponernos a cubierto —insiste Arturo y esta vez me llegan las palabras.

En algún lugar a lo lejos, el campanario suena salvaje y suplicante. Todos conocemos ese patrón de sonido. Es la llamada que advierte específicamente a la gente de Santivilla que se quede en el interior. Les grita a todos que se escondan, que busquen refugio y *rápido*. Arturo farfulla una maldición y me toma de la mano. Tira de mí y mis pies lo siguen como si tuvieran voluntad propia. Me lleva a la entrada del túnel y se da la vuelta, con los ojos muy abiertos y frenéticos vigilando el cielo. Su expresión me trae de nuevo al momento, me sacude de la culpa que me presiona el pecho con fuerza. Paso corriendo junto a él golpeando la piedra con las botas.

Tengo que ayudarlos.

No sé quiénes son, no veo claramente sus rostros, pero en la próxima media hora habrá montones de personas enterradas bajo sus casas o atrapadas bajos carruajes volcados. Rotos, ensangrentados y ardiendo. Muevo las piernas más rápido por el largo pasillo, corro a través del vestuario y salgo al gran vestíbulo. Apenas me fijo en las criadas amontonadas junto a la puerta principal con las cabezas inclinadas hacia atrás para escrutar los cielos.

Los ciudadanos de Santivilla tienen segundos, meros minutos para encontrar un lugar en el que esconderse de la embestida.

—Mantened las puertas abiertas —grito mientras atravieso corriendo la sala—. Dejad entrar en casa a cualquiera que necesite refugio.

Irrumpo en la cocina donde sobresalto tanto a Ofelia que deja caer una cesta de pan. Salto por encima y llego a la estrecha puerta que lleva directamente a los establos.

—¡Zarela! —grita Ofelia.

—Quédate aquí —le ordeno por encima del hombro antes de salir por la puerta. Oigo pisadas por detrás de mí, pero las ignoro mientras llego al establo. No espero a que me ayude el mozo de cuadra, sino que corro hasta una caseta y me subo al lomo de la yegua, sin precauciones, sin silla. Chasqueo la lengua y le clavo los talones a los lados guiándola hacia afuera.

Arturo me bloquea el camino.

—¿En qué narices estás pensando?

—Apártate del medio.

—Perderás la vida. —Su voz es como el gruñido de un dragón—. No puedes hacer nada. Nadie puede hacer nada.

—Tengo que intentarlo. —El mozo de cuadra le coloca rápidamente el bocado a la yegua y me entrega las riendas—. Pasaré por encima de ti si no te apartas de mi camino.

Aprieta la mandíbula y se oye el clic cuando chasquea los dientes. Se hace a un lado y, de nuevo, clavo los talones y la yegua se tambalea y avanza. Arturo está entre los dos, y de repente noto su mano en el muslo clavándome los dedos. Noto calor en mi interior y me sobresalto por esa sensación inusual. Un escalofrío de alarma arde dentro de mí. Arturo inclina la cabeza hacia atrás con la barbilla levantada y clava sus fríos ojos grises en los míos. Me sostiene en el sitio con la palma de la mano ardiendo sobre el algodón de mis pantalones. Débilmente, las campanas siguen emitiendo su espantoso repique.

Si voy a irme, tiene que ser ya.

—Es una idea horrible —dice con voz firme.

—Déjame pasar —ordeno ferozmente.

Arturo coloca las manos en el trasero de la yegua con un golpe y salta pasando una pierna por encima y ubicándose detrás de mí.

—¿Qué haces? —le pregunto.

—No hagas preguntas estúpidas —me espeta.

No tengo tiempo para discutir con él. Chasqueo los dientes y salimos a toda prisa del establo hacia la avenida principal adoquinada. El caballo nota mi impaciencia y galopa a las profundidades de Santivilla. Las calles están vacías, pero el repique de las campanas amenaza con derribarnos. Es fuerte y opresivo. Mi túnica ondea con el viento mientras pasamos junto a casas cerradas y callejones desérticos. Arturo me pasa el brazo con fuerza alrededor de la cintura con la barbilla bien alta y escaneando el cielo oscuro con sus ojos grises. El sudor me resbala por la frente y por las sientes.

Una enorme sombra se cruza en nuestro camino. Se desvía cubriendo de oscuridad todo lo que toca.

—¡Por allí! —grita Arturo sobre el golpeteo de los cascos de la yegua contra la piedra—. Se dirige a la plaza mayor.

Sigo la línea de su fuerte brazo, señala con el índice cerca de la torre del campanario. Una rayo de sombra oscura vuela sobre nosotros batiendo las enormes alas. El dragón se lanza abriendo la enorme mandíbula y escupe una ráfaga de fuego desde su interior chamuscando varios edificios. Los gritos desgarran el aire.

—Oh, no. —Me inclino hacia adelante y Arturo aprieta su agarre presionándome contra su duro estómago—. Rápido, niña.

La yegua galopa por la calle haciendo curvas cerradas cuando se lo indico. Los muros dorados de la ciudad se alzan a nuestro alrededor como el trigo de un extenso campo. Llegamos a la plaza mayor y el calor del fuego me calienta las mejillas, el sabor de la ceniza me cubre la lengua. Meto la boca y la nariz por debajo del cuello de la túnica con los ojos llorosos por la humareda. Hay varios edificios en llamas envueltos en un espeso velo de humo.

La gente inunda la plaza jadeando en busca de aire, luchando por escapar de las llamas que los rodean. Llevan varitas bañadas en pociones destinadas a protegerse del humo, a deshacerse de las llamas o a proteger la piel de quemaduras. Poso la mirada en una niña que grita en el suelo mientras los demás pasan junto a ella golpeándola por todos los lados. Bajo de la yegua, mis botas golpean la piedra, y corro hacia la multitud. Arturo me grita algo, pero no puedo oírlo sobre los rugidos del monstruo que vuela directamente sobre nosotros.

Llego hasta la niña y me la aferro con fuerza al costado. Pesa y tiene las mejillas húmedas cuando las presiona contra las mías. Sus gritos estridentes me resuenan con fuerza en los oídos. La luz del sol desaparece y quedo empapada por una sombra negra y asfixiante. Inclino la cabeza hacia atrás y retrocedo al ver a la bestia a pocos metros de nosotras.

Otra erupción sale del dragón y la ráfaga golpea a varios ciudadanos a la vez incinerándolos ante mis ojos. La niña grita mientras la ola de fuego apunta ahora en nuestra dirección. Me rodea el cuello con tanta fuerza con sus delgados brazos que me cuesta respirar. Giro sobre los talones y muevo las piernas.

—Estás bien —jadeo—. Estás bien.

Huyo de la multitud y la bofetada de calor casi me derrumba.

—¡Pilar! —grita alguien. Me quitan a la niña de los brazos. Una mujer unos años mayor que yo la sujeta junto a su pecho y me lanza una fugaz mirada de agradecimiento. Antes de que pueda responder, se alejan aferrándose una a la otra…

La sombra se cruza en su camino. El viento que impulsan sus alas me llega a la cara. Entorno la mirada ante la avalancha de tierra que se me mete en los ojos.

—¡Esperad! —grito con la boca llena de humo—. ¡Esperad!

Mi advertencia llega demasiado tarde. A tres metros de mí se precipita una enorme ráfaga de fuego engulléndolas por completo. El dragón se posa en el suelo azotando la cola de izquierda a derecha y choca contra una mujer. La fuerza del golpe la catapulta y hace que se estrelle junto a una pared de piedra cercana. Un hombre cubierto de hollín corre hacia adelante con una horca y el monstruo le arrebata la parte superior del cuerpo con las fauces. Cierra la mandíbula silenciado sus gritos mientras la otra parte del hombre aterriza a los pies del dragón. Parpadeo abriendo y cerrando la boca. No logro encontrar sentido a la destrucción, al colapso total de la plaza mayor de una ciudad.

Alguien corre hacia mí y me agarra la mano.

Aparece el rostro ennegrecido de Arturo a pocos centímetros del mío.

—¡Vamos!

Corremos hacia una de las esquina de la plaza intentando llegar a uno de los arcos que la rodean, con su palma callosa sobre la mía. Pero, mientras buscamos refugio, me fijo en un rostro conocido en una ventana de la segunda planta observando la plaza. La señora Montenegro se pelea contra el cristal buscando a tientas la cerradura. Me libero del agarre de Arturo y corro hacia su casa.

—Mierda —dice detrás de mí.

Me sigue maldiciendo a cada paso. Cuando llego a la puerta, compruebo la aldaba de oro y está ardiendo. Bajo los escalones de mármol y miro hacia su ventana. Me ve y renueva sus esfuerzos por abrir la ventana contrayendo el rostro por el esfuerzo. Sin pensarlo, corro hacia adelante, utilizo las ranuras de las paredes para impulsarme y me equilibro en el alféizar de la ventana.

—¡Toma! —grita Arturo desde abajo.

Miro por encima del hombro mientras me lanza una daga con un largo mango de plata. Pasa junto a mi cabeza y se hunde en el suelo.

Arturo me mira fijamente.

—¡Se supone que tienes que agarrarla!

—¡Perderé un dedo!

Recoge la daga y la lanza directamente hacia arriba con el mango por delante.

Atrapo el arma agradecida por haberlo hecho por la parte correcta y sigo escalando hasta la segunda planta. La señora Montenegro golpea la ventana, frenética, y veo su silueta oscurecida por los remolinos de humo.

Cuando estoy a su nivel, uso el mango de la daga para golpear el cristal. Se agrieta y aparecen fisuras, pero la ventana no cede.

—Joder —resoplo llevando el brazo hacia atrás. Con un rugido gutural, golpeo mi objetivo con todas mis fuerzas mientras me agarro al alféizar con la otra mano para no caerme.

El cristal se hace añicos.

Quito los trozos más grandes tirándolos por encima del hombro. La señora Montenegro se inclina hacia adelante tosiendo y jadeando, intentando tomar aire. Las lágrimas caen por su rostro apuesto y orgulloso y tiene los ojos inyectados en sangre.

—Va a tener que saltar —digo apartándome en el alféizar para dejarle espacio suficiente para sacar las piernas de la habitación en llamas.

Pero no puede dejar de toser. Es una tos profunda y extrema que hace que se le sacuda todo el cuerpo. Columnas de humo escapan formando serpenteantes zarcillos que se elevan. Tengo los ojos llorosos, me arden y me pican. El sudor me empapa la mano con la que me aferro a la madera. Mi ropa está caliente por el fuego.

—¡Señora Montenegro, salte! —la apremio entre bocanadas de aire—. ¡Salte!

Parece entenderme porque suelta los dedos con los que se agarra al alféizar y se inclina con la cabeza por delante.

Con la mano libre, le agarro el brazo y la fuerza de su caída hace que se me separen los pies de la pared. La suelto mientras cae en picado y muevo la mano para agarrarme a la cornisa. Miro por encima del hombro y lanzo un suspiro de alivio. Arturo la ha agarrado por la cintura y su enorme falda roza el suelo de madera. La deja suavemente en el suelo y levanta la mirada.

—¡Tu turno!

Libero las manos y caigo en los brazos de Arturo. La áspera tela de su túnica me raspa la mejilla. Me deja en el suelo y me arrodillo junto a la señora Montenegro.

Ella me mira parpadeando. Tiene los labios secos y agrietados y su elegante vestido huele como si se hubiera asado en un horno caliente.

—Me has salvado.

No hago caso a su comentario.

—Deje que la ayude a levantarse.

Arturo se inclina y la ayuda a sentarse.

—Ha inhalado demasiado humo.

—Tenemos que llevarla a La Giralda. Y a cualquier otro que necesite refugio.

La señora Montenegro ríe con una carcajada ronca que me inquieta.

—No irá nadie.

A mi lado, Arturo se tensa.

—¿Qué? ¿A qué se refiere? —La sacudo por los hombros cuando cierra los ojos—. ¡Señora!

Suelto un grito de frustración. Se derrumba contra Arturo y él la baja lentamente hasta que su espalda se apoya sobre la piedra. Me inclino hacia adelante desesperada por saber más.

—No se detendrá hasta que tu padre esté muerto —murmura.

—¿Quién?

—El enemigo de tu padre, por supuesto —dice con una voz áspera y fina, marcada por la muerte. Le toco el pecho y se eleva, una, dos veces, y luego se queda quieto. Contengo la respiración esperando a que vuelva y me explique a qué se refería. Pero ya no se mueve. Me siento en silencio mientras sus palabras resuenan en mi mente.

Arturo se arrodilla.

—Ha muerto —susurra—. ¿Qué quieres hacer?

Aparto la mirada del cuerpo. La destrucción cubre cada centímetro de la plaza. Hay gente acurrucada, llorando por sus seres queridos. Las marcas de quemaduras estropean los edificios circundantes, algunos todavía escupen llamas ardientes por las puertas y las ventanas. Hay demasiados muertos sobre los adoquines. El dragón hace rato que se ha marchado. Ya ha comido hasta saciarse y ha destruido hasta estar satisfecho.

—Invitemos a los heridos a nuestra plaza —susurro.

Pero por mucho que lo ofrezca y suplique, nadie viene a La Giralda. Son demasiados los que han visto al dragón llevando nuestros colores, la respuesta de a quién culpar escrita en los cielos. Son demasiados los que me miran con horror, ira y asco.

No estoy acostumbrada a ver el odio tan de cerca.

Arturo lo observa todo con un silencio sombrío. Tengo la voz ronca de tanto pedir disculpas que nadie quiere escuchar ni aceptar. Doy la espalda a la devastación pero oigo un golpe repentino, un golpe fuerte contra el suelo, que me asusta. Me doy la vuelta justo a tiempo para ver a la gente de Santivilla derrumbando la estatua de mi padre. Cae y se hace añicos.

La multitud se me acerca con miradas furiosas y cejas enfadadas. Tienen todo el derecho del mundo a odiarme y a culparme. Retrocedo y entonces Arturo se coloca delante de mí. Tiene los hombros tensos y erguidos y finas dagas en ambas manos. La gente vacila rodeándonos y fijándose en sus armas. No esperaban que yo luchara, pero seguro que Arturo lo hará.

—Ni un paso más —ordena Arturo.

Contengo el aliento temerosa de exhalar por si atraigo la atención. Arturo da un pequeño paso hacia atrás y yo sigo sus lentos movimientos hasta que estamos a una distancia prudente de la multitud. Detrás de él, la plaza mayor arde, el fuego sisea y explota.

—He dejado tu yegua asegurada en la calle de al lado —me dice Arturo en voz baja—. Camina conmigo lentamente y no mires atrás.

Me tiemblan las rodillas, pero hago lo que me dice. No miro ni una vez por encima del hombro y Arturo no baja las armas hasta que llegamos a la avenida María Claudia. Espero que me regañe por haber corrido riesgos tan tontos, que me suelte algún comentario mordaz que me haga hundirme en el suelo.

—Gracias —susurro. Me mentalizo mientras espero su ataque.

—No podrías haber hecho nada —dice suavemente—. Pero, de todos modos, has sido muy valiente.

Entorno la mirada. Seguro que no me he percatado del insulto escondido entre sus palabras. Pero no veo por ningún lugar su habitual ceño fruncido. Tal vez sea capaz de ver la vergüenza grabada en mi rostro, la culpa que llevo en los hombros, porque en lugar de mirarme con evidente desprecio, me observa con una extraña intensidad que me resulta imposible descifrar. No es desprecio o indiferencia, ni siquiera impaciencia, que son las emociones que suelo ver escritas en la línea de su boca.

No, es otra cosa.

Un rubor se extiende por mis mejillas y quiero apartar la mirada. Se mueve y yo lo sigo con el corazón pesado y arrastrando los pies. El Gremio me pedirá otra reunión. Tal vez el maestro dragón insista en sacar a mi padre de la cama para que cumpla con su castigo. Y, sin pruebas de su participación, no puedo hacer nada al respecto. No puedo acusarlo de haber pagado a la Asociación.

No tengo nada con qué defenderme.

Porque sí que tengo una cosa clara: el maestro dragón no dejará que esto quede así ni por todo el oro de Hispalia.

VEINTIDÓS

La convocatoria llega a la mañana siguiente con un brillante carruaje negro y dorado, adornado con detalles de alas de dragón talladas en el marco de madera. Sé por experiencia que el interior está revestido con terciopelo rojo sangre y que pueden sentarse cómodamente cuatro personas. Papá había asistido a varias reuniones en el Gremio y yo lo acompañaba siempre hasta la puerta para admirar la elegancia.

Hoy solo quiero que desaparezca de mi vista.

El cochero me entrega el grueso rollo de pergamino atado con una cinta de seda que cuesta una moneda de oro. Tomo el mensaje tan bien escrito y presentado y consigo sonreírle al chico. Va vestido totalmente de negro con botas de cuero que le llegan a mitad de la pantorrilla. Lleva un látigo del mismo color que el de sus zapatos.

—¿Eso es todo? —pregunto.

Han entrenado bien al chico. Su expresión es totalmente neutra, como una mañana fresca sin la rutina del día que la estropee.

—Su padre debe venir conmigo en cuanto lea el contenido.

—Mi padre está gravemente enfermo y no puede viajar a ninguna parte.

—En ese caso, el Gremio me ha indicado que la lleve a usted como representante de la familia.

—¿Tiene que ser ya?

Baja la mirada durante una fracción de segundo a lo que llevo puesto.

—En cuanto esté presentable.

Me enfurezco.

—Tengo cosas importantes que hacer. Por favor, diles que iré a visitarlos en cuanto tenga un hueco. Gracias.

El cochero parpadea lentamente.

—Debo decirle que, si no viene hoy, se tomará la decisión sin sus consideraciones.

La ropa me aprieta demasiado la caja torácica.

—¿Decisión? ¿Qué decisión?

—Eso no puedo decírselo, señorita.

—Ya veo —comento en voz baja—. Iré contigo. Dame unos minutos.

El cochero inclina la cabeza.

—Por supuesto. Esperaré en el carruaje. —A continuación se da la vuelta y sale por las grandes puertas que una vez dieron la bienvenida a la nobleza y a los monarcas de Hispalia, pero ahora solo veo hojas y suciedad amontonada por el viento.

El pergamino me pesa en las manos. Pesa más que el capote. Trago saliva y me duele.

—¿Quieres que te lo lea?

Me doy la vuelta. Lola está sentada en la gran escalera con una taza de café y Arturo (que ha llegado antes de lo habitual) tiene el codo apoyado en el pasamanos y sujeta su propia taza de café con la otra. Da un sorbo y me estudia tranquilamente sobre el borde de la taza.

Lola extiende la mano.

Camino hacia adelante con los hombros erguidos y le entrego amablemente el papel. Lo desenrolla con cuidado y procede a leerlo con los hombros encogidos. Me coloco junto a ella observando la tinta del color de la medianoche arremolinándose ante mis ojos. Soy incapaz de distinguir las palabras individuales. Solo sé que nos están condenando.

En un punto de la lectura, Lola frunce el ceño.

No me atrevo a preguntarle. Termina de leer y vuelve a enrollar el pergamino.

—Bastardos pretenciosos.

Arturo pasa la mirada de una a otra.

—¿Hay algo que Zarela deba saber?

Lola niega con la cabeza.

—Sabe la mayor parte.

—Pues ahórraselo.

Lo miro sorprendida. Los ojos verdes de Lola se iluminan y golpea la misiva contra su pierna.

—¿Os habéis conocido vosotros dos? —pregunto de repente.

Lola me lanza una mirada divertida antes de darse la vuelta en la escalera.

—Soy Lola Delgado.

El domador baja la taza.

—Arturo Díaz de Montserrat.

—Ah, ya lo sé —dice guiñando un ojo en su dirección—. Lo sé *todo* sobre ti.

Una débil sensación de alarma me atraviesa.

—Lola.

Se pone de pie con cuidado de no derramar el café.

—Mi amiga cree que eres el hombre más guapo que ha visto nunca.

No he dicho una tontería así en toda mi vida. Se me esparce el calor por los mofletes y le lanzo una mirada asesina a Lola.

La única reacción de Arturo es un parpadeo lento y, como si las palabras simplemente lo rozaran y no le afectaran en nada, toma otro largo sorbo de café.

Lola abre la boca de nuevo.

—Deja de hablar, Lola.

Lola se gira hacia mí.

—Creo que ayudará.

—¿Ayudar? —pregunto—. Claramente, no estás ayudando. Ahora mismo no se me ocurre nada que sea de menos ayuda.

Apenas me sonríe y nos da la espalda a los dos.

—Venga, vamos a vestirte.

La sigo por las escaleras con cuidado de no mirar en dirección de Arturo. Con cada paso que doy, noto su lánguida mirada entre las escápulas. Una cálida sensación que casi hace que se me aflojen las rodillas. Pero no miro por encima del hombro.

Lola me viste de rojo. Según ella, es el color que mejor queda con mi pelo de ébano y mi piel aceitunada. Mi color de poder. Un vestido sin tirantes, con volantes en el escote y la cintura ceñida. La mitad inferior está bordada con flores de azahar y filigranas de color bronce.

Es un vestido diseñado para la batalla.

Alguien llama suavemente a mi puerta. Lola me lanza una rápida mirada antes de abrirla. Al otro lado está papá.

—Deberías estar descansando —lo regaño, pero, incluso mientras pronuncio esas palabras, noto que tiene el mejor aspecto que ha mostrado desde la masacre. El color le tiñe las mejillas y tiene la mirada más alerta y despejada. Sigue estando demasiado delgado, pero no le cuelgan las sombras sobre la piel como antes.

Papá se acerca a la cama arrastrando los pies y se deja caer.

—Eva va a venir esta mañana. Esa mujer intenta matarme.

Lola sale de la habitación dirigiéndome una mirada comprensiva. Por lo que veo, papá está de ese humor.

—¿Has comido?

Arruga las cejas pero no hay rabia en su expresión, no cuando me está mirando. Su temperamento es legendario, capaz de bajar los humos a cualquiera del vecindario. Mamá solía sonreír ante sus arrebatos y le daba algo de comer. Descubrió que su peor comportamiento se producía cuando tenía hambre.

Papá se fija finalmente en lo que llevo puesto y frunce el ceño.

—¿A dónde vas?

Me aparto y desvío la mirada. Cuanto menos sepa, mejor. No quiero preocuparlo, no ahora que claramente se está recuperando.

—Tengo que hacer un recado. No debería tardar mucho.

Parece aceptarlo y asiento.

—¿El domador te está dando lo que necesitas?

Suelto una carcajada sobresaltada y avergonzada.

—¿A qué te refieres?

Papá entorna la mirada.

—Te estoy preguntando si está haciendo su trabajo, Zarela.

—Ah. —Por alguna razón, todavía no consigo mirarlo a los ojos. El problema es que ni yo misma sé cómo me siento con respecto a Arturo. Es confuso e irritante, pero entonces recuerdo cómo me siguió hasta el corazón de Santivilla mientras la ciudad ardía. Cómo elogió mi modo de bailar y cómo me sostuvo entre sus brazos cuando finalmente dominé un paso. Las miradas que me dirige cuando cree que no me doy cuenta. Estoy segura de que la confusión se refleja en mi rostro y no quiero que papá lo vea.

—Me está entrenando bien —respondo y me siento increíblemente orgullosa por mi tono indiferente.

Pero papá se da cuenta de algo en mi cara aunque yo intente esconderlo desesperadamente. El rubor que me tiñe las mejillas, el modo en el que tengo los dedos entrelazados.

—¿Está comportándose como un caballero? —pregunta con voz autoritaria.

Arrugo la frente. Algo de su tono no me gusta. Una insinuación de una discusión que no sabía que estábamos manteniendo. La necesidad de defender a Arturo crece en mi interior.

—Sí. ¿Por qué no iba a hacerlo?

Papá se alisa la fina bata.

—Es un… desconocido.

Recuerdo la conversación que escuché entre ellos. Hay algo que papá sabe de Arturo y que está decidido a ocultarme.

—¿Qué estás diciendo?

Se aclara la garganta y evita la pregunta.

—No dudo de que hará su trabajo. Siempre que eso sea todo.

Su significado queda bastante claro y no me gusta. Recojo mis cosas (una pequeña bolsa de seda y uno de los abanicos pintados de mi madre) mientras logro esbozar la expresión que quiero. Una perfectamente neutral.

—Está ahí cuando lo necesito —contesto finalmente—. Tengo que irme.

—Zarela —dice papá con una creciente indignación—. No es para ti.

No es que no esté de acuerdo con él, porque lo estoy, pero su actitud tiránica me irrita. Puedo tomar mis propias decisiones, tengo permitido cometer errores.

—¿Y por qué no? ¿Qué es lo que no te gusta de él? Como has dicho, es un desconocido. —Hago una pausa significativa—. ¿O no?

—No voy a decirte mis motivos, Zarela, aunque me gustaría. Pero sí que te diré algo: Arturo es tu mejor opción para seguir con vida.

—Eso lo sé.

—Pues ya sabes lo suficiente… por ahora. —Su voz se suaviza—. Tienes que confiar en mí.

¿Cómo podría negarle algo? Cuando creía que iba a perderlo, habría dado cualquier cosa por mantener más conversaciones, por pasar más tiempo con él, por tener otra oportunidad de sentir sus fuertes brazos rodeándome. Papá está fuera de la cama guardando secretos y pidiéndome que confíe en él como lo hice antes. Aunque el aire entre nosotros pesa con todo lo que no nos hemos dicho, me abalanzo sobre él y lo abrazo con fuerza.

—De verdad, tengo que irme —le digo y le doy un beso en la mejilla—. Por favor, vuelve a la cama.

Papá gruñe, pero sale de la habitación y Lola vuelve a entrar.

—¿Crees de verdad que está mejorando?

—Sí que lo creo. ¿Y sabes qué más? Creo que no le cae bien Arturo —murmura. Me recoloca el pelo y me pellizca las mejillas.

—¿Otra vez escuchando a través de las puertas?

—Tu vida es mucho más interesante que la mía —se excusa encogiéndose de hombros.

Eso no es remotamente cierto. Pongo los ojos en blanco hacia el cielo y tiene el sentido común de parecer avergonzada. Lola puede hablar con cualquiera, ha caminado por cada centímetro de Santivilla y más allá y crea el arte más exquisito.

Finalmente, Lola me considera preparada para enfrentarme a la Corte Dragón del Gremio de Dragonadores. Se forma una fina línea entre sus cejas mientras me estudia. La sangre ha desaparecido de mis mejillas, pero el fuego arde en mi interior. No pienso acobardarme ni huir de esta pelea. Me toma la mano y me la estrecha. Cuando llegamos al gran vestíbulo, mira a todos lados en busca del domador. Saca notablemente el labio inferior. No está por ninguna parte.

—No esperarías que se quedara, ¿verdad? —pregunto casi con rabia—. Y no puedo creer que hayas dicho eso. ¿A ti qué te pasa?

—Lo he hecho para distraerte.

—Para distraerme —repito llanamente. Tengo que recuperar el control de esta situación o Lola volverá a abrir su imaginativa boca y no podré sobrevivir a los comentarios que suelte—. Seguro que ha tardado pocos segundos en salir del edificio en cuanto hemos subido. No necesito su juicio constante ni su animosidad. Sinceramente, si no fuera por…

Ambas pasamos por la entrada principal caminando rápidamente para llegar al carruaje negro cuando, de repente, una voz dice:

—¿Si no fuera por qué?

Me doy la vuelta en los escalones de mármol. Arturo está recostado en el marco de la puerta con una pierna flexionada y la planta del pie apoyada en la pared de piedra. El viento agita su cabello negro y tiene las manos metidas en los bolsillos de sus pantalones marrones. Su boca muestra una curva sardónica, como si supiera exactamente lo que había estado a punto de decir, como si me tuviera del todo calada.

No habría podido evitar que el asombro se me reflejara en la voz ni aunque me hubieran pagado en oro:

—¿Sigues aquí?

Me mira con el entrecejo arrugado y se impulsa con el pie para apartarse de la pared. Entonces camina por los escalones de mármol hasta donde espera el cochero y ambas lo seguimos rápidamente. Le lanzo una mirada inquisitiva a Arturo. Él evita mirarme mientras me ayuda a entrar estabilizándome con su cuidadosa mano.

Miro por encima de sus hombros para dirigirme a Lola:

—Volveré pronto. Si pasa cualquier cosa con papá…

—Te mandaré llamar —asegura rápidamente—. Intenta no pensar en eso ahora.

Aparece otra figura y saluda cortésmente en voz baja… Es Guillermo, el aprendiz de mago.

—¿Qué hace aquí? —pregunto.

—Lo he invitado yo —responde Lola delicadamente.

Enseguida me alarmo, Lola nunca es delicada.

—¿Por qué? —inquiero. Arturo se da cuenta de a quién estamos mirando y sus rasgos de endurecen.

—Se me permite tener secretos —me dice tímidamente.

Los secretos y Lola son algo que no encaja. Por una parte, rara vez permanecen ocultos. Por otra, normalmente eso significa que está tramando algo que tendré que arreglar yo después. Como la vez que intentó usar tinte para tela en el pelo y acabó con un encantador tono verde pútrido.

—Si no te das prisa llegarás tarde —apremia Lola.

Frunzo el ceño formando una protesta con la lengua, pero tiene razón. Esta conversación tendrá que esperar. Miro al cochero que me espera pacientemente junto a los caballos.

—Estoy lista. Vámonos. —Acomodo la espalda contra el cojín de terciopelo y añado—: Lola, me muero de ganas de hablar contigo de tu tarde.

Me despide con la mano y de repente deseo no irme sola. El cochero da un paso adelante y toca el picaporte del carruaje, pero Arturo impide que cierre la puerta con mano firme, sube elegantemente al carruaje y se sienta en el banco enfrente del mío. Es tan alto y tiene las extremidades tan largas que el espacio parece encogerse. Lola me dirige una sonrisa de apoyo antes de dar media vuelta y subir los escalones de las puertas de La Giralda con Guillermo siguiéndola. Arturo frunce el entrecejo mirando por la ventana con los brazos cruzados sobre el pecho y las piernas estiradas y cruzadas a la altura de los tobillos.

No sé qué decir, pero me las arreglo para pronunciar lo primero que se me pasa por la cabeza.

—¿Puedes mover los pies? Me estás aplastando el vestido.

Arturo cruza la mirada con la mía.

—Vaya, el fin del mundo.

Tensa las comisuras de la boca mientras me mira. Entonces, usa el puño para golpear dos veces el techo del carruaje.

Empezamos a movernos hacia el Gremio. Santivilla pasa por nuestro lado, las tortuosas calles llenas de gente que empieza su jornada con los brazos llenos con lo que han comprado. Los vendedores anuncian los precios de sus productos mientras pasan barriles de comida seca al lado de nuestras ventanas. El rico aroma mantecoso de una lechería flota por el confinado espacio del carruaje y se me hace la boca agua. Se me contrae el estómago cuando nos acercamos a la plaza mayor donde sé que nuestro dragón destrozó casas y vidas. Entrelazo los dedos con fuerza en mi regazo.

Arturo observa mis nudillos blancos.

—¿Estás nerviosa?

—Claro —respondo.

Llegamos a la plaza y no puedo evitar mirar las ruinas. Arturo se inclina hacia delante y cierra las ventanas dejando el interior del carruaje a oscuras.

—No tienes por qué ver la destrucción.

Me trago un doloroso nudo que tengo en la garganta.

—Soy responsable.

—Los dragones atacan la ciudad todo el tiempo —responde en voz baja—. La única diferencia es que ahora tienen a alguien a quien gritarle. Son criaturas peligrosas y siempre lo serán. No te sientas culpable por su comportamiento.

—Eso es más fácil de decir que de hacer —susurro mirándome las manos.

—Sí, lo sé.

Levanto la mirada. Las sombras me ocultan la mitad de su rostro, solo puedo ver con claridad el brillo plateado de sus ojos mirando a los míos, sombríos y angustiados.

—¿Hablas desde la experiencia?

—Claro que sí.

Espero que me diga que sucedió en el pasado que hace que su expresión se vuelva gris, un incidente que todavía le hace apretar los puños. Pero no dice nada y no le presiono. Si lo conociera mejor, lo haría. Pero no somos amigos. Creo que no.

—¿Por qué vienes conmigo? —Se queda en silencio con los labios apretados en una pálida línea—. ¿Tienes asuntos que atender en el Gremio?

—Es un modo de decirlo —contesta lentamente.

El carruaje hace un giro brusco y me inclino a un lado. Arturo me estabiliza agarrándome del codo para mantenerme en el asiento. Se mueve hacia adelante envolviéndome las piernas con las suyas, con las botas metidas bajo las capas de mi vestido. Hay cierto calor potente y alarmante entre nosotros. Está apagándome las defensas, retorciendo mis pensamientos hasta que me pierdo en ellos. Tiene los ojos más fríos que he visto nunca, como los gélidos casquetes montañosos que advierten a los viajeros para que se mantengan apartados. Pero aquí y ahora, sus ojos son cálidos como monedas de plata desgastadas.

—Señorita Zaldívar —dice de un modo tan controlado que preferiría que me estuviera gritando. No dice nada más. No hace falta. Sabemos exactamente contra qué estamos luchando, este sentimiento que hay entre nosotros no desaparecerá por mucho que yo quiera.

—¿Por qué no me llamas por mi nombre?

—No me lo has permitido.

Me inclino otro centímetro más hacia adelante. Nuestras rodillas se rozan y el contacto hace que una cálida oleada me atraviese todo el cuerpo. No mueve las piernas durante un largo momento.

—Te lo permito ahora.

Entonces se mueve, se aparta hasta que dejamos de tocarnos y vuelve a cruzar los brazos sobre el pecho.

—No nos conocemos lo suficiente como para eso.

Parpadeo mortificada de repente y enfadada, ambas emociones abriéndose paso por mi piel. Imito su postura y aparto la mirada respirando con dificultad. Bastardo. ¿No es capaz ni de llamarme por mi nombre? De repente, no soporto el silencio, no puedo permitir que él se quede con la última palabra.

Me salen las palabras solas de la boca.

—Ni lo haremos nunca.

Tensa los hombros.

—¿No?

—Siempre vas a desaprobar a mi familia, a quiénes somos y lo que hacemos en el ruedo. Tienes una opinión muy mala sobre mí y no voy a molestarme suplicando por una amistad que está condenada a ser unilateral.

—No tengo mala opinión de ti —replica suavemente—. Ni por asomo.

El carruaje se detiene de repente y me agarro instintivamente al banco para no deslizarme. Aparto la cortina para mirar por la ventana y veo la conocida entrada del Gremio.

—Ya estamos.

—Eso parece.

Aprieto la mandíbula y me muevo para abrir la puerta, pero Arturo me bloquea rápidamente la salida con el brazo. Estoy mitad en el asiento mitad fuera e inclinada hacia adelante, dispuesta a escapar del domador que está empezando a ocupar demasiado espacio en mi vida.

Abro mucho los ojos. En la penumbra del carruaje, su mirada plateada reluce. Está completamente quieto observándome como si fuera su presa.

—No me gustas —dice finalmente.

Curvo los labios hacia a él.

—A mí tampoco me gustas tú.

—Bien.

No logra esbozar su habitual ceño arrugado y en lugar de eso sigue mirándome fijamente a los ojos como si lo estuviera hipnotizando. No me he movido desde que me ha bloqueado la salida. Un mechón de cabello le cubre la frente y me hormiguean los dedos de ganas de apartárselo.

—Tienes razón. Odio todo lo que representa tu familia —espeta. Sus palabras tienen la intención de herirme, pero no lo consiguen. Las pronuncia con suavidad, de un modo casi insistente, como si estuviera intentando convencerse a sí mismo de la verdad—. Y yo no soy quien crees que soy. No nos hacemos bien el uno al otro.

Habla exactamente como mi padre y lo dice con tanta firmeza que me siento inclinada a creerle. Aun así… no se ha apartado de mí, no me ha dejado espacio para respirar.

—Vaya, de verdad —comento arrastrando las palabras.

Ríe y se lleva una mano a la cara.

—Eres imposible.

—Tú también.

—Pero tú eres mucho peor.

Pienso en el efecto que tiene sobre mí. Quiero gritar y pelear, cargar contra él porque las ganas de golpearlo me abruman. Pero recuerdo cómo me hace sentir segura, cómo me impulsa a seguir con el entrenamiento aun cuando quiero sentarme. Y luego está el modo en el que me mira a veces, como si yo fuera un problema que él nunca habría querido resolver pero está trabajando en la solución de todos modos.

—No sé si eso es cierto —replico.

Arturo cierra lentamente el espacio entre nosotros. Contengo el aliento. Estoy en guerra conmigo misma. Quiero huir. Quiero quedarme exactamente donde estoy. Con su rostro a centímetros del mío, me obligo a mirarlo con lo que creo que es una expresión altiva. Nos quedamos así un largo momento, ninguno de los dos quiere darle al otro munición para el próximo golpe.

Entonces inclina la cabeza y me roza la mejilla con los labios, bajando lentamente hasta llegar a la comisura de mi boca. Se quedan aquí. Noto sus labios suaves y ardientes sobre mi piel. Su incipiente barba me hace cosquillas en la mandíbula.

No me muevo. Creo que ni siquiera estoy respirando.

—¿Qué estoy haciendo? —murmura Arturo en voz baja. No me lo pregunta a mí. Se aparta entrecerrando los ojos, tan abierto a mí como una puerta cerrada, y se sienta al otro lado del carruaje.

El domador se cruza de brazos.

—Vete.

Me voy.

Rápidamente y sin mirar atrás, noto las mejillas ardientes y el corazón golpeándome con fuerza las costillas. Los lugares en los que su boca me ha rozado la piel me arden. Cuando llego a la entrada, he logrado controlar mi tormento interior y me he sacado a Arturo de la cabeza.

Necesito concentrarme, obligarme a mantener la calma en lo que seguramente será una reunión desafiante con don Eduardo, el hombre responsable de *todo*.

Cuando doy un paso en el edificio, toda la sala se queda en silencio. La gente llena la zona de la entrada principal hablando en pequeños grupos, fumando puros y pipas y deambulando junto a la barra central. Pero todos se detienen en cuanto me ven. Como si fueran un solo ser, la multitud gira los rostros hacia mí con el desprecio impregnando sus expresiones.

Enderezo los hombros y paso de largo yendo directamente al mostrador principal. En la mesa de recepción está el mismo chico de la última vez. Cuando me ve, tira de un cordón de terciopelo. El aroma a café se mezcla con el olor a cuero y tabaco.

Llego hasta el chico con una sonrisa rígida en el rostro.

—Buenas tardes, creo que me estabais esperando.

—Hola, señorita. —Pasea la mirada por todo lo largo de mi resplandeciente vestido rojo. Podría haber sido pintado sobre mi cuerpo. Gracias, Lola—. ¿Y su padre? ¿Dónde está don Santiago Zaldívar?

—Mi padre está enfermo —respondo. Pensar en él solo y recuperándose me ayuda a calmar los nervios. Puedo hacer esto. Puedo plantarme ante estos hombres y mujeres y defender mi apellido y mi hogar.

—Debería estar aquí —me reprocha con desaprobación—. Pero el Gremio no quiere postergarlo.

—¿Con quién he de hablar?

—Se dirigirá a la mayoría de los miembros del Gremio —contesta.

Noto un cosquilleo en la nuca. Noto las miradas heladas de todo el mundo puestas en mí y siento sus afilados pinchazos como cuchillos mortíferos.

—¿De veras?

Asiente.

—A todos los que están actualmente en la ciudad.

Me giro lentamente con la espalda recta. Levanto la barbilla y los miro a todos de arriba abajo, con sus zapatos caros, sus ropas confeccionadas a medida y la nube de tabaco que flota sobre sus cabezas. Rezo para que mi expresión sea más fría que el hielo.

Aparecen dos miembros vestidos de gris para escoltarme. Señalan la escalera principal de mármol que lleva hacia arriba, a los despachos y las salas de reuniones, y hacia abajo, al vientre del Gremio de Dragonadores, un lugar en el que nunca he estado.

Me tiembla el corazón.

Ahí abajo es donde tienen las celdas. Hago una pausa en la parte superior de las escaleras. Los dos escoltas ya están bajando y golpean con fuerza la piedra con sus botas. Me doy la vuelta buscando alguna cara conocida. Tal vez Héctor esté aquí. Pero no lo veo en el espacio abierto ni manteniendo conversaciones en voz baja con otros miembros del Gremio.

Me doy la vuelta y vuelvo a mirar las escaleras. Estabilizo mi respiración.

Entonces doy el primer paso hacia las fauces de la bestia.

VEINTITRÉS

Los dos escoltas me conducen a la planta baja, una enorme cámara con cuatro sofás de cuero colocados en marcos de roble hechos a mano formando un cuadrado, con una alfombra negra y bronce debajo de ellos. Los arcos de piedra llevan a otras habitaciones a través de puertas de madera con tiradores dorados.

Me conducen a una entrada de doble ancho con una placa de bronce colgando encima del marco que dice: SALA DE JUSTICIA.

—Por aquí —me indica uno de los escoltas.

Si alguien mirara en mi interior se encontraría un nudo en el que se enroscan el miedo y la culpa y el instinto de una presa de querer correr y escapar.

—Tú primero —dice el otro escolta.

Pronuncio una sola palabra en voz ronca:

—Vale.

Al otro lado de esta puerta habrá juicio. Un verdadero rugido se traga cada uno de mis pensamientos, una exclamación colectiva de desilusión. El mismo sonido exacto que escuché el día que la multitud quiso sacarme del ruedo con sus burlas, abucheos y exigencias.

¿Qué haría mi madre si tuviera que pasar por esta puerta?

Lo más triste es que no puedo recurrir a ella. Que no está aquí guiándome y diciéndome que todo saldrá bien.

Los escoltas me dan un empujón y las puertas se abren con un chirrido como si llevaran mucho tiempo sin usarse. Los escalones de piedra conducen a una sala semihundida, apenas iluminada por unas pocas antorchas y rodeada por asientos en diferentes niveles. Mientras bajo, comprendo varias cosas a la vez.

Esta sala está diseñada exactamente como un ruedo.

También está totalmente vacía.

En el centro del área circular hundida hay un lugar para que me pare, una losa redonda de mármol del color de las nubes de tormenta. Sillones de cuero de dragón componen los asientos de los dos niveles que rodean la planta baja.

—Quédate en el centro —me ladra uno de los escoltas. Me lo imagino dándole órdenes a mi padre en recuperación exigiéndole que se enfrente él solo al maestro dragón. No puedo demostrar que don Eduardo está implicado, pero pienso en lo que le ha hecho a mi familia, en lo que le ha hecho a papá, y eso hace que mi miedo disminuya. Ocupo mi sitio y el calor se expande por cada centímetro de mi cuerpo como una fiebre que me deja la sangre hirviendo.

Se oye una charla sombría y fuertes pasos acercándose a la cámara tenuemente iluminada. Ya vienen. Quieren señalar a un responsable. Quieren quemarme.

Los miembros del Gremio aparecen en la parte superior de las escaleras y llenan lentamente la habitación. El murmullo de sus conversaciones resuena como un trueno en mis oídos. Llevan túnicas de color rojo sangre alrededor de sus grandes complexiones, los cuellos levantados y unos bolsillos muy profundos en los que ocultan Dios sabe qué.

Estoy en un sitio vulnerable, no tengo dónde esconderme. Estoy expuesta y mis nervios están en carne viva. Me masajeo los dedos intentando aferrarme a mi ira mientras ocupan sus asientos. Los miembros del Gremio varían en edades, algunos van encorvados porque el peso de la vida les ha pasado factura y otros se mueven por la habitación con más entusiasmo. Mi mirada se detiene en una figura conocida. Alguien alto, con el cabello oscuro y ondulado rozándole la parte superior de los hombros. Se me congela el aliento en el pecho. Conozco esa boca taciturna, la tensa línea de su espalda.

Arturo.

El suelo tiembla bajo mis pies. Se me seca la boca como si tuviera la lengua cubierta de polvo. ¿Qué está haciendo él aquí? No es dragonador.

Es... *no puede* ser miembro, ¿un miembro superior? Varios hombres y mujeres pasan junto a él buscando un lugar donde sentarse y, a medida que lo hacen, le apoyan las manos en el brazo murmurando exclamaciones de sorpresa y entusiasmo.

Dejo mi puesto y me acerco a él.

—Señor Díaz de Montserrat.

Arturo se tensa. Entonces, lentamente, muy lentamente, se da la vuelta. Nuestras miradas se cruzan. La ira me arde en la sangre, hace que me tiemble el cuerpo. Tengo que sofocar el impulso de saltar sobre la barrera.

Don Eduardo aparece en mi línea de visión. Su cabello blanco como las plumas brilla con la luz de las antorchas. Avanza deliberadamente hacia Arturo. Pasa por el pasillo junto a los que lo observan con curiosidad y cambian su atención del domador al maestro dragón. Está vestido con una túnica negra con botones de latón y bordados dorados que van desde los hombros hasta los bajos. Es como una sombra en un mar rojo. Lleva en la mano un pulido bastón de madera con forma de cabeza de dragón. Don Eduardo nos mira con expresión remota.

He sido una idiota. Cuando ha estado a punto de besarme iba a decirme algo. ¿Qué era? Tenía que ser eso. El gran secreto que papá y Arturo me han estado ocultando.

—Colócate en tu sitio y empecemos —dice don Eduardo con su voz ronca y dura, áspera como una piedra.

Le lanzo una mirada venenosa a Arturo antes de volver a mi sitio. Don Eduardo se pone cómodo en su sillón de cuero decorado con piel de dragón y más grande que los demás. El ruido de los pasos perturba el silencio mientras los demás se apresuran a seguir su ejemplo. El maestro dragón se ajusta la túnica y se dirige a la multitud.

—Todos sabemos por qué estamos aquí —empieza—. Es un asunto realmente desafortunado. He convocado al señor Zaldívar, pero, evidentemente, todavía está muy enfermo, así que debemos dar la bienvenida a su representante, la señorita Zarela Zaldívar. Recuerdo a todos que los asuntos discutidos en esta cámara deben mantenerse en la más estricta confidencialidad. Si se corre la voz de lo que suceda en esta reunión, todos los miembros serán multados con diez reales. —Señala hacia mí—. Señorita, ¿eres consciente de la magnitud de los daños que causó ayer tu dragón?

Trago saliva y me chupo los labios.

—No conozco los detalles específicos, pero puedo imaginarlo.

—El número de muertos sigue aumentando, pero sabemos que ha habido al menos diecisiete fallecidos —dice con gravedad y me estremezco—. Dieciséis edificios fueron destruidos por completo y todavía estamos revisando el resto de los barrios para contar las pérdidas. La Giralda ha sido el centro de este extraordinario escándalo y debemos tomar una decisión. La ciudad de Santivilla ha perdido la fe en la habilidad de tu familia para dirigir una plaza y, mientras tu familia siga siendo miembro de esta excelente institución, nos arriesgamos a perder el apoyo y nuestra posición como el Gremio más importante y poderoso de Hispalia.

—Respeto este Gremio y sus tradiciones ancestrales —contesto—. Lamento profundamente nuestra implicación en la pérdida de vidas y en la devastación de la ciudad. Solicito humildemente que me permita hablar para poder compartir detalles que han salido a la luz desde el día de la tragedia. ¿Me lo permite?

—Creo que los acontecimientos hablan por sí solos —contesta don Eduardo.

—Señor —digo con tono impaciente—. Mi padre es un miembro prominente de esta organización y se debe escuchar su voz. Mi familia ha dado alegremente miles de helones al Gremio a lo largo de los años. Voy a preguntárselo de nuevo, ¿me permite hablar como representante de Santiago Zaldívar?

Don Eduardo se recuesta en su sillón de cuero con los dedos entrelazados.

—Si vas a contarme una historia absurda de sabotaje, lamento que tendré que detenerte antes de que empieces.

Me quedo boquiabierta.

—Con todo el respeto, ha habido demasiadas peculiaridades…

—Señorita, no puedo permitir que continúes —me interrumpe con firmeza. Me sobresalto con sus palabras—. Es una teoría ridícula, es preocupante y muy absurdo ponerse a vomitar suposiciones mal pensadas sin mayores pruebas que cerraduras desaparecidas. No servirá de nada.

Suaves ruidos perturban la audiencia y se expanden murmullos desde todas las direcciones. Busco un rostro familiar, pero no encuentro ninguno entre la multitud. Me niego a mirar a Arturo a la cara por miedo a ver su ceño fruncido y su desaprobación.

Voy a perder. Lo siento como un golpe en los dientes. Hasta ahora, no me había dado cuenta de que me estaba aferrando tontamente a una esperanza.

—¿Qué puedo hacer para arreglar esto? —Pienso salvajemente descartando una idea tras otra—. Cazaré a los dragones responsables…

Mis palabras son recibidas con carcajadas.

—¿Cómo vas a cazar a los dragones? —pregunta alguien de la multitud.

Me sonrojo todavía evitando mirar en dirección a Arturo.

—Contrataré al mejor cazador de toda Hispalia.

—¿Y quién querría trabajar para ti? —pregunta Eduardo con desdén. Mi rubor se intensifica y puedo notar la intensa mirada del domador.

—Tiene que haber *algo* que pueda hacer.

—Puedes aceptar y acatar el curso de acción que debemos tomar. ¿Cuál será?

—Una votación sobre la eliminación formal de tu familia de este Gremio —afirma don Eduardo—. Y para que La Giralda pase a ser propiedad nuestra, una plaza de dragones en funcionamiento bajo una autoridad diferente de acuerdo con los términos establecidos en el contrato que firmaron tus padres en el momento de la iniciación. Hay varias familias presentes hoy mejor equipadas para dirigir el destino de La Giralda.

El calor se acumula en mi garganta. Palabras al rojo vivo esperando ser escupidas.

—La Giralda lleva quinientos años en nuestra familia. Es nuestro hogar, pertenece al apellido Zaldívar y a nuestros descendientes.

—Nos enfrentamos a una enorme presión por parte de los ciudadanos de Santivilla. Otras plazas ya han experimentado una caída de la asistencia.

Respiro a grandes bocanadas. No puedo dejar de temblar.

—Sé que se nos puede echar parte de la culpa, deberíamos tener mayor seguridad. Debería haber hecho más, nunca se me había ocurrido que alguien pudiera intentar… —Se me quiebra la voz—. Todo el mundo sabe que usted no soporta a mi padre. Está haciendo esto para deshacerse de él.

El murmullo en la cámara se intensifica. He abierto las puertas para que pase la luz. El secreto de don Eduardo no puede seguir oculto.

—Mi opinión sobre tu padre no es relevante para esta conversación.

—Sí que lo es —replico en voz baja—. No quiere que lo sustituya.

—Ya es más que suficiente —gruñe el maestro dragón—. Votemos ya.

—Por favor, ¿qué puedo hacer?

—Nada.

—No. No puedo aceptar…

Don Eduardo se pone de pie y su silla chirría contra el suelo.

—Votemos. Todos los que estén a favor de la expulsión permanente de la familia Zaldívar y todos sus posteriores herederos del Gremio que levanten la mano.

Siento un inmenso peso en el pecho que hace que me cueste respirar. Que me cueste pensar. Me esfuerzo por recordar la inquebrantable línea de mi columna vertebral, por recordar que tengo una voz tan fuerte e importante como la del maestro dragón. Si no logro recordar eso, les habré fallado a mis antepasados, les habré fallado a mis descendientes.

Me obligo a mirarme los pies para no tener que presenciar a la gente volviéndole la espalda a mi familia (a mi padre) cuando se abren las puertas de la cámara de golpe. Levanto la cara por la sorpresa. Y allí, de pie junto a la entrada, hay una cara que conozco de toda la vida. Maltrecha y delgada, pero muy querida. Da un paso tambaleante y la luz arroja sombras sobre su demacrada silueta.

Ha venido mi padre. Me derrumbo en el suelo.

Está de pie, totalmente recto, con su mejor traje y sus zapatos de cuero, tan pulidos que relucen. Lleva su amado capote alrededor de los hombros, rojo y furioso bajo la luz parpadeante. Nadie habla. Incluso don Eduardo vuelve a sentarse. Papá llega hasta mí. Me caen gruesos lagrimones por la cara y no puedo moverme ni siquiera para limpiármelos. No quería que ninguno de ellos me viera llorar. Papá usa un dedo para levantarme la barbilla amablemente.

—Querida —me dice suavemente. Me limpia las mejillas con el pulgar. Sus rasgos son rígidos, demasiado angulosos, demasiado pronunciados, y la ropa le queda suelta y enorme. Pero de todos modos, es apuesto y orgulloso y en este momento lo veo vivo de un modo que no había visto en meses. Parte de su vieja fuerza lo mantiene erguido y con la barbilla en alto. Papá me pasa su firme brazo alrededor de los hombros y nos enfrentamos juntos al maestro dragón, lado a lado.

—Señor Zaldívar —comenta don Eduardo—. Mi viejo amigo.

Corrupto mentiroso. Papá debe notar la tensión repentina de mi espalda porque refuerza su agarre.

—Disculpe la interrupción. Antes de que se emita el voto, me gustaría decir unas palabras si esta gran asamblea me lo permite —anuncia papá.

El maestro dragón se queda un rato sin hablar. Conmigo ha sido severo e inflexible, pero don Eduardo no me está mirando a mí ahora.

—Declare lo que tenga que decir.

Papá alza la voz, un profundo timbre que me calienta el alma y llena cada rincón oculto de mi corazón.

—Antes de que decidan el destino de mi familia, les pido que recuerden quién soy. Algunos me conocen como un amigo, como un compañero y amante de nuestra tradición en el ruedo. A aquellos que me llaman «amigo», les pido que recuerden para qué vivo. Por encima de todo lo demás, soy protector de mi familia y de mi apellido y nunca haría nada que los pusiera en peligro. Mi hija cree que ha habido juego sucio bajo nuestro techo. Les pido que consideren el error que podrían estar cometiendo al votar hoy en mi contra si se demuestra que ella tiene razón. Habrán destruido mi legado. —Mi padre empieza a flexionar las rodillas—. Les pido, no, les ruego que lo piensen atentamente. Si tienen alguna duda, por favor, no voten para arruinarme.

Las rodillas de mi padre golpean el suelo y sigue rodeándome la cintura con el brazo. Espero un momento, en guerra conmigo misma. El orgullo es un supervisor implacable y he pasado la mayor parte de mi vida esclavizada por ese sentimiento. Respiro estremeciéndome y me arrodillo.

La estancia se queda en silencio unos instantes.

—Santiago —dice don Eduardo—. Más allá de lo que pase ahora, quiero que sepa que he dirigido está reunión de manera justa, a pesar de lo que su hija pueda pensar. Tenemos nuestras diferencias, pero le aseguro que las he dejado a un lado durante mis deliberaciones. Tal vez haya habido algún juego sucio en su casa, pero es su nombre el que aparece en la puerta y alguien debe hacerse responsable. La gente lo exige, yo votaré en consecuencia y animo a los demás miembros a hacer lo mismo.

Papá me mira y una triste sonrisa le retuerce la boca. Me aprieta el hombro y entiendo lo que quiere transmitirme con su gesto. Está preparándome para lo inevitable. El maestro dragón emite su voto. Al igual que antes, me obligo a mirar al suelo. Mi corazón no puede soportar ver todas esas manos levantadas.

Tras un momento, don Eduardo se aclara la garganta. Los dos nos levantamos. Mi corazón es como un animal salvaje tratando de sobrevivir un segundo más.

—Casi por voto unánime —empieza tranquilamente—, este Gremio expulsa permanentemente a la familia Zaldívar de sus libros y transfiere La Giralda de sus manos a las nuestras. Se les concederá un periodo de tiempo para empaquetar sus pertenencias y llevárselas a una nueva ubicación.

—¿Podremos apelar? —pregunta papá con voz seca.

—¿Con base en qué? —pregunta don Eduardo.

—No tenemos pruebas… pero si uno de los cargos que hay en mi contra es mi incapacidad de dirigir una plaza con seguridad, permítanme demostrarle a esta junta y a Santivilla lo contrario. Si los mecenas vuelven a confiar en La Giralda será un buen augurio para las otras plazas. Dennos esta oportunidad y, si lo logramos, prometan organizar otra votación para permitir mi reincorporación al Gremio y para que La Giralda siga siendo nuestra.

—Eso queda fuera de discusión —espeta don Eduardo—. Otro enfrentamiento en La Giralda…

Me pongo de pie de un salto.

—Pero piense en la participación… El *último* evento de La Giralda. La gente vendrá, ya sea por nostalgia o por curiosidad… —Se me quiebra la voz—. O por amor a mi madre.

Eso lo silencia. Se produce una pausa significativa, la quietud total de todos los presentes conteniendo la respiración, esperando. Puede que a don Eduardo no le caiga bien mi padre y que apenas me tolere a mí, pero admiraba a mi madre. Ella podía encandilar a cualquiera, podía sacarle una sonrisa incluso a un dragón.

—¿Y quién luchará en el ruedo? —pregunta finalmente don Eduardo.

El tiempo parece ralentizarse hasta que solo puedo oír mis propios latidos golpeándome las costillas. Puedo decirle toda la verdad, decirle que yo seré la dragonadora del ruedo. Excepto que sé en lo más profundo de mi ser que nadie lo aceptará ni se lo tomará bien. No puedo arriesgarme a decirles la verdad.

Quiero tener una oportunidad y, para que eso suceda, necesito mentir.

A Arturo no le va a gustar nada esto.

Lentamente, miro hacia él. Él también me está mirando con las cejas tensas y los labios apretados para evitar gritarme. Sabe qué nombre voy a decir. Pero mi voluntad es como la cara fría de una montaña que resiste los estragos del tiempo y del clima.

Mi voz suena tan clara con las campanas de Santivilla.

—Arturo Díaz de Montserrat.

Un murmullo recorre la estancia. Por alguna razón, esta información sorprende a los miembros del Gremio.

—¿Mi *sobrino* va a luchar en tu plaza? —pregunta don Eduardo alzando las cejas hasta la frente.

Parpadeo, aturdida.

De nuevo, me quedo sin palabras. ¿Su sobrino? Lentamente, estiro el cuello para mirar al domador. Está sentado inmóvil con los brazos apoyados en los reposabrazos del sillón de cuero y la boca apretada en una pronunciada mueca. La tenue luz de esta cámara proyecta profundas sombras por debajo de sus pómulos y me llama la atención el parecido de su rostro con el de Don Eduardo. Dos hoyuelos idénticos, sombras idénticas. Arturo está emparentado con el maestro dragón. Las implicaciones de eso casi me hacen caer al suelo.

Don Eduardo es el responsable de mi destino… y Arturo ha estado frecuentando La Giralda, ha estado en nuestras mazmorras, tiene la llave de las malditas celdas.

Ha visto mi dormitorio.

Podría haber estado espiándonos todo este tiempo y yo he estado demasiado ocupada, demasiado distraída con él para ver las señales. Y ahora acabo de entregarle a Arturo todos los medios para destruirme. Puede negar mis palabras, ridiculizarme delante de toda esta gente y quedaríamos fuera del Gremio para siempre.

Le he dado una espada para enfrentarse a mí en esta lucha.

Ahora lo único que tiene que hacer es atravesarme y verme sangrar.

—¿Es eso cierto? —pregunta el maestro dragón—. ¿Vas a volver a ser dragonador?

No soy tan cobarde como para no mirar a los ojos a la persona que tiene mi destino en sus manos. Su ira es tangible y aterradora. Tiene los puños apretados en el regazo, la furia rezuma de él como si estuviera rodeado de llamas. Podría quemarme con una sola respiración.

—Sí —responde Arturo con un gruñido—. Es cierto.

Las palabras suenan como si se las hubieran tenido que sacar a la fuerza. Al principio no puedo creerlas. No hasta que me calan en los huesos. No va a arruinarme. Lo miro a los ojos y sigue muy enfadado, pero veo una mirada que me roba el aliento. Está de mi lado. Somos camaradas luchando en la misma guerra. No sé por qué y probablemente ni siquiera me importa. Solo importa lo que ha dicho.

El maestro dragón se aclara la garganta y el ruido hace que aparte la atención de Arturo. Espero verlo enfadado por el aparente apoyo de su sobrino a mi causa, pero estoy totalmente equivocada. Se produce una comunicación silenciosa entre los dos hombres. Es imposible de interpretar. Debería incomodarme, pero sigo atravesada por una corriente eufórica que me lleva exactamente adonde quiero ir.

—¿Quién está a favor de permitir que la familia Zaldívar hospede una última corrida de dragones en La Giralda? —pregunta don Eduardo.

Muchas manos se levantan. Algunas lentamente, otras más rápidas. Arturo levanta la mano, mi compañero en la batalla. Se me corta el aliento.

La mayoría gana.

El maestro dragón echa hacia atrás su gran sillón de cuero y el chirrido resuena por toda la estancia.

—La sesión ha terminado.

Miro a papá con los ojos llenos de lágrimas. Su rostro muestra la misma expresión y me sujeta la mano con fuerza contra su pecho.

Ya está.

Es nuestra última oportunidad para salvar nuestro hogar.

VEINTICUATRO

apá y yo estamos sentados en la isleta de la cocina tomando un café caliente y disfrutando de una tostada con aceite de oliva ahumado. Es la mañana siguiente y todavía no puedo creer que mi padre esté erguido, que tenga color en las mejillas y que sus ojos oscuros muestren el brillo de la alegría y la esperanza. Está mejorando hora a hora, minuto a minuto. Alcanza mi mano y le estrecho la suya, aliviada al notar la fuerza de su agarre.

Ofelia da vueltas a nuestro alrededor llenándonos tazas y platos. Cuando cree que no estoy mirando, se seca el rabillo del ojo con la manga. Un fuerte ruido en la puerta de la cocina me sobresalta y estoy a punto de derramar mi taza.

—¿Por qué está cerrada esta puerta? —pregunta Lola. Golpea con más fuerza—. ¿Hola?

Me levanto de un salto, sonrojándome. Normalmente tenemos la puerta lateral abierta, pero he estado cerrando completamente La Giralda todas las noches. La dejo entrar y arqueo las cejas al verla. Está jadeando y lleva el pelo despeinado y revuelto.

—Qué bien que te unas a nosotros —comenta Ofelia, irritada—. Hay camas que hacer y platos que lavar.

Lola se agarra el costado y tiene la cara totalmente roja.

—Perdón por haber llegado tarde.

—Por Dios, Lola. ¿Has venido corriendo hasta aquí? —pregunto—. ¿Te perseguía algo?

—Calla y escúchame —resopla—. La noticia está por toda la ciudad.

—¿Qué noticia? —pregunta papá—. Lola, niña, siéntate antes de caerte.

—Desayuna —indico interrumpiéndola antes de que pueda hablar. Le paso el plato de aceitunas y rodajas de pomelo. Por suerte, los productos del mercado todavía son bastante baratos. Estamos en una dieta constante de pan, tomates, aceite de oliva, aceitunas, verduras frescas y la fruta que haya de temporada, lo que actualmente significa que se pueden encontrar muchos cítricos en La Giralda.

Ofelia se levanta y nos rellena las tazas de café.

—Estáis malcriando a la niña —murmura entre dientes.

Lola ignora el comentario.

—Han dejado a un dragón fuera de la puerta principal de la sede de los dragonadores.

Me levanto lentamente.

—¿Cuál?

Sus ojos destellan con impaciencia.

—El tuyo… el morcego. Lleva las cintas de La Giralda.

Coloco las manos a los lados de la mesa con una tensión creciente.

—¿Vivo o muerto?

Lola se ríe a carcajadas y golpea la isleta.

—Vivo, por supuesto. Ya sabes que no cree en el asesinato de los dragones.

Apenas puedo mover la boca para articular:

—¿Quién?

Lola se inclina hacia adelante con la luz mañanera reflejándose en sus ojos.

—Arturo.

Tengo que obligarme a cerrar la boca. Todos la miramos como si acabara de anunciar que el maestro dragón quiere celebrar su próxima fiesta de cumpleaños en la luna. Tal vez no he tomado bastante café esta mañana porque es imposible que Arturo me haya hecho este favor. Ayer estaba enfadado por mi engaño.

—No puede ser.

—Estoy segura de que lo ha hecho —insiste Lola guiñándome un ojo.

Finalmente me doy cuenta de que lleva su ropa de cama, como si no hubiera visto el interior de su habitación en toda la noche.

—¿Has dormido?

—Nada de nada —responde alegremente sirviéndose un plato de comida—. Ofelia, ¿has hecho mermelada de tomate?

La mujer pone los ojos en blanco como respuesta.

—Está en ese bote de ahí —contesta papá señalando uno de los estantes.

—¿Estás diciendo que ayer Arturo se marchó del Gremio y se fue directamente a dar caza a uno de los dragones que se nos habían escapado? —inquiero con cautela—. ¿Y que lo ha logrado en menos de un día?

Se deja caer en un taburete vacío a mi lado.

—Veo que hay alguien enamorado. —Si pudiera haberlo dicho cantando, estoy segura de que lo habría hecho. Qué idiota. Pero durante un instante en el que no puedo respirar, mi mente recuerda ese momento en el carruaje. Sus labios contra mi piel. El modo en el que me hizo sentir. Confundida. Deseosa.

El modo en el que respaldó mi escandalosa mentira delante de toda la Corte Dragón.

Sin embargo, había mantenido su pertenencia al Gremio en secreto. No me había dicho que el maestro dragón era su tío. Todo este tiempo, creía que era un dragonador desilusionado, alguien que había dejado la profesión por decepción. Pero había más que eso. Está emparentado con el hombre más poderoso de Santivilla. A pesar de su insistencia en no querer tener nada que ver con las corridas de dragones y, supuestamente, tampoco con el Gremio, se presentó ayer en la reunión para votar.

No sé lo que eso significa.

Claramente, tiene secretos y puede que nunca llegue a entender por qué decidió ayudarme pero, en un rincón de mi corazón, uno que no comparto con nadie, tengo la esperanza de que lo haya hecho por mí. Me parece una idea ridícula, un deseo formulado por la fantasía.

—¿Todavía te parece buena idea entrenar con el domador? —Papá me mira con astucia, como si pudiera ver el cuento de hadas que se está reproduciendo en mi mente.

Cuando estoy segura de poder responderle como quiere (controlada y sin develar la confusión que siento) le digo a mi padre lo más cercano a la verdad.

—Estoy enfadada con él. No confío en él. Pero voy a seguir con mi entrenamiento.

Papá asiente.

Me agarra los hombros con ambas manos. Huele a granos de café y a tabaco de pipa.

—Necesito que sigas mejorando, eso es lo más importante.

—No me gusta que os preocupéis todos tanto —responde con parte de su viejo fuego calentándome el corazón.

—Qué lástima —comento con una sonrisita—. Prepárate para más preocupación. —Miro a mi mejor amiga—. Lola, ¿lo acompañas arriba?

Lola pasa los brazos alrededor de la cintura de papá (no sin que él proteste) y juntos se marchan por la puerta. Papá se vuelve más pequeño y mi sonrisa desaparece. Toda esa charla de que no quiere que se preocupen por él es solo una fanfarronada. Le encanta la atención, adora sentirse cuidado y mimado. Lola mira por encima del hombro mordiéndose los labios para evitar reírse.

La campana suena y recuerdo el día que tengo por delante. Por muy maravilloso que haya sido ver a papá volviendo a ser él, todavía tengo que enfrentarme al domador de dragones.

A sus preguntas. A su furia.

Espero a Arturo en medio del ruedo sentada en la arena, con las rodillas pegadas al pecho y vestida con mi ropa de entrenamiento. Se me pasa su rostro furioso por la mente. Me preparo mentalmente para lo que se me viene encima.

Me enderezo cuando oigo a alguien acercándose. Sigo mirando al frente lejos de la entrada. Las botas de cuero desgastadas y sus pantalones marrones aparecen ante mis ojos. Se agacha para estar a mi misma altura. Se muestra sombrío, tiene la boca apretada y las largas líneas de su cuerpo reflejan su agotamiento. Tiene el capote en las manos. Una parte de mí se derrite, pero entonces recuerdo cuando vi su rostro el día anterior en el Gremio. La ira y la sensación de traición vuelven sobreponiéndose a cualquier sentimiento dulce por él. Están en guerra con el recuerdo de él votando a mi favor, en guerra con la posibilidad de que haya cazado al morcego huido.

Hablo con voz plana.

—El maestro dragón es tu tío.

—Correcto —responde neutralmente, pero a mí no me engaña. La ira arde tras ese impenetrable muro que ha construido a su alrededor con un foso traicionero. Probablemente esté lleno de serpientes.

—¿Por qué no me lo dijiste?

Arturo arquea una de sus oscuras cejas y pregunta con desdén:

—¿Acaso no está a salvo ninguno de mis secretos?

No muestra ni un ápice de disculpa y siseo fuego. Mi visión adquiere una tonalidad rojo ardiente. El color de mi capote es el de la guerra, el de la sangre.

—¿Cómo te *atreves*? Me debes algo mejor que esto.

—Diriges tu furia a la persona equivocada —contesta Arturo fríamente—. No tengo nada que ver con la decisión de mi tío de castigaros por lo que pasó en La Giralda.

Arturo cree que estoy enfadada por las razones equivocadas. No sabe que he descubierto quién es la persona responsable de la masacre de La Giralda: su tío. Lo tengo en la punta de la lengua, pero me reservo las palabras. No confío tanto en él como para eso.

—¿Y qué hay *de ti*? —inquiere engañosamente tranquilo mientras se me eriza la piel de los brazos—. ¿De lo que has hecho tú? —insiste, pero esta vez con más fuerza y me pregunto si debería levantarme para mantener esta conversación—. Me gustaría saber por qué *diablos…* —Eleva la voz en un rugido y arqueo las cejas a modo de advertencia. Cierra los labios con tozudez. Cuando vuelve a hablar, lo hace moderando el tono pero tenso, como si le costara hacerlo—. Te dije que no voy a volver a combatir nunca. Jamás. ¿En qué estabas pensando?

No voy a darle ni un centímetro. Se lo merece.

—¿Has estado pasándole información a tu tío?

Parece aturdido.

—¿Pasándole información a mi...? No. Mi tío Eduardo lleva pagándome la membresía desde que tenía trece años. Sigue pagando la cuota anual con la esperanza de que cambie de opinión y ocupe su puesto como dragonador. Cosa que no voy a hacer —añade fulminándome con la mirada.

Ha respondido a mi pregunta, pero no estoy satisfecha. Todavía no sé si puedo confiar en él. Pero antes de que pueda seguir presionándolo, se arrodilla sobre la arena, de nuevo con su ceño fruncido, tan afilado que podría cortar carne.

—¿Cómo has podido hacerme esto? ¡Ya sabes lo que pienso de esta profesión!

—¡Claro que lo sé! —exclamo, enfadada—. Y nunca te haría enfrentarte a un dragón en el ruedo.

—¿En serio? —pregunta en un tono mordaz—. Porque ayer parecía que eso era exactamente lo que iba a tener que hacer.

—Estaba mintiendo.

Su ceño se suaviza y casi desaparece, excepto por la fina línea de escepticismo que le cruza la frente.

—¿Qué?

—Voy a ser yo la que luche en el ruedo. Solo dije tu nombre para asegurarme de tener una oportunidad.

—¿Y cuando te vean a ti en el ruedo? ¿Entonces qué?

Me muerdo el labio y me encojo de hombros.

—Puede que se queden impresionados por mi atrevimiento. Eso es lo que siempre me dices, ¿no? Ser dragonador no consiste realmente en matar al dragón. Es una forma de arte viva y que respira, un espectáculo que demuestra la valentía y el honor del luchador.

Arturo arruga la frente.

—Es arriesgado.

—Es el único movimiento que me queda. —Lo miro entornando los ojos—. ¿Por qué no me delataste delante de tu tío cuando tuviste la oportunidad? Podrías haberle dicho que estaba mintiendo, que no sabías de qué estaba hablando.

—No importa. —Se ruboriza y cambia de tema rápidamente—. ¿Vamos a entrenar o qué? No quiero malgastar más tiempo.

Lo fulmino con la mirada. ¿No ha aprendido nada sobre mí?

—Ya sabes qué te voy a responder.

Tiende la mano para ayudarme a levantarme.

—Pues mueve el culo.

Arturo tira de mí para que me incorpore y me tambaleo hacia adelante perdiendo el equilibrio. Me coloca las manos en los brazos para estabilizarme y para impedir que me acerque más a él.

—¿Por qué? —susurro.

Su rostro es impenetrable. Quieto como una roca. Una verdadera fortaleza.

—Es hora de trabajar.

Doy un paso hacia adelante hasta que solo nos separa una respiración. Él se mantiene firme, como sabía que lo haría.

—¿Has dado caza al dragón desaparecido y lo has entregado al Gremio? —Lo único que obtengo es un parpadeo lento y comedido. Nada más. Gira la cara, pero no he acabado con él—. Necesito saber la verdad.

Arturo desenrolla el capote y lo tiende entre nosotros formando una barrera.

—¿Qué más te da? Hay un dragón peligroso menos en las calles…

—¿Has sido tú?

Le tiemblan los labios.

—Cazo dragones. Es lo que hago…

Sujeto el capote.

—Has sido tú. Pero ¿por qué? Lo matarán.

—Lo sé.

Había dado caza al dragón de todos modos. Suelto el capote y me aparto del domador, boquiabierta.

—Pero ¿por qué?

—Ya te lo he dicho —responde en un tono plano que me he dado cuenta de que es el más amable que tiene—. Soy cazador de dragones. Nada más. Es todo lo que soy para ti. —Durante un momento, su rostro no se muestra tan cerrado y me doy cuenta de que está intentando decirme algo acerca de ayer. Sobre el momento que compartimos en el carruaje.

Sobre el beso.

Está diciendo que no significó nada. La búsqueda del dragón, lo que pasó entre nosotros… no está conectado y mucho menos del modo en el que Lola sospecha que lo está. Yo misma quiero reírme, o tal vez llorar, por haber malgastado un solo instante de mi vida pensando en él, confundida por él.

No es el único que tiene un trabajo que hacer.

—Sí —respondo cortantemente—. Ya me lo dijiste.

Asiente. En un momento, se ha vuelto a separar de mí, en lo que ha tardado en inclinar la barbilla.

—Bien, porque mañana te enfrentarás al dragón. Lucharás en el ruedo dentro de cuatro días —afirma tranquilamente—. Ha llegado la hora de que te enfrentes al monstruo al que tienes que matar.

—¿Estoy preparada?

Aprieta los labios.

—Tendrás que estarlo. —Saca la lanza del baúl en el que están guardadas todas las armas. Deja caer el capote sobre la tapa y me tira la lanza. La atrapo con una sola mano. El domador arquea una ceja—. Veamos si puedes atravesarme con ella.

Levanto la lanza mientras él se acerca corriendo hacia mí.

VEINTICINCO

Faltan tres días para el espectáculo. Debería estar practicando esta mañana, pero, en lugar de una lanza, sostengo un bote de pintura. Vuelvo a sumergir el pincel en el cubo y estiro los brazos por encima de la cabeza, ligeramente mareada. Probablemente sea por la falta de sueño. O por haber tomado demasiado café y no haber comido lo suficiente. Lola, por otra parte, termina su sección con una floritura y su pincel se une al mío.

Juntas, damos un paso atrás y admiramos nuestro trabajo. La Giralda es un edificio inmenso hecho de ladrillos y piedras doradas con ventanas en forma de delicados arcos con los cristales azules. Cerca de la entrada hay una zona plana de pared sin adornos, pero Lola me ha convencido para que le dejase pintar un mural con nuestros dragones luchando en el ruedo. También ha añadido la fecha y la hora del último espectáculo con grandes letras pintadas de rojo intenso.

Está casi acabado. Los intensos colores forman un contraste agradable contra los sólidos tonos de la pared. Representa de un modo muy llamativo a uno de los morcegos con sus alas cortas como las de los murciélagos y escamas negras que brillan bajo la luz del sol. Está amaneciendo y un tono púrpura anuncia la mañana con matices dorados que iluminan la calle todavía en silencio. Los únicos sonidos que se oyen son los de los carros de madera de los comerciantes que se están ubicando cerca de la plaza mayor. Las obras de La Giralda están casi terminadas. Solo falta la arena blanca de la costa. Ofelia dice que los carros llegarán mañana por la mañana.

Lola me pasa el brazo por los hombros y contempla el mural entornando los ojos.

—¿Qué te parece?

Sigo la línea de su mirada y me fijo en el dibujo que ha hecho a mi semejanza en el que llevo un precioso vestido rojo y en los bajos llenos de volantes y puntillas. Lola ha añadido una chaqueta blanca similar al traje de luces que visten los dragonadores en el ruedo con intensos colores: el rojo más ardiente y el dorado más puro con tonos lavanda y rosa pastel. Llevo el pelo suelto y salvaje adornado con una cinta igual de impresionante que brilla y reluce. De algún modo, ha logrado que me viera más fuerte de lo que soy. Valiente y capaz. Soy bailaora y luchadora.

—¿Así es como me ves?

Me observa divertida.

—Zarela, esta eres tú.

Sonrío y juntas levantamos la mirada al inmenso mural. Una chispa de esperanza me recorre las venas. Ahora todos los que pasen junto a La Giralda sabrán lo del espectáculo. Estarán expectantes por ver a Arturo Díaz de Montserrat.

Pero seré yo. No como mi madre, la talentosa bailaora de flamenco. Tampoco como mi padre, el valiente dragonador. Una combinación de las dos personas a las que más quiero. Espero hacerlos sentir orgullosos. Porque si la multitud intenta echarme del escenario, no estoy segura de poder volver a actuar alguna vez.

—Me gusta la chaqueta —susurro—. No puedo esperar a verla en persona.

—Ya lo sé —dice guiñándome el ojo.

Me río y me separo de ella. Verme con un vestido de flamenca ha hecho que se me inundase el cuerpo con un agudo deseo de taconear y enroscar las manos en el aire.

—¿A dónde vas? —pregunta Lola mirando al cielo—. ¿Ya es la hora del entrenamiento?

—Casi —respondo. No recuerdo cuándo fue la última vez que bailé. Tengo un doloroso agujero en el pecho que crece agrandándose y profundizándose, y si no me pongo pronto mis zapatos de ante para bailar flamenco, me temo que nunca lo haré—. Voy a bailar un poco antes de que venga Arturo.

Asiente con aprobación.

—¿Y la música?

—Puedo oír la melodía en mi cabeza —respondo con una sonrisa y entonces me marcho para dejarla terminar el dibujo mientras voy a buscar mis zapatos de baile. Los encuentro debajo de la cama cubiertos de arena pegajosa. No me los he vuelto a poner desde aquel horrible día en la plaza. Me visto con una simple falda con volantes de tres capas que oculta las manchas, una de las pocas faldas que tengo para practicar. A continuación, me encamino al ruedo. El resplandor del sol me hace entornar los ojos y abofetea con sus rayos la piel expuesta.

Me quedo en el centro del ruedo y cierro los ojos concentrándome en el silencio para intentar oír la melodía que tengo guardada en un rincón de la mente. Lentamente, llega hasta mí. Nota a nota. El sensual sonido de la guitarra, cada rasgueo persuasivo que hace que mi sangre cobre vida. Retuerzo las muñecas sobre la cabeza. Mi espalda se arquea automáticamente alargando mi columna vertebral. El ritmo en mi cabeza cobra cada vez más fuerza. No tengo ningún tablao de madera debajo, pero me da igual, taconeo y golpeo con los pies la arena caliente.

—Un, dos, tres. —Cuento las pulsaciones en voz baja—. Siete, ocho, nueve, diez.

Practico balanceándome sobre la almohadilla de los pies para completar vueltas consecutivas, girando y girando pero sin llegar a marearme, formando dos curvas perfectas con los brazos mientras giro. Me agarro el bajo de la falda, balanceo la tela de izquierda a derecha, taconeando y moviendo los pies y retorciendo las líneas de mi cuerpo. El sudor me perla la frente y me cae por la nuca. Dios, cuánto lo echaba de menos. No puedo creer que no haya sacado tiempo para bailar. Me siento tan tan viva.

El sol sigue su trayectoria por su camino invisible en el cielo, pero apenas me doy cuenta.

La música de mi cabeza se vuelve demasiado real. Me atrapa en su red irresistible.

Las notas suenan con fuerza, con más fuerza de la que creo posible, hasta que miro a mi alrededor y capto a un espectador sentado en lo alto de una de las rocas que rodean la plaza.

Arturo rasguea la guitarra de mi padre y toca del mismo modo en el que vive, con confianza y sin pedir disculpas. Durante un excitante momento, nuestros ojos se encuentran y entonces giro metiéndome en su canción. El instrumento es como una extensión de su ser; las notas son audaces, furiosas y abrasadoras. Lanzo una mano en el aire y con la otra me doy una palmada en el muslo mientras taconeo velozmente sobre la arena compacta.

Arturo se pone de pie. Sus dedos no dejan de tocar y baja hasta donde estoy bailando. Hace rugir la guitarra y mi cuerpo responde al grito de batalla. Entonces ralentiza la melodía obligándome a dar un último giro lánguido. Acabo con los brazos curvados hacia abajo y con un pie delante del otro.

Me mira implacable y hostil. Como si yo fuera una amenaza para su bienestar.

Me siento extremadamente complacida por eso.

Salta por encima de la barandilla con la guitarra todavía en la mano y se acerca mientras intento controlar mi respiración.

—Bailas tan maravillosamente como siempre —dice cuando llega junto a mí.

—¿Es una acusación?

—¿Qué? —pregunta, exasperado.

—Bueno, parecías enfadado. Cuesta saber cuándo me estás haciendo un cumplido —le sonrío y aparta la mirada, colorado y con los labios apretados en una mueca.

Se produce una breve pausa.

—Era un cumplido —afirma, cortante.

—Gracias. Tocas muy bien —comento con sinceridad. Parpadea por la sorpresa y baja la barbilla. Me divierte su repentina timidez—. ¿Quién te enseñó?

La expresión de Arturo se cierra tan repentinamente que me sorprende no oír el portazo.

—Mi padre.

Lo observo de cerca.

—¿Qué les pasó a tus padres?

—Murieron por la fiebre hace unos años.

Esa enfermedad se había extendido rápidamente diezmando a la población como una ola que azota la orilla. Habían fallecido decenas de personas y durante mucho tiempo no se podía pasar por la plaza sin encontrarse con un funeral o una procesión.

—Lo siento.

—Ya he hecho las paces con eso.

—Pero eso no hace que sea menos triste —digo en voz baja—. Gracias por la música. Llevaba mucho tiempo sin bailar.

—Lola me ha preguntado si sabía tocar y luego me ha dado el instrumento. Supongo que es de tu padre.

Asiento.

La expresión de Arturo se ensombrece.

—Hoy voy a traer al dragón.

—Lo sé. —Toco una de las cuerdas con la boca seca.

—Calentemos con unos pasos y luego bajaré —indica—. ¿Podrás practicar con esa falda?

Se me forma un nudo en el estómago, pero asiento.

Arturo me mira frunciendo el ceño como si pudiera notar mi inquietud. Hace un pequeño movimiento hacia mí levantando el brazo con el dedo índice estirado y cerca de mi mejilla. Contengo el aliento esperando su suave roce, pero deja caer la mano, hace un ruidito de impaciencia (no para mí, sino para él mismo) y luego se aparta apoyando la guitarra contra la pared. Se vuelve hacia mí arqueando una sola de sus cejas oscuras.

—¿Preparada?

Estamos el uno frente al otro a pocos metros de distancia jadeando e intentando tomar aire. Arturo me ha hecho correr por cada etapa practicando ejercicios y pasos. Se ha movido como lo haría un dragón, repentino, salvaje y combativo en ráfagas de energía implacable. Cada vez, he podido bailar para apartarme del peligro, sonriendo y clavando la lanza en su dirección cuando se acercaba. He empezado a añadir giros cada vez que lo esquivo, estrechos círculos por el ruedo mientras él carga. Cuando hemos terminado, me mira y asiente.

—¿Eso significa que estoy preparada?

Se sacude la arena de las botas de cuero.

—Sí. Entrégame tu capote.

Me atraviesa una chispa de alarma. Enrosco los dedos de los pies dentro de los zapatos.

—¿Necesitas ayuda para sacar a la bestia de allí?

Me lanza una mirada de desdén tan fulminante que hace que me encoja. Mientras avanza hacia la entrada del túnel, agarra la guitarra que estaba apoyada contra la pared con la mano libre y rasguea las cuerdas antes de desaparecer entre las sombras. Me levanto el dobladillo de la falda y sacudo los pliegues y la arena. Me pongo a practicar más giros y pasos imaginando a la salvaje criatura delante de mí. Poco después, vuelve Arturo con la gruesa cadena alrededor del brazo y el capote en la otra. El morcego salta en dirección a la tela roja, completamente embelesado.

Arturo conduce al monstruo al ruedo esquivando sus fauces y la tela roja se agita con los movimientos precisos de su muñeca. Está tranquilo y nada asustado. Tiene los hombros rectos como si fueran de metal. Engancha la cadena a un anillo de hierro que sobresale de una plataforma baja hecha de piedra.

—Le he dado agua a la dragona para no tener que preocuparnos por el fuego —informa cuando la ha asegurado.

—¿Cómo sabes que es hembra?

—La cola de los machos es más larga y gruesa —contesta entregándome el capote.

La dragona se inclina hacia el domador cerrando la mandíbula hacia el intenso destello de color. Sus escamas negras brillan pálidamente bajo el sol ardiente.

Arturo retrocede con la atención puesta en la bestia.

—He dejado la cadena suelta. Ya puedes empezar.

El terror me sube por la columna vertebral. El eco de mis latidos me ruge en las orejas. Levanto el capote con ambas manos y lo ondeo en un suave arco lejos de mi cuerpo. Parece una bandera triunfante flameando en la torre de un castillo. Me muevo como Arturo me ha enseñado, con pasos cortos y elegantes. El capote hace su trabajo y la dragona deja de cargar hacia el domador y se desvía para mirarme.

La morcego. Negra, preciosa, poderosa y peligrosa. Sus escamas son el más duro de los escudos, su mirada centelleante es al mismo tiempo hipnotizante y seductora. Trago saliva y sujeto el capote más alto. Lo muevo hacia adelante con rápidas sacudidas. La dragona ruge y carga pateando la arena. Cuando está a treinta centímetros de mí, me muevo lanzándome a un lado con un pie por encima del otro y el capote ondeando a mi lado. Las reglas de Arturo se muestran en mi mente.

Mantén siempre treinta centímetros de distancia.

Nunca coloques el capote delante de ti.

Lo primero es hacer el primer paso. La verónica.

La dragona sigue el movimiento del capote agitando la cabeza salvajemente, intentando perforar la tela con sus enormes cuernos. Cada movimiento está más y más cerca de mi cuerpo. Doy vueltas en un círculo cerrado y, mientras lo hago, paso el capote por la cabeza del animal. Arturo suelta un grito de júbilo, la dragona ruge con furia y una ráfaga de aire caliente me azota el pelo.

No dejo de moverme, sigo girando y esquivando. Estoy cerca y a varios pasos de distancia.

—¡Cuidado! —exclama Arturo.

No veo la lanza en el suelo hasta que es demasiado tarde. Tropiezo con la delgada hoja, el capote revolotea sobre mí y cae golpeándome el pecho de lleno y manchándome la cara de arena. Toso por el impacto, oigo a Arturo gritar débilmente y de repente tengo a la bestia sobre mí. Me cae su saliva en la cara, en el capote. Apesta como agua estancada escondida durante meses en un armario. La dragona emite otro rugido salvaje. El corazón me late contra las costillas. Aparto el capote justo cuando sus grandes fauces se acercan a mí y dejo escapar un grito gutural.

Una melodía atraviesa el aire, se acerca suavemente. La música nos llega a ambas, a la humana y a la bestia, y las dos nos quedamos congeladas, desconcertadas. La dragona resopla sobre mí. Estoy entre sus gruesas patas. Miro al domador, pero tiene la atención puesta en la morcego. Toca la guitarra y la melodía llena el aire perturbando el repentino silencio.

—Con cuidado ahora —dice Arturo mientras toca. Tiene la voz marcada por la tensión, es como una cuerda estirada a segundos de romperse—. He descubierto que el ruido los distrae. Muévete lentamente.

Las notas vagan por mi mente confusas y potentes. Me arrastro por debajo de la dragona centímetro a centímetro con los muslos tensos. La dragona mira al domador, pero capta mis movimientos y gira su gigantesca cabeza en mi dirección. Echa resoplidos por las fosas nasales. Cada resoplido me agita el pelo y me revuelve el estómago. Es asqueroso, como si estuviera podrida por dentro.

Pero el monstruo no ruge. No me hunde los largos dientes en la piel.

Me levanto a poca distancia. El sudor me resbala por el rostro. Me tiembla el cuerpo con la tentación de huir. La dragona espera a que me mueva. Miro hacia la lanza. Sigue debajo del vientre de la bestia. ¿Debería intentar agarrarla? Doy un paso hacia adelante y la criatura ruge. Se me eriza el vello de los brazos.

—No te muevas —me indica Arturo mientras su música llena la arena.

Insistente. Fuerte. Distrayendo.

La dragona debería alejarse de mí, pero no lo hace. Estamos bloqueadas en el juego y no sé cómo ganar. Cómo sobrevivir. Sus dientes reflejan la luz del sol. Doy un pasito hacia atrás y la dragona da un paso hacia adelante imitando mi movimiento. El sudor se me acumula en las manos.

La melodía se arremolina en mi cabeza. No tengo ni idea de lo que va a suceder a continuación. Estoy aterrorizada, desesperada por huir, pero la música es implacable y, de algún modo, como si tuvieran voluntad propia, mis caderas empiezan a balancearse al ritmo de las notas que me presionan la piel.

La morcego me mira.

Y la dragona también comienza a la balancearse.

La música vacila y la bestia deja escapar un silbido de indignación. Arturo se recupera y empieza de nuevo. Vuelvo a balancearme, moviéndome de delante hacia atrás y dejando que mi cuerpo se suba a la música como si fuera la cresta de una ola.

La dragona hace lo mismo que yo.

Es increíblemente aterrador y maravilloso.

Arturo toca una canción conocida. Espero a que llegue el ritmo y doy un golpe con el pie sobre la arena. Tengo la coreografía delante de mí. Levanto los brazos por encima de mi cabeza retorciendo las muñecas, enroscando los dedos. Mi falda de volantes se mueve alrededor de mis tobillos.

La dragona sigue mis movimientos balanceándose y golpeando conmigo. Se mueve a mi alrededor en un círculo estrecho azotando con su cola, levantando las patas traseras solo para golpear el suelo con ellas cuando lo hago yo. A continuación, empieza a enroscar la cola como mis muñecas por arriba y por abajo. Dejo escapar un jadeo, pero no me atrevo a detenerme.

Estamos bailando juntas.

Humana y dragona.

Presa y depredadora.

Utilizamos cada centímetro del ruedo con Arturo cerca de nosotras creando arte con las manos. Cuando empiezan a temblarme los brazos y me arden los muslos, encuentro su mirada y abro mucho los ojos. Asiento y se coloca delante de mí tocando de un modo más fuerte y apasionado, atrayendo la atención de la morcego. Yo me aparto deslizándome, alejándome de la pareja, jadeando para recuperar el aliento, esperando a que mi corazón se desacelere.

Me miro las manos temblorosas, la falda salpicada de arena, los zapatos sucios, y pienso: acabo de bailar con un dragón.

Arturo conduce a la dragona hacia el túnel y, como uno solo, desaparecen en las profundidades, la música se va desvaneciendo hasta que soy incapaz de oírla. Me tambaleo hasta la pared y me apoyo contra ella apreciando su tacto sólido contra mi espalda, manteniéndome erguida.

La bestia no tendría que haber respondido de ese modo. Los dragones son criaturas salvajes, peligrosas y sedientas de sangre. Como lobos merodeando por la tierra. Como buitres por el aire. Pero ha bailado conmigo bajo el hechizo de la música. Se ha movido conmigo con tanta elegancia como lo haría cualquier compañero de baile.

¿Por qué? ¿Cómo?

Arturo se materializa en la entrada del túnel. Cruza el ruedo con grandes zancadas hasta que se coloca delante de mí. Estamos estupefactos, impresionados. Somos incapaces de apartar los ojos del otro. Algo cambia en mi interior y noto también un cambio en él. Su mirada es menos hostil. Más expuesta.

Un joven que se deleita con lo imposible.

Susurra mi nombre por primera vez:

—Zarela.

VEINTISÉIS

La palabra me roza la piel y me estremezco. Me atrae hacia él y me abraza con fuerza. Su pecho sube y baja contra el mío.

—¿Estás bien? —me susurra al oído.

Asiento mientras le rodeo la cintura con los brazos. Nos quedamos quietos minutos, horas, todo lo que queda del día. El tiempo se mueve sin que me dé cuenta. Tengo todos los sentidos en alerta, siento su túnica presionada contra mi mejilla, el sol golpeando con fuerza nuestras cabezas, el modo en el que me estrecha como si no quisiera soltarme nunca.

Sin embargo, un momento después, lo hace.

Me paso la lengua por los labios.

—¿Vas a besarme alguna vez, Arturo?

El fantasma de una sonrisa le atraviesa la boca.

—Confiaba en que no fueras tímida.

—Nunca lo he sido —respondo encogiéndome de hombros.

Arturo me coloca un mechón rebelde detrás de la oreja.

—Te queda bien.

No responde a mi pregunta, ni me besa. Da un paso para apartarse de mí con un destello de arrepentimiento en el rostro.

—¿Seguro que estás bien? Cualquier mortal habría perdido el juicio.

—¿Mortal? —pregunto inclinando la cabeza.

Él se encoge de hombros imitando mi gesto anterior.

Como no se explica más, tomo el hilo de la conversación.

—Ha sido aterrador. —Recuerdo el asqueroso aliento de la dragona contra mi cara, su apestoso olor a humo y a muerte. Sus dos patas gigantescas a ambos lados de mi cabeza—. Creía que estaba acabada. Si no hubieras estado ahí…

Hace una mueca.

—¿Cómo se te ha ocurrido tocar la guitarra?

Se queda en silencio, considerándolo.

—A veces, toco por las noches en el campo donde están las jaulas. Me he dado cuenta de que los calma, hace que estén menos inquietos y hostiles. Creo que les gusta ese sonido. Primero pensé en atacarla, pero me preocupaba que te pisara en el proceso. La guitarra estaba a mano.

—Me has salvado la vida —le digo.

Le quita importancia a mi comentario.

—¿Cómo se te ha ocurrido a ti bailar?

—No lo sé —admito—. Me apetecía.

—Tienes buenos instintos.

—Cuidado —bromeo—. Eso ha parecido un cumplido.

—Lo ha sido —responde fríamente. Hay un indicio de sonrisa curvando sus labios perfectos. Me encanta poder ver algo tan suave en su duro rostro, con las líneas cuadradas de su mandíbula, sus pómulos angulosos y las cejas perpetuamente fruncidas. Niego con la cabeza intentando obligarme a mí misma a centrarme en las palabras que ha dicho y no en las que no nos decimos por alguna razón.

—¿Alguna vez habías visto a un dragón comportarse así? —susurro como si fuera un momento demasiado valioso para compartirlo con alguien que no sea él, ni siquiera con la suave brisa que remueve ligeramente la arena bajo nuestros pies.

Él niega con la cabeza.

—Llevo años observándolos. Los dragones son criaturas orgullosas y reservadas. No actúan para extraños y menos para humanos. Pero bueno, tampoco he intentado bailar nunca con ninguno…

—¡Zarela!

Ambos nos damos la vuelva y vemos a Lola en la entrada. Corre hacia nosotros mientras su larga trenza se balancea. Me sobresalto al darme cuenta de que el sol está cercano al horizonte y que podría ser pasada la sexta campanada. El crepúsculo tiñe el cielo de un tono morado.

—¿Qué pasa? —le pregunto.

—Me habéis hecho correr hasta aquí —jadea—. ¿Cómo osas?

—Lola. —El miedo me parte en dos cuando comprendo que algo podría ir mal—. ¿Papá está…?

Se inclina hacia adelante recuperando el aliento.

—No es tu padre. Hay mucha gente. Han organizado una manifestación delante de La Giralda.

—¿Qué?

Señala hacia la entrada principal.

—Hay cientos de personas.

Los tres salimos corriendo del ruedo hacia el gran vestíbulo. Ofelia y dos de las criadas se quedan junto a Lola con la boca abierta, mirando por la ventana. Me acerco a ellas y jadeo. Cientos y cientos de manifestantes llenan la avenida con la ropa y la piel teñidas del color de la sangre. Levantan señales reclamando nuestra ruina, exigiendo el fin de La Giralda. Y de pie sobre una plataforma de madera toscamente construida está Martina Sánchez ondeando su pancarta de protesta.

La multitud parece una larga serpiente rodeando el edificio, lista para devorarlo.

—No lo entiendo —dice Lola—. ¿Qué están gritando?

Me enfurezco.

—Cerrad las puertas.

—No quieren que La Giralda organice el combate —comenta Arturo detrás de mí—. El dibujo de los muros exteriores no es precisamente sutil.

—¿Qué podemos hacer? —susurra Ofelia.

Presiono la frente contra el frío cristal. Espero encontrar una respuesta. Pero no me queda nada. Le he entregado todo lo que tengo al ruedo.

—¿Crees que se habrá expandido por toda la ciudad? —pregunta Lola—. Tal vez los manifestantes se hayan quedado en esta área.

Arturo señala a varios espectadores que llevan fardos de papel y cuadernos de dibujo.

—Son cronistas. —Señala a más gente que está observando los acontecimientos con avidez vestidos con túnicas azules y doradas y sombreros de plumas—. Y han llegado los pregoneros.

—Lo que significa que la noticia llegará a cada rincón de Santivilla —dice Lola—. Es culpa mía. He pintado folletos que detallan información sobre la corrida de dragones. Guillermo los encantó para que aparecieran en lugares públicos.

—Esto no es culpa tuya —respondo, enfadada. Me lo dijo la propia señora Montenegro: don Eduardo hará cualquier cosa para volver la opinión pública en mi contra. No sé cómo, pero ha tenido mucho tiempo para averiguar cómo envenenar nuestro próximo espectáculo esparciendo falsedades. Por lo que sé, podría haberle pagado a Martina para que apareciera esta noche con su gente.

—Mirad. —Lola señala por la ventana. La noche avanza cubriendo a Santivilla con su manto de sombras y los manifestantes han encendido cientos de antorchas, velas, cirios y cerillas y siguen dando vueltas a La Giralda hasta que está rodeada por un anillo de fuego.

—Esto no puede estar pasando —murmuro—. ¿Quién va a comprar entradas ahora? Tienen que parar.

Me aparto de la ventana y oigo a Lola y a Ofelia protestando. Alguien dice «yo me encargo de esa tonta» y oigo los pasos de Arturo junto a mí. Estoy a medio camino en los escalones de mármol con la sangre hirviendo, casi temblando de furia e indignación. ¿Cómo se atreven? Son nuestras vidas, nuestro hogar.

No dejaré que me lo arrebaten.

Unas manos fuertes me agarran de los brazos y me hacen girar sobre los escalones.

—Zarela, piensa un momento.

—Me he hartado de pensar. *Necesito* hacer algo.

Él levanta las manos.

—Respira hondo.

Como si tuviera tiempo. Podrían entrar en cualquier momento. Resoplo y bajo corriendo el resto del camino. Estoy a punto de llegar a la calle cuando me levanta y me carga como si fuera un saco de patatas. Arturo tiene una mano firme en la parte trasera de mis muslos y estoy tumbada sobre su hombro con una espectacular vista al suelo.

—¿Qué diablos estás haciendo? —grito.

Me ignora.

Le golpeo la espalda, pero solo logro que se mueva con más rapidez. Sus botas golpean la piedra y entramos en el vestuario.

—Bájame —gruño.

Me da la vuelta y me pone de pie suavemente. Me alejo, furiosa. Hay un candelabro en una de las mesas laterales y se lo lanzo a la cabeza. Lo atrapa limpiamente con una mano y lo deja tranquilamente a su lado como si no acabara de intentar matarlo con él.

Intento rodearlo, pero se mueve rápidamente y se coloca delante de mí. Me muevo a la izquierda y vuelve a hacerlo. ¡Es incorregible! Me paso los dedos por el pelo y tiro de las puntas.

Arturo se mueve y se coloca delante de la puerta bloqueándome la salida. ¿Por qué siempre está bloqueándome las salidas?

—Déjame pasar.

—No.

—¿Quién te crees que eres?

—Recuerda a tu padre.

Mi ira se apaga. Inhalo profundamente notando que los pulmones se me estiran y se me llenan y lo empujo todo, toda la rabia, el miedo y el descontrol que siento. Pero no ayuda. Recuerdo la imagen de las antorchas ardiendo rodeando mi casa. Los gritos, las pancartas con sus mensajes de odio.

—Sé que tu tío es el responsable. —Me paseo por la estancia. Arturo se apoya contra la puerta con las piernas cruzadas y me sigue con sus ojos grises. Arriba y abajo, arriba y abajo.

—¿De qué, exactamente?

—¡De todo! —exploto. Esta sala parece demasiado pequeña. No puede contener mi ira—. No puedo demostrarlo.

—Cálmate.

Le lanzo una mirada asesina.

—¿Lo niegas?

Entorna los ojos.

—¿Hay alguna acusación en eso?

—Es *tu* tío.

—¿Y qué? No estamos muy unidos —añade secamente—. Es lo que tiene darle la espalda al oficio familiar.

No me interesa su historia familiar. No cuando hay cientos de personas gritando mi nombre.

—No tengo tiempo para esto —espeto caminando a zancadas.

—Si sales ahí perderás la vida. —Su ceño se oscurece—. ¿Por qué siempre te estás poniendo en peligro?

—¿Cómo que por qué? Están atacando mi casa. ¿Qué harías tú?

No tiene respuesta para eso porque sabe que tengo razón. Hay cosas que merecen arriesgar la vida. Doy un paso hacia él y le pongo un dedo en el pecho.

—¿Por qué te importa?

Mantiene la boca cerrada y me mira fríamente.

He esperado mucho tiempo para oír lo que piensa de mí. Si apenas me tolera, si solo me sigue la corriente, si está jugando con fuego cuando sabe que no puede quemarse. Me acerco hacia él hasta que tengo la boca a dos centímetros de la suya. El susurro sube por mi garganta desde las profundidades de mi vientre.

—Te importo. Admítelo.

La mirada de Arturo desciende hasta mis labios y aprieta los puños hasta que se le ponen blancos los nudillos. Me interesa mucho la batalla que está manteniendo consigo mismo.

—A veces no te soporto —murmura.

Pero la forma en la que me mira, el calor de sus ojos, el modo en el que se está conteniendo, me dicen otra cosa.

En el exterior, los gritos se intensifican. Distraen. Intento apartarme, pero entonces Arturo alarga las manos, me toma de los codos y me acerca hasta que quedo a un hilo de distancia de él. Tan cerca que puedo ver cada pelo de la barba incipiente en sus mejillas.

—¿No lo entiendes? —susurro—. Tengo que hacer algo.

—Ya lo has hecho —insiste. Intento protestar, pero me sacude—. Has estado entrenando, preocupándote por las reparaciones, administrando toda la casa —replica—. ¿Alguna vez te cansas? Porque yo estoy cansado solo de mirarte.

—Estoy bien.

—Estás exhausta. Tienen bolsas debajo de los ojos. Tienes un aspecto horrible.

Lo fulmino con la mirada.

—Qué grosero.

—Sabes a lo que me refiero. —Me acerca todavía más. Las puntas de nuestras botas se tocan.

—Ten cuidado, casi parece que te preocupas por mi bienestar.

Su voz es plana incluso mientras me dibuja círculos en la piel con los pulgares. Ese gesto me tranquiliza y me sumerjo en esa sensación arropándome en ella como si fuera la más suave de las mantas.

—No me preocupo.

—¿Nos estamos haciendo amigos? —pregunto, desconcertada.

Frunce sus rasgos.

—Tú solo quédate lejos de las calles. Prométemelo.

—¿Quieres decir para siempre? Eso es poco práctico.

Mueve ambas manos hacia mí como si quisiera sacudirme.

—Maldita seas, Zarela.

Sin embargo, me coloca las manos en los hombros y tira de mí hacia adelante. Nuestras frentes se tocan y respiramos el mismo aire. Dibuja pequeños círculos con los pulgares y ese movimiento hace que me calme y me derrita. Nuestros labios están muy, muy cerca. Una inhalación, un paso adelante y sentiré su boca sobre la mía. Pero las palabras que no diremos se interponen entre nosotros y no me atrevo a acercarme.

Me desea, lo sé, pero no se permite rendirse ante mí.

Arturo me roza con los labios la sien, el pelo, y luego me susurra:

—Por favor, quédate aquí.

Se endereza, y con una última mirada penetrante, se marcha del vestuario.

Miro por la ventana donde el mundo exterior sigue ardiendo. No puedo hacer nada con Martina y toda su gente. A regañadientes, admito la derrota porque mañana empieza la verdadera batalla.

Mañana voy a practicar enfrentándome al dragón de verdad.

VEINTISIETE

Cuando Ofelia llama a la puerta de mi dormitorio a la mañana siguiente ya sé que va a tener malas noticias. Lo sé porque llama suave y lentamente, como si no quisiera molestarme, esperando que tal vez no responda.

Pero lo hago.

Es mejor enfrentarse a este tipo de cosas de cara. Me preparo para lo que vaya decirme, me mentalizo para tener que añadir algo que arreglar a la larga lista de mi cabeza. ¿Habrán enfermado los dragones? ¿Nos habremos quedado sin dinero para comprar comida?

Abro la puerta y desearía no haberlo hecho porque no es Ofelia.

—¿Qué haces fuera de la cama?

Papá se endereza cuan alto es envuelto en su bata de seda. Había dicho esas palabras sin fijarme realmente en su apariencia. El alivio se extiende en mí y empieza a expandírseme cierto calor por el estómago. Se lo ve más despejado, mucho mejor.

—Tengo energía suficiente para esto, hija —responde.

Mi alivio y mi tranquilidad se desvanecen en un instante. Las comisuras de su boca son más pronunciadas de lo habitual. Eso nunca es buena señal.

—¿Para qué?

—Cariño —dice suavemente—. Necesito que vengas conmigo.

Me agarro a la puerta.

—¿Qué pasa, papá?

Vacila.

—Ponte la ropa de entrenar y baja. Voy a prepararte un café y luego te lo muestro.

—¿Me lo muestras?

No responde, pero se da la vuelta y echa a andar arrastrando los pies por el pasillo mientras sus pasos se alejan suavemente. Lo observo caminar. Su delgado cuerpo apenas es más ancho que el mío. Una fuerte ráfaga de viento podría llevárselo volando y apartarlo de mi vida. Pero parece más fuerte y tomo nota para hablar con Ofelia y que empiece a alimentarlo con comida más sustanciosa.

Cierro la puerta y me pongo una túnica desgastada con una falda a juego y unos zapatos llenos de arena, y salgo corriendo de la habitación para reunirme con mi padre con el corazón latiéndome con fuerza entre las costillas. ¿Qué tendrá que mostrarme?

Pero a los pies de la escalera no me espera solo papá. Está Lola con los ojos llorosos, papá alto y delgado, y Ofelia rebosando nerviosismo y sosteniendo una taza de café. La tomo de su mano temblorosa.

—Toma varios sorbos —me indica Lola.

Mis temores aumentan. Construyen un muro a mi alrededor, encerrándome, ladrillo a ladrillo.

—¿En serio? ¿Qué narices está pasando?

Pero hago lo que me ha dicho y tomo varios sorbos. El líquido me calienta al instante. Le devuelvo la taza a Ofelia y me llevan a las puertas de La Giralda. El sol brilla con fuerza, ardiente y feroz, y entorno los ojos para adaptarme al resplandor. Cuando pongo el primer pie en el exterior me recibe un hedor repentino que me revuelve el estómago.

Finalmente mis ojos se adaptan a la luz.

Hay mierda por todas partes.

A montones, esparcida por los escalones de mármol. Me tapo la nariz y salgo a la calle intentando no mirarla directamente. Hay montones asquerosos de folletos por todas partes, algunos son periódicos viejos y otros son anuncios para el próximo espectáculo. El gran trabajo de Lola, destruido. La gente ha arrojado su basura delante de la plaza. Sigo caminando y parpadeo rápidamente como si pudiera disipar lo que ven mis ojos. Presto tanta atención a donde coloco los pies que casi paso por alto la mayor burla.

Todo el exterior de las hermosas paredes de ladrillo de La Giralda está manchado con pintura roja. Han destruido el mural en el que estuvimos trabajando. Gran cantidad de insultos cubren las paredes. Asesina. Dama dragón. Puta. Incluso han manchado algunas de nuestras ventanas azules.

Lola llora en silencio y se limpia las lágrimas con el dorso de la mano, enfadada. Ofelia ya ha ido a por un balde y está sentada en las escaleras frotando con rabia. Papá toma otro trapo y hace lo mismo. Puedo leer su angustia en la curva de su espalda. Este edificio era la joya de la corona de Santivilla. El hogar de nuestro apellido respetable, nuestro legado.

Ahora es un lugar en el que la gente profana sus escaleras.

Lo veo todo rojo. Si pudiera escupir fuego, juro que lo haría. Quiero gritar, enfrentarme a los responsables. Aprieto los puños con fuerza. Lágrimas ardientes se me acumulan en los ojos y me llevo la manga de la túnica a la cara para impedir que caigan. La ira siempre me hace llorar. Es exasperante, como si mi cuerpo no supiera qué hacer con esa emoción más que sacarla con lágrimas lastimeras. Me pesa el pecho por el esfuerzo que hago para controlar mi furia, mi dolor.

Lola se para a mi lado.

—Está aquí tu domador —susurra señalando en su dirección con la barbilla.

Efectivamente, ahí está con su caballo cobrizo y moviendo los ojos de un lado a otro. Cuando su mirada se detiene en las ofensivas palabras de la pared, inhala furiosamente. Respira con pesadez a través de sus fosas nasales y se aferra a las riendas hasta que se le ponen los nudillos blancos. Me mira, serio y sombrío, y ardiendo por dentro.

Camino hacia papá y lo ayudo a levantarse. Quiero consolarlo, pero no me salen las palabras. Tiene los hombros hundidos y la orgullosa barbilla agachada.

—¿Por qué ha hecho esto la gente de Santivilla?

—No han sido ellos —respondo—. Ha sido la Asociación.

Y mentalmente, añado: «Y el maestro dragón».

Esto exige una respuesta. Debo tomar represalias. No puedo dejarlo pasar.

Ofelia trae más cubos, pastillas de jabón y trapos. Lola toma inmediatamente uno de cada. Le digo a mi padre que descanse, pero sus ojos oscuros muestran un brillo asesino.

—Puedo limpiar —responde con ferocidad y empieza inmediatamente con el escalón superior.

Estoy tan orgullosa de él que mi corazón puede volver a partirse.

Agarro un balde, pero una mano bronceada pasa por delante de mis ojos y me arrebata el mango justo por debajo de la nariz. Lentamente, levanto la mirada con la mano estirada. Espero que me lo devuelva, pero no lo hace.

—Hoy no puedo entrenar —le explico—. No hasta que todo esté limpio.

Arturo me ignora, toma una pastilla de jabón y un trapo, se arrodilla sobre el último escalón y empieza a frotar el mármol con trazos cortos y uniformes. El cabello oscuro se le riza sobre la frente.

Papá observa a Arturo limpiando los montones de mierda.

—No necesitamos tu ayuda para esto.

Arturo deja de frotar y, sin levantar la mirada, responde:

—Sí. Sí que la necesitan, señor.

Esto nos hará bien a todos.

—Acepta la ayuda, papá.

Por algún motivo, esto solo hace que mi padre frunza el ceño. Pero no discute más. Trabajamos todo el día hasta bien entrada la tarde, hasta que el cielo adquiere la tonalidad de los moretones y la expande de un extremo al otro del horizonte. Un puñado de personas se ríen de nosotros desde el otro lado de la calle y necesito toda mi voluntad para ignorar sus burlas, sus insultos y sus gritos. Se mofan al vernos limpiar el desastre, se ríen mientras froto y noto calambres en los dedos. Cada áspera carcajada me raspa la piel con más fuerza que una exclamación, más fuerte que el llamado de las campanas de Santivilla.

Me aferro a mi ira, la mantengo encerrada porque, si no lo hago, me aterra ponerme a llorar delante de la gente que desea derrumbarme. Casi fracaso, casi cedo a la rabia, pero Arturo se coloca en mi línea de visión y me fulmina con la mirada.

Sus ojos me dicen que aguante.

—No te atrevas a derrumbarte y a darles a Martina y a los demás esa satisfacción.

—¿Conoces a esa horrible mujer?

Levanta un hombro.

—Algo. Intentó reclutarme cuando le di la espalda al Gremio y a mi profesión, pero le dejé claro que no me gusta su enfoque, aunque esté de acuerdo con su política.

—¿Cómo puedes…?

—Detesto sus métodos, pero queremos lo mismo. —Me mira arrugando el entrecejo cuando intento volver a protestar—. Le dije que no me uniría nunca a la Asociación. Tiene que haber un modo mejor de ganar la discusión. —Señala el desastre que nos rodea—. Lo que han hecho aquí es despreciable.

Pienso en el día de la masacre, en las muertes, en la destrucción.

—¿Crees que son peligrosos?

Lo reflexiona mientras escurre un trapo.

—No, no lo creo. ¿Cortos de miras? Totalmente. Pero ¿malvados? —Niega con la cabeza—. Martina quiere hacer una declaración, no una guerra.

Pero esto es una guerra. Yo contra ella, la Asociación y don Eduardo.

Cuando suena la sexta campanada, me duele la espalda de estar inclinada y tengo los dedos agarrotados de tanto frotar. Me limpio el sudor de la cara con la manga de la túnica. El pelo me cuelga en mechones rizados y tengo manchas marrones acuosas. Nunca había tenido tantas arcadas, por el olor y el aspecto.

—Deberíamos tomarnos un descanso —sugiere Lola—. Quiero mirar a algo que no me recuerde el interior de un orinal.

—Me parece que necesitamos beber algo —añade Ofelia levantándose—. Todos a la cocina ahora mismo. Creo que queda un poco de vino del bueno.

—Me encanta cuando nos manda tomar alcohol —comenta Lola siguiéndola. Toma a mi padre del brazo y lo ayuda a entrar. Se mueve con rigidez y la culpa me pica como un buitre hambriento. Tendría que haber insistido en que descansara. Solo porque se esté recuperando no significa que pueda presionarlo tanto.

—Te has dejado una mancha. —Arturo deja su balde junto a mis manos, donde estoy ocupada limpiando el último escalón que queda. Paso el trapo por el lugar que me ha indicado. Entonces señala otro trozo de escalón—. Aquí hay otra parte que necesita tu atención.

—No tenía ni idea de que fueras tan útil —murmuro. Baja la barbilla e intenta ocultarme su sonrisa, pero la capto. Le lanzo el trapo, pero lo esquiva fácilmente.

—Está sucio —replica con fingida consternación—. Está literalmente lleno de excrementos y me has apuntado a la cara.

—Gracias. Por lo de hoy. —Me siento en cuclillas y él le quita importancia—. No tenías por qué ayudarnos —le digo.

Se mete las manos en los bolsillos de los pantalones.

—Eso es debatible.

—¡Zarela! —ruge Ofelia desde el interior del edificio—. ¿Quieres vino o no? ¿Tengo que recordarte que está aquí Lola y que se beberá hasta la última…?

Incluso desde aquí puedo oír la interrupción indignada de Lola.

—¡Ya voy! —vuelvo a mirar a Arturo. Las palabras que salen de mi boca a continuación nos sorprenden a los dos—. ¿Te gustaría quedarte? Estoy segura de que Ofelia está poniendo la mesa. Es lo menos que podemos hacer.

Arquea una ceja.

—Me has pagado por mi tiempo.

Me levanto y me escurro la túnica del agua jabonosa que me he estado tirando encima todo el rato. Así que no quiere vino ni comida y solo se ha quedado a ayudar porque lo ha considerado como un día laborable. Es un modo muy sensato de ver la situación. Lógico, incluso. Se me forma un nudo en la garganta.

—Tienes razón. Sí que te pagué. Que tengas un buen viaje de vuelta al rancho.

—Me gusta el trayecto a través del desierto. —Hace una pausa y me da la sensación de que no quiere moverse de aquí. De que preferiría quedarse y hablar antes que marcharse con su caballo cobrizo.

Recojo los baldes, meto los trapos en su interior y guardo las pastillas de jabón.

—¿A pesar de la amenaza de los dragones?

—A pesar de eso. Me hace sentir vivo.

Es un modo peculiar de ver la vida, arriesgarse a encontrarse con un monstruo. ¿Por qué no se va? Ha rechazado mi ofrecimiento.

—Nos vemos mañana, pues —me despido tranquilamente dándome la vuelta con los trastos de limpieza.

—Espera, Zarela, espera —me ordena. Luego, añade suavemente—: Por favor.

—¿Qué pasa, Arturo? Te he invitado a cenar y has dicho que no…

—No es lo que he dicho —espeta—. Sigo decidiéndome.

—Solo es vino. —Arqueo una ceja—. Es solo una cena.

—Me parece que es mucho más que eso, Zarela —agrega en voz baja—. ¿A ti, no?

El calor aflora en mis mofletes.

—Haces que sea muy difícil.

Una sonrisa contenida le suaviza la boca. Es tan sutil que apenas puedo ver la curvatura.

—Lo sé.

—Bueno, déjalo —digo, furiosa—. Quédate, siéntate y cena con nosotros.

Se mete las manos en los bolsillos y me mira fijamente, considerándolo. Pongo los ojos en blanco y subo por los escalones esforzándome para no mirar atrás. Tomo un rápido desvío para ponerme una túnica y una falda limpias. No puedo hacer nada con mi pelo, así que me lo ato en un moño en la coronilla. Cuando llego a la cocina, mi familia está sentada alrededor de la isleta de madera llevándose cucharadas de gazpacho a la boca y tomando vino. En grandes cantidades. Lola se rellena la copa y, cuando me ve, me entrega una llena de vino hasta el borde. Ofelia me ofrece un cuenco de arcilla y rocío con aceite de oliva lo que contiene: pepino y tomate triturado con gruesos picatostes.

Tomo varios sorbos de vino disfrutando del sabor, del modo en el que el alcohol me llega directamente a la mente y mitiga mi frustración y el dolor que queda por lo que ha hecho la Asociación.

Y por el rechazo de Arturo.

El único sonido que se oye proviene de las cucharas contra los cuencos. Entonces deja de oírse todo. El silencio repentino me hace levantar la vista de la comida. Le lanzo a mi padre una mirada inquisitiva pero tiene la atención puesta en algo que hay detrás de mí. Me doy la vuelta lentamente.

Arturo está en el marco de la puerta con las manos todavía en los bolsillos. Parece incómodo con toda la atención y, a medida que seguimos mirándolo, la arruga de su ceño se profundiza y un intenso rubor se extiende por sus mejillas, de un rojo tan brillante que parece haber sido pintado sobre su piel. Está completamente mortificado. Me da miedo abrir la boca, temo respirar. Hace un calor increíble en la cocina, ¿por qué no lo había notado antes?

Lola es la que nos salva a los dos.

—Tenemos vino más que suficiente, ¿verdad?

Ofelia vuelve en sí, lo mete en la cocina y le da su propio cuenco. Tomo la botella de aceite de oliva y echo una cantidad considerable en su sopa fría.

—Así está delicioso —le aseguro. Entonces añado chorizo ahumado al resto de las verduras y tiene que apartar el cuenco de mí porque está casi a rebosar.

Tenemos pan caliente sobre la mesa, aceitunas verdes y negras y, por supuesto, Lola saca otra botella de vino de alguna parte. El domador vacía una copa y ella inmediatamente se la rellena hasta el borde. No estoy acostumbrada a verlo así. Suele ser distante y cauteloso y extremadamente borde. Pero eso queda atrás, se toma el vino y se acaba la sopa fría. Intento no mirar mientras se rellena el plato con más pan y aceitunas.

¿Qué le ha hecho cambiar de opinión?

Arturo come a mi lado en el único taburete que quedaba vacío y de vez en cuando me roza el brazo con el codo mientras se termina la comida. Me muevo en mi asiento para dejarle espacio, pero vuelve a pasar. Desconcertada, miro en su dirección.

Me está mirando.

Sus labios son suaves, no están retorcidos en su mueca habitual. Me da un vuelco el estómago, como si hubiera caído de gran altura. Se lleva la copa de vino a los labios y sigue mirándome por encima del borde. Cuando baja el brazo, le quito la copa y la dejo lejos de él en la isleta. Ya ha tomado más que suficiente.

Porque yo no podría soportar a un Arturo Díaz de Montserrat más tierno.

—Por si dices o haces algo de lo que puedas arrepentirte —murmuro en voz baja para que nadie más que él pueda oír mis palabras. Espero que se mofe y suelte algún comentario sarcástico diciendo que ninguna cantidad de vino podría cambiar la opinión tan mala que tiene acerca de mí y, al menos, supongo que va a recuperar su habitual expresión. Pero no hace nada de eso.

Ríe en voz baja.

Es suficiente para darme *esperanzas*, algo que no quiero sentir porque me aterra. Es un poco lo mismo que me pasa cuando veo a mi padre entrar en el ruedo: me quita el aliento, me pregunto si será la última vez que veré a papá con vida, y entonces sobrevive al combate, el aire bendito me revuelve y el alivio que siento es tan palpable que podría derribarme. Así es como siento la esperanza. El aire más dulce que has respirado jamás después de soportar el mayor temor de toda tu vida.

Duele.

Tal vez sea el alcohol y el modo en el que su empalagosa dulzura causa estragos en mis defensas. Tal vez sea porque hemos pasado horas limpiando mierda y ha sido un día horrible. Pero en el espacio de unos latidos, bajo la guardia y sonrío ante el sonido de su risa. No la había oído antes y mi vida parece mejorar porque Arturo no me está mirando como si fuera su enemiga. Tampoco me está mirando como a una amiga, sino que es algo más.

Y mis esperanzas se quedan, obstinadas.

Mi padre arruina el momento.

—Zarela —dice en tono de advertencia.

Lo miro y mi sonrisa se desvanece. Papá sujeta su copa de vino con fuerza y mira a Arturo con el entrecejo arrugado.

—Es hora de que te vayas a tu casa.

Arturo deja el cuenco en la isleta con cuidado, solo se oye un suave golpecito cuando la arcilla se encuentra con la madera. Vacía el resto del vino.

—Gracias por la comida.

Entonces se va. Se marcha antes de que pueda entender cómo hemos pasado de estar comiendo juntos, con Arturo tomando vino y riendo, a este silencio opresivo lleno de la desaprobación de mi padre.

—¿Por qué lo odias tanto? —le pregunto a papá.

—No es para ti.

Las preguntas amenazan con salir disparadas de mi boca, pero las mantengo dentro. Papá tiene la angustia grabada en el rostro, cavando profundos surcos, formando líneas nuevas en su piel ya desgastada. No puedo ignorarlo. Lo que hiciera o dijera Arturo dejó huella en mi padre. Recuerdo que papá me pidió que confiara en él. No sé si quiero seguir haciéndolo. No en esto. El problema es que Arturo también ha dejado huella en mí. Yo no lo pedí, no lo estaba buscando, pero es lo que hay. Parte de mí quiere perseguir aquello que haya entre nosotros. La otra parte de mí no quiere ver otra arruga en el rostro de mi padre por mi culpa.

Papá cambia de tema.

—¿Hemos vendido muchas entradas para el espectáculo?

Tengo que volver a decepcionarlo.

—Muy pocas.

Hunde los hombros.

—Zarela…

—La gente siempre las compra el día del evento, papá —añado rápidamente.

—¿Y si hoy regresan los manifestantes y provocan más daños? —replica.

—Nos ocuparemos en caso de que ocurra.

Niega con la cabeza.

—Zarela, se ha acabado.

El mundo parece inclinarse y lucho por mantenerme erguida aferrándome rápidamente con las manos al borde de la isleta de la cocina.

—No —replico—. ¿Cómo puedes pensar eso? No podemos rendirnos. Hemos tenido un día duro, un contratiempo, pero eso no significa que se haya acabado.

Papá cruza los brazos sobre el pecho.

—No podemos tener otro día como este, hija. Ofelia tiene otras responsabilidades. Lola ha estado ahí día y noche. Y yo estoy… —Tose, avergonzado—. Un poco cansado.

La culpa me atraviesa como una daga.

—Pero…

—Zarela —me interrumpe con determinación—. Es hora de que nos busquemos un nuevo sitio para vivir. Tal vez podamos alquilar una casa. Tenemos que hacer las maletas.

—El espectáculo es en dos días. ¿A quién le importa si Santivilla no viene? Va a venir el maestro dragón en persona, es lo único que importa.

—Y pongamos que todo sale como quieres y que el Gremio vuelve a aceptar nuestra membresía. ¿Entonces qué, hija? Costará dinero mantener La Giralda, y si no tenemos público, no tendremos ingresos. —Suspira y ese sonido es como el peor traqueteo, como si su aliento estuviera atrapado en una jaula de hierro—. Necesito que pienses en el futuro.

No. Sé lo que va a decir antes de que sus palabras envenenen el aire. Pero de todos modos no estoy preparada para escucharlas.

—Deberías considerar el matrimonio —dice papá en voz baja.

Lola me dirige una mirada cómplice. Cierro los ojos con fuerza intentando seguir respirando. Todo está en llamas, todo lo que toco se convierte en cenizas.

—No puedo creer lo que estoy oyendo —espeto—. No puedes dejarles ganar. —Me acabo el vino y le tiendo la copa vacía a Ofelia. Necesito aire. Un lugar en el que pensar—. Voy a salir.

—¿A dónde? —pregunta papá.

—Fuera —respondo y salgo de la cocina por la puerta lateral hacia los establos moviéndome rápidamente porque me escuecen los ojos y no puedo permitir que me vean llorar. Me tiembla el cuerpo de la frustración, de la ira. Por eso sé que ahora van a venir las lágrimas. No puedo dejar de verlo todo rojo.

¿Todo lo que he hecho no ha servido de nada?

Llego a los establos, sobresaltando al cochero que tiene el último periódico en el regazo y lo está leyendo a la luz de las velas. Levanta la mirada, culpable, e intenta esconder el periódico de mi vista. No obstante, alargo el brazo y me lo da antes de salir corriendo. El olor a heno me hace cosquillas en la nariz, pero lo ignoro y miro la primera página.

Hay una ilustración de La Giralda rodeada por toda la multitud y el titular anuncia: Caída en desgracia. Arrugo las páginas y las lanzo todo lo lejos que puedo.

Estamos condenados. Aunque pueda recuperar nuestro hogar, no importará. Nadie comprará entradas. Me resbalan las lágrimas por la cara, frías contra mi piel ardiente.

Oigo unos pasos acercándose.

Me enderezo y me doy la vuelta lentamente esperando ver a Lola y, por una vez, estoy dispuesta a decirle que quiero pasar toda la noche explorando Santivilla, que quiero bailar en tablaos y divertirme como llevo mucho tiempo sin hacerlo. Pero es Arturo. Echa un vistazo a mi cara y luego cambia para observar a su caballo. Claramente, está deliberando si irse o no, probablemente alarmado por haber visto a una mujer llorando.

Se acerca a su caballo y se sube a la silla de un salto con un movimiento elegante tan parecido a los de mi padre que hace que me dé vueltas la cabeza. Chasquea la lengua y, cuando el jinete y el corcel llegan a mi lado, me mira con una expresión indescifrable.

Va a marcharse. Soy un desastre. He caído en desgracia. No obstante, me tiende la mano. La miro, insegura de lo que estoy viendo. Se me nubla la visión con las ridículas lágrimas y me seco los ojos con furia. Su mano sigue ahí.

Lentamente, inclino la cabeza y nuestras miradas se encuentran.

—Ven conmigo —me dice.

Coloco la mano sobre la suya y me sube, pero, esta vez, me siento delante de él y juntos cabalgamos saliendo de los establos hacia la fría noche.

VEINTIOCHO

El terreno parece vivo y peligroso. Cabalgamos fuera de las murallas exteriores de la ciudad, pasamos por la puerta arqueada hacia una tierra desprotegida que respira tranquilamente bajo un millón de estrellas. Recuerdo lo que pasó la última vez que estuve fuera de Santivilla y me tenso. Había sobrevivido al ataque del dragón por Arturo. Sin querer hacerlo realmente, levanto la mirada temiendo lo que podría encontrar volando sobre nuestras cabezas.

Arturo me rodea la cintura con el brazo y me estrecha suavemente como si comprendiera mi terror repentino.

—Los dragones tienen una visión horrible. Sobre todo por las noches —susurra. Su aliento me besa la nuca. Huele a vino dulce y a algo más, a algo que me da miedo nombrar. Refuerza su agarre cuando el caballo cabalga más rápido hacia un camino de tierra rodeado de hierbas que parecen la cola de un conejo, plumosa y tupida.

Vamos todo el trayecto en silencio y, por alguna misteriosa razón, no me parece un silencio mordaz. No me preocupa lo que pueda decir, ni su tono. No me preocupa que me aparte y me haga callar. Esa noche me parece muy diferente al trayecto que hicimos al venir a la ciudad con los dragones. Ninguno de los dos quiere arruinar el momento de paz, por tenue que sea. Tiene el cuerpo presionado contra el mío, fuerte y esbelto, con una calidez que me protege del frío. El camino se divide en una amplia encrucijada. Si seguimos de frente llegaremos a su rancho. A la izquierda hay otra ciudad, y a la derecha, un pueblecito costero.

Espero que sigamos hacia delante de camino al rancho, pero en lugar de eso, Arturo toma el sendero que queda entre el camino que lleva a su casa y el mar. El caballo no se sobresalta ni protesta al dirigirlo hacia un montecito con pinos carrascos y pinos piñoneros. Las hojas de encima de nuestras cabezas nos tapan la vista de la luna y de sus muchas brillantes compañeras. La oscuridad acecha, espesa y siniestra, y me pego más a Arturo. Él no me suelta. El ulular de los búhos, el susurro de las hojas y las ramitas que se rompen perturban la quietud de la noche fresca. Noto escalofríos en los brazos.

Arturo mueve las riendas y nos guía con pericia alrededor de árboles, rocas y raíces del suelo. Llegamos a un claro en el que lo único que llama la atención es una enorme caverna rodeada por un grupo de árboles y rocas escarpadas. Arturo baja de un salto de su caballo y luego me ayuda a bajar. Me deslizo por la silla y aterrizo suavemente en el suelo blando cubierto de hojas y raíces. Sus manos calientes me rodean las costillas.

Se lleva el dedo índice a los labios.

—Silencio —susurra.

—¿Qué estamos haciendo aquí? —pregunto en el mismo tono. Sin embargo, Arturo se aleja de mí acercándose en silencio a la entrada de la caverna. Lo sigo llena de preguntas. Sobre él y sobre mí, sobre esta noche y sobre lo que quiere enseñarme. La fortaleza que construyó tan minuciosamente a su alrededor se ha desvanecido y hace horas que no veo su ceño fruncido.

Instintivamente, entiendo que este lugar significa algo para él. El área circundante nos proporciona una cobertura perfecta, escondidos debajo de los robles y los pinos. Arturo se detiene a los pies de la caverna y, cuando intento colocarme a su lado, me mueve firme pero amablemente detrás de él.

Estamos en silencio frente a la entrada, ante sus profundidades ocultas y sus secretos largamente olvidados. No sale ningún sonido, olor, ni luz. El túnel oscuro, inmenso en altura y profundidad, abre las fauces como un depredador. Arturo emite un suave silbido, una nota aguda y dos graves. Entonces camina hacia delante con la mano extendida detrás hacia mí. Se la tomo y nos adentramos juntos. El amplio espacio es húmedo con un ligero olor a agua de río estancada.

Las paredes escarpadas tienen fisuras en todas las direcciones, surcos que crean bonitos patrones en la roca.

Debería estar más nerviosa de lo que estoy, pero la tranquila seguridad de Arturo me calma los nervios. Ha estado antes aquí, muchas veces; estoy tan segura de esto como cuando reconozco el tiempo perfecto de la música para empezar a bailar. Hemos dado quince pasos hacia el interior cuando Arturo se inclina y recoge un saco que hay apoyado contra la pared.

Me suelta la mano y la mete en el interior sacando una antorcha de madera. Arrugo la nariz. El aceite empapa un extremo de la tela. Prende una cerilla y enciende la antorcha.

Arturo vuelve a tomarme de la mano.

—No grites.

Entonces se da la vuelta y una sombra enorme, como diez veces la mía, se materializa en la oscuridad. Mi mano se sacude dentro de la suya, pero me la aferra apretándome los dedos. La bestia se acerca mirando hacia abajo desde encima de nuestras cabezas. Tiene el cuello largo y una cabeza aún más grande. Respiro con jadeos frenéticos e intento soltarme de Arturo instintivamente, pero él me sujeta.

—No hagas movimientos repentinos —me indica en voz baja—. Confía en mí.

Trago saliva y me cuesta contener un grito de terror. Despliega las alas y el olor a almizcle me golpea la cara. Unos ojos verdes con las pupilas alargadas me miran con frialdad. Las escamas parecen ser de un color oscuro teñido de dorado por la luz del fuego.

Es un dragón.

Me enfrento a un monstruo sin armas. Intento apartarme, pero Arturo no deja que me mueva. Abro la boca mientras me sube un grito por la garganta. Arturo me cubre los labios con su palma rugosa amortiguando el sonido.

—Shh —susurra—. Relájate. Te prometo que Roja no te hará daño.

Los pies me piden correr, escapar. Pero estoy anclada en el suelo.

—Tú y yo vamos a tener que hablar después —siseo contra su mano—. Largo y tendido.

—Me muero de ganas.

El dragón se inclina hacia Arturo y lo olfatea. El sudor me resbala por las palmas de las manos y suelto un gemido. Sus fosas nasales son tan largas como mi antebrazo. Arturo se da la vuelta y nos alejamos del dragón hacia la entrada de la caverna. Intento acelerar, pero de nuevo me mantiene firmemente a su lado.

—No corras.

Exhalo bruscamente.

—Voy a matarte por esto.

Se ríe. El muy bastardo.

Cuando estamos fuera de la cueva, inhalo profundamente saboreando la brisa fresca que hace susurrar las plantas del desierto. Arturo por fin me suelta y me doy la vuelta para ver al monstruo saliendo lentamente hacia la noche, un enorme paso tras otro. Su larga cola araña las rocas moviéndose como una serpiente. El corazón me late salvajemente.

Arturo se aparta de mi lado y chasquea la lengua llamando la atención de la bestia. El dragón rodea a Arturo con su cuerpo como un depredador antes de ahogar a su presa. Quiero gritarle que tenga cuidado, pero Arturo lo anticipa y me lanza una mirada mordaz. Alarga el brazo y le acaricia la cabeza al monstruo mientras sus escamas brillan en la oscuridad.

—Es rojo —comento tontamente. Es precioso, brillante y rojo del hocico a la cola. Despliega sus cuatro alas llenas de púas y me recuerda a uno de los abanicos pintados de mi madre—. Es un… es un escarlata.

—Muy aguda —bromea Arturo y parte de su impaciencia habitual regresa a su voz. El dragón está muy familiarizado con el domador. Aunque no es exactamente amigable, se deja tocar. La cualidad salvaje de los dragones sigue allí. Sus dientes afilados y sus garras (ambos de quince centímetros de largo) son buenos recordatorios de que puede matarte en cualquier momento con un solo bocado.

—Dile «hola» a Roja —me dice por fin—. Encontré su huevo abandonado en esa vieja caverna hace un año. Estuve allí cuando eclosionó y creo que le gusto bastante.

La dragona no parece tan interesada en Arturo como él en ella. Y no es una dragona cualquiera, es una maldita dragona roja. El monstruo más escaso y peligroso que domina nuestros cielos.

—Vi uno hace tiempo —comento en un susurro—. Solo una vez. Es la especie que mató a mi madre.

Arturo le acaricia cuidadosamente el lado del cuello con un solo dedo.

—Los magos los cazaron hace siglos. Evidentemente, sus escamas tienen poderosas propiedades mágicas por las que el Gremio de Magia estaría dispuesto a matar.

—¿Podrías apartarte de ese monstruo, por favor? —Trago saliva con dificultad—. Me cuesta respirar.

Sonríe, pero no a mí. Su mirada de adoración está fija en la dragona. Si no hubiera estado mirándolo de cerca, me lo habría perdido.

—¿Es peligrosa?

Roja mira a Arturo y entonces él usa las palmas de ambas manos para acariciarle el cuello escamoso. La dragona observa sus movimientos, cada gesto, cada respiración. Tengo la impresión de que todavía está aprendiendo de Arturo, preguntándose si puede confiar en él, si debería estar tan cerca. La comprendo perfectamente.

—Creo que me tolera —afirma finalmente Arturo—. Ha habido meses en los que ha desaparecido. Justo cuando creo que se ha ido para siempre, vuelve a esta cueva. Está preparándose para irse por un tiempo.

Doy un paso hacia ellos, maravillada por cómo está tocando a la criatura libremente sin temores ni dudas y me doy cuenta de que Arturo tiene toda la razón. La dragona se comporta como un gato distante.

—¿Por qué crees que este monstruo… esta dragona está a punto de marcharse?

Arturo me dirige una sonrisa de aprobación.

—Porque nunca se queda más de una semana. Han pasado ya ocho días desde la última vez que desapareció. Cuando decía que había vuelto al rancho, era mentira, cada momento libre que tengo, vengo aquí.

—¿Alguna vez vuela por encima de Santivilla? —Soy incapaz de preguntar lo que realmente quiero preguntar… si ha arrojado su fuego sobre nuestra ciudad. Si ha matado y ha destruido vidas, hogares.

Pero no necesito aclararlo. Como de costumbre, Arturo sabe a qué me refiero.

—Nunca la he visto atacando la ciudad.

—¿Qué hacéis los dos juntos?

—Puedo enseñártelo —me dice con voz traviesa—. Si eres lo bastante valiente.

—¿Estás intentando manipularme? —pregunto—. Qué adorable. No hago nada que no quiera hacer, así que puedes simplemente contármelo.

Se ríe y, en ese momento, me prometo a mí misma que haré lo que sea para poder volver a escuchar ese sonido. El Arturo descuidado y con la guardia baja podría ser mi favorito. Se da la vuelta y sube a lomos de la dragona.

Se ha montado a su espalda.

Como si fuera un árbol inocente. Los miro boquiabierta. La criatura agita sus alas llenas de pinchos y Arturo le pasa las riendas de cuero por el cuello.

—Zarela —me dice con voz persuasiva—. Dime que no quieres volar.

La dragona me observa y juraría que la expresión de su rostro es de impaciencia. Aparto la mirada, considerándolo. Estas criaturas trajeron años de miseria. Mi madre *murió*. Se fue de repente entre una llamarada traicionera. ¿Qué diría si pudiera verme ahora? Podría sentirse traicionada, o tal vez insistiría en que no dejara que el miedo me impidiera hacer lo imposible.

No quiero seguir asustada. Quiero arrancar el miedo de mí como una mala hierba dañina que amenaza con apoderarse de un jardín e impedir su crecimiento.

Por una vez, Arturo espera pacientemente. Me pregunto si volveré a tener otra oportunidad como esta de surcar los cielos y contemplar una vista que no está destinada al ojo humano.

¿Me atrevo?

Doy un paso hacia adelante y Arturo sonríe.

—Lo haré —aseguro—. Pero primero, contéstame. —Su sonrisa disminuye y, cuando hunde ligeramente la barbilla, doy otro paso—. ¿Te arrepentirás mañana de haberme traído aquí?

La sorpresa se refleja en su rostro.

—Probablemente. Pero lo haré de todos modos.

Es justo. Atravieso la distancia que queda con las piernas temblorosas y un nudo de terror en la garganta. Pero soy una Zaldívar y quiero ser merecedora de mi apellido. Me paro lo suficientemente cerca de la dragona para contemplar cada reflejo de sus escamas rojo tomate. El pecho de la bestia se expande y se contrae a un ritmo estable con respiraciones pesadas y seguras. Arturo extiende la mano y me ayuda a subir a lomos de la dragona. Apoyo el pie junto a su pata delantera flexionada.

Arturo me coloca delante de él. Tiene las riendas en ambas manos y se acurruca contra mí. Se me acelera el corazón y estalla una tormenta en mi pecho.

—Relájate —me susurra—. Y agárrate a esos cuernos. —Señala dos pinchos que sobresalen de la melena escamosa de la dragona. Los cuernos sujetan su enorme mandíbula e intento no pensar en el fuego que oculta en su barriga. Me agarro y descubro que son suaves, aunque un poco arenosos, y tienen casi el mismo color que la crema batida.

La dragona se lanza hacia adelante y suelto un grito de sorpresa. Corre agitando las alas y aprieto las piernas contra sus costados notando cómo se mueven sus fuertes músculos. El viento me azota la cara y el pelo y hace que me piquen los ojos. Sube hacia la colina lanzándose entre los gruesos troncos de los árboles hasta que se ve un acantilado.

—¡Agárrate! —grita Arturo sobre el rugido de las pisadas de la dragona en el suelo y la fuerte ráfaga de aire que fustiga nuestros oídos—. ¡Intenta no gritar!

Estamos a tres metros del precipicio.

Dos.

Uno.

Despliega sus grandes alas y se impulsa por el borde, cayendo, cayendo y cayendo hacia el barranco. Se me revuelve el estómago y estoy a punto de gritar, pero mantengo la mandíbula cerrada. La dragona continúa su descenso y me siento como si estuviera cayendo. Me despego unos quince centímetros de su espalda y solo me sujeta el brazo de Arturo. Roja dirige la nariz hacia el cielo y bate ferozmente las alas. Nos balanceamos hacia arriba y la risa de Arturo atraviesa mis pensamientos.

Su alegría es contagiosa y una reticente sonrisa se me dibuja en el rostro, aunque sigo aferrándome a mi barriga. Los árboles se vuelven más y más pequeños por debajo de nosotros hasta que no son más que mínimos puntitos en el paisaje. Nos deslizamos a través de las nubes (¡las nubes!) y la belleza del momento aparta mis miedos. Las estrellas brillan y parecen estar lo bastante cerca para tocarlas, para lucirlas como joyas alrededor del cuello. El cuerpo de la dragona se mueve y se ensancha con cada inhalación. Su tronco es fuerte. Me siento ligera, segura. No se romperá en el aire, no es algo endeble.

Es una leyenda. La villana de los cuentos de hadas.

Arturo me da un golpecito en el hombro y señala hacia algo que está abajo a nuestra derecha.

Santivilla. Recortada contra la noche por cientos de antorchas brillantes. Roja se acerca, las campanas empiezan a sonar y suelto un grito ahogado. Pero el sonido llega hasta las alturas y reconozco la advertencia de un dragón sobrevolando, no atacando la ciudad.

Roja nos aleja de las campanas que repican.

Hace frío entre las nubes de rocío y tiemblo con tanta fuerza que me castañean los dientes. Incluso Arturo sisea largamente cuando nos flagela una ráfaga particularmente fría. Pero no me importa. Quiero quedarme para siempre aquí arriba. Quiero quedarme aquí con esta dragona, reluciendo a la luz de la luna y con Arturo apretado contra mí intentando mantenerme caliente.

Roja nos lleva de vuelta a la colina. Utiliza la extensión de tierra plana que hay cerca del acantilado como pista de aterrizaje. Cae al suelo corriendo y me lanza hacia arriba. Corre entre los árboles y finalmente se detiene delante de la cueva. Arturo baja deslizándose y me tiende ambas manos para ayudarme a bajar también. Mi cuerpo se arrastra hacia el suyo lentamente, centímetro a centímetro. Sus manos se quedan alrededor de mi cintura más tiempo del necesario. Un latido persistente que noto hasta en los dedos de los pies. No puedo apartar la mirada de la suya y un ligero rubor me calienta las mejillas.

Nos apartamos de la dragona mientras ella se sacude como un perro secándose el agua. A continuación, se pasea por el acantilado sin volver a mirarnos, con actitud regia y con la cola como si fuera la cola de un vestido.

—Ha sido… —empieza Arturo.

Lo giro hacia mí, estampo mis labios contra los suyos y deja escapar una exclamación exaltada contra mi boca. Saboreo la indignación de su lengua, pero a continuación se sumerge en el beso y aquello que siente por mí y mantiene oculto aflora a la superficie y nos quema a los dos. No hay nada de tímido en el modo en el que se mueven nuestros labios, en la manera en la que desliza las manos por mi cuerpo. Su lengua me barre la boca y me saborea y el calor se expande a cada rincón de mi ser. Hunde los dedos en mi espalda y nos acercamos todavía más. Le envuelvo el cuello con los brazos, entrelazo los dedos en su cabello espeso. Noto sus labios calientes contra los míos. Es como todos los sabores cálidos y sensuales de Santivilla. Noto humo, fuego y vino dulce en la boca. Ardemos bajo la luz de un millón de estrellas. Juntos, formamos una hoguera.

Me han besado antes chicos de familias respetables y todas las veces ha sido… agradable. Agradable como un trozo de pan con mantequilla. Esto es diferente, es la mejor comida que he probado en mi vida después de haber pasado días y días sin comer.

Entonces me aparta, jadeando.

Sus ojos grises brillan a la luz de la luna, separa los labios y dice:

—No.

Parpadeo, todavía mareada, sintiendo aún su boca sobre la mía, y me doy cuenta de lo que ha dicho, lo asimilo por completo hasta que la palabra aterriza con un elegante golpe entre nosotros.

Me está rechazando. Después de todo.

Ira, dolor, mortificación. Lo siento todo a la vez, en cada centímetro de mi cuerpo, llenándome como si fuera un cuenco o un vaso. No soy lo bastante grande para contener el repentino oleaje y me doy la vuelta con la respiración entrecortada por sus besos desgarradores.

—Llévame a casa —le digo con voz ronca—. Llévame a casa antes de que grite.

—Zarela —susurra—. *No puedo.*

Lo peor es que entiendo lo que dice. El Gremio se interpone entre nosotros, el espectro de su tío.

—No puedes —escupo—. Bueno, yo tampoco puedo, pero te deseo de igual manera.

Respira, tembloroso, y espero a que tome su decisión, a que me elija a mí por encima de sus dragones, de su tío, del Gremio. Pero no dice nada y me doy por vencida. Me duele demasiado quedarme delante de él sintiéndome como me siento y viendo que no me elige.

—Llévame a casa.

—Así, no —dice entre suplicante y nervioso—. No quería hacerte daño y no quiero que te marches. ¿Te quedas?

Finalmente, lo miro de frente. Está inquieto y mueve las manos hecho un manojo de nervios. Probablemente esté furioso consigo mismo por haberme hecho esa pregunta.

—¿Por qué? —inquiero y él se estremece—. Dime por qué debería quedarme.

—Porque no se trata de que no te desee —grita—. Joder, claro que sí. Te deseo. Así que, quédate y háblame, porque si no puedo tener más, déjame tener menos. —Respira profundamente—. Si no puedes soportar tener menos, habla conmigo como si fuéramos amigos y, por favor, quédate.

Por enésima vez, me pregunto qué me está ocultando. Me pregunto por qué no se permite tener a alguien a quien claramente desea. Sus ojos brillan como monedas de plata, fríos y relucientes. Son casi amenazantes, pozos profundos que esconden terribles secretos.

Arturo tiende la mano y espera.

Dejo que me conduzca al interior de la cueva.

VEINTINUEVE

Arturo ha estado viviendo en esta cueva.

Voy con cuidado para no pisar ninguna de sus pertenencias: ropa tirada y zapatos, vasos de peltre y cuchillos, pilas de pergaminos cubiertos de garabatos y dibujos. Saca una manta doblada de su bolsa, la sacude para eliminar la suciedad que pueda tener y la coloca aplanándola. Mueve su bolsa para colocarla en una de las esquinas. La antorcha está clavada en una profunda grieta y arroja sombras siniestras en la pared opuesta.

—¿Tienes hambre? —pregunta sentándose en el suelo. Rebusca en su bolsa, saca dos manzanas rojas y me ofrece una. Mi nariz capta el aroma a pan y queso. Hay una jarra de arcilla junto a su codo… ¿estará llena de vino?

No sería muy sensato seguir bebiendo. Puede que no sea capaz de salir de esta cueva por la mañana sin él y ya ha dejado claro dónde ha dibujado la línea.

—¿Zarela? —vuelve a preguntar Arturo. Tengo pelos suyos encantadoramente enredados en mis manos.

Niego con la cabeza.

—No tengo hambre.

Vuelve a meter la fruta en la bolsa y se apoya contra la pared escarpada. Me mira y se muerde el labio observándome en silencio como si no supiera qué hacer conmigo ahora que estoy en su espacio privado.

Dudo. Debería irme a casa. Papá estará preocupado sin saber a dónde he ido. Lola lo calmará y se inventará alguna excusa para mi comportamiento. Pero esta situación es diferente de cuando desaparecí en el rancho durante un par de días. Mi padre apenas estaba consciente y en los ratos en los que estaba despierto, entendía que estaba fuera arreglando asuntos de La Giralda.

Era algo totalmente respetable.

Permanezco anclada en el sitio sabiendo que, si me quedo, descubriré mucho más sobre el elusivo y gruñón domador, y eso me entusiasma.

Además.

Me lo ha pedido «por favor».

La fría presión de las paredes crea una intimidad entre nosotros que me pone nerviosa. Nunca hemos estado así, solos, a kilómetros del resto del mundo. La enormidad de la situación me inquieta y me agacho para recoger sus pilas de pergaminos. Arqueo las cejas hacia él pidiéndole permiso en silencio.

Bloquea la mandíbula, sopesando visiblemente si dejarme ver tanto. Tras un largo instante, inclina la cabeza y un rizo oscuro se desliza sobre su frente arrugada. Los papeles contienen montones de bocetos de dragones, de diferentes ejemplares, todos dibujados meticulosamente y etiquetados con su distintiva caligrafía que no es cursiva, pero tampoco es un desastre. Hay términos técnicos que no he oído ni leído nunca antes: envergadura, caja cerebral, curvatura de cuernos, articulaciones de rodilla. Es fascinante y, hasta ahora, no me había dado cuenta de cuánto los había estado estudiando.

—Son increíbles.

Florece un profundo rubor en su rostro, dos manchas gemelas de color rojo en sus mejillas. Su voz es como un suave susurro y tengo que acercarme a él para oír un débil:

—Gracias.

Le doy la vuelta al pergamino y el siguiente dibujo me roba el aliento, como un ladrón al que no había visto venir. Me tiemblan las manos cuando acerco el papel a la luz vacilante. Es un dibujo mío bailando con la dragona. Ha trazado las líneas de mi cuerpo con mano firme y en conjunto me veo fuerte y valiente. Hermosa. Levanto los ojos y me encuentro con los suyos. Me sostiene la mirada firmemente y ahora soy yo la que se sonroja. Se sabe mi rostro de memoria, la curvatura de mis labios, las líneas salvajes de mi pelo.

—Me has dibujado —comento tontamente.

—Sí.

Nadie ha inmortalizado nunca mi imagen de ese modo. Normalmente me veo rígida y formal, pero esta es una versión de mí misma que atesoraré para siempre.

—¿Te arrepientes de haber venido conmigo esta noche? —pregunta Arturo suavemente.

Su expresión es indescifrable, su tono suena delicado y sin pretensiones. Solo la sutil tensión de sus hombros revela lo nervioso que está. Formo una pila con sus dibujos, los dejo sobre la manta y, sin pensarlo, me deslizo hacia él acercando nuestros cuerpos. Si giráramos la cabeza para mirar al otro, nuestros labios se tocarían. Quiero besarlo otra vez.

Mentira.

Quiero mucho *más* que eso.

Por el modo en el que estamos sentados, los dos acabamos mirando hacia adelante, hacia las manos que tenemos apoyadas en el regazo o hacia nuestras botas que no se tocan. No intento mover la cabeza y él tampoco.

—Preguntas —aclaro—. Tengo unas cuantas.

—Claro que las tienes.

Son muchas las que me arden en la lengua, pero elijo la más segura.

—¿Cuántos años tienes?

—Veinte. ¿Y tú?

—Dieciocho. —Ahora una pregunta un poco más difícil—. ¿Puedes hablarme de tu tío?

Flexiona los dedos.

—Cuando mis padres murieron, me enviaron a vivir con él. Mis otros tíos y tías pensaron que sería lo mejor, dado mi talento en el ruedo. Siente una gran pasión por el legado familiar y creía que yo lograría grandes cosas en nuestro nombre.

—¿Qué pasó?

Se le tensa un músculo de la mandíbula.

—Luché contra muchos dragones y sobreviví. Me fue bien en la escuela. Pero hubo… un incidente. Fracasé, bastante estrepitosamente, y así vi lo vil y peligrosa que es la práctica de las corridas de dragones. Todos los años mueren montones de dragonadores y aun así la ciudad financia la tradición, las escuelas de formación. Lo dejé, pero él no creyó que pudiera mantenerme apartado.

—Así que continúa pagándote la membresía esperando que asumas el espacio que está guardando para ti.

Asiente.

—Caza vez que cazo un nuevo dragón, debe ser registrado. Eso supone una excursión al Gremio. Odio estar en ese edificio, pero él insiste en verme cada vez.

—¿Y estás obligado a votar en asuntos delicados?

—Eso fue una anomalía —responde negando con la cabeza.

Giro la cabeza en su dirección y lo encuentro evaluándome con la mirada.

—¿Por qué?

Sonríe irónicamente.

—Parece ser que no puedo tomar decisiones sensatas con respecto a ti.

Oh. Su honestidad me desarma, cada palabra hace que el calor se me extienda hasta los dedos de los pies. Me da la valentía suficiente para preguntar más.

—Cuéntame algo sobre ti que nadie sepa.

Arturo hace una mueca.

—Esto no se me da bien.

—Inténtalo de todos modos.

Inclina la cabeza hacia atrás para apoyarla contra la pared. No me mira a mí, sino al techo rocoso.

—Me dan miedo las alturas.

—¿Qué? —pregunto, divertida—. Pero si…

Retuerce los labios.

—Lo descubrí estando en el aire.

La imagen de Arturo (el Arturo capaz, eficiente y distante) dándose cuenta en el momento de que preferiría no estar a kilómetros del suelo me hace reír hasta que me resbalan las lágrimas por las mejillas.

Puedo imaginarme el horror en su rostro, el momento de maldición mientras Roja se lo llevaba más y más arriba.

—No es *tan* divertido.

—Es exactamente así de divertido.

Pone los ojos en blanco hacia el cielo.

—Más —exijo—. Cuéntame algo más.

—Tengo sueños y objetivos que quiero alcanzar en mi vida. Hay muchos y me preocupa no llegar a todos. —Se lame los labios—. Quiero escribir un libro sobre dragones con mis notas, observaciones y dibujos. Quiero dirigir mi propio rancho. Un lugar seguro en el que los dragones puedan deambular y criar a sus descendientes. Un refugio.

—¿No será peligroso para ti? ¿Para la gente que cuide esa tierra?

Gira la cabeza para mirarme.

—Eso no significa que no debería hacerse. Imagínate vivir en un mundo sin dragones porque hemos cazado hasta el último de ellos. Las generaciones futuras nos mirarían y se preguntarían cómo pudimos haber desperdiciado el hecho de vivir entre leyendas.

—Pero ahora los cazas.

—Lo sé —responde con voz angustiada—. Porque dejé mi profesión y no puedo tener un negocio ni trabajar para nadie que no sea miembro del Gremio. Pensé en dejar Hispalia sin un real a mi nombre, pero justo entonces Ignacio me dio trabajo. Me pidió que me quedara dos años. Si lo hacía, el rancho y las tierras que lo rodeaban serían para mí. Firmé los documentos y listo.

—Una decisión difícil.

—Todavía no sé si hice lo correcto.

—¿Cuánto te queda para cumplir el contrato?

—Otro año.

Lentamente, levanto la mano para acariciarle los rizos que tiene sobre la frente. Increíblemente, me deja hacerlo.

—Te he hecho preguntas. Ahora te toca a ti.

—Muy amable por tu parte. —La nota de diversión en su voz hace que se me retuerzan los labios—. Es divertido cuando no está enfadado—. ¿Por qué te has subido al dragón?

Tartamudeo intentando encontrar las mejores palabras. Es una especie de prueba. Y aunque sé la respuesta correcta, la respuesta que él quiere escuchar, no es la razón por la que me he subido a lomos de la dragona.

—Me dan miedo —respondo—. Antes no. Antes de que mi madre muriera, solo pensaba en los dragones como parte del trabajo de papá. Nunca temía por él cuando se enfrentaba a un dragón, no de verdad.

Arturo traga saliva con dificultad.

—¿Y entonces?

Cierro los ojos recordando aquel horrible día cerca de los huertos de cítricos. Mamá acababa de terminar su coreografía y habíamos vuelto juntas al vestuario para que se cambiara. Iba a arreglarle el pelo. Estaba guapísima, siempre estaba guapísima. Estaba peinándola cuando empezaron los gritos.

Arturo me toma de la mano. Sobresaltada, me doy cuenta de que estaba hablando en voz alta. Dibuja pequeños círculos con el pulgar en el interior de mi muñeca.

—Me dijo que me quedara allí dentro y ella salió corriendo para buscar a papá. —Las palabras forman un nudo en mi garganta. Solo puedo desatar unas pocas—. La seguí.

Una pequeña línea se forma entre las oscuras cejas de Arturo. Espera a que yo continúe y el recuerdo sale lento y vacilante.

—Zarela —dice Arturo en un susurro angustiado—. Lo siento muchísimo.

—No es culpa tuya.

Me aprieta más la mano y unas sombras enfadadas bailan sobre su rostro.

—¿Quieres saber qué es lo que más me sorprende? —susurro—. Después de eso, descubrí que todavía podía levantarme de la cama. El dolor de perder a alguien a quien amas no te mata en realidad, aunque sientas que debería hacerlo. Todavía podía hablar y comer y, en algún momento, encontrar algo por lo que sonreír. La echo de menos cada día, pero también me olvido de pensar en ella durante horas. ¿Cómo puede pasar algo así? ¿Por qué pasa?

Mi dolor no está satisfecho enterrado en las profundidades. Se eleva, me presiona la garganta. Me cubro el rostro con las manos. Nunca muestro tanto, a veces ni siquiera con Lola. He engañado a la gente dejando que pensaran que soy transparente, pero siempre retengo una parte de mi ser. Solo soy tan honesta como lo quiero ser.

Arturo se mueve contra mí, acercándose, y luego me pasa su fuerte y reconfortante brazo por el hombro. Me acaricia con los dedos la línea de la espalda. Vuelvo la cara hacia su pecho y presiono la mejilla contra la piel cálida de su cuello. Se le acelera el pulso.

—Me he subido a lomos de la dragona porque estoy harta de que una parte de mí les pertenezca —susurro.

—Has sido muy valiente —dice bruscamente. Levanta la otra mano y la coloca en mi pelo, apartándome los mechones de la cara. Respiro su aroma, el exuberante pino con un toque de humo. Como Santivilla.

Quiero acercarme más.

—Si te preguntas como empezó para mí, tienes tu respuesta —murmura Arturo junto a mi sien.

Me aparto para poder verle el rostro. Se sonroja, mortificado. Se me acelera el corazón.

—¿Cómo empezó qué?

Me fulmina con la mirada.

—Tú y yo.

—¿Mi cabezonería es atractiva?

—Tu determinación —responde—. Estaba seguro de que te rendirías la primera noche. Embarrada, mojada, pero durmiendo fuera de mi puerta contra un árbol pidiendo que te entrenara. No tuve oportunidad. Eres una *ruina*.

Sus palabras son un bálsamo para el dolor que me agobia. Estoy abrumada por ellas, soy incapaz de respirar bien.

—No soy la única culpable aquí.

—¿Qué he hecho yo? —pregunta Arturo, desconcertado.

Me inclino hacia él; las palabras me arden en la garganta, quieren liberarse.

—¿Que qué me has hecho? —repito, incrédula—. Me has hecho volar.

Sonríe tímidamente.

Dirijo la mirada a su boca.

Sus labios se retuercen y sus ojos plateados pierden el brillo.

—No puedo besarte otra vez, Zarela.

Alargo el brazo hacia el mechón de pelo que cae desordenadamente sobre su frente. Se lo retiro y rozo ligeramente con los dedos su cálida piel. Emite un sonidito de placer. Cuando me inclino hacia adelante, sube las manos y me atrapa las muñecas.

—Voy a llevarte a casa. —Arturo me mira con un destello de pánico en los ojos. La diversión aflora en mi interior. Hay algo increíblemente atractivo en hacer que un hombre como Arturo se avergüence.

Miro hacia la entrada de la caverna y apenas puedo distinguir las siluetas de los árboles y las colinas. No tiene sentido marcharse en mitad de la noche.

—Nos iremos por la mañana —digo casualmente.

—Es una idea horrible —contesta, enfadado—. Nos vamos ahora.

Si esta es la única noche que voy a poder pasar a solas con Arturo Díaz de Montserrat, no pienso desperdiciarla. Ruedo hacia adelante sobre las manos y las rodillas y me arrastro hacia él. Eleva las cejas hasta la línea del cabello. Pero se mantiene quieto. Su rostro se aclara para dar paso a una expresión altiva con el desdén tallado en cada línea y en cada curva. Entonces curva los labios, como si no creyera que voy a tener el valor suficiente. Pero solo consigue impulsarme, el pelo me cae sobre la cara, la trenza deshecha sobre el hombro. Cuando llego hasta él, le aparto las manos y me subo en su regazo.

Me mira con una mezcla de alarma y horror.

—¿Qué acabo de decir? Déjame llevarte a casa como lo haría un buen caballero.

—Llamarte «caballero» a ti mismo es bastante generoso.

—Zarela —gruñe—. ¿Acaso no me has escuchado? No podemos hacer esto.

—Recuérdame por qué.

—Sé algo que te hará daño.

Me pongo rígida.

—¿Qué es?

—No puedo decírtelo porque quiero mantenerte a salvo.

Le pongo un dedo en el pecho.

—¿Cómo puede hacerme daño y mantenerme a salvo al mismo tiempo? No tiene sentido.

—Lo sé —responde con tristeza.

Lo miro fijamente, considerándolo.

—¿Puedo confiar en ti?

—¿Con tu vida? Totalmente —responde con ferocidad.

—¿Qué hay más importante que eso? —me inclino hacia adelante—. El resto no me importa.

Abre la boca para protestar, pero detengo sus palabras con la mano.

Ya sé lo suficiente. Cambio la mano por mi boca. Le doy un beso suave y él gime.

No sé de dónde he sacado la valentía para hacerle esto. Pero sonrío, y es una sonrisa cruel y penetrante. Su rostro palidece. Sabe que está en problemas.

Los dos lo estamos.

—Quiero que me beses sin pensar en nada ni en nadie más. —Bajo la voz hasta un ronco susurro—: Quiero que me beses como si lo hubieras estado deseando desde el día en que intentaste echarme del rancho. Me quedé entonces y me quedaré también esta noche.

Su pecho tiembla debajo de mis manos, pero no puede apartar los ojos de los míos, no puede evitar tocarme. Ambos somos luchadores e iríamos a la guerra por aquello que deseamos, incluso cuando el mundo nos dice que no podemos tenerlo. Lentamente, se inclina hacia adelante y me da un suave beso en el lugar en el que se encuentran mi cuello y mi hombro.

Me estremezco.

—¿Sí o no, Arturo?

—Te deseo más que a *nada*. —Su mandíbula se tensa cuando presiono los labios contra la comisura de su boca—. Eres lo peor.

Arqueo una ceja y espero.

Entonces tira de mí en la oscuridad y dirige mis labios a los suyos en un beso desesperado que me hace temblar los huesos. Emito un sonido triunfal y él ríe en mi boca. Enredo los dedos en el áspero algodón de su túnica. Se mantiene rígido, pero muevo las piernas para colocarlas a ambos lados de su cintura hasta que me siento a horcajadas sobre él. Entonces gruñe envolviéndome con los brazos. Me besa como si me estuviera enseñando una lección. Si me acerco a una llama, arderé. Sus ojos grises se calientan quemando como dos hogueras en la cueva oscura. Presiona todo su cuerpo contra mí.

Mis ojos vuelan a los suyos.

Quiero que él sea el primero. Un pensamiento aterrador me atraviesa la mente, sobresaltándome. Se me forma un agradable calor en el vientre y jadeo cuando eleva las caderas. Suelto otra exclamación mientras me lleva arriba y abajo contra sí mismo, encontrando el punto exacto que me roba el aliento. Sus dedos se hunden en mis caderas.

—Arturo —digo sin aliento.

—Joder —responde él débilmente.

Me mueve más rápido. Se acumula la presión, una inmensa ola que se estrella una y otra vez hasta que me dejo llevar y solo puedo concentrarme en su boca caliente contra mi cuello. Sus manos me suben por la cintura, se deslizan sobre mi túnica, me sujeta un pecho con la palma de la mano pasando el pulgar sobre mi pezón. La ola se eleva de nuevo y me arrastra hacia abajo dificultándome la respiración. Se mueve contra mí una y otra vez presionando con fuerza entre mis piernas, fuerte y rápido, hasta que jadeo en su boca. Entonces la ola de mi interior inunda cada uno de mis pensamientos, envuelve los latidos de mi corazón hasta que me hormiguea cada centímetro de la piel y la fuerte corriente hace que me tiemblen las rodillas.

Me rodea con los brazos y nos detenemos, lo último que deseo. Quiero que sienta lo que yo he sentido, la misma oleada histérica que me ha barrido a mí. Hago un sonido de protesta contra su cabello enredado. Me inclino hacia atrás y capto su débil y engreída sonrisa. La suave forma de su boca me roba el aliento. Ya no hay líneas ásperas envolviendo sus labios ni atravesándole la frente. Me alisa el pelo y me da un suave beso debajo del oído. Me balanceo contra él, pero me agarra las caderas y me mantiene quieta.

—Zarela, lo quiero todo —susurra Arturo con voz ronca—. Pero esta noche no puedo ir más lejos.

Es por su secreto. Es incapaz de mirarme a los ojos.

—¿Por qué no le gustas a mi padre?

Me levanta de su regazo y me sienta a su lado. La manta está enredada entre nuestras piernas y mis dedos juguetean con el tejido.

Necesito algo que hacer mientras Arturo está sentado a mi lado, sombrío y en silencio, con las manos fuertemente entrelazadas en el regazo.

—Tiene un buen motivo —responde finalmente.

—Eso me ha repetido infinidad de veces, pero me gustaría saber cuál es —replico con enojo.

—Prometo decírtelo después de la corrida. —Me mira a los ojos y me sorprende la fatigada resignación que acecha en las profundidades de sus ojos.

Entonces entiendo lo que ha estado intentando decirme. Le preocupa que no siga entrenando con él si descubro la verdad. Le preocupa mi seguridad en el ruedo y el secreto que está ocultando me pondrá en riesgo si lo descubro antes.

—Solo para confirmar… No estás intentando arruinarnos, ¿no?

Arturo niega con la cabeza.

—No. No tuve nada que ver con la masacre de La Giralda, no tengo nada que ver con mi tío y sus planes, sean cuales fueren.

En cuanto Arturo menciona a don Eduardo, recuerdo la nota que encontré en su escritorio. ¿Qué decía? «No te rindas con él».

—Zarela, ¿qué pasa? —susurra Arturo.

—¿Conoces a una tal Hortensia? —pregunto con cautela.

Se pone rígido.

—Mi madre se llamaba Hortensia. Murió hace dos años por una enfermedad.

Durante todo este tiempo, había tenido una pista de que don Eduardo era el tío de Arturo y aun así no lo había sabido. Y ahora que lo sé, ya no me molesta tanto. Lo creo cuando dice que no tuvo nada que ver con la masacre.

Lo tomo de la mano.

—Resolveremos esto juntos.

Una risa ronca resuena en su garganta.

—Espero que te acuerdes de eso.

TREINTA

Me despierta la dragona. Roja se mete en la cueva raspando el suelo con su pesada cola. Todos mis sentidos cobran vida. La caverna se calienta instantáneamente ahuyentando las frías garras de la noche. Se me acelera el corazón entre las costillas. Nunca había pensado que estaría intentando dormir junto a una dragona. Tampoco había pensado que volaría sobre ella.

Hace que me pregunte qué más podría ser posible.

Arturo murmura y se reacomoda, busca mi pelo con la mano y me sorprende lo infantil que se ve. Es mayor que yo, pero en este momento parece más joven, ahora que no tiene esa expresión de enfado en el rostro. La dragona me mira cuando pasa, sus ojos radiantes encuentran los míos. Me estremezco, ella exhala escandalosamente y la ráfaga de aire me revuelve el cabello.

Roja se enrosca sobre sí misma cerrando los párpados. De vez en cuando, mueve la cola inconscientemente. Grandes bocanadas de aire perturban el profundo silencio de la cueva húmeda. Sus garras arañan el suelo de piedra y tengo que taparme los oídos por el chirrido.

Arturo no se despierta.

Estamos tumbados boca arriba, lado a lado, enredados en la manta. Tengo la mejilla presionada contra el áspero algodón de la manga de su túnica. Su respiración regular llena la caverna, uniéndose a las inhalaciones y exhalaciones de la dragona. Es hora de levantarme, de irme a casa, y aun así no quiero apartarme de su calor. La antorcha proyecta largas sombras contra las escarpadas paredes de la cueva y mi mirada se posa en la guitarra. Si tocara mientras yo bailo, ¿Roja se uniría a mí?

Una idea empieza a tomar forma en mi mente. Se arrastra en la oscuridad, emite un suave susurro en mi oído. Me falta nada. Un compromiso escurridizo a punto de ser descubierto.

La respuesta llega antes del amanecer.

Me incorporo aferrándome a esa idea, pensando en ella y en todos los finales posibles. Buscando sus agujeros, evaluando el riesgo, tomando una decisión. Roja se despierta y golpea con la cola bostezando ampliamente, con los dientes reluciendo en la luz que entra en la cueva. Arturo se mueve a mi lado. Se frota los ojos y parpadea, mirándome.

—Nos quedamos dormidos —dice con asombro. Con un jadeo, se pone de pie de un salto—. ¡Dios! Zarela, nos quedamos dormidos.

—En efecto —contesto—. Buenos días.

Me mira de arriba abajo con exasperación.

—¿Por qué no estás más preocupada? Tu padre…

—He tenido una idea.

—¿Te parece que es el mejor momento?

—Sí —respondo con determinación.

Pone los ojos en blanco, pero hace un gesto con la mano indicándome que continúe.

Le echo un rápido vistazo a Roja, quien levanta la cabeza como si fuera completamente consciente de que mi plan incluye dragones.

—¿Y bien? ¿Cuál es?

Inhalo y exhalo lentamente preparándome para su respuesta.

—No quiero luchar en el ruedo. No quiero matar a la morcego. Quiero que toques la guitarra mientras yo bailo con ella.

Se queda callado un largo momento analizando mi rostro y me tiende las manos. Las agarro y tira de mí para levantarme con un movimiento fluido.

Arturo sonríe justo antes de besarme.

Papá nos espera en la escalera principal del vestíbulo. Está apoyado en el pasamanos con las mejillas sonrojadas y la frente echando chispas.

La casa está en silencio, demasiado tranquila para lo que sería habitual en un día de corrida. He hecho que se preocupara y le debo una explicación.

—¿Dónde estabais? —pregunta fríamente. Sus palabras van dirigidas a mí, pero mira a Arturo.

Arturo se aclara la garganta.

—Señor Santiago…

—Papá, he estado pensando en nuestra situación toda la noche —intervengo interrumpiéndolo—. Y se me ha ocurrido una solución.

—¿Dónde estabais?

—Se nos ha ocurrido un espectáculo —digo brevemente.

—A ti —replica Arturo y en la rápida mirada que me lanza de soslayo, leo una sutil nota de orgullo. El descubrimiento me calienta el corazón—. Sé que está enfadado, pero, por favor, escuche a su hija. Su idea implica que no va a tener que luchar en el ruedo.

La ira de papá se desinfla.

—¿De qué estáis hablado?

Subo por las escaleras y le tiendo la mano.

—Deja que te lo mostremos.

Juntos, llegamos hasta el ruedo recogiendo a Lola y a Ofelia por el camino. Papá se sienta en la primera fila y Ofelia se apresura a buscar su guitarra. Arturo desaparece por el túnel con el capote.

—Ha pasado algo —dice Lola en voz baja. Estamos en medio del ruedo y no hay necesidad de susurrar, pero creo que le gusta la sensación de secretismo.

Por supuesto, sé de lo que está hablando, pero finjo inocencia:

—¿De qué hablas?

Se pone una mano en la cadera con fingida consternación.

—Zarela Zaldívar.

Simplemente sonrío.

—Si no me lo dices, no te daré tu nuevo traje de luces.

Jadeo.

—¿Está terminado?

—Casi. —Se muerde el labio—. Estamos probando algo nuevo. Creo que lo aprobarás, pero a veces tienes opiniones curiosas y un gusto horrible, nunca se sabe…

—¿Estamos? —La miro entornando los ojos—. ¿Con quién estás trabajando?

Se ruboriza y ahogo un jadeo.

—¿Estás trabajando en mi vestuario con Guillermo?

Su rubor se intensifica y sé que he dado en el clavo.

—Bueno, se supone que es una sorpresa.

Se acercan unos pasos y ambas nos damos la vuelta para ver a Arturo sacando a la dragona del túnel hacia la arena blanca recién importada. Engancha la cadena en el anillo de hierro y me guiña el ojo. Lola suelta un sonido triunfal y la ahuyento antes de que pueda decir algo escandaloso. Ofelia vuelve con el instrumento y se lo entrega a Arturo con una expresión de desconcierto en el rostro.

La morcego está furiosa, chasquea los dientes y agita la cola en nuestra dirección. Me acerco a la dragona. Esta es la que bailó conmigo. La que desempeñará un papel esencial en mi nueva actuación. La multitud estará esperando una matanza.

No un baile entre una dragona y su presa.

Se me retuerce el estómago. Para que esto funcione, tengo que hacer algo extraordinario. Debo enfrentarme a la dragona tan solo con mi capote.

—Suéltalo y ten la guitarra preparada.

Ni papá ni mamá han hecho nunca algo así.

Arturo mete la llave en la cerradura y se oye un fuerte chirrido cuando el hierro choca contra el hierro. La bestia reconoce inmediatamente el cambio cuando se le aflojan las cadenas.

Siente que su libertad está cerca.

Arturo empieza a tocar inmediatamente una melodía suave y relajante. La dragona se calma, inclina la cabeza y mantiene sus ojos serpentinos fijos en el domador.

Agito el capote, la tela roja ondea dándole al monstruo la bienvenida a un nuevo tipo de batalla.

—Cuando te avise, toca algo animado —indico mientras la atención de la dragona se centra en el capote rojo sangre.

Arturo frunce el ceño, pero asiente. Levanto el capote y lo muevo rápidamente de delante hacia detrás. La dragona gruñe y se abalanza hacia mí.

—¡Ahora! —exclamo dándome la vuelta mientras la bestia pasa corriendo con los cuernos inclinados hacia mi cuerpo. Las notas se arremolinan a nuestro alrededor mientras vuelvo a levantar la tela. Taconeo sobre la arena apretada balanceando las caderas al ritmo de la música. Intento no ver a la dragona como un monstruo, como una depredadora.

Miro a la morcego como mi compañera de baile.

Uso el capote como usaría mi abanico pintado. Un apoyo para mis dedos cuando se enroscan. El capote es demasiado pesado para sostenerlo con una mano, así que me valgo de los pies para crear un nuevo tipo de coreografía.

La canción de Arturo es dulce y encantadora, pero con la adición de mi taconeo, débil sobre la arena, la música se convierte en algo intenso. Una mezcla de sonidos que hace que se me acelere la respiración. La dragona me ve bailar enroscando la capa, balanceando las caderas, moviéndome por el ruedo. La miro rutinariamente instándola a bailar conmigo.

Finalmente, lo hace. Al principio, la morcego se limita a rodearme, curiosa, pero cauta. Sigo moviéndome, creando ritmos, oyendo las notas sangrando en mi piel. En mi siguiente giro, me quedo justo al lado de la dragona. Se inclina hacia adelante con su largo cuello, me arrebata el capote de las manos y lo sacude de delante hacia detrás en un amplio barrido.

No es muy diferente de lo que yo estaba haciendo.

Hago palmas con las manos mientras golpeo la arena presionada con los pies y me muevo alejándome, doblando y enroscando las muñecas. Ella me sigue sujetando el capote entre sus enormes dientes.

Nos movemos rodeándonos mutuamente. El sudor me empapa la espalda, pero ignoro el calor, el sol abrasador y el modo en el que el pelo se me pega a la nuca. La dragona y yo bailamos y bailamos. La música de Arturo se convierte en un susurro. La canción se detiene y el mundo vuelve a quedar en silencio. Debería apartarme de la dragona, pero todavía sostiene mi capote, y sigue mirándome, esperando a ver qué pasara a continuación.

Hago una reverencia. Escupe el capote y se aleja por el túnel en busca de sombra y refugio del calor. La criatura sabe que en su jaula tiene agua. Arturo corre tras la dragona lanzándome una mirada desconcertada cuando pasa junto a mí.

Respiro con jadeos entrecortados. No tendré que luchar contra la dragona. La morcego ha bailado conmigo, se ha movido conmigo. Así es como recuperaré La Giralda, ofreciendo algo que nadie ha visto nunca.

Dejo escapar una risa temblorosa y me giro hacia mi padre.

Las lágrimas le caen por las mejillas. Se lleva los dedos a los labios, emite un agudo silbido y luego aplaude. Ofelia y Lola se unen a él riendo y vitoreando.

Puedo hacer cualquier cosa.

—Ahora vuelvo —les digo y me meto en el túnel. Estoy a mitad de camino de la mazmorra cuando oigo a Arturo acercarse.

—¿Qué piensas? —le pregunto.

Avanza con pasos rápidos, me rodea la cintura con los brazos y me levanta del suelo. La sonrisa de su rostro y la alegría expuesta en su expresión hacen que me tiemble todo el cuerpo. Me baja lentamente hasta que solo las puntas de mis botas tocan el suelo de piedra.

—Ha estado bien —contesta. Baja la cabeza y me besa. Su boca se inclina sobre la mía, sus suaves labios me saborean. Le paso los brazos por el cuello y extiende los dedos por mi espalda, sujetándome cerca de él. Lentamente, le envuelvo la cintura con las piernas. Me hace subir más hasta que puedo acunar su cabeza entre las manos, atrapando cada suspiro y cada respiración que sale de su boca. Le beso los párpados, las mejillas, la nariz.

Levanto la cabeza hasta que mi boca flota a un centímetro de la suya. Él abre los ojos, somnoliento, como si estuviera ebrio de mi piel, del espacio cerrado del túnel que calienta nuestros cuerpos, de la dura piedra que hay bajo nuestros pies, de la cálida brisa que nos envuelve en su suave abrazo.

—Me has arruinado para cualquier otra persona —susurra.

—Bien —digo, incapaz de contener la sonrisa.

Me pellizca la parte posterior del muslo y suelto un gritito.

Alguien se aclara la garganta. Nos separamos y se me escapa una tímida risita.

Papá, Lola y Ofelia nos observan con diferentes grados de asombro, indignación y desconcierto desde la entrada del túnel. Sus siluetas están recortadas por la luz del sol y tengo que entornar los ojos para ver sus rostros con claridad.

Arturo me toma de la mano y centra su atención en papá. Se nota el aire cargado entre ellos, la tensión.

—¿Se lo has dicho? —pregunta papá en voz baja y amenazante.

Arturo me aprieta los dedos.

—No, pero lo haré. Después de la actuación.

—En ese caso, no deberías estar agarrándole la mano. —Papá se apoya en un surco de la pared para tomar aire. Le cuesta respirar, como si estuviera en shock.

—Papá —digo con voz firme—. No soy una niña.

Cierra los ojos y asiente.

—Lo sé. Y tomarás tu decisión cuando sepas la verdad.

Una llamarada de pánico se enciende en lo más profundo de mi vientre. Si hubiera un pueblo viviendo en mi interior, no habría quedado nada. Ni una casa. Se acercan las pisadas y veo la silueta del tío Héctor acercándose hacia nosotros. Primero se muestra curioso, pero, cuando ve a Arturo, retrocede como si le hubieran dado una patada en el estómago.

—¿Tío? —pregunto, insegura.

—¿Qué es esto? —quiere saber Héctor con un gruñido cuando llega hasta nosotros. Rodea a papá, a Lola y a Ofelia. Posa la mirada en nuestras manos entrelazadas y tensa los hombros. Aparecen manchas rojas en sus mejillas.

Habla con un bufido encolerizado:

—Apártate de ella.

—¿Tío? —vuelvo a preguntar. Nunca lo he visto tan enfadado. Nunca ha usado ese tono de voz cerca de mí.

Pero Héctor levanta un dedo hacia Arturo.

—Quítale la mano de encima.

Arturo me suelta sin discutir. Lo miro.

—Espera un momento…

—Héctor, yo me encargo de esto —dice papá.

Lola y Ofelia retroceden con los ojos muy abiertos en alarma.

—¿Has perdido el juicio? —le espeta Héctor a mi padre subiendo el volumen con cada palabra—. Debes haberlo hecho para permitir esta atrocidad.

Las cejas de papá se juntan.

—Héctor, Arturo está entrenando a Zarela… solo se han dejado llevar.

—¿Entrenando? *¿Entrenando?* ¿Te refieres a…? —Héctor balbucea y se fija en mi ropa llena de arena. Cuando se da cuenta, retuerce los labios, horrorizado—. No, Santiago, no se lo permitirías.

Levanto la barbilla.

—Es cierto. Voy a luchar en el ruedo.

Héctor palidece y se queda completamente inmóvil.

—Y este depravado te está enseñando cómo convertirte en dragonadora.

Arturo no dice nada. Me hierve la sangre.

—No entiendo por qué te incumbe esto.

A Héctor se le ponen los labios blancos.

—¿Que no me incumbe? ¿Acaso no entiendes quién es?

Pongo los ojos en blanco.

—Lo cierto es que sí.

—No está hablando de mi tío —interviene Arturo en voz baja—. Habla del día en que murió tu madre.

Sus palabras resuenan en el interior del túnel. Me golpean como enormes rocas. Aparto la mano de la suya.

—Explícate. Ahora mismo.

—Zarela… —empieza en un tono grave y plano—. Yo fui el dragonador que fracasó matando al dragón en el ruedo. Tu madre murió por mi culpa.

El dolor me apuñala en el estómago. Nadie respira, nadie se mueve. Al momento, tengo a Lola a mi lado ofreciéndome su apoyo sin palabras. Solo me mantengo en pie por ella. Héctor y papá se gritan palabras furiosas, cosas horribles que no pueden callarse.

—Estoy es muy propio de ti —espeta tío Héctor—. No te importa a quién pongas en peligro mientras no afecte a tu carrera, a tus planes y a tu imagen.

—*Amo* a mi familia —replica papá entre jadeos.

—Entonces deberías protegerla —contesta tío Héctor secamente.

—¿Quién hizo de La Giralda lo que es…?

Arturo se acerca y me habla con voz baja y urgente, bloqueando el resto de la discusión.

—Zarela, escúchame. Esa fue la última vez que puse un pie en el ruedo, la última vez que actué como dragonador —explica.

Me inclino hacia adelante envolviéndome con las manos para protegerme de sus palabras condenatorias. Lola me agarra del brazo evitando que me derrumbe. Apenas me doy cuenta. Llevo mucho tiempo jugando al juego del «y si»: ¿Y si mi madre no hubiera actuado ese día? ¿Y si se hubiera quedado conmigo en lugar de salir corriendo del vestuario para buscar a mi padre?

¿Y si el dragonador hubiera hecho su puto trabajo?

—Zarela. Mírame.

Pero no puedo. No creo que sea capaz de hacerlo otra vez. Podría haberme dicho la verdad muchas veces.

—¿Por qué no me lo dijiste?

Se queda en silencio y luego añade:

—El dragón sobrevivió porque vacilé al asestar el golpe mortal. Fue solo un segundo, pero el daño ya estaba hecho. No pude recuperar el terreno que había perdido por mucho que me esforcé en tratar de recobrar la ventaja. Después de lo que pasó… me sentía asqueado por todo eso. Por lo que había hecho. Por todas las muertes en vano.

—¿Cómo pudiste ocultármelo?

—Si te lo hubiera dicho, no me habrías dejado seguir entrenándote. Me importaba más tu vida que contarte la verdad. Volvería a tomar la misma decisión.

No sé por qué le he hecho la pregunta cuando no estoy preparada para oír su respuesta. No estoy ni remotamente satisfecha con sus palabras. Ni por asomo. Mi madre murió por culpa de sus ideales. Arturo vaciló porque *no quería* matar a ese dragón.

Y a mí me costó la vida.

—Lo siento muchísimo, Zarela —agrega Arturo en un susurro agonizante—. Lo siento.

—Deberías sentirlo —escupe Héctor.

—Por favor, márchate —murmuro.

Arturo hunde la barbilla y se marcha sin decir ni una palabra más.

Cuando me doy la vuelta para dejar de observar cómo se retira, papá está en el suelo.

TREINTA Y UNO

e siento al lado de papá, que yace arropado bajo varios edredones gruesos, temblando. Me mira con los ojos inyectados en sangre. Le agarro la mano y la noto húmeda y fría. Abre la boca para hablar, pero sus palabras son muy finas, casi transparentes. Me inclino y acerco la cabeza a la suya. Dios, odio verlo así. Después de que Arturo se marchara, todos ayudamos a papá a meterse en la cama y fui a buscar a la curandera. Su diagnóstico no fue muy tranquilizador: ha recaído, se ha esforzado demasiado, demasiado pronto. Es culpa mía por no haberle dicho que ralentizara.

—¿Se ha ido Héctor? —pregunta papá.

Asiento.

—Se ha quedado una hora cuidándote. Se ha negado a hablarme. Nunca lo había visto tan enfadado.

—No podía decírtelo. Lo siento.

—Sí, podías habérmelo dicho —replico—. Puedo decidir por mí misma a quién amar, con quién enfadarme. —Respiro profundamente—. A quién perdonar.

Papá se chupa los labios secos y agrietados.

—Estaba intentando protegerte. Si hubiera hecho su trabajo, tu madre todavía estaría viva. —Aparta la mirada—. Pero luego recuerdo que ha habido veces en las que yo he sido incapaz de matar a un dragón en el ruedo. Solo me pasó dos veces cuando estaba empezando. Probablemente sea cosa de la edad.

El dolor me rodea el corazón y me lo presiona.

—Lo odias.

Papá cierra los ojos.

—Lo odio. Fue parte de la muerte de Eulalia. Eso es inevitable. ¿Hay que culparlo? No, no puedo culparlo por ser humano. Pero no mató al dragón, así que no puedo mirarlo sin recordar a quién perdí. —Tose. Es una tos que hace que le tiemble todo el cuerpo—. Pero eso es problema mío. Puedo vivir con eso si es lo que deseas. Solo quería que supieras la verdad antes de decidirte. —Me mira atentamente—. ¿Qué vas a hacer?

—No lo sé, papá.

—Solo porque yo no pueda perdonarlo no significa que tú tampoco puedas. Tal vez deberías. —Suspira en una larga exhalación que parece que tengan que arrancarle—. No fue culpa de él.

Me debato entre la ira y el dolor. Dolor porque Arturo no me lo dijera e ira porque me he dado cuenta de lo mucho que deseaba encontrar sentido a su muerte. La participación de Arturo en la tragedia no era la respuesta que quería. Pero puede que nunca llegue a entender por completo por qué murió. Culpar a Arturo no me hará sentir mejor. El dragón actuó siguiendo su naturaleza. Lo llevaron a la plaza en contra de su voluntad y luchó para sobrevivir.

Pero aun así, podría habérmelo dicho.

—Sigue adelante con el espectáculo —me dice papá—. Debes hacerlo. Es demasiado bueno como para que no lo vean.

—Ya no tengo guitarrista.

Papá me dedica una sonrisa de complicidad.

—El domador volverá. Y si no lo hace, Héctor tocará para ti.

—No lo hará. Ya lo has oído. No me quiere cerca de ningún dragón.

—Tráeme a Héctor por la mañana —pide papá—. Le haré entrar en razón.

Me acerco a él y presiono mi frente contra su pecho; un gran sollozo sale desde las profundidades de mi dolor.

—Te recuperarás.

—Claro que lo haré. —Entrelaza los dedos en mi pelo—. Zarela, nunca te he visto siendo tú misma tanto como cuando has bailado con ese dragón. Enamorada del flamenco de nuevo. Estoy orgulloso de la mujer que eres. Sé que probablemente no te lo digo lo suficiente.

—Papá… —Se me rompe la voz. Me abraza un largo momento hasta que oigo el sonido uniforme de su respiración y noto su pecho subiendo y bajando constantemente.

No sé cómo he logrado llegar hasta mi habitación. El agotamiento me roba momentos mientras me pongo la ropa de cama y enciendo las velas. Me desplomo en la cama con el corazón pesado y cierro los ojos cuando oigo un ruido insistente perturbando mi intento de dormir. Es como si alguien estuviera raspando una piedra áspera. El sonido de alguien maldiciendo me pone en alerta instantáneamente, me levanto y avanzo hasta el balcón.

Abro las puertas, furiosa, con ganas de pelea. Me acerco a la barandilla y miro hacia la calle convencida de que voy a ver a alguien agitando una pancarta, tal vez a la propia Martina.

Pero no es un miembro de la Asociación.

Arturo está aferrado a una cornisa con las puntas de las botas apoyadas en un solo ladrillo que sobresale de la pared. Inclina la cabeza hacia atrás y levanta la barbilla. La oscuridad suaviza su rostro, los ángulos afilados de sus pómulos, su boca hosca. Hay suficiente luz de las velas saliendo de mi habitación para iluminar el vago contorno de su cuerpo presionado contra la pared.

—Hola —dice con rigidez, tratando de sonar digno pero sin conseguirlo—. He venido a entregar una carta.

Arqueo una ceja.

—¿No podrías haber dejado la misiva en la puerta principal?

—No estaba seguro de que alguien te pasara la nota. Planeaba deslizarla por debajo de la puerta del balcón. —Me mira de cerca y añade rápidamente—: Puedo irme, si lo deseas.

Lo observo fijamente, considerándolo.

—Entra.

Me doy la vuelta y regreso a mi habitación cruzando los brazos sobre el pecho. Escala rápidamente el resto del camino, lanza una pierna por encima de la barandilla y después la otra. Me quedo en silencio en el centro de la habitación mientras da un solo paso hacia adentro cautelosamente. El modo en el que va vestido me recuerda a una fortaleza: túnica de lino oscura, pantalones también oscuros, botas desgastadas, pelo despeinado y la boca retorcida en una mueca.

Se pasa el brazo por detrás y saca un rollo de pergamino que lleva guardado en la cintura de los pantalones. La nota flota entre nosotros, entre sus dedos. La tomo y la lanzo a la cama.

—Dímelo a la cara.

Arturo asiente como si se lo esperara. Se queda tanto rato quieto y sombrío que me da tiempo a descifrar mis propios sentimientos. Me alegro de verlo. Me alegro de que haya vuelto después de que lo echara, me siento aliviada al ver que estaba tan empeñado en entregarme un mensaje que ha escalado un muro. Pero ¿y si mis sentimientos hacia él me están nublando el juicio?

Las palabras de papá rugen fuertes en mi cabeza, en mi corazón: «No fue culpa de él».

—No quieres verme —dice finalmente—. Lo sé. Pero he venido para decirte una sola cosa: lo siento. Yo tengo la culpa de todo. Zarela, lo siento más de lo que sé expresar.

No aparta los ojos de los míos. Los tiene rojos e inyectados en sangre como si llevara días sin dormir. El agotamiento tira de su barbilla hacia el suelo, cava profundos surcos en las comisuras de su boca y en su frente. Quiero suavizar todas esas líneas acariciándolo con el dedo. Tiene los hombros tensos y no se ha movido del balcón como si en cualquier momento pudiera pedirle que se marcharla. No lo culpo. Se lo he hecho antes.

Pero no voy a hacerlo ahora.

Doy un paso hacia adelante y luego otro. Arturo se tensa e inhala bruscamente. Me coloco delante de él y le agarro los codos muy despacio. Exhala con mi toque y su cálido aliento me roza las mejillas. Está rígido debajo de mis manos. Le da miedo relajarse, le da miedo tener esperanza.

—Lo siento —repite una vez más en un ronco susurro.

—Un dragón asesinó a mi madre.

Levanta la barbilla y separa los labios:

—Si yo no hubiera vacilado…

Le tapo la boca con la mano.

—Calla.

Entorna los ojos, puedo leer su molestia, su exasperación. Me alivio al ver que su comportamiento se torna espinoso. Está listo para enfrentarse a mí. No cree que merezca amabilidad ni perdón. Puede que se castigue para siempre.

Es ridículo.

—No fue culpa tuya. —Se derrite bajo mis manos y mi corazón se alegra al ver su alivio y el brillo vidrioso en sus ojos grises—. Tengo una pregunta para ti, Arturo. ¿Me responderás con sinceridad?

Asiente y, aunque estoy cubriendo la parte inferior de su rostro, su expresión me dice que no me negará nada.

—¿Por qué cazaste al dragón?

Quito la mano.

—Lo hice por ti —responde con voz ronca.

—¿Por qué?

Tiro de él hacia la cama, paso a paso. Arturo mira por encima de mi hombro y, cuando ve nuestro destino, deja de moverse de inmediato.

—Zarela.

Me está advirtiendo.

Tengo el control y quiero la verdad.

—Respóndeme.

—Porque te quiero —dice casi gritando y yo sonrío, lo que hace que frunza el ceño, avergonzado y vulnerable. Tiro de él de nuevo y se resiste. Hago un ruido de protesta. Estoy harta de que la gente tome decisiones por mí. Harta de que la gente quiera proteger mis sentimientos. Arturo me enseñó a sobrevivir en el ruedo. Me acompañó cuando toda la ciudad estaba en llamas. Se presentó en las escaleras de mi casa para ayudar a limpiar. Me llevó a volar. Creyó en mí.

Confía en mí. Me quiere.

Con él, me siento a salvo. Con él, me siento escuchada.

Es a él a quien deseo. Doy otro paso hacia atrás. Le revelo mi secreto, lo digo con la voz clara, con la barbilla bien alta y sin dejar de mirarlo a los ojos:

—Te quiero, Arturo.

—¿Y eso está bien? —inquiere suavemente.

—Lo está —respondo con voz firme.

Su expresión adquiere un matiz lobuno. Me salta el corazón y se me acumula el calor en las profundidades del vientre. Ni en un millón de años habría pensado que podía llegar a sentir tanto por una persona. Arturo avanza lentamente hasta que la parte trasera de mis rodillas choca contra la cama. Juntos, nos arrastramos sobre el colchón, él flotando por encima de mí, con la atención puesta en mi cabello negro desparramado sobre la almohada, en mi boca, en mi túnica abriéndose.

Arturo se inclina hacia abajo y me roza los labios con los suyos.

—¿Estás segura, Zarela?

Una anticipación nerviosa aflora bajo mi piel.

—Sí.

Él titubea.

—¿Has hecho esto antes?

Un profundo rubor se extiende por mi cara. Niego con la cabeza.

—La primera vez puede doler —susurra suavemente—. ¿Es lo que quieres de verdad?

Asiento sabiendo que él será amable, pero la preocupación sale a la superficie. No tengo ni idea de lo que estoy haciendo. Fijo la atención en la amplia línea de sus hombros. Lentamente, tiro de su túnica por la espalda y él saca los brazos de las mangas y la lanza a un lado. Le coloco un rizo detrás de la oreja y sus ojos brillan bajo la luz de las velas.

—No sé qué hacer ahora —admito en voz baja.

Me mira con ternura y, cuando me besa esta vez, lo siento por todas partes. Me saborea, mordisquea mi labio inferior, su boca se mueve sobre la mía hasta que ya no puedo pensar con claridad. Lo único que sé es lo desesperadamente cerca que quiero estar de él, más cerca de lo que he estado de cualquier otra persona. He estado esperándolo mucho tiempo y me siento ávida de sus caricias, de la sensación de sus brazos a mi alrededor. Protegiéndome de todo lo demás. Me pasa la lengua a lo largo del cuello y jadeo. Me tiemblan las manos cuando me quito la bata de los hombros y Arturo me ayuda a sacármela y a tirarla de la cama. El lino de mi camisón no oculta nada de su hambrienta mirada. Desliza una cálida mano por debajo del tirante y me lo baja por el brazo. Tiro del dobladillo inferior y lo paso por mis piernas, por mi cintura, por mi cabeza. Nunca nadie me ha visto tan expuesta, tan desnuda. ¿Y si no le gusta la forma de mis caderas? ¿Y si…?

—Eres preciosa —murmura. Su manos callosas me suben por las piernas, trazan la curva de mi cintura. Beso las cicatrices que le cubren los brazos. Quemaduras causadas por años de trabajar con dragones. Somos lo mismo, llevamos las marcas de una ráfaga de fuego que arruinó nuestras vidas. Aturdida, miro hacia el techo mientras él explora cada centímetro de mi cuerpo, tocándome por todas partes. Respiro con jadeos entrecortados. Una parte de mí no puede creer que esto esté pasando. Otra parte sabe que era inevitable. Siempre íbamos a terminar aquí. Juntos.

Lo insto a que se acerque más y se pega contra mí. Recuerdo aquel momento perfecto en la cueva, el modo en el que me hizo sentir, y anhelo esa misma liberación. Entiende lo que quiero porque sonríe contra mi cuello y no ralentiza el ritmo. La presión no deja de aumentar hasta que alcanza la cumbre. Cierro los ojos y me lanzo por el precipicio confiando en que él estará ahí para recogerme. Me besa profundamente mientras le quito el resto de la ropa, desesperada por acercarme más. Enredo las manos en su pelo mientras él se mueve sobre mí con la respiración acelerada. Arturo levanta la cabeza y me mira fijamente, me pregunta una vez más:

—¿Estás segura? No tenemos que…

Envuelvo sus caderas con mis piernas y, aunque mi corazón está decidido, se me escapa una exhalación nerviosa.

—Sí.

Arturo se sumerge lentamente en mi interior y me duele. Suelto un pequeño jadeo. Él se detiene inmediatamente encima de mí, con la respiración irregular, mientras se disculpa una y otra vez y su suave voz funciona como un bálsamo. El dolor disminuye y se transforma en una curación que ambos necesitamos desesperadamente. Solo existe nuestro aliento combinado bailando en la habitación en penumbra mientras nos movemos juntos. Lo que sucedió en nuestros pasados se queda allí, adonde pertenece. No hay lugar para secretos, arrepentimiento o culpa.

Después, me acurruca cerca de su costado, su pecho sube y baja debajo de mi mejilla. Nos quedamos así hasta que el sueño nos atrapa a los dos.

Tardo en despertarme, noto el cuerpo aturdido y algo dolorido. Abro un ojo y me sorprende ver que todavía está oscuro. Noto una mano pesada alrededor de mi cintura presionándome contra el pecho desnudo de Arturo.

—Buenos días —murmura Arturo. Me da un beso en la nuca y los escalofríos me recorren los brazos.

Me vuelvo hacia él y sonrío al ver al domador de dragones adormilado, despeinado y con las arrugas de la almohada marcadas en un lado de la cara.

—Necesitas un corte de pelo.

Sonríe lentamente.

—¿De verdad?

Asiento y se inclina hacia mí, pero giro la cabeza.

—Te besaría, pero primero necesito masticar unas hojas de menta.

Mi comentario le arranca una risa sorprendida.

—¿Dónde las tienes?

—Detrás de ti, en esa mesita que hay al lado de la cama.

Se gira, toma un puñado del cuenco de cerámica y las reparte entre los dos. Se lanza a darme un beso en cuanto termino y me río en su boca.

—¿Cuándo volveré a verte? —pregunto.

—Zarela —dice Arturo con fingida consternación—. Hoy es el último día de entrenamiento.

Gruño y él rueda encima de mí.

—Tienes que marcharte —le aviso entre besos.

—¿Lola? —Traza con la punta de su nariz una línea desde detrás de mi oreja hasta mi clavícula.

Necesito un minuto para responder. Lo que me está haciendo en el cuello me deja sin aliento.

—Lola, Ofelia, mi padre.

Papá. El aliento se me congela en el pecho. No puedo creer que me haya quedado dormida. ¿Y si me ha necesitado esta noche? Tengo que irme. Ahora mismo.

—Arturo —susurro, angustiada.

Levanta la cabeza inmediatamente, me mira a los ojos y ni siquiera intento disimular mi pánico, mi miedo. Rueda y me saca de debajo de las suaves mantas. Toma mi camisón y levanto las manos. Lo desliza sobre mí. Me pongo la bata y ata los extremos en un seguro nudo con el cinturón de seda. Me besa una vez más.

—Ve con tu padre.

Por eso estoy enamorada de él.

Camino hacia la puerta y dedico un segundo para mirar por encima del hombro. Arturo se ha puesto los pantalones y tiene las manos en las caderas mientras busca su túnica. Me ve mirándolo y sus labios se curvan en una suave sonrisa. Aquí está el domador de dragones indefenso, de bordes suaves y ojos vulnerables. El muro que había entre nosotros se ha roto.

—Te veo pronto, mi amor. Ve.

Corro a toda prisa por el pasillo sintiendo el corazón en la garganta. La culpa me atraviesa el corazón con agudas puñaladas que noto detrás del esternón. La Giralda no puede tener otra vacante en la mesa, una habitación vacía. Ofelia ha tenido la misma idea porque está subiendo los escalones de dos en dos. Lleva una bandeja con un cuenco lleno de caldo y una jarra de agua fría. Llegamos a la puerta de papá y entro rápidamente con Ofelia pisándome los talones.

—Buenos días —nos saluda papá con una amplia sonrisa. La luz del sol entra a raudales en la amplia habitación, las cortinas de terciopelo que rodean su cama están abiertas. Está apoyado en tres almohadas leyendo ociosamente el periódico de la mañana.

—¡Papá! ¡Mírate! —exclamo con la voz quebrada.

Hace una mueca.

—No pienso mirarme en un espejo hasta que alguien me arregle la barba.

Ofelia y yo nos reímos, me acerco a él y le doy un beso en la mejilla. El alivio, la alegría y el entusiasmo tocan una alegre melodía en mi mente, una canción que hace que me entren ganas de bailar y de gritar desde los tejados. Papá ha mejorado y se recuperará. Ofelia no puede ocultar las lágrimas que se le brotan de los ojos y deja la bandeja en un extremo de la mesa junto a la cama cubierta con la colcha.

Papá mira el cuenco con disgusto.

—Acabarás matándome con todo ese caldo, mujer.

Ofelia lo mira con expresión severa y yo río y vuelvo a besar a papá en la mejilla.

—Voy a buscar a Héctor.

Asiente.

—Bien. Necesito arreglar las cosas entre nosotros.

—¿Me prometes hacer lo que diga Ofelia?

Papá frunce el ceño y Ofelia emite un ruido triunfante. Los dejo discutiendo con una sonrisa en la cara. Va a estar bien.

Hace un día precioso en Santivilla, no se ve ni una nube en ninguna dirección. Los carruajes y los mercaderes llenan las amplias avenidas rodeadas de árboles y la gente pasea por los parques públicos bajo el dosel de frondosas ramas. Agradezco poder abrirme paso fácilmente entre la multitud de clientes y paseantes. Alguien toca la guitarra a una manzana y el sonido atraviesa los caminos adoquinados. Insto al caballo a ir más rápido sin importarme todas las miradas que recibo por cabalgar con la cabeza descubierta y de una forma tan poco femenina.

Llego a casa de Héctor y dejo a la yegua con el empleado antes de correr hacia los escalones de mármol pulido. Responde su mayordomo y, cuando ve el estado en el que me encuentro, me hace pasar enseguida. He salido con prisas, con el vestuario de entrenar lleno de arena y ansiosa por cumplir este recado y volver a entrenar al ruedo.

—Está desayunando, señorita —dice dándose la vuelta—. ¿Le importaría esperar?

Niego con la cabeza, no quiero malgastar el tiempo.

—Iré con él.

El mayordomo me acompaña a través del gran vestíbulo. Nuestros pasos resuenan en el costoso salón. Me abre la puerta del comedor. Héctor está sentado a un extremo de la mesa leyendo el periódico y tomándose su café. El mayordomo me deja con un educado asentimiento y entro en el comedor, fijándome en que sus nudillos se están volviendo blancos.

Está furioso.

—Tío, sé que estás enfadado conmigo —le digo—. Papá quiere verte. No me gusta veros peleados.

—¿Y qué hay de lo que se ha roto entre nosotros?

La culpa me quema las entrañas como si fuera ácido.

—Tío…

Baja las cejas mientras me mira fijamente.

—Me mentiste, Zarela.

Su tono contiene fuertes notas de desaprobación y de decepción.

—Tío, lo hice, pero fue porque no quería preocuparte ni que intentaras sacármelo de la cabeza. —Mi voz cobra firmeza—. Y es *mi* decisión.

—Tienes razón —dice finalmente con los ojos clavados en los míos—. No lo habría aprobado nunca y tampoco tendría que haberlo hecho tu padre. Es muy egoísta por su parte arriesgar tu vida con tal de salvar su reputación.

Mi ira se enciende y noto el pecho como si estuviera lleno de agua hirviendo.

—Papá no estuvo al tanto de mis planes hasta que fue demasiado tarde para cambiarlos. No lo culpes por…

—Lo culpo —replica—. Tu vida es más importante que su nombre.

No puedo pedirle que venga conmigo de ningún modo con esa actitud. Mi padre necesita paz.

—Creo que será mejor que continuemos en otro momento —agrego rígidamente—. Cuando estés más calmado, pásate por La Giralda para ver a papá. Quiere arreglar las cosas —añado esperando que sea suficiente para suavizarlo—. Se ha despertado mucho mejor.

Me mira durante un largo instante y finalmente asiente.

—Me alegra oír eso.

—Sabía que te alegrarías. ¿Vendrás conmigo cuando acabes de comer?

—De acuerdo, Zarela. Te saldrás con la tuya. —Me lanza una sonrisa descontenta y cautelosa—. Como siempre.

—Gracias, tío. —Le sonrío ampliamente. En realidad, es más de lo que me merezco.

Héctor se pone de pie y saca una de las sillas del comedor.

—También puedes unirte a mí. Conociéndote, seguro que han pasado horas desde la última vez que has comido.

No he probado nada desde ayer y, ante la mención de la comida, me ruge el estómago.

—Sí, vale. Gracias.

—Vuelvo enseguida. Tengo que avisar que traigan un plato de más. ¿Quieres café?

—Siempre.

Niega con la cabeza reticente y desaparece por la puerta lateral. Me inclino hacia adelante y coloco los codos sobre la mesa, descansando la frente en las manos. El agotamiento me cala en los huesos. Habré dormido unas cuatro horas. Ese momento tan dulce con Arturo me parece que fue hace una eternidad. Bostezo ampliamente.

—Veo que lo del café ha sido la decisión correcta —comenta Héctor con el mayordomo siguiéndole de cerca con una copa de vino y una taza pequeña. El aroma a nuez me llena la nariz y hace que me siente recta.

—Perfecto —digo, agradecida.

El mayordomo deja la bebida delante de mí junto con un pequeño cuenco lleno de azúcar. Me lo tomo solo. El líquido caliente se desliza por mi garganta y me calienta instantáneamente. Sigo bebiendo mientras traen la comida de Héctor en bandejas de plata. Finas lonchas de jamón, melón, cuñas de queso, montones de uvas y un puñado de aceitunas verdes.

Llena un plato para mí y uno para él.

—Insisto en que comas, Zarela.

La mitad de mi comida desaparece antes de que pueda darme cuenta y Héctor me lanza una sonrisa de aprobación.

—¿Quieres más?

Niego con la cabeza. Ahora que he comido, estoy impaciente por volver.

—Deberíamos irnos.

Sonríe, pero no le queda bien. Es como llevar unos zapatos que no combinan.

—No voy a ir contigo —dice lenta y amablemente.

Parpadeo, confundida.

—¿Por qué no?

Héctor me observa mientras sujeto el café con ambas manos. Las siguientes palabras que dicen son amables:

—Siempre te he apreciado mucho, Zarela.

No son las palabras que esperaba oír.

—Lo sé, tío.

—Todo lo que he hecho, lo he hecho por ti.

Me pongo rígida y la tensión me sube por la columna. Va a intentar convencerme de que no actúe esta noche. No quiere arreglar las cosas con papá. He estado perdiendo el tiempo. Empujo la silla hacia detrás y me levanto. El movimiento hace que me dé vueltas la cabeza.

—Tío, no tengo tiempo para reprimendas. Tengo que entrenar y papá me necesita.

Coloco las manos en la mesa para estabilizarme. Me siento extrañamente mareada.

—Siéntate, Zarela, antes de que te caigas.

Lo que dice no tiene ningún sentido.

—¿Por qué iba a caerme?

Héctor hace una mueca, un gesto que parece decir que lamenta mucho molestarme.

—Porque he puesto droga en tu café.

La negrura se traga mi gemido. Me desplomo hacia adelante.

Cuando me despierto, no estoy sola. Con un parpadeo, aparto la oscuridad, la preocupación de estar sola y vulnerable. No puedo mover las manos. Miro hacia abajo y entiendo por qué: estoy atada a un sillón de cuero en una preciosa sala con los mejores muebles que he visto en mi vida. Héctor está sentado delante de mí en un sillón idéntico y solo nos separa una pequeña mesa redonda. Hay un plato lleno de bocadillos de jamón y queso al alcance de la mano. En otro plato, hay churros con azúcar y canela y al lado un cuenco lleno de chocolate negro para mojarlos. También hay una lujosa botella de vino y dos copas. Con un rápido vistazo hacia la ventana veo que todavía quedan horas para la puesta de sol. No ha pasado demasiado tiempo.

—Estás despierta. ¿Cómo te encuentras?

—Corta las cuerdas —susurro, enfadada.

Toma un churro y lo moja en el chocolate. Se inclina hacia adelante y me lo ofrece.

—Son tus favoritos. ¿Por qué no comes un poco?

—Apártame eso de la cara y suéltame —siseo.

Héctor vuelve a dejar la comida en el plato y se recuesta en su sillón observándome en silencio. Tiro de las ataduras, pero es un nudo grueso e inflexible. Me arde la piel por el roce, me pica y se me pone en carne viva.

—Te harás daño.

—No me importa —espeto con los dientes apretados mientras sigo tirando—. Héctor, por favor. Tengo que volver.

—Si te suelto, lucharás en el ruedo. —Héctor abre la botella y se sirve una copa. El líquido rojo llega hasta el borde—. Tu padre no sobrevivirá a este día, Zarela. Ve preparándote para eso.

—Te equivocas. Está recuperándose. Lo he visto con mis propios ojos esta mañana…

—Y yo acabo de enviarle un tónico con una nota de disculpa —me interrumpe Héctor—. Lamento decirte que he añadido veneno al remedio herbal. Ofelia es muy eficiente, se asegurará de que lo pruebe.

—No —digo con la voz ronca como si llevara horas gritando—. No, por favor.

Se lleva la copa a los labios y da un gran trago.

—Fui yo el que liberó a los dragones. El que mató a Benito con el encantamiento.

—¿*Qué*? —Lo miro boquiabierta.

—El humo de dragón es un asesino silencioso.

Sus palabras no tienen ningún sentido. Fue don Eduardo en colaboración con la Asociación.

—No, no puede ser.

Héctor no dice nada.

El silencio pesa entre nosotros y asimilo todas sus palabras, todas sus implicaciones: la expulsión de nuestra familia del Gremio, la posible pérdida de nuestra casa, los valiosos vestidos de mi madre. Pero, por encima de todo… la vida de mi padre.

—Acudí a ti en busca de ayuda —digo en voz baja—. Y me mentiste, me dijiste que el maestro dragón estaba detrás de todo. —Algo cobra sentido en mi mente, de repente entiendo lo que había querido decir la señora Montenegro mientras estaba muriéndose en mis brazos.

—Estaba hablando de ti —murmuro, horrorizada.

Él se sorprende.

—¿Qué?

—Después de que el dragón atacara la plaza mayor, intenté salvar a la señora Montenegro, pero estaba demasiado malherida. Antes de morir, me dijo: «No se detendrá hasta que tu padre esté muerto». En ese momento creí que hablaba de don Eduardo, pero estaba hablando de ti.

Héctor pone los ojos en blanco.

—Una de mis tontas amantes.

—¿Por qué? ¿Por qué haces esto? —vuelvo a insistir.

Sus ojos echan chispas.

—Por Eulalia.

Su nombre quema el aire, me abrasa los oídos, me incendia la mente. La posesión con la que pronuncia su nombre me araña la piel.

—Santiago me la arrebató. —Toma un largo trago de vino—. Primero fue mía, ¿lo sabías? Nuestras familias nos querían juntos. Que nos enamoráramos y fuéramos las estrellas de Valentia. Íbamos a construir barcos, a contratar marineros, a explorar el mar juntos. Mi hermana soñaba con el día en el que tuviéramos hijos. Tu madre y yo nos entendíamos. Dijo que se casaría conmigo cuando yo lograra reunir el dinero suficiente. —Agarra el tallo de la copa con fuerza—. Podrías haber sido mi hija. Si no hubiera conocido a Santiago y hubiera huido a Santivilla, podrías haber sido la niña que yo deseaba.

Se me congela el corazón. Tengo las venas llenas de hielo y un escalofrío me recorre toda la columna.

—Rompió nuestro compromiso y tuve que aceptarlo. Pero no podía mantenerme alejado, así que pagué una gran suma de dinero para cambiar de Gremio y aprendí a combatir dragones, aunque hubiera preferido quedarme en el agua. Pensé que tal vez si me convertía en alguien a quien ella deseara, Eulalia volvería conmigo. Pero no lo hizo —continúa en voz baja—. Entonces naciste tú y te amé desde el primer momento en el que te sostuve en mis brazos. Aprendí a vivir con el dolor y ayudé a tu padre con sus terribles finanzas, con sus deudas de juego y con todo lo que hizo falta. —Una amarga melancolía le hace apretar los labios—. Tal vez tendría que haber dejado que se destruyera a sí mismo. Pero no era bueno para ti ni para Eulalia, y ella dejó claro que no volvería nunca a Valentia, ni siquiera sin Santiago. No podía arriesgarme a que se casara con nadie más que pudiera desaprobar nuestra amistad. Además, tu padre me prometió que la mantendría a salvo. ¿Recuerdas el mes en el que murió?

Me estremezco. Como si no llevara su muerte a todos los sitios a los que voy. Como si no la viviera o la respirara a cada momento.

—Habían avistado un escarlata a las afueras de Santivilla. Era violento y atacaba frecuentemente a viajeros que iban en carruajes, a caballo o andando. Entonces lo capturaron y todo el mundo quería ver a Arturo matar a la bestia. Era la estrella emergente de Hispalia en ese momento. Tu madre quiso bailar en el acto de apertura antes de que se subiera al escenario. —Me dirige una sonrisa triste y cansada—. Tu madre siempre hacía lo que quería. Intenté convencerla de que no lo hiciera. Me dirigí a tu padre, pero él la apoyó, apoyaba cada uno de sus caprichos. Es débil, nunca entenderé qué veía Eulalia en él. Y entonces Santiago os llevó a las dos (las dos personas que más amaba en el mundo) fuera de los muros de la ciudad. Fue culpa de él que tu madre muriera. ¿Acaso no lo entiendes? También podía haberte perdido a ti. Entonces me di cuenta de lo que tenía que hacer. Me llevó meses y meses averiguar cómo hacer que fueras legalmente mía. Iba a ser el único ser querido que quedara a tu lado.

—¿Cómo podría quererte después de todo esto? —pregunto en voz baja.

—No tenía planeado que descubrieras nada de esto —contesta Héctor con pesar—. Tu padre fue herido durante la masacre, un afortunado accidente que me evitó tener que matarlo yo mismo en ese momento. Pero cuando me enteré de que *tú* ibas a luchar en el ruedo esta noche, tuve que actuar rápidamente para salvarte de tu propio comportamiento imprudente. —Titubea—. Con el tiempo, espero que seas capaz de entender por qué hice lo que hice. Santiago no es un buen padre para ti. Yo, sí.

—Escúchame atentamente —espeto entre dientes—. Tú no eres mi padre, por muchas ilusiones que te hagas.

Noto la bilis en la garganta. Me cuesta comprender cómo he podido malinterpretarlo hasta ahora. Todos estos años, ha albergado odio en su corazón. Solo necesitaba un motivo para liberarlo.

—¿Sabes lo que pasará si pierdes a tus dos progenitores? —pregunta tranquilamente.

Trago saliva. Me duele. Es como si tuviera una daga en la garganta.

—Me convertiré en tu tutor. Todo lo que tienes me pertenecerá. Las leyes de la tierra me darán el control absoluto.

Niego con la cabeza, desesperada. No quiero escuchar nada más.

—Te cuidaré. Te querré. No más riesgos innecesarios. —Sus ojos echan chispas—. No más corridas de dragones.

—Eso no es decisión tuya.

—Si fueras mi hija, lo sería. —Suaviza el tono—. Sé por qué has estado entrenando. Pero se ha acabado, Zarela. Conmigo, solo tendrás que preocuparte de qué vestido vas a ponerte cada día. De qué comer. Se han acabado las amistades con influencias cuestionables.

Me dirige una mirada aguda y lo entiendo.

—Fuiste tú. —Vuelvo a tirar de las cuerdas—. Tú escribiste esa nota amenazando a Lola.

—Serás doncella en mi casa hasta que te cases con un hombre al que yo apruebe —continúa como si yo no hubiera hablado.

La sangre desaparece de mi rostro. Siento que se me acumula en la planta de los pies.

—Será así lo quieras o no. Eulalia puede descansar en paz sabiendo que van a cuidar de su única hija como tendrían que haber cuidado de ella.

—¿Y crees que no voy a contarle todo esto al Gremio? —gruño.

Asiente con calma aceptando la pregunta porque ya la había anticipado.

—No tienes voz ni derechos en el Gremio. Santiago es una desgracia y, tras su muerte, estarás bajo mis cuidados. Nadie se lo cuestionará, nadie creerá las histerias de una niña huérfana. No tienes voz en esta discusión. ¿No lo entiendes, Zarela? Tus padres me nombraron tu tutor.

El pánico se apodera de mi ser.

Vacía la última gota de vino de su copa y se levanta. Lentamente, rodea la mesa y me mira a la cara con una ternura que me eriza la piel. Me acaricia la mejilla y me aparto conteniendo las lágrimas.

—¿Sabías que fui yo quien le sugirió tu nombre a Eulalia? Zarela. Siempre me ha gustado. Mi madre y mi abuela se llamaban así. ¿Lo ves, hija? Estabas destinada a ser mía.

Héctor sale de la sala llevándose todo mi mundo con él.

Treinta y dos

Después de que Héctor se marchase, entra en la habitación una criada con una jarra de café. Un guardia la acompaña.

—Buenas tardes, señorita.

Los miro a ambos con una furia impotente.

El guardia cierra la puerta tras él con un clic medido. Se pone las manos en las caderas.

—Estoy aquí para desatarla y que pueda comer, pero solo si no va a hacernos daño a Carla o a mí. ¿Entendido?

Noto el pulso en la garganta. Es una oportunidad, una posibilidad real de escapar. Soy una cerilla esperando ser encendida, esperando la llama. Mantengo una expresión neutral para no revelar el fuego que arde en mi interior.

—Señorita, ¿lo entiende?

Asiento confirmando que, en efecto, lo entiendo. Entiendo que es malvado y que trabaja para un monstruo. El guardia sonríe. Tiene más o menos la edad de Héctor, el pecho amplio, y el pelo castaño claro con mechones canosos. Da un paso cautelosamente hacia mí, como si en cualquier momento pudiera liberarme de mis ataduras y arremeter contra su cuello.

Que es exactamente lo que quiero hacer.

Saca una daga y corta la cuerda que me ata las muñecas. Los fragmentos caen al suelo. La criada (Carla) se adelanta y sirve el café. El olor a achicoria impregna el aire y lo absorbo llenándome los pulmones. El guardia se aparta de mí.

Llevo la mirada a la bandeja que contiene el plato con los bocadillos. Están rellenos de atún, pimiento rojo encurtido, huevos duros y
cebolla asada. Son mis favoritos, pero tienen justo el efecto contrario
al que pretendía Héctor. En lugar de hacer que aprecie su gesto, me
siento asqueada. ¿Cree que se me pasará el enfado porque me sirva
mi comida preferida? Agarro el café y doy un sorbito. Por supuesto,
está delicioso, pero tuerzo los labios en una mueca de disgusto.

—¿Tienes azúcar?

Carla mira lo que tiene sobre la mesa.

—Creí haberlo traído en la bandeja. Voy abajo a por él.

Atraviesa la sala y abre la puerta.

Me pongo en pie de un salto y le lanzo el café ardiente al rostro
del guardia. Se dobla hacia adelante, bramando. Luego le golpeo la
parte posterior de la cabeza con la bandeja. Carla suelta un chillido
cuando la empujo a un lado corriendo hacia la puerta. Mis pasos se
detienen mientras miro a mi alrededor: un largo pasillo con suelos de
madera y una barandilla más adelante. Estoy en la segunda o en la
tercera planta. Mis pies me llevan escaleras abajo golpeando el mármol.

No puedo creer que esté pasando esto.

Estoy corriendo por mi vida en casa del tío Héctor.

Desde arriba, el guardia lanza una sonora advertencia. El corazón
me golpea las costillas. Veo el suelo azul marino y blanco. Ya casi estoy
en la planta baja. Estoy a punto de llegar a la puerta. Pero una silueta
me espera al pie de las escaleras con los brazos cruzados sobre el pecho. No bajo la velocidad. Lo echaré al suelo si es necesario… no
pienso retroceder.

Cinco escalones.

Tres.

Se lanza hacia mí, pero uso el hombro para pasar. Me agarra el
brazo y le doy un codazo para apartarlo. Gruñe tambaleándose lejos
de mí. Corro hacia el vestíbulo impulsándome con las piernas. Puedo
ver la entrada.

Una fila de seis guardias me bloquea la salida.

Grito de frustración deteniéndome tan de repente que me res-
balo hacia adelante y tengo que mover los brazos como un molino

para evitar caer. Doy vueltas, desesperada, buscando otro modo de salir de esta casa infernal. Pero el guardia de arriba se acerca con la ropa mojada, oliendo a café y frotándose la cabeza. Tiene la piel roja y llena de ampollas. Héctor lo sigue de cerca agarrándose a su costado.

Me rodean, fatídicos, sombríos y amenazantes.

Héctor da un paso hacia adelante con cautela y le gruño:

—¡Asesino!

La ira late en mi sangre. Quiero gritar, golpear y patalear hasta que esté libre de este lío. Pero estoy sola y atrapada.

—Si mi padre muere, serás el responsable —acuso con el tono tan afilado como la punta de una navaja.

—Cuando —me corrige suavemente—. *Cuando* muera.

No entiendo el brillo simpático y cálido de sus ojos. Es un monstruo.

Aprieto los puños.

—Te odio. Siempre te odiaré. Nunca existirá el momento en el que no intente dejarte. Le diré al mundo lo que has hecho cada vez que tenga oportunidad. ¿Me oyes? No me rendiré.

Su expresión adquiere un matiz triste y se le hunden las comisuras de los labios.

—Entonces toda tu vida, hasta que me muera, te tendré para mí solo. Nos marcharemos a una finca, lejos de Santivilla.

Me ahoga en mi rabia.

—Te mataré. Lo juro.

Héctor asiente hacia los guardias y ellos se acercan. Arquea una ceja. Es una pregunta silenciosa.

¿Pelearé?

Me siento tentada. Pero puede que me vuelva a drogar y necesito mantenerme despierta y alerta. Mientras me llevan, Héctor intenta tocarme el brazo, pero lo aparto y me pongo la mano en el pecho.

—Admiro tu espíritu, hija.

Me suben por las escaleras y vuelven a atarme al sillón de cuero. La luz de la tarde se filtra en la habitación calentando el espacio como si fuera un horno. Me ruge el estómago, pero Carla se ha llevado toda la comida y los platos con una mirada de reproche.

Intento no hundirme en la desesperación.

Pero los hechos no hacen nada para aliviar mi pánico. Solo Ofelia y mi padre saben que he venido a La Doña. Nadie pensará en buscarme. Puede que papá no esté consciente siquiera.

Un estremecedor sollozo me sube por la garganta.

Arturo habrá notado que he faltado a la última sesión de entrenamiento, pero ¿se preocupará? Me rindo a las lágrimas, dejo que caigan. Odio llorar, odio el modo en el que hace que me duela la cabeza y se me hinchen los párpados. Aprieto los puños contra los reposabrazos y tiro de las cuerdas. El áspero material me raspa y me rasga la piel. No cede.

Papá me necesita.

Y estoy aquí, atrapada en la habitación más estridente que he visto en mi vida con un hombre en el que confiaba. No puedo ayudar a papá. Se me escapa un aullido angustiado. El ruido llena la estancia, resuena en mis oídos, me recorre la sangre que me atraviesa las venas. Grito, grito y grito. Chillidos fuertes, largos e implacables. El sonido contiene toda mi rabia y mi dolor y la promesa de venganza.

Mi voz se apaga. Dejo caer la cabeza respirando con dificultad.

El guardia irrumpe en la habitación. Es el mismo de antes. Ahora tiene manchas rojas en el rostro. No lo lamento lo más mínimo. Da un paso, levanta el puño y lo agita delante de mi cara.

—Mantén la boca cerrada o te la cerraré yo mismo. ¿Entiendes?

Levanto la barbilla, pero me quedo callada. No quiero que me amordace. Se marcha dando un portazo. El sonido resuena por toda la cámara y vuelvo a quedarme sola. No sé qué hora es. Miro por la ventana y las cortinas retiradas revelan el azul de un perfecto cielo de tarde.

Solo quedan unas horas antes de que tenga que salir supuestamente al ruedo.

Me balanceo de adelante hacia atrás con la silla y uso el impulso para saltar. Suelto un gritito de alegría cuando funciona, aunque solo me he movido dos centímetros. Pero ya es algo. Repito el movimiento intentado llegar hasta la ventana. Puede que alguien pueda verme la cara. Tal vez sea inútil, pero no puedo quedarme sentada sin hacer nada. De nuevo, me impulso de atrás hacia adelante y salto. Una, dos, tres veces. Cuando llego a la ventana, estoy sudando profusamente y me arden las muñecas por la fricción de la cuerda. Me apoyo contra el marco colocando la silla paralela a la pared.

La Doña está en una calle concurrida, en una esquina rodeada por inmensos robles. La ventana da a una calle lateral y a otro edificio de ladrillos. Desafortunadamente, todas las ventanas están cerradas y las cortinas echadas. La gente pasa por la avenida principal con prisas y cada uno a la suya. Nadie pasea por el pequeño camino lateral. Quiero volver a gritar.

Pero me he quedado afónica.

Presiono la sien contra el cristal caliente. Observo a los peatones unos momentos más descartando una idea tras otra. Mis pensamientos giran sopesando qué voy a hacerle a Héctor cuando tenga las manos libres. En ese momento, veo a un hombre conocido caminando lentamente por la calle. Mira hacia el camino adoquinado que pasa por debajo de la ventana lentamente hasta que se detiene en medio de la carretera. Alguien más se une a él, alguien de complexión más delgada con un brillante vestido rojo sacado directamente de mi armario.

Arturo y Lola.

Noto el corazón en la garganta. Abro la boca para gritar y me detengo justo a tiempo. Otro arrebato y el guardia volverá, esta vez con algo que meterme en la boca. Pero ¿puedo llamar su atención? Tengo las muñecas atadas, no puedo saludar ni gritar. La ventana está cerrada. ¿Llegará el sonido hasta allí abajo?

Arturo y Lola siguen caminando, pasando por el lado de la calle y desaparecen de la vista. Lágrimas de frustración me inundan los ojos.

Se han ido.

Pasa más tiempo y, con cada minuto, el pánico aflora a la superficie haciendo que se me acelere el corazón. No me he movido de mi sitio junto a la ventana. El cielo adquiere un tono grisáceo. La Corte Dragón estará de camino a La Giralda, una larga fila de carruajes brillantes atravesando la ciudad.

Todos me verán fracasar.

Miro hacia la calle principal. Hay varias personas viajando con carruajes por el camino lleno de baches y algunas más a caballo. Es una zona adinerada y la gente va vestida con sus mejores atuendos: chaqueta de terciopelo, sedas intensas y bajos con volantes. Casi nadie mira a las ventanas de la tercera planta. Si lo hicieran, tal vez verían mi cara, me reconocerían. Pero ¿entonces qué? No puedo escribir un mensaje y aunque sí que puedo mover los labios para intentar comunicar mi apuro, quién iba a entenderlo.

Tengo el cuerpo adormilado y entumecido, me duele el trasero de llevar horas sentada. Cuando inspecciono de cerca mis muñecas, me doy cuenta de que tengo la piel inflamada y en carne viva. Inclino la cabeza hacia atrás intentando estirar los tensos músculos del cuello.

Algo golpea la pared.

Con un jadeo, me acerco al cristal. Un pequeño guijarro lo golpea. Viene de… busco el origen. Entonces lo veo. Está escondido detrás de un alto seto. Está a la sombra de la planta junto a una puerta de hierro.

Arturo.

Cruzamos la mirada.

El alivio hace que me sienta como si se soltara el puño que me está presionando el corazón. Me mira fijamente, apenas puedo ver su rostro claramente desde esta distancia, pero es él. Se ha cortado el pelo. Me muevo en la silla tirando de las cuerdas, saltando en el sitio, espero que entienda que no puedo moverme, que no puedo reunirme con él allí abajo.

Incluso desde aquí, noto que frunce el ceño.

Arturo levanta la mano en un gesto que hace que se me derrita el corazón. Es una promesa. Quiere liberarme. Asiento una, dos, diez veces. Entonces se va, se desvanece entre la multitud. Apoyo una vez más la sien contra el cristal.

Pronto.

No hay reloj aquí, no tengo modo de saber cuánto tiempo ha pasado, pero, mientras tanto, me preparo para lo que Arturo haya planeado. Debería regresar con la silla a la ubicación original, así que vuelvo a saltar por la estancia hasta llegar junto a la mesa. Me arden las muñecas por el esfuerzo. Trago saliva y siento el dolor. Estoy sedienta, hambrienta, herida.

Se abre la puerta y Héctor irrumpe con aspecto apresurado. Señala en mi dirección.

—Desatadla y metedla en el carruaje.

Tenso la mandíbula. Allá vamos.

Entran dos guardias. Al principio, pienso que van a levantarme atada a esta silla infernal, pero uno de ellos saca un largo cuchillo de sierra de la vaina que lleva en su cinturón de cuero. Corta la cuerda y los trozos caen desordenados sobre el suelo de madera.

Héctor levanta una de mis muñecas raspadas por la cuerda.

—Haré que un médico te vea esto cuando lleguemos a mi finca.

Me libero lanzándole una mirada asesina.

—Tu médico no me tocará.

—Te quedarán cicatrices —dice para convencerme.

—No me importa. —Me pongo de pie de un salto apartándome de Héctor y de los dos guardias—. No pienso ir a tu finca.

Héctor me sonríe con dolor.

—No hagas esto más difícil para mis hombres. Si cooperas, no te atarán las muñecas.

Me las miro y me estremezco. Lo último que quiero es tener más cuerda en las heridas, así que asiento. Los guardias se acercan y me empujan por la puerta.

Héctor viene detrás de nosotros.

—Lamento no tener nada que puedas ponerte. Iré a ver a la costurera y le pediré todo un armario nuevo para ti.

Apenas oigo sus palabras. Mi mente repasa una idea tras otra pensando en modos de detenernos. ¿Conseguirá llegar a tiempo Arturo? Me tropiezo en un escalón y Héctor me sostiene impidiendo mi caída. El calor de sus dedos a través de mi manga hace que se me erice la piel. El resto del camino, mantiene la mano sobre mí. No confío en poder permanecer erguida. Cuando llegamos al final, me ofrece el brazo y me sonríe. Desearía haberme fijado antes en cómo esa expresión es todo dientes.

Lo fulmino con la mirada.

Varios guardias se unen a nosotros y presionan rodeándome como si fueran una torre de músculos y acero. Apenas puedo ver lo que tengo delante de mí. En lugar de a la puerta principal, me conducen a la parte trasera del edificio donde sé que hay un patio y un jardín vallado, casi oculto por los inmensos árboles.

El miedo me cala en los huesos. No hay señales de Arturo. No ha llegado a tiempo y no sabrá dónde planea enviarme Héctor.

Necesito retrasarlo porque, en cuanto ponga un pie en ese carruaje, estaré perdida. No me encontrarán nunca. Héctor tiene tres fincas esparcidas por Hispalia. La puerta de hierro está justo delante de nosotros. Estamos cerca de los establos. Cerca del carruaje que me apartará de mi familia y de mis amigos. Me llevará lejos de papá. No puedo permitir que eso suceda.

No lo haré.

Con una fuerza que apenas soy consciente de que tengo, empujo al guardia de mi izquierda. Se tambalea y yo me aparto del círculo. Mis pies pisan el suelo de guijarros y extiendo los brazos. Dejo escapar un grito cuando alguien me agarra la muñeca. Una mano enguantada me tapa la boca y otra me arrastra hasta que quedo pegada contra una silueta alta. Le doy una patada apuntándole a la ingle, pero otro guardia me agarra por los pies y me levanta. Me retuerzo e intento morderle la muñeca al primero, pero me clava los dedos profundamente en las mejillas y presiona con tanta fuerza que sé que me van a salir moretones.

Héctor grita y ordena que me metan dentro. Me doblo, me retuerzo y lanzo mi cuerpo en todas las direcciones, pero me sostienen demasiado fuerte. No puedo soltarme. Mi mente lucha contra el pánico que me recorre el cuerpo e intenta pensar con lógica, pero se me nubla la visión cuando el guante del guardia sube y me cubre la boca y la nariz.

No puedo tomar aire suficiente.

No puedo respirar.

Me resisto con más intensidad, el corazón me late contra las costillas y cada latido me duele. Si no mueve la mano, me matará. Cuanto más me resisto, más fuerte aprieta. Todo se vuelve borroso.

Se me cierran los ojos.

—¡Idiota! —gruñe Héctor—. Bájala.

Parpadeo. Una, dos, tres veces. Sigo viendo borroso, como si estuviera mirando a través de una ventana cubierta de gotas de lluvia. El suelo debajo de mi mejilla y de mis rodillas está duro. Tomo aire y toso por el esfuerzo.

Héctor se arrodilla a mi lado, me toma suavemente entre sus brazos y acuna mi cabeza en sus manos.

—Si no te hubieras resistido, esto no habría pasado —susurra—. Voy a tener que amordazarte, Zarela. Para el resto del trayecto.

—No —digo con la voz ronca de tanto gritar—. ¿Por qué no puedes dejarme en paz?

—Lo eres todo para mí. Vamos a tener una buena vida juntos, tú y yo.

Alguien le entrega un gran pedazo de seda del color de la sangre. Le empujo débilmente las manos, pero me envuelve la cabeza con la tela separándome los labios y atándola con fuerza. Me atan las manos detrás de la espalda y, cuando uno de los guardias me señala los tobillos, Héctor asiente.

Recupero la claridad de la visión. Dos hombres me levantan, uno me toma de los tobillos y el otro de las axilas y me sacan por la puerta de hierro. Delante de nosotros están los establos, la madera pintada del color de las tormentas inminentes, gris e intenso. Héctor señala uno de los carruajes y chasquea los dedos.

Un instante después se lo acercan y él abre la puerta.

—Metedla aquí. Con cuidado.

Vuelvo a la vida y me retuerzo como un gusano. Los dos guardias me meten en el interior colocándome de lado en uno de los bancos de terciopelo de púrpura profundo, como el de los moretones.

Héctor se apoya en el marco de la puerta.

—Vas a una de las fincas que tengo en el norte. Está bien mantenida y he escrito una carta para permitirte ciertas libertades. Tendrás acceso al jardín y puede que, algún día, también a los caballos. Me uniré a ti en cuanto arregle mis asuntos en Santivilla. No tardaré mucho, tal vez una semana. —Se aclara la garganta apartando los ojos de la furia de mi mirada—. En un tiempo, espero que te des cuenta de que esto es lo que habría querido tu madre. Nunca te habría permitido luchar en el ruedo. Te prometo que nunca te faltará nada.

Desearía ser un dragón porque en este momento podría escupir fuego. Lanzar llamas hasta no quede nada de Héctor Valdiz.

Héctor se endereza y, sin lanzar otra mirada en mi dirección, cierra la puerta mesuradamente. Da dos golpes en el techo del carruaje y este se pone en marcha.

Se me ha agotado el tiempo.

TREINTA Y TRES

El carruaje se mueve de un lado a otro saliendo de la ciudad hacia el norte de Hispalia. Un largo viaje que durará días. Me obligo a respirar lenta y profundamente. A empujar el pánico tan lejos como pueda mi mente. Porque la preocupación juega en mi contra. Hace que me sienta mareada y asustada. Necesito concentrarme. Pensar en otro plan.

Estudio el interior. Caben cómodamente cuatro personas. Debajo de los cojines de terciopelo hay cajones que podrían contener algo útil. Me apoyo con las manos y pongo a prueba las ataduras. No ceden y se me llenan los ojos de lágrimas con cada tirón. Tengo las muñecas al rojo vivo.

Gruesas cortinas del mismo color púrpura que el de los asientos cubren las ventanas. Mi primer dilema. Si puedo mover la cortina, tal vez alguien pueda verme la cara. Me siento y me arrastro hacia la ventana como si fuera una serpiente. El carruaje rebota y me caigo del asiento. Me golpeo el hueso de la cadera contra el suelo. Dolores punzantes me recorren el cuerpo de arriba abajo.

Los bancos bloquean el estrecho espacio y no hay sitio suficiente para moverme, mucho menos para sentarme, ya que estoy tumbada de lado. Respiro profundamente tomando un aire fortificante por la nariz y me obligo a colocarme sobre mi espalda doblando las piernas para que los pies me queden planos sobre el suelo. Por fin soy capaz de sentarme y uso los tiradores de uno de los cajones de debajo del banco para ayudarme a levantarme del suelo. Es incómodo, pero, de algún modo, logro volver a sentarme en el banco.

Con los pies firmemente plantados sobre el suelo, me inclino hacia adelante y uso la barbilla para mover la cortina. Es pesada y la tela rebota y me golpea en la cara. Presiono la barbilla con fuerza contra el terciopelo hasta que llega al cristal y la deslizo lentamente al lado. Las calles adoquinadas aparecen y me golpeo la barbilla contra la ventana. No me sorprendería si hubiera perdido un diente.

Por fin puedo ver a través de un trozo de ventana. Seguimos en Santivilla, pero no muy lejos de las puertas perimetrales. El cielo adquiere lentamente un azul más profundo, hundiéndose en el fresco abrazo de la noche. Estamos en una calle estrecha y está totalmente desierta. Héctor es lo bastante inteligente para haberle indicado al cochero que tome caminos que no pasen cerca de las vías principales.

Mierda.

El carruaje se desvía hacia una calle más pequeña que da a la salida arqueada. Es una torre imponente con dientes de hierro y guardias armados con flechas. Hispalia es conocida por sus arqueros y su acero. Mientras nos acercamos a la puerta, mi esperanza se eleva a niveles vertiginosos.

Uno de los guardias de Santivilla podría verme.

El carruaje pasa por debajo de la puerta arqueada de hierro y se detiene. Un solo centinela interroga al cochero. Hablan en suaves murmullos y me esfuerzo por escuchar. Continúan su conversación y el carruaje se pone en marcha.

No. No, no.

Tiene que verme. Presiono la cara contra el cristal abriendo más la cortina y, cuando pasamos, la mirada del centinela se posa en la mía. Abro mucho los ojos y gimo audiblemente. El guardia da un paso hacia adelante parpadeando.

—Espera… —dice.

Uno de los guardias de Héctor pasa junta a mi ventana y apuñala al centinela con fuerza en el costado. El hombre se desploma en el suelo con la cabeza inclinada a un lado. Parece borracho o dormido. O ambas cosas. El hombre de Héctor se pone al lado de mi ventana y me fulmina con la mirada. Abre la puerta de un tirón y cierra la cortina.

—Mantente fuera de la vista —gruñe.

El carruaje reanuda su paso enérgico, por el trayecto accidentado sobre el camino pedregoso del desierto. Inmediatamente, deslizo la cortina para mirar hacia fuera esperando avistar a otros viajeros. El estómago se me cae a los pies. No se ve a nadie. Giramos hacia un camino de árboles y cruzamos un cerro y, cuando la ruta vuelve a enderezarse, Santivilla está a kilómetros por detrás de mí.

Entonces, como si hubiera hecho aparecer a alguien en el aire usando mi esperanza y mi desesperación, una silueta solitaria se vislumbra encima de una colina. Parpadeo dos veces. A menudo el desierto es traicionero. Pero no, hay alguien corriendo hacia el carruaje, trepando por las rocas, esquivando cactus. Es una mujer y su cabello rizado vuela tras ella.

—¡Ayuda! —grita.

Esa voz. Olvido respirar. El aire se queda atrapado en mis pulmones.

Lola, Lola, Lola, Lola.

Corre como si la persiguiera un dragón, nunca la he visto moverse tan rápido, y se acerca a los guardias con sus imperiosos caballos. El carruaje se detiene y me lanza hacia adelante, pero por suerte tenía los pies preparados y evito volver a caer al suelo.

Los guardias bajan de sus caballos y sacan las armas colocándose delante de la puerta del carruaje. Cuento ocho. Me protegen de cualquier amenaza potencial. Todavía puedo ver a mi amiga corriendo por la colina y gritando. Lola es una doncella preciosa con esos ojos brillantes, sus labios carnosos, el pelo salvaje hasta la cintura y una figura exuberante. No me sorprende que los guardias bajen las armas inmediatamente. Uno de los hombres corre hacia ella como si quisiera sostenerla entre sus brazos. Lola llega hasta él, desconsolada, balbuceando algo sobre un ataque a su casa al otro lado de la colina. ¿Irán? Se tambalea y otro guardia la sujeta, estabilizándola.

—¿Dónde vives? —pregunta otro—. ¿Dónde está tu casa?

Señala hacia la dirección por la que ha venido con la mano temblorosa. No mira ni una vez hacia donde estoy. La impaciencia me recorre la sangre.

—Id. Vosotros tres. El resto, aquí conmigo —ordena uno de los captores, el mismo que asesinó al centinela desprevenido. Entonces se fija en Lola y dice con voz áspera—: Más te vale que esto no sea un engaño.

Ella abre mucho los ojos.

—Señor, no se me ocurriría nunca.

Incluso yo me creo su sinceridad, y eso que sé la verdad. El guardia señala con la barbilla hacia la colina.

—Muéstrales a mis hombres el camino a tu casa.

Se aleja corriendo y tres guardias la siguen de cerca subiendo por la pendiente. Presiono la cara contra el cristal, incapaz de apartar la mirada de mi mejor amiga alejándose de mí a toda prisa.

¿Qué diablos está planeando? El grupo desaparece tras la cresta de la colina.

Pasan varios segundos. Minutos.

Los gritos espeluznantes nos toman a todos por sorpresa. Un coro de terror, voces uniéndose en una sola haciendo que se me erice el vello de los brazos. El capitán grita una orden. Tres guardias más suben la colina emitiendo gritos de batalla con las espadas desenvainadas sobre sus cabezas. Un destello naranja atraviesa el cielo. Se ve borroso, pero brillante, como si alguien hubiera encendido mil velas al otro lado de la colina.

—Esto no me gusta —murmura el capitán a los últimos guardias que quedan junto a la puerta del carruaje—. Algo no va bien.

El otro guardia apunta con una flecha.

—Es raro que el dragón no haya volado.

—No, es la chica. Había algo raro en ella.

—¡Mirad! —grita el arquero. Una forma escarlata aparece en el cielo batiendo furiosamente sus enormes alas.

El dragón rojo.

Roja.

El capitán y sus hombres lanzan sus flechas fracasando espectacularmente. Roja vuela más de cerca batiendo las alas como truenos. Los caballos entran en pánico y huyen relinchando. Un jinete conocido maniobra de un modo experto a la dragona directamente sobre nosotros. Tiene la espalda ancha, las manos llenas de cicatrices por todos los años que ha pasado cazando y el cabello oscuro despeinado.

Arturo. Siento el alivio hasta en los huesos.

—Si atacáis, os chamuscará —exclama Arturo, y su voz resuena por encima de los gritos de los hombres.

Se oye un zumbido agudo cuando una flecha sale volando. La cuerda se rompe de nuevo, otra flecha desperdiciada. Vaya tontos.

Un crujido desgarra el aire. Una ráfaga de fuego pasa junto a la ventana, ambos hombres se ven rodeados de llamas y sus gritos son horribles. El aleteo se acerca y un gran golpe hace rebotar el carruaje. El sonido de unas botas se vuelve cada vez más fuerte.

La puerta se abre de golpe y Arturo llena el marco. Va vestido con pantalones negros y una túnica a juego con una tira de cuero sobre su amplio pecho. En el hombro opuesto lleva una bolsa de tamaño medio.

Frunce el ceño hacia mí.

—Aquí estás.

Río mientras las lágrimas me resbalan por el rostro. Ha venido a por mí. Arturo sube al carruaje, saca una navaja de la bota y corta mis ataduras. Me levanta del suelo, me pone en su regazo y presiona su boca contra mi garganta.

—Maldita seas, Zarela.

Dejo escapar una risa acuosa. Entonces, un pensamiento repentino se apodera de mí.

—¿Cómo está mi padre?

Arturo me estrecha y me inclino hacia atrás, lo suficiente para mirarlo a la cara, pero no tanto como para salir de sus brazos. Sus ojos grises muestran la expresión más triste que he visto nunca.

—No —susurro—. *No.*

—Ha muerto —me dice con voz suave—. Ha sido esta tarde. Ha empeorado de repente y no ha podido recuperarse.

—Héctor lo ha envenenado. —Emito un sollozo estremecedor. Papá ha muerto solo. Se ha ido. ¿Cómo es posible? Su historia no puede haber terminado. Se suponía que iba a volver con él a tiempo. Siguen cayéndome las lágrimas, se me abre un agujero en el interior y me traga entera. No puedo tomar aire suficiente.

Arturo refuerza su abrazo y dibuja círculos con los dedos en mi espalda.

Respiro con jadeos entrecortados. Estoy intentando salir de un profundo agujero con las manos desnudas.

Me da un suave beso en la frente.

—Lola y Guillermo llegarán en cualquier momento.

Giro la cabeza para mirar hacia el marco, hacia la colina del fondo.

Efectivamente, dos siluetas corren por la colina. Arturo me ayuda a salir del carruaje. Posa la mirada en mis muñecas y aprieta los labios en una fina línea.

—Bastardo —sisea entre dientes.

—Zarela, Zarela —canturrea Lola cuando nos alcanza.

Lanza los brazos a mi alrededor y nos aferramos con fuerza la una a la otra. Sus lágrimas me empapan la túnica, pero no me importa. Me aparto de ella. Las dos somos un desastre de lágrimas, mejillas mojadas y narices goteantes. La dragona está acurrucada a los pies de la colina observándonos con un leve interés. Lola me aparta el pelo de la cara y me mira con los ojos inyectados en sangre.

—No lo entiendo —digo—. He oído gritar a mucha gente. ¿Quiénes eran?

—Éramos nosotros —contesta Guillermo acercando la barbilla al pecho—. He usado un encantamiento.

Lo miro, sorprendida.

—Gracias.

—¿Qué quieres hacer, Zarela? —me pregunta Arturo.

No puedo derrumbarme, por mucho que quiera hacerlo. La ira se arremolina ante mí, me quema cada pensamiento.

—Llévame volando a Santivilla.

—Otro trayecto en dragón —resopla Lola secándose las lágrimas de los ojos—. Uf.

Arturo levanta la mano.

—Puede que no lleguemos a tiempo.

—Tengo que intentarlo.

Eleva las comisuras de los labios.

—Claro que sí, mi amor.

Lola mete la mano en su bolsa y saca un brillante bulto rojo. Jadeo al verlo. Los bordados coloridos y ornamentados recorren las mangas de la túnica, rodeadas con relucientes botones de latón. En lugar de pantalones, Lola ha diseñado una falda a juego con tres capas de volantes. Idénticos detalles ornamentados recorren los volantes. La chaqueta tiene una pesada capucha gruesa con los mismos bordados brillantes.

Es tan bonita que no quiero ni tocarla.

Cuando me acerco, me doy cuenta del material con el que está hecha.

—¿Son… escamas de dragón? —dejo escapar una risa ronca—. En esto es en lo que habéis estado trabajando. Todo este tiempo… estabais confeccionando mi vestuario de dragonadora.

—Guillermo encantó la piel y yo lo terminé. —Aprieta los labios—. Es resistente a las llamas y al agua, repele los gases nocivos y te protege del humo. —Se le ilumina la cara—. ¿Y sabes qué es lo mejor? ¡Que este material no se mancha!

—¿Me hará volar?

Guillermo ríe.

—Rotundamente, no.

Le doy un abrazo a Lola. De algún modo, ha logrado hacerme sonreír. Esa es Lola.

—Eres la mejor modista de todo el mundo.

Resopla.

—Lo sé.

—Y la más humilde —añade Arturo con ironía—. Señoritas, tenemos que irnos.

Lola me lleva hasta el carruaje y me ayuda a ponerme el traje de luces que hace honor a la vestimenta tradicional, pero que también encaja con la persona que soy ahora. Una bailaora de flamenco que puede manejar un capote como su padre. Subimos a lomos de la dragona y Roja nos levanta del suelo con un gran aleteo. Arturo toma las riendas y la guía a casa.

Espero no llegar demasiado tarde.

TREINTA Y CUATRO

El viento es un animal por sí solo. A veces murmura suavemente y otras veces es fuerte y tempestuoso. La brisa me agrieta las mejillas y me azota el pelo en sumisión. A estas alturas sobre el desierto hace frío. Las alas de Roja atraviesan sin piedad el cielo oscurecido. Me inclino hacia adelante deseando que vaya más rápido, pero ya está avanzando a una velocidad vertiginosa cazando los últimos rayos de sol. Entierro mi dolor en lo más profundo de mi ser, dejo que solo la rabia alimente mi cuerpo maltratado.

No dejaré que Héctor se salga con la suya.

Veo las murallas exteriores de Santivilla. Bajamos en picado viendo las cuatro torres a la misma distancia unas de otras e iluminadas por antorchas. Arturo está sentado detrás de mí pasándome un brazo por la cintura y aferrándome con fuerza. Con la otra mano sostiene una larga tira de cuero atada a uno de los cuernos de marfil de la dragona. Guillermo suelta maldiciones con cada caída y cada giro y Lola se ríe en respuesta.

El sol está a punto de ponerse y solo queda una pequeña franja de luz. El brillo constante de la luna y de sus muchas compañeras relucientes se abre camino hacia el corazón de la ciudad. A medida que nos acercamos a Santivilla, se me forma un nudo en el estómago. Hay medidas de protección contra ataques de dragones. Pero, en general, los guardias de la ciudad suelen esperar primero a ver qué hace la bestia. Si atacan, seguro que el dragón responde.

Arturo lo sabe y deja que Roja sobrevuele los tejados barriendo las nubes brumosas y el cielo oscureciéndose. Suenan las campanas y sé que nos están observando. Arturo guía a la dragona hacia La Giralda en la tenue luz y veo sus torretas y sus estandartes rojos y dorados ondeando con la brisa. La plaza está iluminada con montones de antorchas (¿quién se habrá asegurado de que estuvieran encendidas?) y llena de una multitud de espectadores.

Muchos más de los que pensaba que vendrían.

Sus gritos agudos llegan hasta mis oídos y miro a Arturo por encima del hombro. Me guiña un ojo y me indica que tome las riendas. Lola mira hacia abajo y se muerde el labio. Guillermo aprieta su agarre alrededor de su cintura en un gesto protector que hace que ella sonría suavemente para sí misma. La gente de abajo se pone de pie y los gritos llenan la noche subiendo hasta encontrarnos en un caos de asombro y horror.

Roja aterriza en la arena blanca y los mecenas dejan de correr, sorprendidos en silencio al ver a cuatro personas montando al escurridizo dragón. La gente de Santivilla no ha visto algo así nunca. En cuanto posa las cuatro patas en el suelo, un jadeo colectivo resuena en mis oídos.

El público es un borrón de caras, pero el maestro dragón destaca entre las masas. Lleva su atuendo más sombrío, acorde con su estatus de maestro: una túnica de ébano con llamas doradas bordadas por las mangas y una pesada cadena adornada con un único medallón. Su cabello blanco brilla como oro bruñido por la luz del fuego.

La emoción me atraviesa.

El maestro dragón está de pie con una mirada de puro asombro grabada en su curtido rostro. Espero que me grite, que dé la orden de ataque. Pero no hace nada de eso. No puede apartar la atención de la dragona y un tenso silencio se apodera de todos.

Lola me da un codazo en el hombro y me señala hacia la entrada del túnel donde espera Héctor, vestido con un resplandeciente traje de luces de dragonador azul marino con bordados de corales y flores amarillas. Sus pantalones blancos están cosidos con un brillante hilo encantado que brilla hasta los bajos. En los pies lleva zapatos pulidos de cuero con borlas blancas y azules.

Lleva los colores representativos de *su* plaza.

—Zarela… —gruñe dando un paso hacia mí.

La ira quema un camino directo a mi corazón.

Arturo baja deslizándose del dragón y se da la vuelta para ayudarme a descender.

—Destrúyelo —susurra.

Roja despliega sus grandes alas mientras Lola y Guillermo saltan aterrizando en la arena blanca con sonoros golpes. Arturo es una presencia constante contra mí irradiando ira como si fuera un horno. Héctor da un paso amenazante hacia Roja, desenvaina su espada y el sonido metálico perturba el silencio.

Entonces parece pasar todo a la vez.

La dragona emite un escalofriante gruñido.

Don Eduardo grita órdenes, me llama «tonta».

Tengo segundos para actuar. Me lanzo hacia adelante interponiéndome entre la dragona y Héctor, levantando las manos.

—Quédese donde está, señor.

Héctor se tensa ante la fría formalidad de mi voz. Da otro paso hacia adelante y el metal que tiene en las manos refleja el brillo dorado de las antorchas.

Este hombre nunca me escucha.

—No te muevas —espeta Arturo—. Por tu vida.

Noto el cálido aliento de Roja en la espalda. Miro por encima del hombro y me estremezco. Su rabia es algo tangible y aterrador. Está lista para estallar y estoy justo delante de ella. Se me bloquean las rodillas y el sudor me resbala por la espalda. Los guardias con los colores del Gremio aparecen en los túneles de entrada, rodeándonos. Otra masacre en La Giralda.

—Zarela —susurra Arturo con voz ronca.

Lo ignoro y me muevo para fijar la mirada en la dragona levantando los brazos lentamente. Roja gruñe sin comprender. Desde su mandíbula abierta, cae la saliva sobre la arena blanca.

Necesito música.

—¡Zarela, apártate de ahí! —grita Héctor, furioso.

—Necesito una guitarra —le dice Arturo al mago—. Rápido.

Guillermo se mete las manos en los bolsillos de la túnica y saca un puñado de varitas. Se pone a leer frenéticamente las etiquetas y finalmente elige una de ellas. La parte por la mitad y de uno de los extremos sale un humo dorado que toma la forma de una guitarra. El mago le lanza el instrumento a Arturo y se lleva a Lola hacia una de las entradas del ruedo.

Héctor se lanza hacia adelante…

La dragona ruge levantando la cola y agachándose preparada para saltar.

—¡Ahora! —grito retorciendo las manos sobre la cabeza.

Arturo toca acordes con la guitarra como si fuera un general marchando hacia la batalla y hacia la muerte. Las notas son fuertes y explosivas, ayudadas por la magia del hechizo. Se tragan todos los demás sonidos, las exclamaciones del público, los gritos de Héctor y los gruñidos de la dragona.

Roja y Héctor se sobresaltan y ambos dirigen la cabeza hacia Arturo. Espero al ritmo y, en cuanto lo oigo, inclino la cadera y enrosco los dedos.

Los dedos de Arturo bailan sobre las cuerdas y la melodía impregna el aire, se cuela en mis huesos y me impulsa los pies. Las notas rugen y danzan con la brisa. Es relajante y encantador y llena el agujero de mi corazón en el que mi dolor busca refugio.

Héctor se mueve para agarrarme por la cintura, pero la dragona agita la cola y lo lanza hacia atrás. Aterriza de lado y se aferra enseguida a sus costillas.

Roja se agacha, preparada para saltar.

Pero yo giro delante de ella bloqueándole el camino para llegar a Héctor. Debería dejar que se encargara de él por todo lo que me ha hecho, pero no quiero ser responsable de otra muerte. Balanceo las caderas girando y llamándola de forma deliberada. Doy un paso hacia adelante con el pie derecho y un golpe con el izquierdo. Las notas se confunden. Llegan más rápido y yo sigo el ejemplo de la canción taconeando sobre la arena compacta. Tengo que golpear el doble de fuerte para que el sonido se oiga. Me levanto un lado de la falda y la muevo de izquierda a derecha.

Estoy en este ruedo con mis padres. Luchando por nuestro apellido.

Bailando por nuestro legado.

Giro más y más cerca de Roja. Está de pie y se mueve de delante hacia atrás al ritmo de la canción de Arturo. La multitud jadea cuando ella golpea con las patas delanteras haciendo que el suelo se agriete bajo sus garras. Retuerzo las manos, enrosco lentamente los dedos y hago una reverencia hacia el suelo. La dragona me imita inclinando el cuello y levantando la cola en el aire.

Débilmente, oigo el rugido de la multitud. Los aplausos y los golpes, los silbidos ensordecedores y los exuberantes vítores. Las ovaciones me llegan a la cabeza y pienso en lo que habría opinado mi madre de esta actuación. ¿Habría estado orgullosa? A medida que la música aumenta, el corazón me late más rápido. Este es mi baile, pero en un momento, mis pies se mueven en pasos conocidos. Una coreografía que he interpretado miles de veces.

Una que me encanta y que es toda de mi madre.

El ruido de la multitud es ensordecedor. Reconocen este baile, llevan años guardándolo en el corazón. La dragona me sigue cuando giro moviéndome de un extremo del ruedo a otro. Este espectáculo es exactamente quien soy. Mitad mi madre, mitad mi padre. Llevo sus dos corazones en mí. La música se ralentiza y la dragona se enrosca a mi alrededor mientras la última nota escapa hacia la noche.

Nadie me grita que salga del ruedo.

Nadie pide a mi madre.

Acaricio el costado de Roja y ella suelta una bocanada de aire que me sacude el pelo, contrariada por mi caricia. Me alejo apresuradamente de ella mientras Arturo avanza hacia mí. Me abraza con fuerza. Lleva los labios a un lado de mi cuello y me besa la suave piel.

—A tu padre le habría encantado —susurra.

Las lágrimas se aferran a mis pestañas. Asiento una vez y lo tomo de la mano. Todo el mundo se levanta rugiendo y aplaudiendo. Caminamos justo delante del palco en el que espera el maestro dragón con otros miembros prominentes del Gremio.

He bailado en el ruedo con una dragona y no hemos muerto ninguna de las dos. Hemos coexistido, ambas movidas por algo precioso. Hemos creado algo juntas, algo nuevo, puro y encantador.

A mi madre también le habría encantado.

Don Eduardo alza las manos y aplaude. Una, dos, cien veces. Todos lo siguen. No quiero olvidar nunca este momento, la sensación de haber hecho algo especial, de haberme levantado firmemente después de haber perdido tanto.

El maestro dragón eleva los brazos y los baja lentamente. Los aplausos se detienen.

—Me has sorprendido, Zarela Zaldívar. Tan solo desearía que tu padre hubiera podido verlo.

Se me escapa un sollozo.

—Lo vio.

Capto movimiento por el rabillo del ojo. Héctor intenta dar un paso hacia mí con una expresión peculiar en el rostro. Por una vez, ha perdido su calma, su rabia. Me mira asombrado, como si se acabara de dar cuenta de lo mucho que me ha subestimado.

Entonces Héctor se mueve rápidamente hacia don Eduardo, que está junto a la barandilla mirándonos a ambos. Las demás personas notan la discordia, sienten la tensión acumulándose en el aire y se sientan esperando con una respiración colectiva.

—Señorita Zarela —dice don Eduardo—. Lo que has hecho ha sido increíblemente imprudente. Podrías haber muerto, nos has puesto a todos en peligro viniendo hasta aquí con un dragón suelto.

Héctor asiente con un aire de suficiencia en su postura y yo llevo la mirada al suelo.

—Pero… —continúa el maestro dragón—. Nunca he visto algo tan maravilloso en toda mi vida.

Se me hunden los hombros y las lágrimas me inundan los ojos cuando levanto la cabeza. El conde de la Corte me mira de arriba abajo con una sonrisa melancólica en su rostro curtido.

—Don Eduardo… —empieza Héctor con un tono indignado.

—Héctor acababa de anunciarnos que la actuación de esta noche había quedado cancelada por la muerte de tu padre. —Don Eduardo desvía la atención hacia Roja, que no se ha movido de su sitio—. Pero estás aquí y has bailado con el escarlata. —Se aclara la garganta, abrumado—. ¿Por qué pareces recién salida de la batalla?

Me había olvidado de las muñecas heridas, del cabello despeinado y de la ropa sucia.

—Está muy angustiada y evidentemente necesita ver a un curandero —dice rápidamente Héctor—. Yo me ocupo de ella. Mañana iremos al Gremio.

El maestro dragón asiente aceptando las palabras sin querer escuchar lo que yo tenga que decir. Todos esperan que acepte la historia que están construyendo para mí, pero yo aborrezco el final que han escrito. Yo firmaré mi propio destino.

—¿Me ha preguntado *a mí* por qué parezco recién salida de la batalla? Porque Héctor Valdiz me ha hecho prisionera y acabo de escapar —digo alzando la voz e imagino las palabras en llamas quemando a cualquiera que se interponga en mi camino.

Ante esto, la arena estalla en fuertes susurros y parloteos, pero el sonido se apaga cuando don Eduardo levanta su mano arrugada. Héctor se mueve hasta que nos quedamos lado a lado y me tenso por su proximidad.

—Evidentemente, esta niña está angustiada por la muerte de su padre y se imagina cosas —exclama Héctor—. Ha puesto todas nuestras vidas en peligro trayendo aquí a este monstruo. Dejad que me la lleve.

Me tiembla el cuerpo de furia y repugnancia.

—Estoy desconsolada por el *asesinato* de mi padre —puntualizo—. Ha sido envenenado y ha muerto solo porque yo estaba retenida. —Levanto los brazos—. Míreme las muñecas. Mire las marcas donde la cuerda me ha rasgado la piel. Solo estoy aquí porque su sobrino, mi mejor amiga y el aprendiz de mago Guillermo me han rescatado con la ayuda de esta noble dragona que tengo aquí detrás.

—Miente. Está histérica —exclama Héctor—. Solo es un intento desesperado para quedarse con La Giralda.

Señalo a Héctor.

—Este hombre me ha retenido en contra de mi voluntad. —Un zumbido fuerte sigue a mi declaración y don Eduardo sube y baja los brazos pidiendo tranquilidad. La muchedumbre se queda en silencio, pero todos tienen los ojos puestos en Héctor.

Acusadores. Conmocionados. Enfadados.

—También es el responsable de la masacre que tuvo lugar aquí, en La Giralda, durante el espectáculo por el aniversario número quinientos —declaro alto y claro—. Exijo justicia.

—¿Qué tienes que decir? —le espeta don Eduardo a Héctor—. ¿Es cierto?

—Son todo mentiras —responde Héctor, imperturbable—. Su padre ha muerto y Zarela quiere culpar a alguien. Me temo que se ha inventado esta historia descabellada para lidiar con la increíble cantidad de estrés al que está siendo sometida. Sin su padre, yo soy su tutor y, tal y como dicta la ley, soy responsable de ella. Si bien es una situación vergonzosa, no voy a buscar retribución por sus escandalosas afirmaciones.

Doy un paso hacia adelante, pero Arturo me coloca gentilmente la mano en el hombro recordándome que no estoy sola en esta lucha.

—¿Entonces cómo explicas lo de sus muñecas? —pregunta Arturo—. Yo he planeado su rescate usando a esa dragona. —Señala a Roja—. Si tomas el camino hacia el norte, encontrarás el carruaje abandonado de Héctor con los restos de las cuerdas. ¿Cuántas pruebas necesitas?

—También encontrará a un centinela muerto en la puerta del este, asesinado por uno de los hombres de Héctor —añado.

Héctor se burla.

—Está claramente enamorado de ella y apoyará sus mentiras, ¡sean las que fueren! —grita señalando nuestras manos entrelazadas—. ¡Mírelos!

Roja resopla, claramente molesta por el alto volumen de Héctor. Chasquea la mandíbula y él calla mirándola incómodo. El maestro dragón nos observa en silencio estudiando mis muñecas y a la legendaria dragona. Espero con el corazón en la garganta. Llama a dos de sus guardias para que se acerquen y les susurra algo. Asienten y se marchan inmediatamente del palco, sin duda para ir a buscar el carruaje volcado.

—Si la señorita Zaldívar está mintiendo, explica sus heridas —exige el maestro dragón.

—Autoinfligidas —contesta Héctor instantáneamente—. Como ya he dicho…

—¿Crees que se hirió a sí misma? ¿Para qué? Responde con cuidado, Héctor. Tenemos modos mágicos de demostrar que estás mintiendo. Un simple encantamiento revelará los efectos del veneno.

Héctor se pone rígido y la tensión le endereza la columna.

—Me atengo a lo que he dicho.

—Pues eres un tonto —suspira don Eduardo—. Está claro que no creí a Zarela cuando debería haberlo hecho y Arturo no me ha mentido nunca. Héctor Valdiz, has traicionado al Gremio.

El triunfo arde en mi interior. Por una vez, el maestro dragón mira a otra persona con desconfianza. Héctor se estremece.

—Has destruido la vida de Santiago Zaldívar, pero no permitiré que arruines su legado ni su lugar en el Gremio. —La voz áspera del maestro dragón se vuelve ardiente, furiosa y desgarradora. Me sorprende que Héctor siga en pie—. No volverás a luchar nunca como dragonador. Tu nombre será eliminado de nuestros registros. —Se inclina hacia adelante con una mirada amenazante—. La Doña ahora nos pertenece.

—Don Eduardo… —suplica Héctor.

Pero el maestro dragón levanta la mano y Héctor se queda en silencio.

—No tienes derecho a dirigirte a mí. —Los guardias reaparecen en la entrada del ruedo y, sobresaltada, me doy cuenta de que don Eduardo no los había enviado a buscar el carruaje, después de todo.

El maestro dragón se dirige a mí a continuación.

—Lamento el calvario por el que has tenido que pasar.

—Zarela… —dice Héctor acercándose a mí.

Don Eduardo les hace señas a los dos centinelas que tiene a ambos lados.

—Apartadlo de mi vista. Esperarás al juicio en la prisión del Gremio.

Se lo llevan a rastras mientras él grita mi nombre suplicando hablar conmigo. Pero sus palabras no se oyen porque la multitud suelta una ovación colectiva que amenaza con sacudir cada rincón de Santivilla.

Silban y aplauden lanzando sus corbatas en el aire como muestra de respeto a papá.

—Tengo algo que decir —anuncia don Eduardo cuando se apagan los silbidos y los golpes—. Me gustaría organizar una votación ya que la mayoría de los miembros del Gremio están aquí. Todos aquellos que estén a favor de reincorporar a la familia Zaldívar y a sus descendientes y de que La Giralda permanezca para siempre en manos de esta noble familia, por favor, que levanten la mano.

Todo el mundo lo hace. Incluso los que no son miembros del Gremio. Me río, tímida y felizmente. Lola corre hacia nosotros con un mortificado Guillermo y me toma de la mano. Todos levantamos la cara.

—Por voto unánime, declaro que La Giralda siempre pertenecerá a Zarela Zaldívar y a sus descendientes. Además, considero adecuado que el Gremio ayude a reparar esta magnífica plaza para devolverle su antigua gloria —agrega don Eduardo—. Y, ¿Zarela?

—¿Sí, don Eduardo?

—Te invito a convertirte en dragonadora oficial entre nosotros.

Tomo a Arturo de la mano.

—Con todo el respeto, nunca lucharé contra un dragón, don Eduardo. Pero, si me lo permite, bailaré con ellos.

Arturo me estrecha la mano mirándome con absoluta devoción.

El maestro dragón parece considerarlo largamente.

—Bueno, al menos Martina Sánchez se alegrará. Un dragonador menos en Santivilla. ¿Quién sabe? Puede que más plazas sigan tu ejemplo.

Abro mucho la boca sin atreverme a creerlo.

—¿Eso es un «sí»?

Asiente.

—Lo es, señorita Zaldívar.

Por primera vez en tres mil años, habrá una plaza en la que los dragones no encuentren su final. Es un pequeño paso en la dirección adecuada.

—Gracias, don Eduardo.

Lola salta de arriba abajo medio gritando medio llorando. Arturo nos da a ambas un fuerte abrazo. Arrastro a Guillermo con nosotros. Al principio se sorprende, pero luego sonríe tímidamente. Se inclina y besa a Lola en la mejilla cerca de la comisura de la boca y, para mi asombro, Lola se sonroja. Los vítores de todo el ruedo nos rodean, la gente aplaude y grita, los admiradores ovacionan. Roja mira a su alrededor, olfatea audiblemente y abre sus grandes alas, aparentemente aburrida con los acontecimientos. Mira a Arturo, quien asiente una vez, y luego se lanza hacia la noche. La observo marcharse segura de que volveré a bailar con ella.

A medida que el ruido alcanza un *crescendo*, me acerco más a mi gente, a mi familia. Nuestras vidas cambian, pero estaremos juntos para enfrentarnos al resto. Mi corazón desea que mi padre hubiera estado con nosotros y el dolor me acecha exigiendo ser escuchado. Arturo me limpia las lágrimas repentinas que han aparecido en mis mejillas y me mira con ferocidad recordándome que, incluso en mis peores días, él estará conmigo.

EPÍLOGO
UNOS MESES DESPUÉS

Dejo el ramo de gardenias en la lápida de papá y me acomodo en el suelo ante ella, como si me estuviera preparando para una larga visita a un amigo. En cierto modo, puede que lo esté haciendo. Mi falda se amontona alrededor de mis tobillos, pero el cementerio está casi vacío y hace mucho que dejé de comparar mi aspecto con el de mamá, sobre todo en lo que atañe al atuendo.

—Hemos intentando un baile nuevo con Roja —empiezo entablando conversación—. No le ha gustado nada, por supuesto, pero creo que era porque quería sostener una espada en lugar del capote. Arturo se ha puesto muy gruñón por esto y Lola ha pensado que tal vez podría usar la espada para el vestuario de la dragona. ¿Te lo había contado? Lola insiste en que todos los dragones vayan vestidos. Yo creo que es adorable, pero a Arturo le parece ridículo. Por cierto, finalmente ha conseguido entrar en el Gremio de los Sastres. Ha terminado sus prácticas de diseño y costura y espera poder abrir su propio establecimiento. También ha obligado a Guillermo a que sea su novio. Creo que él todavía está averiguando cómo pasó exactamente.

Me aclaro la garganta.

—Ignacio le da cada día más responsabilidades a Arturo y, entre tú y yo, puede que Arturo sea propietario de un rancho antes de lo que piensa. —Me interrumpo sonriendo—. Estamos enamorados y creo que tú estarías encantado. Es más amable de lo que piensa la mayoría de la gente y es muy trabajador y dedicado. Mi éxito no lo intimida. Me hace reír incluso cuando estoy enfadada con él. Todavía no sé cómo lo hace.

El viento sopla con ferocidad y miro a mi alrededor, desconcertada al ver las hojas moviéndose y bailando en el aire de repente. El tiempo es fresco y se nota todas las mañanas. Me envuelvo más con la capa y me llevo un dedo a los labios.

—¿Qué más podría decirte, papá? Nuestros espectáculos siguen funcionando y esta semana voy a bailar en el ruedo no con un dragón, sino con dos. Don Eduardo viene a menudo, pero creo que no lo hace solo para ver las actuaciones —reflexiono—. Creo que quiere arreglar la relación con su sobrino. Arturo ha llenado las jaulas con dragones que necesitan un hogar temporal antes de poder ser soltados en libertad.

Me quedo en silencio unos momentos mirando la lápida, incapaz de acostumbrarme a mantener una conversación con ella. Nunca miro hacia el suelo, todavía me duele demasiado pensar en papá yaciendo debajo de toda esa tierra.

Se me forma un nudo en la garganta.

—Te echo de menos horriblemente. Ofelia también, por cierto. Insiste en ordenar tu ropa todos los días.

Lentamente, me pongo de pie y me llevo las yemas de los dedos a los labios. Presiono suavemente la piedra y me alejo con el corazón pesado pero la mente despejada. Salgo del cementerio, paso por las puertas de hierro donde están estacionados los otros carruajes. Arturo está apoyado contra el nuestro con las piernas cruzadas a la altura de los tobillos y con el sombrero de cuero inclinado sobre el pelo que le azota el viento. Cuando me ve, una suave sonrisa le curva los labios. Parece comprender instantáneamente mi estado de ánimo.

Con una mano, Arturo abre la puerta del carruaje y me ayuda a entrar.

—¿Cómo está tu padre?

Me quedo pensando unos instantes.

—Quiere saber si vamos a casarnos.

Arturo sube después que yo y cierra la puerta. Utiliza el puño para golpear dos veces el techo. Entonces me mira.

—¿Qué le has dicho?

Arqueo las cejas y me encojo de hombros delicadamente.

—Le he dicho que primero tengo muchas cosas que hacer. Espectáculos que interpretar, ciudades que visitar, coreografías que soñar y practicar.

Me sonríe ampliamente. Creo que es una de las cosas que más le gusta de mí: mi ambición y mis planes para el futuro, el deseo de vivir a la altura de mi apellido de un modo que me haga sentir orgullosa de mí misma. Él está hecho del mismo modo exacto.

—Tú tienes un libro que escribir —añado—. Y dragones que salvar. Y, algún día, un rancho que dirigir. —Sonrío tímidamente—. Pero puede que algún día.

Arturo me toma el rostro entre las manos.

—Te esperaría toda una vida. —Me sumerge en un beso y es como todas las otras veces.

Una hoguera.

AGRADECIMIENTOS

Mi amor por el flamenco empezó cuando tenía tres años después de que mi tía Tere me enviara un vestido rojo de volantes desde Sevilla. No exagero cuando digo que no quería quitármelo nunca. Ella murió de cáncer de mama en 2012 y nunca llegó a leer ninguno de mis libros, pero me gusta pensar que este le agradaría especialmente.

A mi agente, Sarah Landis. Eres mi rayo de sol en el mundo de la edición y ¡te lo agradezco muchísimo! Gracias por el apoyo y por los ánimos, sobre todo durante mis bajones. ¡Has hecho que me mantuviera cuerda en todo este viaje! ☺

Estoy muy agradecida a todo el mundo que ha ayudado a que *Juntos en la hoguera* sea la historia que es hoy. Al equipo de Wednesday Books: Eileen Rothschild, Lisa Bonvissuto, Kerri Resnick, Melanie Sanders, Lexi Neuville y Brant Janeway. Un millón de gracias por enamoraros del mundo de Hispalia y luchar por Zarela y Arturo. Eileen, gracias especialmente por impulsarme a hacer esta historia lo más romántica posible. Todos los besos, todas esas veces. Muchas gracias también a Christa Desir, al director de producción, al diseñador del interior y a mi publicista.

Gracias de todo corazón a mis amigas escritoras: Rebecca Ross, Shelby Mahurin, Adrienne Young, Kristin Dwyer, Stephanie Garber, Rachel Griffin, Zoraida Córdova, Ashley Hearn, Emily Henry, Kerri Maniscalco y Romina Garber. Por vuestras reseñas y críticas, por las largas llamadas, chats grupales y llamadas de Zoom. Sois mis joyas y estoy muy agradecida de que estéis todas en mi vida. Si se me olvida alguien, por favor, echadle la culpa a mi cerebro centrado en la fecha de entrega. Gracias especialmente a Stephanie por cortar palabras que no tenían que estar ahí (¡me encanta que seas tan brillante y despiadada!), a Kristin por asegurarse de que clavo la emoción (¡es tan DIFÍCIL! No entiendo cómo funciona tu cerebro), y a Rebecca por leer el primer borrador chapucero capítulo a capítulo y aun así encontrar cosas bonitas que decir.

Elena Armas, ¡mil gracias y besos por tu ayuda! Tus audios de WhatsApp me dieron la vida.

Gracias a mis amigos que han apoyado mi sueño desde el principio: Patricia Gray, Jessica Meyer, Elizabeth Sloan, Jessie Pierce y Davey Olsen. Os quiero mucho a todos. A mi familia: a mamá, a papá y a Rodrigo, ¡os quiero! Gracias por todo el amor y el apoyo. No estaría aquí sin ninguno de vosotros. (No tenéis que comprar veinte ejemplares de todos mis libros, prometido).

A Andrew, el amor de mi vida. Eres la razón de todo. Gracias por cocinar y limpiar cuando se acerca la fecha de entrega, por hacerme reír cuando quiero llorar y por saber lo que necesito antes que yo. Eres el *sriracha* de mi todo.

Finalmente, a Jesús, por quererme exactamente donde estoy.

¿TE GUSTÓ ESTE LIBRO?

Escríbenos a

puck@edicionesurano.com

y cuéntanos tu opinión.

ESPAÑA  /MundoPuck /Puck_Ed /Puck.Ed

LATINOAMÉRICA  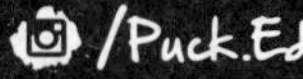 /PuckLatam

/PuckEditorial

¡Gracias por vivir otra
#EXPERIENCIAPUCK!